夢的《むてき》の人々《ひとびと》

もちぎ

夢的の人々

もちぎ

装画　赤

装丁　bookwall

contents

第一章

演田壳子

――よく夢を見ていると言われる。

アタシの夢は、他人にとっては寝ぼけた戯言《たわごと》なのかもしれない。

いや、アタシにとっても、馬鹿げた夢で。

目指すよりも、目を覚ますべき夢なのかもしれない。

◆

「演田《えんだ》さぁ、あんた、女優になりたいってほんまなん？」

中学一年生の時、親しくもないクラスメイトの女が、教室の端からそう投げかけてきた。

周りの女子もニヤニヤしながらこちらを見ていたのを覚えている。

嫌な空気だった。

「せやけど？」

と怯《ひる》まずに返すと、

「いや無理やろ！　あんた普通にブスやで。なに夢見てん、だっさ！」

その言葉を皮切りに、教室の端で爆笑が湧き起こった。

呆然《ぼうぜん》と立ち尽くすアタシを、庇《かば》う友達は誰もいない。

安全地帯から我関せずとしながらも、何か面白いことが起きているとほくそ笑んでいる他のクラスメイトたち。アタシがターゲットのエンターテインメントが始まった。

学校は、そして教室は、小さな社会だ。

アタシは、当時からはぐれ者で、集団に馴染《なじ》めない子だった。

だからすぐに白羽の矢が立った。

「夢見んのは別にいいけどさぁ、きしょいの自覚しろよブス。聞いてんの、ナルシの演田。髪染めてんのも勘違《かんちが》いしててキモいねんボケ」

気づいたら私の拳は、馬鹿にしてきたクラスメイトの女の前歯を振り貫《ぬ》いていた。

◆

女優になりたいってのは今も変わらないアタシの夢だ。小学校の卒業文集にも臆《おく》せずそう書いたのだから、子どもの頃からずっと強く希望していたことだった。

周りの子が「やっぱりお嫁さん」や「看護婦さんがいい」「保母さんになりたい」だとか言い合ってる中で、淡々と女優になりたいとだけ原稿用紙に書き綴《つづ》ったアタシは自信満々だった。周りの人間とは違うってことが誇らしくて、担任にも『凄《すご》い』と褒められるような気がしていた。

だけど、それを提出した時の担任の顔は強張《こわば》っていた。

──まぁ、夢を持つことはいいことやからなぁ。がんばりやぁ。

担任は他人事《ひとごと》のようにそう漏《も》らす。

それからアタシの顔をチラリと見て、すぐに目を逸《そ》らした。

夢を語れという割に、その夢の範囲は狭い。

現実的に実現可能なものか、目指すだけでも充分満足で、憧《あこが》れの範囲のもの。

アタシは前者の心持ちでそれを語った。でも女優になれるかどうかは生まれた時から決まってる。見た目だ。

だから担任は気まずい顔をしたのだ。現実を突きつけるのは酷《こく》だから。

当時のアタシはそれに気づいていなかった。

その頃の、額面通りにお世辞や嫌みを受け取る無邪気なアタシに伝えてやりたい。授業では決して教えはしないが、『夢を見る』と書いて『バカを見る』と読むんだ。本当に『夢』を目指しちゃいけない。才能がある人間が、努力して叶《かな》える目標地点——それがいわゆる夢だ。だから凡人は同じものを目指しちゃいけない。バカにされるだけだ。


そして子どもだってなんとなく空気で察するもんだ。

髪を染め上げて、家庭環境や素行の悪さが滲《にじ》み出たアンタッチャブルなアタシを、みんなが『よく分からないもの』から『はっきりとしたバカ』だと理解できたことは大きい。すぐに話題と噂《うわさ》が伝播《でんぱ》して、よくない空気が周りに立ち込め始めた。

——あいつ、あの顔で女優目指してるんだって。うわぁ、ナルシストじゃん。


退屈なこの町では、噂話が唯一の娯楽だった。

アタシが、暇を持て余したタチの悪い人間から格好のマトになるのは当たり前だ。目立ってしまったのだから。

アタシの住む地域の人間どもは良くも悪くも静かで大人しい。割れたアスファルトの道路。古びた五階建ての団地群。団地の名前のバス停。鄙《ひな》びたコンビニ。補充されずに廃《すた》れたエロ本自販機。クソでかいバッタが湧くあぜ道。そんな平穏な地方の町で、そして数の少ない子どもの中で、髪を茶色に染め上げて通学しているのはアタシ一人しかいなかった。

なぜ毛染め剤がドラッグストアに売ってるのに、学校にいる周囲の子どもたちはほとんど毛を染めないのだろうと、ガキの時分のアタシは不思議に思っていたが、それも今ならアタシは答えを知っている。

ただ単に、逸脱をみんな恐れてるからだ。

群れにいる限りは目立つことも、目立った奴《やつ》も、ただただ、怖いのだ。それが普通の人間の考え。だからアタシの周りには黒髪しかいなかったんだ。

一様に同じ顔して、目立った人間を叩《たた》きのめす。そんな普通が町にはあった。

大人になったアタシは、あの時子どものアタシを糾弾《きゆうだん》した奴らの気持ちが理解できる。

アタシだって、目立つ奴が嫌いだから。

ダメな人間を見ていると腹が立つし、迫害したくもなる。

それに、脚光を浴びるような目立ち方してる奴も本当に嫌いだ。怒りや恨みに近いこの気持ちは、理性では抑えられない。

だから二度目の女優のオーディションを受けた時に、初めてオーラの違う人間を目の当《ま》たりにして、虫唾《むしず》が走ったよ。酒を飲まずに吐いたのはあれが初めてだった。

嫌気が差した。

普通じゃない飛び抜けた人間に、そして普通以下の自分に。

◆

子どもの頃のアタシは、目立つことを悪いとは全然思っていなかった。

これはアタシの頭と、勘と、あと親の教育が悪かったからだ。


放任主義な母親は、人様に迷惑かけない限りはアタシになんでもやっていいと許しを出していた。ただしそれは、寛大なんかじゃなくて単に無責任なだけなんだけれど。

そのせいでアタシはとことん人と歩調を合わせることを覚えなかった。小学四年生で髪を染めたのもその表れだ。突出した能力の無いアタシの、せめて見た目だけでも他人より目立ってしまいたいという意思表示だった。そういうことでしか輪を外れられないのだ。幼い頃から言葉よりも手がすぐに出る人間だったので、自己表現の方法が稚拙《ちせつ》だったアタシなりの、最大の主張だったとも思う。

それでも小学校までは、直接的に攻撃してくるようなバカはいなかった。あからさまに水商売の香りを漂わせる母親は近所でも有名で、アタシもろとも触れてはならない腫れ物扱いされていた。それには自覚があったし、当時は優越感すらあった。


それが中学に上がればいきなり話が変わった。別の学区から通う生徒が増え、群れが大きくなった途端にはぐれ者のアタシに冷たい視線だけじゃなく矛先《ほこさき》が向けられたのだ。

たった一ヶ月前までランドセルを背負っていたガキのくせに、制服を身に纏《まと》い、一つ歳《とし》が違うだけの先輩後輩という呼称と、規範とか規則の重さ、それを遵守《じゅんしゅ》する自分たちにどこか誇りを持ち始めやがる。そんなものはただの大人の真似事《まねごと》でおままごとだけれど、大人の世界に一歩踏み込んだようで、子どもたちは舞い上がっていたんだ。

でもさ、結局それは子どもが夢見る大人で、現実の大人は規則とか守ってねぇ奴いっぱいいるんだよ。子どもは夢見がちで、大人に期待している。だから大人なんかよりより一層、綺麗《きれい》に生きようとしやがる。

アタシみたいな不純物は、周りのガキンチョどもにソッコー叩かれた。

◆

同級生をぶっ叩いた当日の夕方。

母親が職員室から神妙な顔して出てきて、廊下で待つアタシの顔を見た。

「帰るで」

あっけらかんと言った。アタシの一歩前を足早に進むその背中を追って、二人で逃げるように校舎の玄関口に向かう。普段使う生徒用の下足室とは違う職員玄関から外に出た。

なんだか非日常感が漂って、さっき教師から怒られたばかりで不謹慎なんだけど、ちょっと新鮮だった。

「売子《うりこ》ォ、よかったたな。子どものやることやから、べつに治療費も慰謝料もええって向こうの親御さん言ってたわ。まぁー最初はなぁ、相手さんの母親もキレ散らかしてたみたいやけど、うちのこと見て態度変えたんやろうなぁ」

母親のうなじには女らしい華やかな、昼間に見るにはドギツイ刺青《いれずみ》があった。ぱっくりと肩甲骨《けんこうこつ》あたりまで開いたドレスから、それがキチンと見えるようにしてある。

「でもなぁ売子、あんたなぁ、ほんま喧嘩《けんか》とかしたらあかんで。今回は向こうの歯ぁ折れてなかったけどな、あんなん折れたら指とか手に刺さるで？　そしたら一生モンの傷になるからな。分かっとんか。

狙《ねら》うなら鼻や」

被害者の心配や、道徳的な説教はなく、まるでアタシまで自分の店のキャストかのようにほどほどの距離感から丁重に扱う母親を、アタシは案外嫌いじゃないと思っていた。

「女に傷ができたらな、もう表舞台でられへんで。お水も雇わん。風俗堕《お》ちや。分かったか？」

母親の隣を歩いて校門をくぐった。


そして家に着くまで、とぼとぼと帰路を、坂道を下りながら他愛無い話をした。

「なぁお母さん、やっぱ傷あったら、ぜったい女優とかなられへんもんなん？」

母親はこちらを見ずに、携帯でメールを返しながら片手間に「んー」と返事をする。

「あーせやなぁ、男ならまだ任侠《にんきょう》とかなれるけど、女はなぁ……無理やな。顔で売りもんにならんなら、体しか売れんくなるんや」

「イヤやなぁ……じゃあケンカやめるわ」

「はぁん？　なに？　あんた女優なりたいんやっけ？　初めて知ったわ」

と母親は呆《あき》れ気味に言う。

「……うん、まぁせやけど」

アタシが話題に失敗したかと口をつぐもうとしたところ、

「なんでなん？」

と問いかけてきた。

「だって女の嘘《うそ》は武器になるって、お母さんが」

アタシは食い気味に答えた。

「わたしがよう言《ゆ》うやつやな」

「せやろ？　だからアタシも、嘘を武器にしたいねん。きちんとそれで人気勝ち取って、売れたい」

するとようやく母親はこちらを見た。

「あんた人殴ってるやん。拳ぃ武器にしてるやんけ」

「せやけど……もうケンカせんもん」

「せやろか？　どうせまた血ぃ上ってやるやろ。てかな、売子」

「なに？」

「嘘と演技は違うで？」

「ん……そうなん？　なんで？」

と要領を得ぬままアタシが聞くと、

「演技は防具、嘘は武器や。本物の女優なるなら女以上に強くならなあかん。武器だけじゃどっかで喰《く》われてまうねん」

なんてドヤ顔でのたまった。

「意味分からん……でもアタシ、絶対に女優なるつもりやから」

「……まぁわたしみたいに水商売やるより、よっぽどええ夢やわ、テキトーにやり」

応援というか、興味もなさそうにアタシに告げる母親の顔は、アタシにあんまり似ていない綺麗な横顔で、ただ目を細めて夕日を眺めていた。

◆

この一連の出来事は、曖昧《あいまい》なようで鮮明に思い出せるけれど、でもアタシにとってどうでもいい日のことだ。

こんな風にふとした時に思い返す記憶がアタシにはたくさんある。

原付で通学してたのがバレて停学になってしまったのが面倒で、いっそのこと高校中退しようと考え、その日に学校を辞めた春のこと。

女優オーディションでいきなり面接官に枕営業しようとしてつまみ出された夏のこと。

メル友掲示板で出会った男がシャワー浴びてる間に、そいつの財布を持ってラブホから逃げた秋のこと。

付き合ってた彼氏に梅毒《ばいどく》移されて、アタシの入院中に浮気されて逃げられた冬のこと。

そして母親がアル中の客にぶっ殺されて家を出る羽目になった年の暮れのこと。


二十四歳のアタシになるまでのこれまで、記憶から消えることもあれば、なんとなく思い出せたり、思い出そうとしてなくても脳裏に浮かんでくるようなことがたくさんある。

そしてふとした時にそれが本当にアタシの記憶だったか分からなくなる。

名前も年齢も、出身も夢も、全てを偽ったり、あるいはむしろ偽らなかったりするような騙《だま》し騙しの日々を過ごしているからだろうか。

12月10日

「――らいちゃん、指名入ったよ」

熱々になったスマホを握り締めながら、うとうとしていたアタシに、最近入ったボーイが声をかける。

「マンハッタンホテルだって。外国の会社が経営してるホテルかなぁ？」

「アホォ。ラブホやっちゅうねん。ほんまアホやなお前、ほんまに中学出たんか？」

アタシは起き上がってボーイの肩を小突く。

「らいちゃんも。あ、ごめん、ここでは違う設定やね」

ボーイは慌てて訂正する。

デリヘル嬢をする二十四歳の女、濱田売子はここまで。

今からは二十一歳の女子大生、らい、だ。


「ようみんなボロ出さんよね。僕なら無理やわぁ」

ボーイがへらへらと媚《こ》びへつらうように、アタシに話す。

「女は嘘つける生きもんやねん。男はアホやから無理やな。浮気とかバレるのも男ばっかやろ？　男はアホやからなんでも隠し通されへんねん」

「えへへ」

「お前も浮気バレたことあるやろ」

アタシは化粧直しをしながら片手間にボーイに投げかける。

「僕バカやからなぁ」

「本読め、本。学校行かんでも本読めばいいねん」

「えー、でも僕、漫画しか読めないわぁ。てか、らいちゃん、本読んでるとこ見たことないけど」

「スマホで読んでるっちゅうねん」

コンパクトミラーをパタンと閉じて、ギロリとボーイを睨《にら》む。デスクに座る店長がタバコの火を消して、にっこりとアタシたちを見た。

「らいちゃん、行ってらっしゃい。今日もお客さんに夢見せておいでぇ」

無駄口はいいからさっさと行け、という意味だ。

大阪《おおさか》レディー学園《がくえん》。新大阪《しんおおさか》のほど近くにある出張専門店。売りは安さと宣材写真のクオリティ。

そこにアタシはもう半年勤務している。

これも演技の訓練の一環だとかなんとか自分に言い聞かせて、生活苦から飛び込んだ風俗の世界も、もう通算で六年になる。人間関係で躓《つまず》いてすぐにアルバイトを辞めるアタシにとって、風俗業界はわりと居心地がいい。店の人間もキャストが出勤せずに飛んだって、商品の在庫が代わったくらいの認識でいてくれる。

だから転々と大阪や兵庫を駆け回り、細ぼそと思い出したかのようにオーディションを受けたりもしながら、アタシは平凡に歳を取ってる。

女優の夢も、もう子どもの頃の記憶と同じくらい霞《かす》んできた。正直なろうとは思っていない気もする。けど若い体を男に抱かれるだけに終わらせたくなくて、焦りながら応募している。規模によっては書類審査も通らないのだけれど、それでも応募すると夢を目指す若者でいる自分に気が紛れる。

今、アタシの夢はなんだろう。

こうやって日銭を稼いで、コンビニで割高なカップ味噌汁《みそしる》を買って、家でYouTubeを見て暇を潰《つぶ》すだけの毎日。むしろこっちの方が夢のような、現実味も危機感も湧かないいつか覚める夢に思える。

食うための金を稼ぐべく飛び込んだ風俗の世界で、些末《さまつ》なランキングで競い争って蹴落《けお》とし合っている。どうでもいいんだと言い聞かせながらも、自分よりブスだと思った女に売り上げと指名数で負ければ、アタシは誰にも必要とされてないんだって泣きそうになる。自分でも馬鹿に思えるそんな無駄な毎日。

アタシは、そこにあったどうせ中古のクタクタのブランドバッグを汚れた素足でぐいっと踏みつけた。

それから出張指名用のカバンを肩にかけると、事務所の扉を抜けて、西中島南方《にしなかじまみなみがた》のラブホ街へと足早に向かった。

夕方四時半。新大阪の事務所から少し歩いて南方《みなみかた》の駅で電車を待つ。

あずき色の地味な阪急電車《はんきゅうでんしゃ》が駅に滑り込んでくると、アタシと一緒に汗臭い学生が肩をぶつける勢いで乗り詰める。地下鉄より阪急の方が空《す》いてるかと思ったが、アテが外れたようだった。まるで自分たちが世界の主役とばかりにはしゃぐその声がうっとうしいので、アタシはイヤホンを耳に詰めて、首に適当に巻いただけのマフラーに顔を埋《うず》めながら、爆音でミリヤを聴いた。

今日受けた仕事は一件。

西中島南方のラブホでいつも呼んでくれるおっさん客だった。

小綺麗な格好に、いつも白髪染めをしているような不自然に黒い髪。むやみやたらにぱっちりとした目に小太りで、眉《まゆ》の垂れた情けない顔をしている男だった。それでもどこかの大企業の部長をしているのだから、男って人生イージーなんだろうな。アタシよりも幅の広い二重の瞼《まぶた》も含めて、見ているとどこかムカついてくる男だった。

それに得てしてこういう奴は性格やプレイもえげつないのだ。中途半端《はんぱ》にこざっぱりした容貌《ようぼう》で、かつ社会的地位がある奴は周りのおっさんより自分がイケてると思い込んでる分、遠慮もせず性癖をぶつけてくる。男って不思議だ。女からすれば惚《ほ》れてる男以外、うっすらキショいのにな。なのにみんな謎《なぞ》の自信に満ち溢《あふ》れている。きっと女より見た目でバカにされる機会が少ないからだろう。女がチヤホヤするのは、お前じゃなくて、お前の金なのにな。

中津《なかつ》で電車から降りると、狭いホームを落っこちないように歩み、汚い立ち飲み屋の横の経年劣化した改札をかろうじて抜ける。

それからいろんな阪急の路線が通り過ぎてけたたましく泣き叫ぶ高架橋を潜《くぐ》って、淀川《よどがわ》の方へと歩く。河原《かわら》に生い茂る草の香りと、高架の道路を抜けるトラックたちの排気ガス。どこからかカレーや家庭料理の香りがするバラック街みたいな地域だ。小さな町工場と、個人経営の居酒屋、寂れた保育園に、違法建築スレスレの古びたアパートたち、それと隣り合わせに家賃だけがバカ高い狭いワンルームマンションが並ぶ。

その中の一つの木造アパート『詩名内荘《しなないそう》』が、アタシの今の家。

部屋は最上階……といっても二階の端で、部屋からの景色も遠くに梅田《うめだ》の百貨店と、反対側に淀川の堤防が見えるだけ。何もかも見下ろされた住処《すみか》だ。

家賃は四万六千円。少し前にリノベーションされたばかりの行き届いた設備があるので、家賃にもその建築年数の古さにも文句は無い。八室あるが四室しか入居者がいないし、アタシ以外は大人しい奴ばかりなので、環境としてはまずまずだろう。シャワールームが共用ってことも不満は無い。誰かが後片付けしてくれるし。

前に三ノ宮《さんのみや》の風俗に在籍していた時は、手癖《てくせ》の悪い奴や、日本人なのに日本語の話せない奴、急にキレる奴、そんな奴らと一緒に寮という名の2LDKに押し込められて、アタシは一秒も油断できずに前の寮生が置いてったピンクの臭い布団に包《くる》まって眠っていた。

アタシは同居人たちに舐《な》められないようにヤクザの客に気に入られてるって冗談半分のでまかせかましたこともあるけれど、あいつらは失うものがない女たちだったので、アタシの牽制《けんせい》とは気づかずに「紹介してよ、殺してほしい男いるんだけど」とか言ってのけてたな。

「濵田さん、おかえりぃ」

もう日が暮れ始めて、夜が淀川の先に見える。十三《じゅうそう》の方のビルの明かりとは裏腹に、この辺りの街灯はまだ点《つ》かない、夜と夕方の際《きわ》の時間。

詩名内荘の玄関口に、ババアが二人立っていた。いや一人はババアというか、見た感じ五十歳前後のおばさんなんだけど、アタシからすれば五十代も七十代もおんなじでババアにしか見えない。

「つす……」

だるいので適当に会釈《えしゃく》だけする。

挨拶《あいさつ》をしてきたのは、ここの大家だ。

目敏《めざと》い人間で、アタシが引っ越してきた時にはカーテンを譲《ゆず》ってくれた。でもアタシは「勝手にカーテンが無いって気づいてんじゃねぇよ。部屋の覗《のぞ》き見すんなやババア」ってキレたんだ。でも臆せずにアタシに声をかけてくる。肝の座ったババアだ。一度摑《つか》まると話が長いので、アタシはそっぽ向いて郵便ポストを覗き込む。

「風邪《かぜ》には気をつけてね」

「ん？　え？　アタシ？」

チラシをくしゃくしゃに握りつぶしながら振り返ると、もう一人突っ立っていた方の女がこちらをニコニコとしながら見ている。その手にはチラシが綺麗に折りたたんであった。

おおかた、自分の郵便物を確認してる際に、暇してる隣の平家に住む大家に摑まったのだろう。お人好《よ》しそうなこの女は、こんな寒空の下でくだらない井戸端会議……いや一方的な井戸端演説にどれだけ囚《とら》われていたのだろうか。

人のいい表情と、人のいい言葉、だけど要領がいいわけではないのが伝わってくる。だから誰でもいいからと自分の話し相手を探すような寂しい老人に目をつけられて、いいように扱われるんだ。

その女は、確か一階の端に住んでいる奴だ。名前は知らない。どうでもいい。

「つす」

とだけ呟《つぶや》いて、アタシは逃げるようにアパートの玄関扉を開けようとする。

するとガラス扉の先の廊下を、ヨボヨボのジジイが歩いてくるのが見えた。そいつは玄関で汚いスニーカーに足を通すと、申し訳なさそうにアパートから出てきた。

「あぁ～どうもです」

しゃがれた声で、赤べこみたいにペコペコと頭を揺らしながら三方に笑顔を振りまく。

「あれ、今からお仕事ですん？」

大家が問いかけたせいで、そのジジイは玄関の扉のところで立ち止まってしまう。

「ええ、そうなんです。せや言うてもスーパーのパートなんですけどね」

そこを通らないとアタシの部屋には帰れない。反応の鈍い老人なのでちゃんと、このジジイ、と意思を込めて睨《ね》め付けてやった。

「ああ、ごめんなさい。僕、邪魔ですね。おかえりなさい」

アタシの考えてることが伝わったのか、ジジイは申し訳なさそうに体を縮めながら扉から離れる。その時コーヒー豆の腐ったようなジジイの口臭がこちらまで漂ってきたので、あからさまに嫌悪感《けんおかん》を振りまいて、咳払《せきばら》いをして横を突っ切る。


木造の枠に薄いガラスがはめられた扉を、今にも壊れそうだと思いながら慎重に閉めて、邪魔者たちをガラスの先に追いやる。まだ世間話に興じている老人たち。パートに遅れるぞジジイ。

アタシは玄関の靴箱《くつばこ》に履《は》いていたクタクタのブーツを押し込むと、臭気のする玄関を離れた。下水と湿気、それと洗ってないスニーカーの臭いが充満していたから。

アタシの部屋はどこからともなく隙間風《すきまかぜ》がびゅうびゅうと吹き込み、ほんの時折だけど隣の部屋のオタクみたいなガキの男が漏らす気色悪い怨嗟《えんさ》とゲームの音まで聞こえることがあったというのに、どうもなぜかあの玄関のあたりは換気ができていない。風の通り道にないのか、空気がうまいこと循環できてないようだ。それがより一層、このアパートの陰鬱《いんうつ》な雰囲気を作っているのだろう。ちなみに隣の男はアタシが一度壁を思い切り電マで叩いてやると、それ以来イヤホンをしてテレビもゲームもしているようで大人しい。

住めば都、とまでは言わないけれど、アタシ自身はこの詩名内荘を気に入っている。

母親が生きている時は実家のボロ長屋に客の男を連れてくることがあり、そいつと母親がセックスしてる間はどんなに夜中でもアタシは外に出ていなければならなかった。そんな理不尽がないから、ここはいつだってよく眠れる。それに近所にはコンビニもある。眠れない夜はそこで立ち読みもできるし、食べ物だってなんだってある。そこがアタシの本棚で、冷蔵庫。何も不自由がない。

だけどいつかはここを出たいとは考えてる。

一度、劇団で仲良くなった男を家に連れてこようとしたことがある。生理じゃなかったし、クラミジアも治ったところだったから、セックスしようと思って。

だけどそいつは、このアパートを見るなり、

「すごいね。本当にこんな漫画みたいなオンボロアパートあるんだ。お風呂とかも無いんでしょ？」

って鼻で笑いやがった。

バカにしたのは、この建物のはずなのに、なぜかアタシの腹は無性に煮え繰り返り、次の瞬間には、なんか知らないけどアパートとは真逆の方向に走ってた。

それからすぐにそいつの電話番号も拒否して、劇団もブチって飛んでやった。

――リノベーションしてあるから、共用のシャワールームがあんだよ、充分生きられるわ、バカにす

んな実家暮らしのクソ男、って言い返せばよかったのに、どうしてだろう、アタシはその時ばかりは泣いてしまった。

女優になることも半ば諦《あきら》めて、夢も処女も風俗で捨てて、何にも持ってないはずのアタシが唯一不満に思ってなかったこの住処がバカにされてさ、許せなかったんだ。殴ろうと思ったけど、自分より背の高い男に返り討ちにされそうで、賢明なアタシはただ走った。


またも現実逃避みたいに昔のことを思い出しながら、オンボロの階段を上がって、自分の部屋に戻る。今朝《けさ》脱ぎっぱなしにしていたジャージに着替えると、アタシは冷食のパスタを温めながら、スマホでくだらない占い記事を読みつつ、電子レンジの中を覗き込む。

何度温めても、いつ温めても、冷凍食品のパスタって、きちんとあったかくならないんだ。どこか冷えたままで、なのに他の部分は食べられないほど熱く煮えたぎるようで、不器用な食べ物だと、アタシは思う。

◆

12月11日

数日溜《た》め込んだ洗濯物に、重ならないように溜め込んだゴミ袋。エアコンのタイマーが切れていたのか、布団《ふとん》からはみ出た頭だけが凍えるように冷える。

朝がきた。昨日はスマホで映画を見ながら、結局深夜三時くらいまで起きていた。コンタクトレンズをしたまま眠ってしまったので、目が張り付くように乾いている。枕の横にあったペットボトルの冷えたお茶を飲みながら、コンタクトの洗浄液をそのまま目にかけて潤す。

スマホの画面が目に染みる。午前十一時。アタシにしては早く目が覚めた方だ。

「あ～」

伸びをしながら声を出す。歯を磨かずに寝たので口臭が鼻をつんざく。

アタシは歯を磨きながら、スマホのカレンダーアプリを開いた。午後三時から予約が一件入っている。以前に一度、福島《ふくしま》駅の方のホテルで予約してきた客だ。装《よそお》いも小綺麗で、年齢やその立ち居振る舞いからもそこそこ社会的地位があるんだろうと分かるおっさんだった。

昔は客の清潔感や見た目でアタリだとか一喜一憂《いっきいちゆう》していた。

でも、いくら金持ちだろうと支払う金額は同じ。アタシがもらうギャラも同じ。

例えば一億円くれるとか、タワーマンションの一部屋を借りてくれるだとか、そんな夢を見せてくれる人間なんていないのだ。

シンデレラストーリーは大阪には存在しない。

◆

「らいちゃんさ、この前の写メ日記見たよー」

午後三時七分、客が予約してくれていた新大阪の駅前のビジネスホテルに入り、エレベーターホールで落ち合う。二時間ほど指名時間をとってくれているので、早速プレイするわけでもなく、客の部屋で、やたらふかふかのベッドに腰掛けて少し雑談をしていた。

「どの日記ですか？」

アタシが問い返すと、客は老眼がきついのか眼鏡を脂ぎった額に上げて、スマホを操作する。

「これこれ、えーと、勉強中ってタイトルのやつ。大学で演劇サークルに入ってるんだってね、すごいね」

アタシは自分のついた嘘の記憶を掘り起こす。

ああそうだ、以前風俗の写メ日記を更新する際に、半分までしか読んでないメソッド演技の技法書を話題に挙げた。アタシ、中卒だから大学のことなんて分からないし、義務教育すらまともにやってこれなかったから、ボロが出ないように自分の得意分野で知性や学生らしさを演出してたんだった。

と言っても、演技の方もアタシは怪しい。専門用語も、古典演劇やそれを書いた作家、そして著名な俳優や脚本家すらほとんど言えないのだから。

結局アタシは、役者や演劇に憧れたのではない、脚光を浴びてチヤホヤされる人間に憧れただけ。

アタシは「そうそう～、楽しいんですよ～演劇って」と明るく振る舞った。

「じゃあ何、将来は女優さんってわけかな？」

「いやぁ、アタシなんて……」

「なれるよ、らいちゃんは愛嬌《あいきょう》あるし、素朴な味がある。こういう顔の女優さんって必要だよ。画面に出てくるだけで個性が花咲くというか」

お世辞だ。はっきりと美人だと言えない人間に対する、お世辞なんだ。

だけど。

だけど、なぜだろう、気分は悪くない。

アタシは本当にちょろくてバカだ。

浮かれるな。こいつはきっと『煽《おだ》てて褒めりゃ本番くらいヤラセてくれる』とでも思ってる人間だ。

「でもほんと女優なんてなれると思ってなくて、アタシは趣味っていうか、ほんまに友達に連れられて入っただけなんですよ、マジで」

「そうなの？」

客はもう一度スマホに目を移す。

「でも……こんなに本がくたびれるまで読み込んで、努力したんじゃないの？」

「いやそれは……」

それはアタシが乱雑に保管したからだとは言えない。カップ麺のフタを押さえる文鎮《ぶんちん》代わりにしているだなんて、とても言えない。

「らいちゃんは、きっと努力家だろうし、話していても時折……なんだろう、野心というか、プライドのようなもんが目の奥に眠ってるような気がするけどねぇ？　他の子とは違うなぁって、いつも感じてるよぉ、僕は」

それはただ、アタシの性格の悪さが滲み出てるだけだ。悪態が心の奥からこぼれ落ちているに過ぎない。隠す器量も、隠す気も無いからだ。

だけどアタシは話を黙って聞いた。

「実はね、らいちゃん、僕ね、らいちゃんが信頼できる子だから話すんだけどね、テレビ局に勤めてるんだ。報道系の部長でね、業務も国際関連だかららいちゃんには馴染みないかもしれないけれど、これでもすごい人なんだよ」

「そう、なんですね」

職業を自慢げに話す客は多々いる。だけどそれはただの自慢。どんな上客だろうが支払う額は変わらないのだから、アタシの施すサービスも変わらない。

「だから芸能界にもまぁまぁ通じててね、今だと俳優の羽生《はぶ》ちゃんとか、赤穂《あかほ》ちゃんとか輩出してる事務所の社長ともお付き合いがあってね」

ああ、おっさんの功績や人脈の広さを延々と語る世界一無駄な時間に突入したなと確信して、アタシはベッドに深く腰掛け、膝《ひざ》を立てる。

「らいちゃんもさ、一度会ってみない？　そこのスカウトもやってるお偉いさんに」

「え？」

アタシは面《おもて》を上げて、客の方を見る。「どうかな」とだけこちらに投げかける客に、少し苛立《いらだ》ちながら「何がですか」と詳細を促した。

「いやほらわかるでしょ、芸能界と繋《つな》がってみないってことよ。今テレビ局も手広くやってて、ｗｅｂのCMとか、ｗｅｂ番組の方もどんどん新しく打ち出してるのよ。そういう規模の小さいものだけどデビューする機会がたくさんあるわけ。らいちゃん、声もいいし、若いからさ。せっかくだから芸能界で仕事しようよ、もったいないよ、ねぇ」

「い、いやアタシなんて、ほんま、無理ですよ、なんも劇団とか入ってないし」

「大丈夫大丈夫。最近の子はYouTubeとかでデビューしてフリーでやるじゃん、あれといっしょだよ。そういうフリーの子の方がこういう軽めの仕事って受けやすいんだよ。ほら、しがらみとか、そういうの無いしね。ただギャラはそこまで弾まないし、仕事を受けたとて、事務所に所属できるかは分からないんやけど……こういう機会、無いでしょ？　どうかなぁ？　悪い話ではないと思うんだけど、ねぇ？」

「いやでも」

「ショートカットだよ」

「え？」

客はにっこりと、屈託のない笑顔で、微笑《ほほえ》む。

「ちまちまとオーディション受けて、演技を練習して知名度と実力を上げていくだなんてもう古いでしょう？　君たち世代は自分たちでバンバン仕事するじゃない。これもそう、運と人脈だよ、これを活《い》かして表舞台に出て行こうよ、そういうチャンスだよ」

もっともらしい甘い言葉。

そんな上手《うま》い話なんてこの世にあるわけがない、よしんばあったとしてもアタシみたいな底辺の人間の元に舞い込むだなんてありえない。

なのにアタシの心は高揚していた。足の裏まで汗がびっしょりだ。腸のあたりがぐるぐると動く気配がした。動揺しているのか。

「あ、アタシ、でも」

「ん？」

怒られてるわけでもないのに、客の聞き返し方にびくりと肩が震える。まだ言い訳して誘いを無下にするのか、と思われてしまうだろうか。

「アタシ、もう、風俗なんて世界におるから、その、もうほんま無理ですよ、はは。顔出してメディアに出たら炎上しますって、マジで」

目の前に転がる輝かしいエサに、自ら泥をかける。心がギューッと締め付けられた。

だけどアタシの経歴はもうとっくの昔に汚れている。

そんなことは十八歳で風俗に入った時点で理解していたが、でもどこか『まぁ大丈夫だろう』と甘い気持ちがあった。女優になるというアタシの人生設計の中に織り込んでしまっていた。

ああ、分かった。いや分かってしまった。

きっとアタシはもうはなから諦めていたのだ、自分には女優なんて無理だって。

小さい頃から、オーディションを受ける前から、ずっと。

だから風俗の世界に自ら堕ちてきた。失敗する原因を作って安心するために。成功できない理由を求めて自身を汚《けが》すために。

なのに、今目の前でこうも『夢の実現の予感』が突如《とつじょ》現れると、アタシの脳みそはバグったように後悔をし始める。

「そんな経歴、大丈夫だよ。有名になったら、そうとは言えなくなるかもだけど……とにかく大丈夫大丈夫。AVに出てた声優も全然第一線で活躍してるよ、ほら、性には寛容だからね、日本は」

「……でも」

「人気になってしまえばファンや事務所がらいちゃんを守ってくれるし、それにこんな目隠しして修正してる宣材写真がサイトに載ってるだけなら誰も分からないよ。女の人なんて加齢で顔も変わるし、化粧や整形もある。安心しなって、大丈夫大丈夫」

アタシは押し黙る。言葉が出ない。

「夢を叶えたいと思わないの」

アタシは促されるように頷《うなず》いた。

「思います、ほんまに思います、なりたいです、アタシは、やっぱり女優になりたいんです」

客はアタシの稚拙な懇願《こんがん》を、まるでドラマに出てくる教師みたいな顔して黙って聞く。

もしアタシに父親がいれば、こうやって夢を応援したりしてくれたんだろうか。燻《くすぶ》った子どもの背中をさするように慰めて、頼れる大人として機会を与えてくれたのだろうか。

「じゃあ色々やってもらいたいことがあるから、らいちゃんにはお願いすることも出てくるんだけど、大丈夫かな？」

「はい、えーと、履歴書とか、自己PRとか、ですか？」

当たり前だけど、個人情報を手渡すことは少し気が引ける。

ましてやこの男自身は芸能事務所の関係者ではないのだから、あくまで縁故や身内・知り合い間といったツテで紹介されるだけだ。コネと言うにはあまりに脆《もろ》い。

「アタシ、今までおっきいオーディションだと書類選考でも落とされてきたから、その、書類を渡して終わりって感じやなくて、実際に会って自分で渡したいんです。そしたら演技とか、見てもらって、写真で見るより好印象に受け取ってもらえる思います。アタシ、お客にも『写真で見るより可愛《かわい》いね』って褒めてもらえるんで」

矢継ぎ早に、つけ込むようにアピールすると、客は嬉《うれ》しそうに「まぁまぁ、落ち着いて」と言って、のけぞりながら靴下を脱いだ。

「じゃあ、今度、そうやね、来週くらいに会ってみようか」

「ほんまですか」

「うん。ちょうど箕面《みのお》の方の料亭で会う予定があるし、いつも向こうもこっちも女の子用意して会ってるからね。ただし、そうやね、新地《しんち》のスナックの子って設定で連れて行くし、そこで仕事もらえるわけじゃないと思うけど、いいかな？」

アタシは渾身《こんしん》の力で頭を縦に振る。

箕面の料亭、料亭だって。高級料理を食べるところだ。アタシ、今までの人生で一度も懐石《かいせき》だとかフルコースだとか食べたことがない。縁もゆかりもない世界だった。

あまりにも生まれが、こういう人間——小金持ちや社会的地位の高い奴らと違いすぎて、アタシは経験が乏しい。経歴も浅い。低学歴で育ちの悪い地方出身者。その一言で全てが済む。

顔がブスなのに、女性研究者ってだけでチヤホヤされてる女をテレビで見た時に思った。世の中見た目だけじゃない。特別な能力を持っていれば、女ってだけで一目置かれる存在にアタシもなれたのにって。

とにかくアタシは持たざる者として生まれて育つという星の下にあったのだ。オーディションを受けるたび、そこで他の女たちの能力や資質——育ちの良さを見るたびに、女優としてのスタートラインのかなり後ろの方に立っていると痛感した。アタシの武器は女であることしかなかった。

だからアタシはずっとチャンスを待っていた。努力できる居場所や、経験を積む機会を。アタシの人生の負債に徳政令を出してくれるような人間にようやく出会えたことで、ここから経験と経歴を積み重ねていく。それからキャリアの道が拓《ひら》かれる。

「それとさ、らいちゃん、ここからは個人的なお願いなんだけどねぇ……」

客はベッドのそばにあった革のビジネスバッグから小さなビデオカメラを取り出した。


「ハメ撮りとか、撮ってもいいかな？　大丈夫？」


客はさっきアタシの背中を押す時と何ら変わらぬトーンで、まるで記念写真をお願いするかのような口振りで、ビデオカメラの電源を入れた。フィーンと間抜けな起動音が響く。

「え、イヤ待って、それどういうこと？　え、芸能界ってそんなん必要なんですか？」

アタシが聞くと、客は吹き出す。

「大丈夫大丈夫、そんなの必要ないよ。これは僕の趣味。個人的に見たりするだけだし、他の人には渡さないから安心して」

「いやでも」

血の気が引いていく。


アタシが風俗の世界に飛び込んだのも、オーディションで枕営業しようとしたことがあるのも、それが形に残らない仕事のあり方だからだ。セックスするだけなら、乱暴でもされない限り、アタシは失う物なんて何もないと感じてる。むしろ都合と効率のいい女の武器だと信じてきた。

だってセックスは嘘だ。感じるのも、喜ぶのも、男を立て、ちんこを勃《た》たせるだけの演技で、全て嘘だ。嘘が女の武器だと母親は言っていたけど、それは全てこの女の体が持つ特徴に集約される。男と違って勃つ勃たないという見分けも、射精という終着点もないこの体は嘘で相手を喜ばせるのに都合がいい。だからアタシは躊躇《ためら》いもなく、脱いで、跨《また》いで、ヤッてきた。

だけど、違う。ハメ撮りは絶対に違う。段階が違うのだ。

アタシは母親の背中を見てきて悟った。いつも酔い潰れ、それでも店を営業し、客の名前と共に過ごした時間を覚え、ちまちまと媚びへつらい接待して稼ぐ水商売よりも、名前も知らない人間とその場限りの契約でヤッて稼ぐ風俗の方が自分の性《しょう》に合っている――いや、若い女という性《せい》に合っていると確信して、風俗の世界に飛び込んだ。

それでも手っ取り早く稼ぐため、ＡＶの業界に入らなかったのは、それがさらにもう一段階、取り返しのつかない行為だとうっすら勘づいていたからだ。

形として残った物は、消えない。市中に出回ったＡＶを回収することも、インターネットの海に流出した映像を消し去ることも完全には無理だ。喧伝された風評も風化することは絶対にない。

ネットを見れば流出動画は枚挙にいとまがない。アタシの周りの嬢にだっていた。今そいつらがどうしてるか、生きてるかすら分からない。

そう、動画は、映像は、女優として栄光をもたらすための功績になることもあれば、それとは全く逆に一生の汚点――スティグマとして残り、尊厳も未来も奪われてしまうこともあるんだ。

「アタシは、その、やっぱ無理です」

こちらの出方を窺《うかが》う客に向かって、沈黙に堪《こら》えきれずに答えた。

「どうして？　やっぱ僕みたいなおっさんは信頼できない？」

「あの、何というか、動画はほんと無理なんで……」

するとと客は一瞬苛立ったような顔を見せつつも、すぐに太い眉をハの字に曲げて、甘えるような気色の悪い声で言った。

「一生、夢見るだけでいいの？」

「え？」

「芸能界は、そんな特別な世界じゃないよ。入ってみれば分かるよ。案外普通の人たちが、普通に働いて、実力のない人間も普通に飯を食ってる。門だけが狭いけれど、入れば普通なんだよ。なんでこんな奴がテレビに出られるんだ、って思う奴もいるでしょ？　あれも入ってしまったから、表に出てしまったからなんだよ。仕事を受けてるから仕事が集まる。テレビに出なくなってもどこかで仕事がもらえる。芸能人に一度なってしまえばあとはもうある意味安泰。風俗の世界なんかよりも絶対に君のためでもあると思うけれどね。資本家が金で稼ぐのと一緒。君が、本名や芸名で新しく自分という商品を作り上げて、芸能界で、演技や女優として仕事しましたって言えば、そこからいくらでも道はあるわけ。いいの？それ全部捨てちゃって。いいんだけどね、僕は。僕は君の判断と人生だからいいんだけど、本当にこのままだと君オーディションとか難しいと思うよ？　あの……ほら、ご時世的にって意味でね。狭き門がもっと狭くなってくから。企業も何処《どこ》の馬の骨か分からない人間使うよりも、僕みたいな関係者が太鼓判を押して『どうぞ』ってオススメする子を起用する方が安心なわけだし」

「あ、はい、あの」

「ごめんね、一気に話して。でも本当に君がダメって言うなら、もったいないと思ったから」

「そうですよね……」

迷う時間すら与えない言葉のマシンガンに、アタシはもう考えるのが面倒になってくる。段々と顔つきが呆れに変わっていく客を見ながら、どうしてか泣きそうになるのを堪える。

「あの、じゃあ、絶対に他の人に見せたり、ネットとかに上げないなら、あの……全然、いいんですけど」

「本当に？　ありがとう」

「あ、でも、顔は映さずにいてくれた方がいいな思うんですけど」

「自分だけで見る用だよ？　大丈夫だって」

客は間髪入れずに立ち上がり、カッターシャツの袖のボタンを外し始める。

「らいちゃん、よかったよ。夢に一歩、前進だね」

明るい言葉ばかり言うもんだから、感覚が麻痺《まひ》してくるが、今から本当にアタシはハメ撮りを撮らせてしまうのだ。

お母さんの言葉が蘇《よみがえ》る。

『女は顔で売れなくなったら、体で売るしかないんや』

アタシは今から夢を得るために、性だけでなく、人生まで売ってしまうのだ。

死ぬ。死んでしまうのだ。多分アタシは社会的に死ぬためのロープに今から首を突っ込む。アタシの足元の土台が蹴飛ばされるかどうかはこの客の機嫌や、本当の人間性に委ねられる。

もうすでに後悔してる。ベッドの高めのピローに頭を預けて、アタシは高い天井を見つめる。シャワーも浴びずに、股《また》を広げて、ピピっと機械音が部屋に響いたのを耳にしながら目を瞑《つぶ》る。

まだ間に合う。

蹴れ、蹴ってしまえアタシ。

カメラも、客の股間《こかん》も、その誘いも全て蹴ってしまえ。

アタシ、動け、まだ間に合う。

死ぬ気でそいつを蹴り殺せ！

「ほら、声出して」

客の言葉が、ふわふわと頭に響く。

これは、夢だ。

◆

客がシャワーを浴びている。アタシはベッドに寝そべりながら、デスクの上に置き去りにされたビデオカメラや客の私物を眺めていた。

お湯の流れる音はまだ止《や》みそうにない。

カメラのデータを消せば、取り付けたコネクションまで消え失《う》せてしまうのは明白だ。

ならばもう、アタシはこの現実を突っ切って、本当に芸能の仕事をしてしまえばいいだけだ。むしろ夢のための入り口に立ったのだ。喜ばしいことなんだ。名前も会社も知らぬ自称だけの客だが、まだ裏切ると決まったわけでもない。

今までどんな人間にも悪態をついてきたアタシが、ここぞという時に性善説を頼りに平静を保とうとしてるだなんて、笑える。だけど自分を安心させるためだけに現実を単純に解釈してゆく。

いや、でもそんな現実逃避だけしてるのはダメだ。

せめて、せめて交渉の手段くらいは持とう。

もしも約束を反故《ほご》にされたら――その時は少しでも相手にダメージを与える手段を持っていないと、アタシは無力のまま食い物にされてしまうだろう。匿名相手の戦いじゃないのだ、今相手はアタシの目の前にノコノコと現れてくれている。いつ敵になるか分からないのなら、敵になった時に備えて武器を持つのだ。

アタシは客のカバンに足早に駆け寄り、財布の隣にあった名刺入れを漁《あさ》った。手癖と育ちが悪くてよかった。罪悪感も躊躇いもなく客の名刺を一枚失敬して、アタシの出張カバンにしまう。

その時、ちょうど客が――いや、MNB放送の国際部部長、裏田《うらた》が、醜《みにく》いメタボ腹に湯気を纏わせて、汚いイチモツをぶら下げながら浴室から出てきた。

「シャワー浴びなくて本当に大丈夫？　て、もう指名時間ギリギリか。ごめんね長引いちゃって」

「いえ」

アタシがしおらしい態度でカーディガンを羽織り、ブーツに足を入れていると、裏田は満足そうに「ありがとうね」と言ってきた。他意がありそうなその言葉に、アタシは少し焦る。

「じゃあ、あの、連絡先教えてもらってもいいですか？　その、来週のご飯のために」

「ああうん、えっとメルアドでいい？　もうおっちゃんだから、スマホ使ってもラインとか使えなくて」

言い訳がましく呟きながら濡《ぬ》れたままの手をカバンに突っ込む。スマホとガラケー二台を取り出して、少し「えーっと」と考えた素振りを見せた後、デスクにあったビデオカメラとドラッグストアの値札シールが付いたままのローションを除《の》けて、部屋に備え付けのメモ帳にペンを走らせる。

「はい、メルアド。来週の火曜になるかな。でも前日には連絡するから忘れないでよ。きちんとした格好を用意して、お店には出勤せずに空けといて？」

今のアタシの格好が安っぽいと言外に匂わせて、それでもきちんと二つ折りにしたメモの一片をアタシに手渡してくる。

とりあえず、とりあえずは約束を取り付けた。連絡手段もこちらに渡してきたので、速攻で反故にする様子もない。

……いや、安心はできない。射精した後もこうしていい顔を保ち続けるのは、アタシの逆上を防ぐためかもしれない。まさか目の前で「やっぱり嘘だ」なんて言うわけがないのだから。

本当に悪い奴は、いい奴の顔をしている。

「あの、ほんとに、ほんとに信じてますんで、お願いします。アタシ、裏田さんのこと信じて、頑張りますんで」

すると客は「ん？」と言いながら眉を顰《ひそ》めた。

「僕、名前言ったっけ？」

◆

あの後、少しアタシのことを訝《いぶか》しく思っただろう裏田だったが、「まぁ前も指名してるし、そん時に言ったかな？」と自身で結論づけて終わった。その後、どうやって家に帰って、どうやって寝たか、缶チューハイをたらふく飲んだのでよく覚えていない。

12月12日

次の日、珍しく入った三件目の仕事を終え、残業帰りのサラリーマンに紛れて一社会人みたいな顔して家に帰ると、隣人の男がちょうど帰ってきたところのようで、コンビニ袋片手にそそくさと部屋に入るのが見えた。上下薄汚れたグレーのスウェットの上に、ゴミ袋みたいな黒のダウン、脂ぎったファー。中学生みたいな格好をした、アタシより恐らく年下のガキ。

アタシは部屋で独りぼんやりとしていることに耐えられる気がせず、夜の十一時を過ぎていたが、部屋に戻る前にその男の部屋の戸を叩いた。

「なんですか……」

扉も開けずに警戒した様子で声だけ返してくる。初めてきちんと声を聞いたような気もする。向こうから挨拶をしてこない人間だったので、ずっと無視していたから。

「いや、ちょっといい？　あんた、パソコン持ってるでしょ」

「まぁ、……え？　貸さんけど？」

「いやちょっと、友達が困ってて。人のパソコンになんか、データとかパクられた？　みたいで」

「はぁ……」

「そういうのって……ハッキングして消したりできんもんなん？」

「……できひんでしょ」

もちろん、そんなことは分かっていた。アタシだってバカじゃない。

しかもただ家でパソコンをいじってそうな、オタクっぽい見た目ってだけの得体のしれない人間に、アタシは一体何を期待して問いかけたんだろう。

「まぁ、そうやんな。ごめんな、ありがとう」

アタシはそう言って自分の部屋の扉に鍵《かぎ》を差し込んだ。返事はもう無かった。

それから一睡もせずに、コンビニで吸いもしないタバコを買って、中津のタワマンの麓《ふもと》にある公園で早朝に一服した。ラブホのライターで火をつける時、ギザギザの回す部分が固くて、ちょっと手が震えた。

懐《なつ》かしい香りが、鼻を通り抜けてからようやく克明に分かる。タバコらしい香りだと。子どもの頃からずっと近所のババアが営むタバコ屋に買いに行かされた銘柄だった。母親はこれを何年吸っていただろう。

きっと殺されてなければ、肺がんにでもなって死んでいたよと、馴染みだったらしい母親の店の客が葬式で言っていた。

「ひさぎさんみたいになるなよ」と、母親の名前を出して、アタシに弔《とむら》い酒を注《つ》ぐ喪服《もふく》の知らない男を思い出す。

でももうアタシだって、ろくな死に方なんてできない気がしてる。

◆

12月13日

あれから二日経《た》った。あの日の裏田とのことを思うと未《いま》だに動悸《どうき》がする。二日しか経ってないと言うべきだろうか、それとももう二日も経ってくれたと言うべきだろうか。

裏田からは連絡がない。当たり前だ。来週の火曜日までにはまだ五日もある。ただメールが来るのを待てばいい。メルアドを貰《もら》ってから、すぐにアタシは自分からメールを送り、約束のことを明らかに文章に残しておいた。しかしその返事は来なかった。メールが届いているかどうかも分からない。

アタシは不安に駆られ、今日の出勤をサボった。予約が一件入っていたが、昨日に三件指名が入ったおかけで、なんとか財布には四万円前後の金が入っていたから、今は生活よりも心のケアを優先した。

◆

アタシは昼過ぎの中之島《なかのしま》にいた。

辺りにはタワマンやオフィスビルが立ち並ぶ。土佐堀川《とさぼりがわ》と堂島川《どうじまがわ》を繋ぐモダンな造りの石橋から、裏田の職場を見上げた。ビル風が吹き荒《すさ》び、川のドブの匂いを吹き流し、アタシの体ごと倒しそうになる。真っ青な空に突き抜けるように、他のタワーマンションよりよっぽど立派な建物がそこに聳《そび》えてあった。

MNB放送大阪本社のビル、ここの中で裏田が働いてるんだと、名刺にはっきり書かれていた。なんでここに来たかというと、分からない。強《し》いて言うならいてもたってもいられなくなったから。アタシは必死だった。死に物狂いで自転車を漕《こ》いで、この場所まで駆けつけた。コンビニで買ったストロング酎《ちゅう》ハイを飲んだ昨夜は全能感に包まれて、

「アタシは運がある方だから大丈夫」

「アタシは他の奴とは違うから何も悪いことが起きずに成功できる」

「よしんば裏切られて約束を反故にされようが、動画を流出させられることはないだろう」

「動画が出回っても、こんなハメ撮りなんてTwitterでも毎日流れてる。すぐに世間の記憶からなくなる」

と、楽観的に考えることができて、どのように物事が転ぼうが、いいような気すらしていた。そのおかげでアタシは気づいたらスマホを片手に眠ることができていた。

なのに頭痛と吐き気とともに起床すると、昨日の強気な気分の波がスーッと引いていき、途端に体が、指の先の方から寝汗とともに冷えていった。

一度も調理場としては使ったことのないキッチンのシンクにゲロをぶちまける。シンクの丸いタイルに沿って流れる液体を、胃酸の鼻をつく臭いを嗅《か》ぎながら眺める。

二日酔いで痛むアタシの頭を占めるのは、どう足掻《あが》いても取り返せないアタシの失態とアタシの人生の蹉跌《さてつ》。

仮にこの先どんな幸せを掴もうが、どんな成功を収めようが、ハメ撮りという暗澹《あんたん》とした事実の、その影に怯《おび》えながら生きなきゃならないという絶望感。

死んでしまったんだ、アタシの人生が。


大正モダンな建築物の陰で、角のガラスが割れたスマホを取り出し、ささくれのような破損部分を爪でカリカリして遊ぶ。カフェを探そうとするも、安いキャリアで契約したスマホじゃ、通信制限でろくにマップも開けない。この近くにはオムライスが１４００円もするぼったくりの店しかないのか、見える範囲にアタシの居場所は見当たらない。しょうがなく自転車を停《と》めて、土佐堀川の中洲《なかす》にある芝生にそのままケツを置く。

「あ、」

アタシは歩きながら電話をするビジネスマンに気づいて、ある方法を思いつく。

裏田の部署に電話しよう。そこで裏田に繋げてもらって話せばいいんだ。

内容は何だっていい。とにかくアタシが裏田の近く——場所だけじゃなく、裏田の人生に接近していることを分からせてやればいい。

お前もアタシと一緒で後戻りできない道に来たんだと、仄《ほの》めかす。

もしアタシを裏切れば、すぐに職場にカチコんでやるよ。裏田って人間は風俗嬢を脅《おど》しているんだって叫んでやる。それで仕事も家庭も滅茶苦茶《めちゃくちゃ》になればいい。

それに仮にハメ撮りを流出でもさせてみろ、アタシは本当に失う物がない人間として完成される。そうなれば惨《みじ》めったらしく耐え忍んでシクシク泣いてるだけの可愛い被害者として生きることもない。

喜んで裏田を殺してやる。

今から恩を受けて、世話になるかもしれない裏田にアタシはすでに憎悪を燃やしていた。当たり前だろう。本当に夢見る人間を応援したければ、ただ芸能事務所に紹介するだけでいいのだから。奴がアタシにしたように、相手の方が立場が弱い状況に持ち込まないと気が済まない。

アタシは早速『国際部』直通の番号に電話をかけた。

数コール後、電話が繋がり、アタシは、

「裏田さんはいらっしゃいますか？　お忘れ物がございまして、新大阪の料亭の者です、とお伝えいただけますでしょうか」

と伝えた。

裏田は現在席を立っているとのことで、後でかけ直すよう取り次いでもらった。

数十分が経った。コンビニで買ったホットのペットボトルの緑茶で暖を取りつつ、気晴らしに中之島を散策する。アタシの不安は少し和らいで、むしろ自信すら取り戻しつつあった。一時は死を織り込んでこの先のことを考えていたというのに、もう晩ご飯のことを考えている。すると、スマホに着信があった。さっきアタシがかけたのとは違う番号だった。

「もしもし」

「……らいちゃんだよね、どういうことかな」

「えっと、メール、返事がなかったので」

「なんで職場にかけてきたの？　ていうか何で知ってるの？」

「裏田さん、仕事のこと言ってましたよ。アタシ、それ覚えてたんです」

「……チッ、はぁ～～……本当にいらない嘘つかないでよ、名刺でも見たか、それか盗んだかしたでしょ。考えられないね」

アタシは電話越しの裏田の心底呆れて物が言えなくなる表情が想像できる。裏田の革靴の歩く音だけが響いた。人気のない場所で電話しているのだろう。

「盗んだんじゃなくて、見たんです。その、裏田さんのカバンを倒した時にポロッと出てきて」

「はいはい、もう嘘つかないで、怒るよ僕。はぁ、本当に、はぁ……何で信じて待ってられないかなぁ？　そういうことされたら困るし、紹介もできなくなるよ？」

「いやそれは困ります」

「困るのはこっちだって分かんない？　あのさぁ、手癖悪くてストーカーまがいのことしてくる子を応援しようと思う？　嘘ばっかつく子を信頼して紹介できる？　そういう気すら失せてくるよ、本当に」

「……」

アタシは思わぬ展開に直面し、動悸が激しくなる。

裏田が狼狽《うろた》えると思っていたのに、アタシの首を絞めつけることになってしまった。

今までのおっさん客たちは、客なのにアタシにペコペコと頭を下げて「こんなおっさんでごめんね」と謝ってくる奴らが多かった。アタシは股さえ開けば、金をもらう立場なのに媚び諂《へつら》ってもらえて、正直風俗の世界が居心地いいと思うことすらあった。もちろん高圧的な奴もいるけど、そんなのヤクザの名前を出せば楽勝だった。アタシは色んな意味でおっさんをナメていたんだ。

だけど、裏田は違った。いや裏田も真剣だからこそ豹変《ひょうへん》したのだ。

自身の首元にまで差し迫る脅威を、その火の粉を全身全霊で振り払おうと思っているのだ。だからこそ威圧するし、本気で激昂《げっこう》する。

裏田の荒い鼻息でアタシは頭が真っ白になっていたが、泣きそうな自分の顔を叩いて気合いを入れ、話を切り返す。

「……そうですね、見ました。でも信頼できへんのはそっちもやろ」

「は？」

「自分から名前も言わんし、連絡もよこさんとかナメてるやん」

アタシは勢いに任せて、いつもの口調で投げかける。

「お前ハメ撮りしといて、やっぱり芸能界の話無しとかほざいたら許さんからな、アタシのこと気に入ってるヤクザに言うぞ、職場も名前も」

「ふっ、何それ脅迫？　嘘でもヤクザとか言わない方がいいよ。逮捕されたら嫌でしょ？」

小馬鹿にしたような裏田の言葉で頭に血が上る。表情も手にとるように分かる。アタシの夢を馬鹿にした、小六の時の担任と同じ、値踏みし切ったクソ男の顔。

「じゃあアタシの手で、自ら殺したる。殺されたくなかったらハメ撮り消して、そんで料亭にアタシを連れていけや」

アタシは後戻りも関係修復もできないことを勢いで口走るが、だけどアタシが本当に心の底から安心して、今まで通り生きるにはこの方法しかないと、言ってから自覚した。

「じゃあ、一旦、考えさせてくれるかな？」

「あ？」

とアタシとは反対に、淡々としつつも毅然《きぜん》とした態度で返す裏田は、

「ちょっと色々考えさせてくれる？　まだ仕事あるし」

「待てやボケ、来週の火曜は」

「それも考えさせて」

「有耶無耶《うやむや》にして逃げるつもりちゃうやろうな。それか弁護士か警察とか行くつもりか？　殺すぞボケコラ」

アタシは思いつく限りの牽制を投げつけて、考えうる裏田の策を潰そうとした。

だけど裏田は、諭すように、焦燥に駆られるような素振りも見せない声色で、

「一旦、切るよ」

と言って、一方的に電話を切った。

アタシは物事が取り返しのつかない段階に、本当の本当に入ってしまったのかもしれないと焦る。熱々に燃えたぎったスマホを耳から離し、脇汗が垂れるのを感じる。

これから一体、どうなってしまうのだろう。

夕日がビルの下に溶けていく。街が少しずつ明かりの灯《とも》ったビル街に変わりつつあるのと同時に、アタシの心は真っ暗な奈落に落ちていく。MNB放送のビルからもスーツを着た社員らしき人々がチラホラと出てゆく時間になっていた。京阪《けいはん》の駅の方へ川に沿って人が流れる。

もう年の瀬だから、夜が早い。

アタシはそのビルの足元を、対岸の芝生から川を挟んで呆然と眺めていた。

これからどうしようと、初めて自分の人生のこの先について真剣に考え、景色と化した人々にすら何も感じなくなっていた時。

タクシーに乗り込む、裏田が見えた。

◆

「ちょ、あのタクシー、追って！　はやく！　いや、それじゃない、いま信号待ちで一番前におるやつ！」

アタシもすぐにタクシーに乗り込んで、初めてドラマみたいなセリフを言った。少し興奮したが、ア

タシのテンションはギョッとするタクシーの運転手を置き去りにしていたようで、ゆっくりとタクシーは前進を始める。

幸い、裏田はこちらに気付いていていない。それどころか尾行を気にする様子もない。当たり前か、アタシは電話しただけに過ぎず、まさか会社の前まで来ているとは思うまい。

にしてもタクシーでどこに向かうつもりだろうか。自宅ならば、それはそれでこちらも好都合――いや、かなりラッキーだろう。脅迫や交渉に使える材料は多い方がいい。

どこにでも行くといい。アタシは一昨日昨日と稼いだから、軍資金はたくさん持ってる。走れタクシー、あの男を追いかけろ。前のめりで運転手を揺さぶる。

「お、お客さん、分かりましたから、落ち着いてくださいよ」

「じゃあはよ。五車線もあるんやからもっと追いついて！　ノロノロ走ったらあかんでおじいちゃん、あ、でも真後ろはあかんで、これ尾行やから」

白髪の眉をこれでもかと吊《つ》り上げ、バックミラーでこちらを確認する運転手。ジジイのくせに何を芋《いも》ってんだ。

「いいからちゃんと追って、どこまでもな。お金はあるから」

アタシは後部座席に頭を預けて、身をずるずると下ろして運転席の背後に隠れる。

あ……自転車をうっかり中之島に置いてきてしまった。そこまで気も回らなかったし、あの千載一遇のチャンスでは自転車の置き場所も事情ももうどうでも良かったから頭からすっぽ抜けてたな。

だけどまぁ、うちのアパートの前に置いてあったオタク男のやつだからいいか。

◆

着いたのは阿倍野《あべの》だった。夜の街に赫赫《あかあか》とした下品なネオン、黒いキャンバスのような夜空には突き抜けるようにあべのハルカスが伸びる。

その喧騒からすぐに街の外れに向かい、裏田はタクシーを止めた。恐らく分譲の、高級そうなマンションが並ぶ。だけどその通りを一本挟むと汚らしい商店街と、飲んだくれの汚い格好のおっさんたち、中国人の女がやってるガールズバーと、暖を取ろうと彷徨《さまよ》うホームレスが車内から見えたが、アタシはすぐに裏田の乗るタクシーに視線を戻す。

「もういいですか？」

「え、ああ、はい、なんぼなん？」

メーターを見れば料金は４０００円ちょっと。クソたけぇ。ムカつくからくしゃくしゃの千円札で支払って、タクシーを降りた。

裏田はマンションの方へとぼとぼ歩く。周りを警戒する様子もなく、街灯も車通りも少ない路地ではその姿だけがずっと先に視認できた。

幸い、マンションには外を囲う外壁や門も無く、すぐに住居者用の駐車場に通じている。車が進入できないようにチェーンゲートが張られているが、ただの歩行者はマンション下のエントランスまでは入れる造りだ。オレンジの蛍光灯が灯る外廊下は、遠くからでも誰がどこを歩いているかも確認できる。きっと造りが古いのだ。今の時代、こんなもんじゃ性善説を頼りにしてるとしか思えない。内廊下で、コンシェルジュもいて、塀ででも囲んでおかなければ。アタシみたいな執念深い人間なんてたくさん生まれる世の中なのだから。

裏田がエントランスに吸い込まれ、一分後にはマンションの外廊下を歩いているところまでしっかり見ることができた。その時のアタシの胸は、案外落ち着いていた。

八階、右から数えて七番目。スマホを握りしめてはいたが、目にその景色を焼き付けて覚える方がいいと思い、目を逸らさずに見つめていた。

運だ。裏田と出会った時に摑んだものは悪運も良縁も一緒くたにしたもので、今ここで尾行に成功したことは良運、それだけに過ぎない。

なんの考えもなく、尾行能力もないアタシがここに行き着いたのも、裏田が名刺を持ちながらデリヘルを呼ぶような、風俗嬢に職場を特定されるような、そして特定されたと知っているのに警戒もせずに家に直帰するような間抜けな人間だからに他ならない。

今からが、これからがアタシの正念場で、戦いの始まりだ。

この脅しのネタは決して無駄にはできない。

無い頭を、足りない知能を働かせて、やるしかない。

◆

12月14日

アタシはその日も仕事を休んで、天王寺《てんのうじ》に来ていた。

裏田の住むマンションにたどり着くと、昨日とは違った明るい景色が眼前に広がっていた。初めてマンションの色が少し青みがかっていたのだと気付いた。

だけど網膜に張り付いた目的地は、決して霞《かすみ》もかからずそこにあった。

住人がエントランスを出てきたのに便乗してマンションに入り込み、監視カメラを警戒して階段で八階まで駆け上がる。天王寺の——いや西成《にしなり》の方を望める外廊下を歩いて、アタシはゆっくりと七番目のドアを目指す。眼下には有名な遊郭《ゆうかく》のある飛田新地《とびたしんち》が敷かれている。

嫌な景色だ。淫靡《いんび》な街も、昼間に見るとあっけない。古びた住宅地のよう。

アタシのこと面接で落とした店はどこだったっけ。


表札には807号室、URATA。

それを確認すると、次にアタシはもう一度エントランスまで向かう。人感センサーのあるオートロックの扉だけがアタシに反応して虚《むな》しく開く。誰もいないことを確認して807号室のポストをこじ開けようとした。

しかしダイヤルキーを適当に回しても空回りするばかり。ポストの挿入口から手を突っ込んでみても、郵便物を取り出すことができなかったので、アタシは諦めた。

裏田が恐らくは家族――嫁やガキと暮らしているんじゃないかと思って、個人情報を手に入れたかったのだが、そう簡単にはいかないか。

独身の男ならば、仮に風俗嬢が職場に押しかけてこようが、ハメ撮りを撮られたとアタシが告発しようが、証拠は向こうの手元にしかないのだから、頭のおかしい女にひっかかり痴情《ちじょう》のもつれが職場にまで及んだくらいの失態で終わってしまうだろう。若くて馬鹿な女と遊んだ、男らしい失敗。それで終わりだ。

だから今のところ、映像が向こうにある限り手も足も出ない。全てが向こうの有利な条件で話が進むはずなんだ。

――既婚者で、仲睦《なかむつ》まじい家庭があるような、守るものや居場所がある人間以外は。


アタシは確信にも近い気持ちでここに来ている。向こうが何をしでかすか分からないのは確かだが、こっちがさらに武器を集めることができるのもまた確かなんだ。

少しでも知りたい。家族構成、金融情報、人間関係――何か一つでも。

そんなこんなでポストを女の力でこじ開けるのは無理だと判断して、アタシは一旦敷地外で時間を潰すことにした。

どこか立ち飲み屋に行こう。そこでアルコールをチャージして、それから考え直そう。

◆

『覚醒剤《かくせいざい》を居酒屋で売るな』

そんなトタン看板を掲げた居酒屋で、汗臭い作業員の格好をした男とホコリくさい外国人の間をかき分けて、狭い店内の奥に入り込む。

「ビール」

とアタシは値段を見ながら注文する。

すぐに出された中瓶のビールを受け取って呆気《あっけ》に取られる。500円で生でも小瓶でもなく中瓶なのかよ。いいな。

今在籍している店を辞めたら、こっちに引っ越してきてミナミの風俗に行ってもいいかもしれないな。この町は気楽すぎる。アタシの性や財布感覚に合うのかもしれない。

そもそも、今の住処は不便だ。川を越えなきゃ出勤できない。どうしてそんな場所を職場に選んだかと言うと、梅田で仕事をするのが嫌になったからだ。

当時働いていた梅田――兎我野町《とがのちょう》の風俗で、同僚の女がアタシのことブスだと掲示板に書いてるくさかったから、勤務終わりに店の裏のラーメン屋の前でボコボコに殴ってたら、本当にその子のバックについてるヤクザが出てきちゃったことがあった。裸足《はだし》で曽根崎《そねざき》警察署まで駆け込んだっけ。

——二度とこの街で仕事できると思うな。

たった二人のヤクザの男、いや年齢的にも若かったから半グレの、末端の中の末端だろうけど、そいつらはそう吐き捨てて警察署の前で踵《きびす》を返した。

アタシはこれ以上自分の顔に傷を作りたくなかった。物理的にも、評判的にもだ。だからはるばる新大阪まで勤務地をずらしたのだ。

ちなみに顔の物理的な傷って、ニキビ痕だ。アタシは勝てる相手にしか喧嘩を売らないし、不意打ちで一発入れたら速攻逃げるから、あんまり殴られたことはない。

「姉ちゃん、今から出勤かいな、おっぱいでかいなぁ！」

きったない顔した歯無しジジイが、どて焼きをつまみ始めたアタシに言い放ってくる。

「でも顔イマイチやし、あれか、若いけど妖怪通《ようかいどお》りでカラダ売っとんのか？　ガハハ、おっちゃんと一発やろうや、なぁ。指名するで！」

「うっさいわハゲカスジジイ、黙って早《は》よくたばれ」

アタシが言うと、奥の方にいたもっとハゲ散らかした無口な店主は顔を逸らし、他の客が「おおっ」と歓声をあげて、面白そうな掛け合いが始まったと囃《はや》し立てるように視線を送ってくる。言われた当人のジジイは何が面白いのか天を仰ぐようにして笑っていた。

「若いのに威勢いーな！　焼酎奢《おご》ったる！」

「はぁー？　マジ？　いいん？」

逆に気に入られるものなのか。アタシはますますこの町が気に入った。

◆

少しほろ酔い気分になってから、店を出る。

ジジイたちから二軒目に行こうと誘われるが、本来の目的を忘れないうちに断った。まったくと言っていいほど打開策が浮かばないまま、酒を三杯飲んだ。自分でもなにをしているんだと情けなくなるが、だけどまぁどうにかなると思えるようになった。ただの気の昂《たかぶ》りだが、冷静に考えるとこの一連の騒動の着地点が見えてきた気がする。

今更だがスマホを取り出してマンションの外観を撮影した。これで『自宅の住所』を押さえた。これさえあれば『もうお互い痛み分けで、この程度にしときましょうや』って結末を迎えることもできるかもしれない。

向こうだってリベンジポルノを望んでるわけではないだろう。それをすれば法に触れる状況を自ら生み出してしまう。

それにアタシのストーカー行為が加速すれば、恐れをなして警察に相談しに行く可能性もある。その場合は自分の潔白を主張するためにもハメ撮りを消すかもしれない。それなら好都合。女のストーカーなんて痴情のもつれで済まされ捕まりゃしないし。

どっちに転んでも冷静になれば、アタシの有利な勝負だったんだ。だってそもそもアタシの方が失うものが無いのだから。アタシの強みはそこなんだ。裏田ほど生きてない。それが長所で、それがつけ込まれた部分なんだけど、無敵の人間になる覚悟がなかっただけで、アタシは無敵になれる側の人間だった。ニュースでもよく見る、「死ぬつもりだったから誰でもよかった」と言って人殺しする人間。アタシも一歩踏み込めば、それになれてしまう。自覚すると虚しく、悲しい。

だけどそれが事実だ。

さぁそうなれば、あとはダメ押しで裏田の部屋の扉も写真に収めておこうか。お前の部屋まで把握してるぞと示した方が、揺さぶりをかけられるだろうし。

アタシはまたもマンションに侵入する。一時間半に二度もアタシみたいな頭のおかしい部外者に入られるオートロック付き分譲マンション、買い手がつかなくなるぞとほくそ笑み、八階まで向かった。

階段をゆっくり上ったものの、酒が回ってかなり息が切れた。吐きそうにもなったが、せめて一階にあった共用部の茂みに吐こう。そう思いながら急いで裏田の部屋に向かう。廊下の先に住人がいたが、まぁ気にせず写真だけ撮って帰ろう。それさえ済ませば、もうここには来ることは無いだろうから、と強気に廊下を行く。

しかし住人の女とすれ違った途端、

「……どなた？」

と声がこちらに飛んできた。

アタシが８０７号室の前でぎくりと肩を強張らせていると、ツカツカと通り過ぎたはずの女の足音がこちらに向かってくる。今ちょうど出てきた女は、８０７号室の住人だったようだ。意を決して顔を横に向けると、裏田くらいの年頃の、中年の女が視界に入った。

「うちに用？」

落ち着いた様子で、でも堂々と、覇気のある言いぶりで、こちらににじり寄る女。その貫禄《かんろく》と、覚悟が決まったようなその態度に、アタシは気圧《けお》される。

アタシの目の前、すぐそばに来ると、女は鼻で笑った。それから小声で、

「あの人の女やろ？　度胸あるやん、うち上がりぃ」

顎《あご》で、８０７号室を指した。

◆

「烏龍茶《ウーロンちゃ》でいい？　家《うち》の手作りのやけど」

「え？　はい、まぁ、なんでも」

状況が理解できずに、流れで部屋に入ってしまった。人の家の匂いは風俗の出張でもよく嗅ぐが、どこもなぜか気分が悪くなる。

「それで、どこの子なん？　えらい若いようやけど、関西の子？」

「はぁ、まぁ、大阪です」

「そうなんやね、あの人、よう東京にも行くから」

アタシはリビングのデニム生地のような硬いソファーに座らされて、お茶をもらった。この意図不明な女に恐れをなして、一口も飲めずにグラスを目の前の低いガラステーブルに置く。

「あれやろ、嫌なことされた子か、それかなんか『とられた』子なんちゃうん？」

「え？」

「うちの旦那《だんな》、趣味悪いから。あ、そういう意味ちゃうで、女の趣味とかちゃうよ？　あっちの趣味、つまりセックスの」

「あ、」

アタシは声を漏らした。

「ビデオ撮られたんちゃうの？　芸能界デビューさせたるとか言うて」

突拍子もない本題に、アタシは何も言えなくなった。

どうして。

どうしてこの女——裏田の嫁は、知ってるんだ。

「なんで知ってるんですか、見せられたんですか」

「まさかぁ、あの人は隠してるよぉ」

「んじゃ奥さんも撮られて脅されてるとか」

するとは女は吹き出す。

「やめーや、あんた、おもろい子やなぁ。んなわけあらへんでしょ」

女はリビングから別室の扉をチラリと見る。

「あの人の部屋。まー散らかってるし、いろんなもんあるんやけどな。きっとあんたがこの家を特定できたように、あの人は詰めが甘いし、脇も甘いんやわ。仕事はできるみたいやけど、ほんと……仕事だけでねぇ、家のことはからっきしやし、悪いこともようできん人なんやわ」

女はさらに不敵に笑った。

「いや、ごめんな。悪いことできるんやけどな、やってもすぐにバレるって意味やね。だから私は知ってるねん。あの人が外で浮気して、セックスしてはそれを撮影してコレクションしてること。見てみる？」

アタシは首を横に振った。

「じゃあアタシのも……」

「さぁ、あるんちゃう？　私も何度か確認したことあるけど、長いから全部は見とらんし、顔までは覚えとらんわぁ。股間と胸ばっか映ってるしね」

「じゃあなんでアタシが旦那さんの、買った人間だと分かったんですか」

「身なり。あとはガサツな歩き方。水商売の子とは違う、ドタドタ歩くところとか風俗の子丸出しやで。ここのマンションに似つかわしくないし、それにここの階の住人くらい誰が住んでるかみんな知ってるわ。主婦ナメたらあかんで」

目を据わらせて言うもんだから、アタシは圧倒される。なんというか今まで会ってきた人間の誰とも違うキマり方だ。

「せや、きっとあんたの用って、いい用じゃないでしょ？」

「え？」

「大方、好意を持ったとか、会う約束してるとかじゃないんやろ？　もしかしてあの人のこと殺しに来たとか？」

相も変わらず笑顔で冗談めかして言うが、そんなこと思いやしないし、思っていても言うわけがないだろう。逆にこの人にアタシが殺されてしまう、そんな気すら本気でしてしまう。

「なんというか、話がしたくて。その、本当にちゃんと芸能界に口を利《き》いてくれるか心配になって、それで」

「ふっ、」

「？」

「ふ、はははは！　いや、そんなん無理よ、たかがテレビ局のデスクの人間に、ましてやあんな人間に、そんな権力も、コネもあらへん。常套句《じょうとうく》や、弱い人間を食い物にする男の決まり台詞《ぜりふ》やで。全部嘘よ、あんな奴の言うことは。お嬢ちゃんも若いなぁ、ほんと」

アタシは目の前でアタシも裏田も共にバカにしたこの女の笑い声が、別に嫌ではなかった。なんとなく漠然とした悔しさや苛立ちも湧いてきたが、でもどうしてだろう、味方な気がしたし、ほっとした。ここまで聞けたなら、この女を通して裏田の前で全て明らかにして事の顚末《てんまつ》を迎えれば良い。この女は、アタシの味方ではないかもしれないが、裏田の敵ではあるのだから。

「じゃあ、アタシ完全に騙されて撮られた被害者です。その、ＳＤカードとかカメラ、渡してもらってもいいですか」

「ええよ」

いいんだ。アタシは心底ほっとした。なんだ、これで解決じゃないか。

「ただ、夜でもええ？　あの人の前で確認してから。その方があんたも安心やろ」

「え、まぁ……そうですけど」

「ほんだら夜、またここにおいで。下で807……ってもう部屋番は知ってるか、それを押してくれたらちゃんと開けて待ってるから。おいで、絶対やで」

また一悶着《ひともんちゃく》——というか修羅場《しゅらば》を見ることになりそうだが、なんとなくこの女は安心できる。裏田が逆ギレして激昂しようが叩きのめしてくれそうな貫禄もある。

というか旦那が浮気して、そのハメ撮りが家にあって、ましてやヤッてた女が家に来ている（それもストーカーまがい）というのに、アタシを責める様子もなく、狼狽《ろうばい》する様子もない。

この女は、この日を覚悟して待っていたのかもしれない。

そして12月14日というこんな年の瀬に、もしかすると夫婦の終わりを、離婚沙汰《ざた》を目の前で見るかもしれない。そう思うと、まだアタシのハメ撮り問題は何も解決していないのに、気持ちは全て終わった後かのように軽くなって待ち遠しくなった。今から訪れる、人の不幸が。

◆

裏田の家を出てから少し歩いて、天王寺方面の繁華な辺りに逃げ込むように向かった。

近くのショッピングモールの大きな窓からハルカスの足元を運行するちんちん電車を眺め、ぼーっと無為に時間を過ごした。

ショッピングモールのフードコートは好きだ。食いもんは安いし、何をしていても、どれだけの時間いても怒られない。店内BGMとどこかの店の鉄板の上で物が焼ける音だけが響いていて、心地がいい。

そろそろ夜が来る。巡回してる警備員が何度もアタシを嫌な目で見てきたから、苛立ちながら席を立つた。

◆

マンションに着くと、昨日見たオレンジの灯《ひ》が広がっていた。八階は建物の中腹あたり。高さのわりに空までが近く感じる。そして高台になったこの土地の端まで広がるマンション群が、坂を下って底に集まる風俗街の汚い街並みを見下ろしている。人が生きるのはこの高台だけだと主張するような、断絶した土地のありように、虚しい闇を感じた。きっとこっち側には多くの普通の人間が住んでいるのだろう。アタシみたいな人間は部外者だと言ってのけたあの女の言葉を思い出す。

さっさと目的を済まそうと、足早に廊下を抜ける。

オートロックの扉に備え付けてあるインターホンで８０７を押すと、無機質な呼び鈴が二度ほど鳴った後、昼間の女の声が聞こえた。

「はーい、どうぞ」

同時に扉が開いたので、アタシは中に入って今度はエレベーターに乗った。思えばエントランスにも、郵便受けの並んだホールにも監視カメラはあったから、エレベーターの監視カメラを避ける必要はなかったのだ。アタシも裏田のことを言えない、間抜けな人間なのかもしれない。

八階にたどり着くと、廊下から夜の飛田新地が見えた。悔しいけれど今日はちょっと綺麗に見えた。

部屋に着くと、アタシはインターホンを二度鳴らす。店での癖だ。だけどこれで裏田はアタシが来たんだと覚悟を決めたことだろう。

「はい、さっきぶりやね。どうぞ」

迎えてくれたのは女だった。やけに嬉しそうな、そして優しい声色をしていた。怖さすら感じた。爆発する予兆のような、潮の引き際のような静けさ。

本日二度目の訪問で、迷いなくリビングの方へと足を進める。そこに通じる扉を開けると、エアコンの温《ぬく》い風と共に、昼間アタシが座っていたソファーに、背中を丸めて座る裏田がいた。

「ら、……やっぱり」

裏田の顔は、くしゃくしゃだった。泣く前なのか、怒る前なのか予測もできないが、でもとにかくみっともない表情でこちらを見て立ち上がった。アタシは身構える。

「……返して、カメラ、もう全部いいから、仕事もいいから、返せよ」

アタシが先んじて伝えると、裏田は「あ……」と目を落として押し黙る。

何を今更、しおらしくしやがって。嫁の前では若い女に高圧的になれない情けない人間だったか。

アタシは嫁がここにいるという安心感――この場にいるだけじゃない、こちら側にいる、つまり裏田を劣勢に追い込むキーパーソンとして存在してくれていることを確信し、勢いづいた。

「ほら、早く、もう早くしてや、ほんま」

裏田は、覚悟が決まったのか、あとはもうどうにでもなれといった顔付きで、無言のまま自分の部屋の方へと足を進めようとした。アタシはようやく解決すると思って、ホッとして下を向いた。

その時だった。

視界の先にあった女の足が、急いだ様子のすり足で前方に消えた。


ゴツン。

と、音が耳に届いた。それは硬いものと硬いものが衝突したような鈍い音。一瞬、フローリングに花瓶みたいな重たい陶器を落としたのかと思った。しかし顔を上げてみると、嫁の背中越しに裏田が倒れ込んだのが見えて、そこでまた鈍い衝突音が床に響いた。

何があったのかとその場から体を傾けて覗き込むと、裏田の嫁の背中の先に隠れていたものが見えた。バーでよく見る綺麗な深い青い色の酒瓶だった。表情を窺う前に、アタシは察した。青い酒瓶には見るからに真新しい血液が付着していて、いや、フローリングの上にも血の飛び散った跡があった。そして裏田が呻吟《しんぎん》しながら、声にならない声を出しながら、嘘みたいに芋虫のように動いた。

そこを目掛けてもう一発、女が酒瓶を振り下ろした。

ズゴンと音がした。今度はよく分かる。あれは頭蓋骨《ずがいこつ》と酒瓶ほどの鈍器がぶつかった時の、体の内に響く骨と肉の悲鳴なんだ。またも狙われたのは頭だったようで、頭が一度フローリングをバウンドした後、ぐったりとした後頭部が床に沈んだ。

そしてもう一発――いこうとしたところで、握力の限界か、持ち方のせいか、それとも血液で滑ったか、振りかざした手から酒瓶がすっぽ抜けて、天井に大きな音を立てながら衝突した。

なんだか、現実の出来事じゃないみたいで、子どもの喧嘩よりも茶番に見えた。体が動かず、悲鳴すらあげられない。「うぉ」と小さく驚くばかりで、アタシは呆気に取られてしまった。

でももう充分だった。

裏田は静かになった。頭は真っ赤なものに包み込まれて、見慣れない見栄《みば》えをしていた。後頭部と血の染みたカッターシャツだけが見える。アタシの足は動かなかった。女がそのまま何もせずに裏田の体を見つめていたから、だからアタシには危害が及ばないとなんとなく思って、つられてただ見ていた。

「あんたも」

「……え？」

聞き返すと、唇から血の味がした。返り血がここまで飛んでいたのか。

「あんたも共犯者やで」

「……ちゃいます」

アタシが嗄《か》れた声でそう伝えると、無視して床の瓶を拾い上げて、女はこちらを見ずに、

「私のこと手伝い。もう、戻られへんで」

と、疲れ切った表情で、ため息混じりに言った。
◆

アタシは言葉を失った。

人の死は、呆気ない。それ以上なにも感じなかった。せいせいしたとも思わないし、同情心も湧かない。ただ少し気分が悪くなった。初めて人の死ぬところを見たから。母親の死体とは違った。いきなり目の前で死んで、嘘みたいに生き物じゃなくなった。

心に浮かぶのは、ただ死は怖いものだ、とか、痛いことは嫌だとか、そういう自分本位な漠然とした恐怖心だけで、なんというか人の死というものになんの道徳心も抱けなかった。アタシはこの先、警察や何かもっと怖い大人に怒られたりしないかだけが気がかりだった。目の前の死体よりも、先行きの見えない今後だけが怖くなっていったのだ。

二人で力を合わせて大きな透明の袋で裏田を包むと、家具が入っていたらしい大型の段ボール箱にずり入れた。それからてこの原理で台車に箱を載せる。

「じゃ、ちょっと洗面所で血だけ拭いてくるから。あんたもタオルいる？　あったかいの、冷たいの、どっ

ちがええ？」

女はそんな風に気遣いを見せるも、アタシの返事を待たずに洗面所に消える。

洗面所からは水飛沫《みずしぶき》の音。どうしてかアタシはそれをぼーっと聞いていた。


二人で確認し合いながら付着した血液を拭くと、台車を押して部屋を出た。廊下の僅かな段差ですら、ガタガタとけたたましく音が響く。それは外の果てまで響いて、夜空にも届くようだった。それに死体が載っているとは、誰が思うだろう。

「大丈夫ですか」

アタシが聞くと、

「大丈夫じゃないから早く行くんやで」

と女は言った。女は家の中とは打って変わって、廊下では苛立ちを見せていた。


駐車場に着くと、女は車のキーをポケットで操作する。

「奥のあれや、あの赤いやつ、後部座席の方まで運んで？」

そう言われ、アタシは腰を入れて、若干の傾斜に対抗して台車を上げるように押していく。

「シート倒して、そこに置くわ、ごめんやで、重いやろけど若いから頑張ってくれる？　この人よう太ってるから大変やと思うけど、ヨイショ！」

アタシは女の手を借りながら、ほとんど自分の力だけで後部座席に段ボールを無理矢理押し込む。箱はもうたいがい潰れて、裏田を包んである袋が見えていた。

「ごめんなさい、箱、潰れてもうたかもしれません」

アタシが恐る恐る伝えると、女は「うん」とだけ呟いた後、シートの奥の方に裏田の死体をずらしていた。

「まぁご近所さんにバレへんように詰めただけやから、車にさえ載せられたらもうええよ」

車の中で死体が転がらないように、奥へ奥へと押し込む女。アタシの体に張り付く汗が外気で少しずつ冷えていくのを感じる。駐車場の遠くでヘッドライトがこちらまで伸びてくるのが見えて、思わず目を伏せた。

「あんた、大変やったね、こんなことに巻き込まれて」

女は後部座席の扉を閉めると、呆れたように笑った。でもアタシはさすがに笑えない。

「これからは甘い言葉に騙されなや。ほんま、うちの旦那みたいな大人って、多いからなぁ。気ぃつけや」

「……っすね」

アタシは沈黙が流れた瞬間に、少し後ずさる。もう帰っていいかと目で伝えると、女は思い出したかのように言った。

「あんた、大阪レディー学園のらいちゃん言うんやろ？」

「……え？」

「旦那、尋問してたら吐きよったんや。そういう安い風俗で何人も同じ手で食うてきたって。みんな泣き寝入りしてるんやろうなぁ」

「……」

「あんただけやで、旦那にきちんと食いかかってきたの。ねちっこい性格しとるんやね。褒めたるわ」

「はは……」

女は笑わずにこちらを見ている。

「財布、身分証ある？　出してくれる？」

「え？　なんで、ですか」

「いやほら一応、共犯やから、知っときたくて」

「でも」

アタシが出し渋っていると、女は急に車のボンネットを拳で強く叩いて、「あのな、」と続けた。

「あんたは確かに被害者や、うちの旦那があんたを怖がらせたと思うわ。でもな、あんたも子どもとちゃうんやで。どういうリスクあるか承知でやったんちゃうの？　それやのにあーだこーだ言って人の家まで来たのは、あんたも悪いんやで」

「そんなん……」

「まぁ、こんなん言われてもしょうがないよな。あんたが他の人からしたら哀《あわ》れで非の無い女として見られるとしても、それは分かるんやわ。あんたはかわいそうや。でもな、理屈とちゃうんよ。私はな、あんたも憎いんや。こんな旦那でも、私の男盗《と》られたら嫌なんやわ、腹立つんやわ。この歳までなったらもう私も取り返しつかんおばはんやからな、この人と死ぬまで生きようと曲がりなりにも思ってたんやわ」

声も淡々と、まるで思い出話をするかのようにアタシに説明していく女。ひび割れた唇に、紫の口紅の皺《しわ》が走っている。

「あんなもん……カメラとか見つけて、気が気じゃなくなってな、いつかこんな日が来ると思ってたわ。だから警察に捕まる前に、こうなったら私が殺そうと思ってたんや。ケジメや、きちんと生きるためのケジメ。でもな、それでもあんたに対して浮かんでくるこっちの気持ちはな、感謝とか罪悪感、申し訳なさとかちゃうねん。逆恨みやけど、なんで私の旦那の申し出なんか受けたん？　っていうどうしようもない怒りやねん。だからあんたがもしこのこと警察に、いや他の誰かに言ったらな、私が殺しに行ったる。分かった？　言わんかったらええねん、そしたら許して見逃したる。でも言ったら社会的にうちの人が死んでまうからな。それだけはあかんねん」

子どもの駄々のような嘆願。

だけど目の奥には覚悟がある。全てを捨て切った人間のそれとは違う、最後の一握りに固執する執念。

アタシは肩にかけたカバンを渡すように要求される。そして女はアタシのカバンを奪うように持ち上げると、そこから財布を取り出し、保険証やクリニックの診察券、そしてキャッシュカードを取り出す。

それから乱雑に車のダッシュボードに入れた。

「難儀な顔して、あんた、災難やと思ってるやろ」

「え？」とアタシが掠《かす》れた声にもならない声で聞き返すと、

「でもな、全部あんたが蒔《ま》いた種やで。首突っ込んだのは自分や」

女は運転席に乗り込み、エンジンをかけると窓を開ける。

「ここまででいいわ。あんたは帰って、お風呂入り、その服は捨てときや、ボロボロやし、血ぃついとるで」

「……そっちは、どないするんですか」

女はシートベルトを締めながら、

「なんとかやるわ。色々ツテはあるし、前々からこうなりそうって話してたからなぁ。逃げ切るわ、余生も短いし。平気平気。あ、せや、あとでまた戻ってくるからな、その時にハメ撮りとかも捨てといたるわな」

焦る様子もなくアタシに今後の計画を伝えてくる。具体的なことは分からないけれど、その態度は堂々としていた。

「ただ、あんたも全部元通りとか、思ったらあかんで。すぐに行方不明で警察が来るやろうけど、そしたら監視カメラにあんたも私もバッチリ映ってるからな。重要参考人――いや被疑者やね。必ずあんたのこと警察も捜すわ。でも風俗なんて半グレやろ？　どっか地方でも行って身分隠して生きや」

「そんなん、無理ですって」

「アカン、弱音はアカンのよ。あんたも今までどうせ全部嘘ついて生きてきたんやろ？　慣れてるやろ。今まで通り嘘ついて身元も本当のことも隠して日陰で生きたらええねん。あんたは若い女やから誰かの嫁にでもなれば大丈夫、大丈夫」

　何にも大丈夫なんかじゃない。だけど女はアタシに言い聞かせるように話すと、ギアを入れて「んじゃ」とだけ残して、死体を載せたまま走り去っていった。

　唖然《あぜん》として、足が思うように動かない。久しぶりに重たい物を運んだからだろうか、それともただ精神が参ってしまったからだろうか。

　夢であってくれ、と思ったが、全身に滴《したた》る悪い汗は寒空で冷やされていく。

　指先が痛くて震えた。

ああ、終わった、アタシの人生。

第二章

恋川求

——夢はなんだと聞かれる。

特に夢はない。特技もない。顔も良くない、頭も良くない。

目指すものがない。いい大人が周りにいないから、尊敬できるような突出した人間が友達にいないから、張り合いのない人生を歩んでる。

◆

子どもの頃、二度目の転校先の小学校で、ちょうど俺が転入してくる一週間前に社会科見学があったらしく、クラスメイトたちが廊下に貼られた販売用の写真を見ながら盛り上がっていた。俺は輪に入る機会を逃して、ただ一人残されていた。

「俺らの学年な、大阪城行ってきてん、恋川《こいかわ》くんも行ったことある？」

クラスのおそらく目立つ方のグループの奴が俺に声をかけてくれたが、俺は「大阪城なんて前住んでたとこの近くやから、めっちゃ見たことあるし」と愛想《あいそ》悪く返して、教室に戻った。

廊下に残る奴らが「なにあれ性格わる」とボヤいていたのを俺は忘れもしない。

とにかく空気を悪くしたかったのだ、お前らが転校生をほっぽり出して盛り上がるから悪いんだと、俺が孤立するのはお前たちの責任だと伝えるために、爪痕を残して去った。

するとクラス委員だと名乗るクラスメイトの女子が、俺の席に駆け寄ってきて、

「ごめんね、恋川くんの知らない話題で盛り上がっちゃって。入りづらいよね」

と気にかけてくれた。

「いいよ」

と俺が返すと、ほっとした顔で「ありがと〜」と言った。

これが初恋だった。


ヒミ。周りの女子からヒミと呼ばれるそいつは、自ら志願してクラス委員になり、率先して号令や先生の手伝いをするような、少々ウザったるい性格の女で、周りの女子からも嫌われはしないものの若干浮いていた節があった。

だけど顔は可愛かった。教室の後ろに貼り出された『4年2組　可愛いランキング』でも一位だった。票数は明らかにされてなかったが、たぶん堂々の一位だっただろう。周りの芋くさい奴らとは一線を画していた。そういう部分がまた他の女子の反感を買うのに繋がっていたのかもしれない。


ある日、クラスの挙動不審で落ち着きのない男子が、給食の時間にいきなりゲロを吐いた。

みんな叫んでいた。気の強い女子が「きっしょ！」と言い放ち、怒号をあげる他の男子の声がかき消されるほどに全員が机ごと引きずってゲロの震源地から逃れていく。走り逃げる奴らで舞い立ったほこりとゲロの酸《す》っぱい臭いが教室に充満する。呆然と立ち尽くしながら、もう一度ゲロを吐こうとしているその男子と、同じように棒立ちする担任の先生。それ以外は、みんな廊下に出てその光景を眺めて口々に文句を言っていた。

「先生、先生、モップ持ってきました！」

すると、トイレの前にある清掃用ロッカーから錆《さ》びたバケツとモップを持ってきたヒミが、教室に駆け込んだのが、野次馬の男子の頭の先に見えた。

「安野《あんの》さん、ごめんね、先生、掃除するから、中山《なかやま》くんを保健室にお願いできる？」

ヒミは頷いて、その男子の手を引いて廊下に出た。野次馬が「ウェー」ってあからさまに言いながら、モーセの海割りで裂かれた波のように道を作る。廊下の端に消えるまで、俺は見守っていた。騒ぎに驚いた他のクラスの奴らも窓からヒミたちを眺める。

「サイアク、給食もう食べられへんやん」

「ほんまに！　サイアクやん」

「キッショいわ中山、死ね」

廊下で手洗い場に溜まったクラスメイトの女子がぶつくさと怨嗟を漏らす。

するとそのうちの一人が、

「ヒミもじゃない？　あんなんモップとか意味ないし、ゲロの匂い広がるだけやん」

と言った。それを皮切りに、

「ほんまやんな、ヒミも最悪」

「てか、ゆうこもヒミのこと無いわ思った、でしゃばりやし、まじめちゃんやん」

「キモいわヒミ、ゲロ男子と手繋いでたし」

「無視しようや」

「いいよ、みんなで無視な」

と盛り上がる。

男子はそんな女子の集団——特にクラスで一番の大所帯の七人を無視して、「先生、教室変えようやー」とバカな要望をのたまう。女子のヒリツキに気付いてるのは、俺だけだった。

ヒミは、見事なまでにその日からいじめられた。

無視すると言っていたが、無視なんてしない。意識して陰口や些細な暴力をヒミにぶつける。ヒミは最初困惑していたが、段々と人数が増えて、他クラスの男子女子にまで笑われるようになると、みるみる元気を失っていった。

極め付けは体育の時間。二人一組でする準備体操で、背中合わせで腕を組み合いストレッチする運動があるのだが、その際とある女子がヒミを支えるのを意図的にやめて、自分の背中からヒミを地面に振り落としたことがあった。

ヒミは鼻の骨を折って、学校を休んだ。それから一週間が経っても学校には来なかった。


俺は、毎週ヒミの家へのプリント当番を名乗り出た。男子が「お前ヒミのこと好きなん？」って囃し立ててくるのを無視して、毎回帰りの会で手を挙げて、ヒミの家には自分が行くと言った。そのうち暗黙の了解でヒミの当番は俺の役割になった。

ヒミの家は近所ではなかった。田んぼと山に囲まれた町工場の近くにあるニュータウンの一軒家にヒミは住んでいた。家族はみな仕事に出ている家だったので、俺が行くといつも学校に来ている時と変わらない服装のヒミが一人で待っていてくれた。

「ありがとう、恋川くん」

「うん……」

「……弟のゲーム、してく？」

「うん」

俺がゲームをする間、ヒミはずっと後ろでプリントの問題を解いていた。

「勉強、する意味あるのん？　学校来んのに」

まるでそれが自分を無視しているようで、感謝されてるのか分からなくなって、俺はヒミに嫌みったらしく吹っ掛けた。

「私な、将来、理学療法士になりたいから」

「なにそれ」

「リハビリのプロみたいな感じ」

「へぇ」

「だから勉強は大事」

「ふーん」

「恋川くんは？」

「え？」

ちょうどゲームが終わったので、画面から目を離してヒミを見た。

「将来の夢」

「ないよ」

即答で返すと、

「いやでも、なんかしたいこととか、ないの？」

ヒミは哀れむように、心配するように再度聞き返してくる。その表情や態度に、自分が逆に施しを受けてるような気がして苛立った。

「ないよ。だって、お母さんは俺がなにしても文句言うし、お父さんも俺に勉強しとけしか言わんもん。だから、なんも考えたことない」

言葉にするとエスカレートして、ますます腹が立った。

「……そうなんや、ごめんね」

ヒミは申し訳なさそうに謝り、まだ少し腫れた痕が残る鼻を啜《すす》った。

その姿を見て、俺はヒミが改めて、惨めで、男子の中では背の低い俺よりも細く華奢《きゃしゃ》で、可哀想《かわいそう》な奴なんだと感じた。

「謝るんやったら、触らせて」

俺は——そこでヒミの胸を触った。自分の胸と変わらない、すぐに骨に当たる意味のない接触だと感じた。

「なにすんの！」

ヒミがびっくりしているから、俺はちょっと慌てた。「お父さんも、よくお母さんにこうしてるから」と真っ当な理由があるみたいに伝えて、今度はヒミの服を脱がそうとした。

するとヒミは机の上にあったリモコンで俺の頭を叩いて、

「こんなことしたらあかん！」

って叫んできた。

俺はそれを無視して、リモコンを取り上げると、嫌がるヒミのお腹《なか》に頭突きをした。

「うっフッっ!!」

ヒミは苦しそうな声をあげて、目を見開く、俺はお父さんが先週お母さんにやっていたように、ヒミの胸を舐めようとした。

すると異臭がした。大便の匂いだった。

「漏らした？」

俺が組み敷いたヒミに聞くと、ヒミは泣きながら「どいてぇ」と言った。

臭かったので、俺はヒミの家を後にして、それからはプリント当番に名乗り出ないようにした。ヒミは俺がしようとしたこと、理解していたはずだけど、親には言わなかったのか、俺はあの日のことを誰にも咎《とが》められることはなかった。

◆

高校を卒業する時に、俺は初めてお母さんを殴った。

「就職なんてまだしなくていいよ、大学に行きなさい。大学に行って、勉強して、お父さんみたいに立派な人になりなさい。ね？　お父さんはああ言うけど、銀行員なんてならなくてもいいの。ただちゃんと稼いでお嫁さんもらえる大人になり？　ね？」

受験に失敗して、進路が白紙のまま卒業を控えた俺に、お母さんはそう言った。

お父さんは昔から俺に、銀行員になれと言っていた。

だけどどれだけ塾に行っても成績が芳《かんば》しくない俺を強く罵《ののし》るようになり、俺とお母さんをよくぶつようになった。俺の体格が中学三年で成長をやめなければ、お父さんも俺のことをいつまでも子ども扱いせずにいてくれたかもしれない。若い頃にラグビー部で鍛えていたお父さんの体格は、俺の反抗心をいとも容易《たやす》く押し潰した。

お父さんは、俺が現役で受験に全滅し、どこの大学の箸《はし》にも棒にも掛からなかったことを、本当に心の底から軽蔑《けいべつ》していたようだった。現役で国立の阪大《はんだい》に合格して、文武両道で青年期を過ごしたお父さんからすれば、こんなことは信じられないほどの有り得ないことらしく、俺の努力不足と、お母さんの教育と血を論《あげつら》って責め立てた。自分の血のことは一切俎上《そじょう》に上げないで、ただ手だけを上げた。

お母さんが隣の部屋で謝りながら挿入されてるのを初めて見たのは、小学二年生の時。お父さんの仕事が忙しくなったり、勤める銀行の業績が不振になったり、景気が悪くなって大企業でもリストラされる世の中だと報道されたり、俺の学校の成績が悪かったりすると、お父さんはお母さんを肉体的にも精神的にも虐《いじ》めていた。

俺が偏差値の低い高校にしか合格できなかった時には、お母さんの手首に力一杯締められたような痕があったのを知ってる。俺はそれを見て見ぬ振りをした。お母さんが可哀想だとは思わない。だってAVみたいにバカみたいな声で喘《あえ》いでるから、お母さんは、いや女の人はきっとそれくらいが気持ちいいのだと解釈していた。

「求《もとむ》ちゃんのこと心配で言ってるの。お母さんのこの気持ち、分かる？」

それが可哀想アピールの激しいお母さんの口癖だった。劇場型の人なので、すぐに泣くし、すぐに部屋に閉じこもる。なにを考えているのか俺にはよく分からない。小動物のような、生存本能丸出しの生き物に見えることがあった。


「求ちゃん、やりたいことはないの？　お母さん、なんでも応援するから」

「……やりたいこととか、ない」

「そうなの……？」

俺はしつこいお母さんを前に、意を決して言った。

「……前は、漫画が好きで、漫画家になりたいって思ったけど」

「え！」

お母さんは大袈裟《おおげさ》に驚く。

「ダメよ、そんなの大学で学ぶものじゃないし、なれっこない！」

真剣に心配するような顔で、なんてことを言うんだと傷ついた顔で、俺のなんとか捻《ひね》り出した夢も丁寧《ていねい》に破り捨てる。

だから俺はお母さんの胸のあたりを本気で殴った。

そこで初めて手首を骨折して、泣きながら救急車に乗った。病院に駆けつけたお父さんからビンタされて、また俺は泣いた。俺の横でお母さんが「私が悪いの！」と泣き叫びながらお父さんに縋《すが》りつく。看護師さんは心底面倒臭そうな顔で観客に徹していた。

◆

一浪して、予備校で専門的に私立大学対策を受けて、受験用の三教科だけの解き方を頭に詰め込み、なんとか近畿《きんき》大学に入学した。

「まぁ……どこの大学からでも逆転できる国家資格を取るって手もあるしな、そういうの目指せばええわ。ただな、社会に出る段階では一度は学歴で判断されるし、業界によってはキャリアに学閥《がくばつ》が左右することもある。近大みたいなもんじゃどっかで限界が訪れるから……はぁ、まぁ……それでも今からちゃんと頑張ればええよ、頼んだぞ」

とお父さんは言った。

今から頑張ればいいと言ったのだ。

俺の合格は努力に見えてもいないし、成功にも思えていないのだ。

こちらを一切見ようとしないお父さんの顔面を、殴ってやりたいと思った。

「お母さんもね、近大だったらいいと思うの。あそこからでも有名な弁護士さんや、税理士さんっているみたいなの。お父さんが今仕事しに行ってる本町《ほんまち》にもね、大きな税理士事務所があって、そこにも近大から入ってる人が多いんだって。求ちゃんも、そういう風に進路進めたらいいね。なんでも応援するから、言ってね」

「なんでも？」

俺はお母さんの上っ面《つら》だけの言葉に、反応を示す。お母さんはピクリと目だけをこちらに向けた。

「じゃあ一人暮らししたい」

俺がそう伝えると、お母さんはなにも言わずにお父さんの方を振り向く。お父さんはこちらに顔も向けずに、

「まぁ、良いんちゃうか。安い家賃のところなら、文句言わんし、社会勉強なるやろ」

と言って、意外とあっさり許可を出してくれた。

◆

それで俺は、大阪市北区《きたく》の中津駅に程近い詩名内荘に入居を決めた。

家賃五万円以内で、大阪中心部梅田の徒歩圏内に限ると、オンボロなアパートしか候補になく、俺はそこに住んで一日で『ああ、今まで引っ越してきた実家は全て良いところだったんだな』と思うようになった。床に就くと人の気配が階下から聞こえる感覚に慣れるまで二週間はかかったし、いまだに簡単な自炊《じすい》もできない狭いキッチンは、オナホールを洗うか、カップ麺の汁を捨てるかしか用途が無い。

隣の女からうるさいと詰められたこともある。


引っ越して初めての冬。俺はようやく二十歳《はたち》になった。

一回生なのにサークルに入らず、バイトもせずに仕送りを節約しながら使って慎《つつ》ましく過ごす生活は、ほとほとに退屈だった。友達もいない、同い年の人間と連《つる》むこともない。大学生活も、することのない休日も、ただ歩いてるだけの代わり映えのない通学路や街も、いつ抜け出しても許されるような講義も、

全部が覚めかけの夢みたいな、記憶に残らない無駄な時間に思えるようになった。

このまま暇な時間が、大学を卒業するまでのあと三年間は漠然と続くというのならば、それが良いことなのか悪いことなのかも曖昧になる。大人になるまでの無責任でいられるモラトリアムに心の底から浸《ひた》れない中途半端な自分がいて、そのせいで今を楽しむ同年代にも、時間を持て余す若者を羨《うらや》む大人にも共感できずにいた。

だからなんとなく、行動しようと思った。そしてどこかに居たいと思った。アルバイトやサークルとかじゃない、もっと気軽に逃げることもできるような、責任を負うことのない、けれど充実した新しい場所に。

一つ、責任を負わずに楽に快楽を味わう方法を知っている。

それはお客になって、お金を支払う立場で施しを受けること。

俺はお母さんに電話した。

「もしもし、うん、なぁちょっと教科書代で、一万もらっていいかお父さんに伝えて。え？　もう振り込んでくれるん？　分かった」

この程度の額なら、お母さんも自らの小遣いを切り詰めて送ってくれる。まぁ、いくら自由に使えるお金が減ろうと、お母さんはお父さんと結婚している限り、生活ができるんだから痛くも痒《かゆ》くもないのだろうな。いいよな、女って。ずっとモラトリアムなんだろうな。

◆

12月11日

時刻は夜の十時過ぎ。寒いが風の無い分、いくぶんかマシな冬の夜。俺は自分が持ってる服の中で一番小綺麗なパーカーを羽織って、街に出た。

とにかく、お堅いオーセンティックな感じじゃないが、だけどキチンと分別のあるバーという空間に行ってみたいと考えていた。

せっかく二十歳で飲酒できる歳になったのだから、酒を嗜《たしな》み、できるなら酔って日々を過ごしたい。大学でも飲酒したことを自慢げに語る学生や、酒を飲む約束で盛り上がるサークル、そういうのは嫌でも視界にも耳にも入ってくるので酒に対する興味関心はあった。

俺はスマホを握りしめて、あくまで予定があるんだといった顔をしながらシャッターの下りた百貨店の群れを抜けて歓楽街へと進む。立ち並ぶ無料案内所に寄ればバーくらいいくらでも紹介してくれるのだろうけど、だけど俺は自分自身で良い店を探して、カモだと思われず舐められないように通わなきゃ滑稽《こっけい》だと思ってスルーした。気持ちよく飲んで、丁重に扱われたい。自分の金を出してまで周りにヘコヘコとしたり、肩身の狭い思いをしながら過ごしたくはない。

雑居ビルがいくつか並ぶ通りに出た。ラブホテルや怪しげなネオンの店もあるが、人通りは多くない。梅田のトレードマーク、ＨＥＰの赤い観覧車のライトアップがビルの合間から見える場所なのに、案外地方みたいな寂れた感じがする筋に出たと感じた。下水の匂いと、ソースが鉄板で焼ける匂いがした。

俺はそこの比較的新しい佇《たたず》まいをした明るい雰囲気のビルに入り、地下に延びる階段を下った。本当は表通りに面したところにあるバーらしき店に入ってみたかったが、そこから若い男が二、三人出てきたのを見て、なんとなくやめようと感じたから。

少し薄暗い廊下は、このビルが外観以上に古かったようだと知らせてくれた。壊れかけのガスメーターがそのまま晒《さら》されていて、いろんな種類の扉と看板が廊下の端まで連なる。一軒だけ木の風合いを活かした感じの古めかしい見た目の店があった。中の様子は窺えないが、投げ出すように設置されていた黒板看板には『ショット七百円から、チャージ無料』とホワイトペンの殴り書きがあった。価格は手の届く範囲だ。チャージやショットという言葉もネットで下調べした通りのものなのか不安は残るが、意を決して、俺は扉をノックして中に入った。


「いらっしゃい〜」

入店と同時に店員の気怠《けだる》そうな声が響く。が、それに匹敵する音量のクラブミュージックのようなものが、耳をつんざいた。さっきいた廊下よりもさらに薄暗く、木製のカウンターが横にグンっと延びている。その中には想像していたような壮年のバーテンダーは存在せず、正装でもないTシャツ姿の若い男と、こちらをチラリと確認する客たち——それもほとんどが若者で、大学にもいそうなチャラついた格好の奴らが所狭しと並んでいた。

「お兄さん、どうぞ〜」

店員に促されるままに、俺は空いた席に移動する。少し高めのカウンターに貼りつくように置いてあった重い椅子《いす》を、手間取りながらもなんとか動かす。

「はい、どうぞ〜」と手渡しでおしぼりを渡されたので、驚きながら受け取る。

やけに客商売としての距離感が近い、カジュアルな接客だと感じたが、だけど見たことのない酒のボトルがカウンター奥のショーディスプレイのような棚に一列に並べられ、正面のラベルをこちらに向けてあるのを見て、なんとなくバーに来たんだなと実感が湧いた。

「えーと、どうしましょ」

店員は気まずそうに、そしてメニューも出さずにこちらの顔を見た。俺は目を逸らして、口籠《くちご》もった。どういう意図があって俺に質問しているのだろうか。この催促がバーのシステム特有なのか、この店の専用の合図なのかも分からないし、俺はたまらず「ちょっと、やっぱり……」と口走った。帰りたくなったのだ。

「あ、もしかして初めましてさん、よね？　見たことないも〜ん、え、待ち合わせとかですか？」

向こうも気を遣ってか、そんな質問を投げかけてくる。待ち合わせではないと、首を横に振って伝えた。もしかするとここは俗に言う紹介制のバーなのだろうか。見知らぬ人間が一人で入るにはおかしい店だったのだろうか。

「じゃあショットで軽く飲んでいきます？　メニュー出しますね〜」

なんだ、メニューがあるのか。ならまずはそれを出せよ、と頭の中で悪態をつく。

手渡されたメニュー表を開いた。

そこには見たことのないカタカナの名前の酒が、気持ち悪いくらい並んでいた。

◆

結局俺は、名前でどんなものか想像がついたので梅酒だけを頼んだ。ビールですらたくさんの種類があることに驚いたので、とりあえずビールという出鼻は挫《くじ》かれた。

梅酒を注文すると、飲み方はどうする、と聞かれたので、なんでもいいと伝えると、ちょっとギョッとした顔をしてからすぐに炭酸の入ったものを用意してくれた。

これはほとんどジュースだな、と思いながら飲む。ちびちびと口にしながら、ようやく落ち着いて辺りを見回した。男女を交えた馬鹿そうな若者のグループに、あれはカップルだろうか、若い不細工な女一人とデブの男が二人、あとはほとんど男同士で席に着いて談笑している。よく見ると店員と話しながら酒を飲む俺と変わらないくらいの歳に見える男もいて、若者の店と見くびっていたがなんだか大人の社交場にすら少し思えてきた。

　そんな空間にせっかく来たのに、俺は一人でそれを眺めながら飲むだけなので、大学での立ち位置とそう変わらないなと自嘲《じちょう》した。今までの俺となんら変わりはない、ここでも空気と化している。

　だけどまぁ、気分は悪くない。時間の経過が遅く感じる。常に周りの客の様子や、店の内装や雰囲気に目を配っているのも新鮮で楽しい。この店に来る途中にガールズバーも数軒あったが、水商売の女なんかにお金を取られるくらいなら、こうやって静かに大人な雰囲気に浸る方がよっぽど満足できるだろうと感じた。


「お兄さん、ペース早いね。もう一杯作りましょか」

　先程の店員がこちらのグラスを手のひらで指しながら近づいてくる。

「あ、じゃあ、おんなじの」

　俺が伝えると、「はーい」と気さくに返して、グラスを回収する。手際がいい、というか気が回る店員だ。グラスが空になると同時に駆け寄ってくるとは、呼び鈴を押しても来ないチェーンの定食屋よりも気が利く。これは心地が良いと感じる。


　お代わりの酒を飲みながら、さすがに手持ち無沙汰感に襲われて、俺はスマホを操作した。いつの間にか十二時を回り日を跨いでいたので、漫画アプリを開いて今日更新の漫画を読み始めた。

　その間にも何度も扉が開け閉めされ、客の入れ替えが進んでいるのに気づいた。この時間でも今から飲み始める人間がいるのか、と驚く。若い客がぞろぞろと店に入ってきては「久しぶりー」だとか店内の人間——客・店員関係なく挨拶をしていく。常連というやつなのだろうか。とにかくバーという特殊空間にはまだまだ俺の知らないことがあるな、と思わされた。

もう、二杯目の酒も空になりそうだ。店員たちは一生懸命接客をしているようで、今回はこちらに気づいていない。そもそも店内は薄暗く、俺の席もカウンターから分かりづらい端の位置にあったのだ。天井まで伸びる細めの柱や、黒い酒瓶の差さったサーバーの物陰に俺の居場所があったので、飲み物を作る店員からは見過ごされ気味だったのかもしれない。

漫画も普段読まないジャンルのものまで読み進めていた。それほどにうるさい店内とは裏腹に俺は暇になっていく。さすがに冗長か、そろそろ店を出るべきかと思い、会計をしようと再び店員の方に視線を戻して向こうが察するのを待つ。


「お兄さん、一人なん？」


すると、同い年くらいの髪の短い女が声をかけてきた。

どこの席から来たのだろう。俺の隣には誰も座っていなかったはずなのに。

「なんで？」

「え？　いや、ずっと一人でスマホいじってたし、てか漫画？　飲みに来てるのに漫画読んでるとか珍しい、待ち合わせなん？」

俺と同じパーカー姿で、唇の下にもピアスがあるような、違法な草でも吸ってクラブにでも出入りしてそうな女だった。男みたいに短い髪も、無理やり作ったような低音な喋《しゃべ》り方も、大学にいる女らしい奴らとは真逆だ。こんな見た目やキャラでなんの仕事をしてんだろう、とだけ気になった。

「暇だったから」

そう答えると、

「あー、まぁ今日客多いし、カズちゃんも出勤してないから店子《みせこ》の数足らんもんなぁ」

その女はぐるっと店内を見回す。

「まぁこの時間帯いつもこんなんやけど。うるさいやろ？　みんな数軒目やからなぁ、他の店を回って、酒も回ってる酒キチタイムやねんな」

「はぁ」

俺はどこかのグループの女が大きな声ではしゃいでいたから、隣にいるこの女の声すら聞こえず、耳を頭ごと近づけて聞いた。

「一人やったら酔われへんやろ。うちらのテーブル来うへん？　今飲みゲーやってるから、誰でもいいから潰したい気分やねん」

不穏で物騒な言葉。

「いい」

俺が断ると、

「あ、ごめん。ふつーにゆっくり飲みたい感じ？」

と申し訳なさそうに謝る女。

それでも黙ってる俺の隣でまだ半身だけ椅子に乗せたまま居座るから、

「なに？」

と聞いた。

「いや、なんか珍しい感じ。こっちの世界ではあんまりおらん感じよね」

「そう。まぁ、初めて飲みに来たから」

「初めてがこの店なんや。じゃあアプリとかTwitterで誰かから紹介されたとかって感じ？」

俺は首を横に振る。

「そんなのしてない。ここに来たのは偶然。家が近いから歩いてたら着いた。それに酒も二十歳なったばっかやから、店で飲むのは初めて」

そう伝えると、「えー!」と驚く女。その舌にもピアスが生えてた。

「じゃあここが、てかこの辺がどんな街かも知らずに来てんちゃうの?」

「そうやけど、なに? 危ない街なん?」

「え? いやまぁ、堂山《どうやま》言ったら有名やで、その、飲み屋があるっていう……」

女は口籠もったあと、考えるように口に手を当て、

「なぁ、明日も飲みに来うへん? 早い時間ならこの店も静かやし。一緒に飲もうや、俺と二人で」

一人称が俺の女か。高校の時に仲良くしてたデブで腐女子《ふじょし》のクラスメイトも、俺の前でだけは自分のこと「俺」と言っていたな、となんとなく思い出す。痛い女だった。

「いいけど、奢らんで」

俺が返すと、その女は笑った。

「ええて、俺が奢るやん。てか名前は?」

「俺? 恋川、求……」

「いや、本名フルネームて! おもろ。あ、えーと、俺はカズキ!」

「カズキ?」

俺が聞き返すと、一瞬目を逸らして気まずそうに微笑む女。

「お父さんの名前と、一緒だ」

俺がポツリと言うと、その女は「ギャハハ」と堰《せき》が切れたように笑った。

◆12月12日

大学から帰ると、俺は昨日と同じパーカーに着替えて、夜の七時に待ち合わせたバーに向かった。昨日よりも人通りが激しく、サラリーマンやコスプレをして客引きをする女も道に広がる。どこかにお好み焼き屋があるのか、今日もいい香りが漂っていた。

「いらっしゃーい、あ、昨日の子～」

昨夜と同じように恐る恐る店内に入ると、店員がこちらを見てすぐに俺だと気づいた。少し気恥ずかしいが、バーテンダーとしての能力が高いということなんだろう。俺は目を伏せて中に入った。

「求ちゃん、こっちこっち～」

そして店内奥、昨日より派手な格好をしたカズキが、スマホから目を上げてこちらに手を振った。

「おはよう～」

「？　今起きたん？」

俺が返すと、カズキは「ちゃうわ！」と大口開けて笑う。

「ほい、じゃあアキラちゃん、俺のボトルでー！　求ちゃん、焼酎飲める？」

店員がボトルの方に向かうのを横目で見る。並んでいるボトルはインテリアのようで、味は一切皆目見当もつかない。

「……あ、てかお酒飲むのも慣れてないって言ってたな。んじゃ飲みやすいように午後茶《ごごちゃ》割りで！」

「はーい」

と、ボトルを持ってきた店員は、透明の花瓶みたいな容器に午後茶を注ぎ込む。そして氷を入れた銀色の容器から、グラスにちまちまとトングで氷を入れていく。

「アキラちゃんも飲んで」

とカズキが言うと、

「ありがと～」

と顔の横で手を合わせる店員。髭《ひげ》の生えた小太りメガネの男だが、仕草がいちいち女みたいで少し不気味だった。

「じゃあかんぱーい」

三人でグラスを合わせる。生まれて初めての乾杯だった。

目の前で店員は、カズキよりお淑《しと》やかに、小指を立ててお酒を飲んでいた。


「女の人みたい」

俺が呟くと、カズキは「え？」と声を漏らしてこちらを見た。

「このバーテンダーさんな、女の人みたいじゃない？　動きが」

するとカズキとアキラと呼ばれている店員が目を見合わせてから「ギャハハ」と大声で笑った。

「いやまぁ、あたしたち、女よりも女っていうか、そういう店だからねー」

と嬉しそうに店員はのたまう。

「実はさ、アキラちゃん、この求ちゃんって子ね、たまたまここに行き着いたノンケみたいやねん。だから昨日もここがゲイバーって知らずに来たみたいやし、ていうか……今知った感じやと思う」

「ゲイバー？　ここが？」

俺は驚いた。飲み屋デビューの際は、ぼったくりやヤクザ絡みのトラブルはあるかもと予想していたが、こういう展開が待っているとは思わなかったから。

「案外、普通なんやな、ゲイバーって」

まだ客も疎《まば》らの、二十席くらいだろうか、昨日より広く感じる店内を見回しながら感想を告げると、案外嬉しそうにしているカズキが顔を覗き込んできた。

「肝座ってるなぁ、二十歳のノンケやのに」

「そうかな。ノンケって俺のこと？」

「うん、えーと、異性愛者って意味ね、ゲイじゃないってこと。え、てか、普通ってどういうところが？」

とカズキが急《せ》かすように聞いてくる。

「だって女の人も飲みに来てるし、みんなゲイっぽくない。客もみんなゲイなんやろ？　でもテレビ出てるようなオカマっぽい人、おらへんかったから」

俺が観察したことを振り返りながら率直に伝えると、

「うちの店はノンケも女性もオッケーだし、女装子《じょそこ》さんやドラァグクイーンさんは働いてないからねえ。一見、普通のお店に見えちゃうよねぇ」

と店員が腕を組みながら、よく分からない専門用語を述べ立てる。

「求ちゃんが言うような、女装家の人が働く店もあるし、ゲイオンリーの……男性限定って感じのお店もここら辺にはあるんやけどね。ここは関西で一番のゲイタウンやから」

カズキがフォローするように説明するものの、俺には情報の洪水のようで、理解が追いつかなかった。ただ、ゲイに囲まれるという慣れない状況ではあるが、「本当にそういう世界があるのか」という感動の方が大きかった。

それに女であるカズキと一緒なら俺も変に誘われたりはしないはず。ましてやゲイバーに飲みに来ていようと、噂を流すような友達も顔見知りも俺にはいないのだから、いいか。ここがゲイバーだろうと居心地は悪くない。

「すげー世界やな、ゲイバーって」

そう漏らすと、カズキはなぜか誇らしそうにしていた。


「でも、なんでいきなりこんなところに？　近くに住んでるんやっけ？」

ジュースにほのかにアルコールが香る酒を飲んでいると、カズキは俺の方を向いてテーブルに肘《ひじ》を突きながら聞いてくる。

「うん。淀川の方」

「仕事もここら辺なん？」

「いや俺、大学生」

すると何か仕事をしながら片手間に、「えー」とカウンターの店員が驚いている。

「大学生さんなんだぁ。若いもんね。どこの大学？」

と店員が業務のルーティンの一環みたいに聞くので、

「……しょぼいよ、近大」

嫌々そう伝える。

「え、いいじゃん。マンモス校だから楽しそう！　確かダイちゃんとこの店子でも近大の子いたよね」

とカズキが盛り上がった。

「あーそうね、ジンたんでしょ。あの子も確か近大生だったかも」

店員は酒で口を濡らして言う。

「……うちの大学にもいるんだな、同性愛者の人」

と口走ると、それには笑わずに、

「どこにでもおるよ、当たり前やで」

とカズキが申し訳なさそうに呟いた。


「あ、てか近大って何年か前にデザインの学科もできたよね」

「あ、うん。確か」

「求ちゃんは何学部？」

「経済」

「ふーーん、難しそう」

興味なさそうに店員が言うと、他の客からオーダーが入ったのか、カウンターの端の方まで流れるように消えていった。

「俺もね、大学でデザインとか勉強してみたかったんだ」

「すればいいやん」

「いや、そんな簡単なことじゃないよ。お金だってかかるし。俺ん家《ち》、貧乏だから」

「酒は飲みに来るのに？」

「お、痛いところ突くやん求ちゃん、ほんまそれやで」

カラカラと乾いた笑いをするカズキの横顔をジッと見る。メイクもせず、男性的に寄せてる髪型や格好だが、綺麗な女だと思う。宝塚歌劇団《たからづかかげきだん》の男役にいそうな華やかな、色気のある顔だ。

「でもなぁ、飲みに来なやってかれへんこともあるわけよ」

「若いのにおっさんみたいなこと言うやん」

俺がぶっきらぼうに返したことですら、カズキは嬉しそうに笑った。

「俺な、色々とお金貯《た》めてるねん。本当は……美術の学校、行きたいんやけどな。大学じゃなくてもビセンですら年百万円かかるからさ、二者択一でやりたいことの方を優先して貯金してるねん。職場もこの近くのコールセンターやし、早くバリバリ稼ごうとはしてるんやけど、つい誘惑に負けて飲みに来ちゃうわけよ」

「フゥン、カズキ、声かっこいいし、コールセンターとかぴったしやな」

「せやろ？　しかもコルセンなら制服もなくて楽やねん」

俺は首を傾《かし》げた。

「制服あった方が楽じゃないん？」

「いや、制服は嫌。しんどいやん」

格好を見るにおしゃれ好きっぽいし、意見が相容《あいい》れないなと思い、酒を口にした。

「でもさぁ、ほんと求ちゃんみたいな子と話すのは久々っていうか。周りゲイばっかやからさぁ」

「なんか違うの？」

俺が聞き返すと、

「まぁ、みんないい子らやねんけど、どっかみんなゲイ同士で仲がいいっていうか、やっぱ最終的にはゲイ同士で付き合うってのがあるからさ、俺はちょっと入りづらいというか踏み込みづらいんよね、最後までは」

どういう意味かは分からないが、きっとゲイは男にしか興味がないから、女のカズキは恋愛関係になれないということなんだろう。ならこんなゲイタウンなんて来ないで、どっか相席屋のようなゲイじゃないちゃんとした普通の男との出会いがある店に行けばいいのに。

「俺、こんなんやけど男が好きやからさ、だからちゃんと相手に振り向いてもらえるように、手術して、体を変えて、それでこの街にいたいと思ってて」

「病気なん？」

問い返すと、カズキは声にならない苦笑をしてから、

「まぁそんなとこ。ごめんやで、いきなり求ちゃんみたいなわけ分からずこの街に来てる子には分からんわな。飲もう飲もう！」

と仕切り直すように、乾杯し直した。

◆

それからその店で一時間ほど飲み、他の店にも行こうかと誘われたが、少し気分が悪くなってきていたので断ることにした。

「じゃあライン教えて。明日とか空いてたらもうちょい話そうや」

「ええけど」

俺は連絡先を渡した後、マフラーを巻き直し、帰ろうとする。

「あ、でも、俺明日レポート書かないと」

雑居ビルの一階、外に通じるエレベーターホールで振り返って、カズキに明日は無理だと伝えておく。

「そうなん？　じゃあ仕方ないけど、……あ、せや、求ちゃん、家近いんやろ？」

「まぁ」

「宅飲みせぇへん？　今さ、家にあるお酒処分したいな思ってたところやってん」

カズキは俺に提案してくる。

「まぁ夕方とか、早めの時間ならええけど」

そう返すと、嬉しそうにカズキは「ありがとう」とだけ言って、手を振りながら別の店に飲みに行くと言い残して階段を上っていった。金遣いの荒い女だ。

でも明日、俺の家に来たいと、酒を一緒に飲みたいと言っていた。

つまりセックスだ。俺の家に来るんだから、セックスを、俺とのセックスを予定に入れたのだ。

いよいよか。緊張と感慨深い気持ちが下腹部をぎゅっと締め付けた。

俺はまだ、セックスをしたことがなかった。

中学では彼女を作ったと言う奴が持て囃されて、一歩先に進んだ大人だと見做《みな》されていた。高校では彼女と何ヶ月付き合ったかと話すクラスの中心人物たちがいて、大学では酒や風俗を嗜んだと豪語し、サークルの中でヤったと公言する奴もいた。

そんな中で俺だけセックスしてないような、取り残された気持ちがいつだって俺にはあった。

セックスをしたいと思うことはあった。でも面倒だった。まず話しかけることも面倒で、そこで気持ち悪いと言われようものならもっと面倒だと思った。『セックスしよう』って誘って断られたら、まるで男は犯罪者の如《ごと》く吊るし上げられ糾弾される。

セックスは女にとっては隠すものなのだ。でも理由は分かる。処女以外はビッチだと俺も思うし、世間的な感覚でもそれは証明されている。だから女は相手を慎重に、高望みして選ぶ癖がある。だけど男はむしろヤッていないと、不足した人間だと劣等感を煽《あお》られる。大々的に童貞を揶揄《やゆ》する文化がある通り、セックスしていないと落伍者《らくごしゃ》のように後ろ指を指されるのだ。

性欲の解消自体は、オナニーで充分だった。むしろオナニーがいいとすら思っていた。女と一から関係を作って、セックスをする。それだけでも面倒だが、その後の方が更に面倒だ。相手の女が俺とのセックスをレビューサイトの評判のように評価しそうで嫌だ。そしてそれを次の男や、あるいは他の女に話すかもしれない。童貞の次に恥ずかしいのが、セックスが下手な男だ。値踏みされるのはもう、見た目だけでも懲《こ》り懲《ご》りだった。

風俗に行くことも嫌だと思った。接客業では金を払う側がチヤホヤされるが、風俗は違う。客を金蔓《かねづる》としか絶対に思っていないだろう。風俗で働くことを風俗堕ちだと言う世の中だから、せめて客を見下して尊厳を保つ、そんな生き物が風俗嬢だ。だから俺は風俗を買わない。見下されてまでやろうものならそれは滑稽な畜生に思える。一度風俗店に電話したことがあるが、薄ら笑いをする受付の男に繋がりすぐに電話を切った。

セックスするなら、お母さんのような、従順で何をしても拒まなさそうな、そして後から全部許してくれるような人が良かった。

俺はその日、一度家に帰ると、近所を出歩く格好に着替えて、コンビニに行ってコンドームを買ってきた。コンドームだけだと恥ずかしかったので、お菓子も少し買ったが、あえてコンドームはカゴの一番上に入れてレジに出した。誇らしい気持ちだったが、これが何か分かっていないのか店員の外国人の女は無表情でバーコードを読んだ。

家に帰ると、たまたま隣の女も帰ってきていたようで、俺は一段と足音を殺して歩いた。対照的に女はドカドカと足音を鳴らしていた。心の中で舌打ちする。

その夜、俺の蔑視に気づいたのか、隣人の女は俺の部屋の戸を叩いてきた。話はパソコンがどうだとか、唐突で、いかにも底辺で低学歴らしい質問だった。馬鹿だと思いながら適当にあしらって、俺は頭の中でセックスのシミュレーションをしながら一発抜いて、それから眠りについた。

◆

12月13日

大学で講義を二コマ受けたあと、俺は学生たちののんびりとした雑踏をかき分けて、混み始める前に長瀬《ながせ》駅にたどり着く。電車の中でスマホを眺めつつ、カズキの連絡を待った。

『五時にシフト終わるから、一旦家に酒取りに帰って、六時半には中津つく！』

御堂筋線《みどうすじせん》に乗り換えて、地下鉄の中でゲームをしている時に、カズキからそう連絡があった。時刻はまだ四時。帰ったら部屋の片付けをしようと思った。


詩名内荘に着くと、自分の自転車がないことに気づいた。今朝はあっただろうか、いや昨日からなかったのだろうか。俺は改めて自分の住む街の治安の悪さを思い知った。

いらないことでお金を催促しすぎると、お父さんから直々連絡が来ても嫌だし、面倒だけど一度警察に届け出た方がいいかと考え、俺は大淀《おおよど》警察署まで引き返すことにした。

歩いて数分で、警察署には辿《たど》り着いたが、古びた建物にはどこが玄関なのか不明瞭な看板しか立っておらず、俺は右往左往した。それに元々なんとなく警察が嫌いだったので二の足を踏んだ。武道や争い事に身を置いてきた人間が警察官になるものだから、血気盛んで、俺みたいな人間とは水と油のような粗暴な奴しかいないイメージだ。

すると、今まで廃墟《はいきょ》かもしれないとすら思っていた警察署の、薄暗くて明かりもついていない汚れた自動ドアが開いた。どうやらそこが玄関だったようだ。分かりづらい。外から中が見えず、誰もいない建物なのかと思い始めていた矢先だった。

そして出てきた人物に、見覚えを感じた。

——あいつは、多分、うちの住人だ。名前は知らないが、一階に住む老人。

痩《や》せっぽちな小さいおじいさんが、警察官に連れられて外に出てきたのを、俺は駐車場に停まったパトカーの後ろから見ていた。

◆

盗難被害の届出をして、ようやく家に帰ると、部屋の中のゴミや出しっぱなしの漫画を整理した。それからトイレで自分の性器に付着したカピカピのティッシュのカスを取っている時にあることに気がついた。うちのアパートはシャワールームだけ共用なのだ。いつも一階の住人のおばさんが掃除したり、整理整頓してくれるからまぁまぁ綺麗だけれど、それでも今のような冬は寒く、体も暖まらず不便で、何よりセックスをする前に部屋を出てシャワーを浴びて、また服を着て部屋に戻ってくるのってムード的にどうなんだと思った。

しかし再び思い至る。お父さんは、帰ってきてすぐにお母さんと寝室に行くことがあった。あの時もシャワーを浴びていただろうか。そうか、決してシャワーを浴びなければならないわけではないのか、と思い至った。ＡＶとかでもシャワーを浴びずにやるシチュエーションは多い。それはそういうジャンルのあり方として、セックスの可能性として考えていいのだろう。

夕方の六時二十分ごろ、ようやくラインの通知音が鳴った。カズキがアパートの近くまで来たようだったので、俺は部屋から出てアパートの前で待つことにした。

「おまた〜。てかめっちゃ重いわ、業務用のボトルやから、こんなんよ」

カズキは両手に大きなペットボトルを持っていた。

「それお酒なん？」

「せやで。すごいやろ！　これ両手に持って運んできてんで、周りの目ぇ痛かったわ！」

カズキはケラケラと笑い、俺に一本手渡す。中身は半分ほどしか残っていないが、確かに重たかった。

「てか求ちゃんの家ヤバ。これ築何年？」

「さぁ。五十年くらいじゃないん」

「ヤバ、初めてこういうアパートに入るかも。ドラマとか映画みたい」

「はよ入ろ。寒いし」

俺は玄関を抜けて靴箱に自分の靴を突っ込む。

「え、待って、俺の靴どこ置いとけばいい？」

「適当に」と伝えて、俺は二階に上がった。


「うわ、部屋もヤバ、でもフローリングなんや。リノベされてんやなぁ」

カズキは部屋に入ると、許可もなく座椅子に座り、部屋を見回す。

「求ちゃん、漫画なに読むん？　見ていい？」

と返事を聞く前にカズキは本棚に手を伸ばした。

「いいよ」

俺は布団の上に座ってあぐらをかいた。酒はいつ飲むんだろう。

「あ、流行《はや》ってるのもあるやん。てか少年漫画ばっかかやな。俺もわりと少年漫画は好きやけど、単行本買わんのよな〜、自分の家無いし」

「人の家住んでんの？」

「うん、転々と」

「変なの」

「自由でええやろ」

とカズキは漫画片手に言う。

「少年漫画なんか読むんや」

俺をほっぽり出して無言で漫画を読むカズキに言うと、

「求ちゃんももう少年じゃない歳やのに読んでるやん？　自由ってことやん、誰が読んでもええってことよ」

なぜか誇らしげに言うので、カズキは基本的に他の女のような気構えた感じや、着飾った感じが少ない女だと改めて思った。

「なんか、小学校の時の、男子と遊んでるみたい」

俺がボソッと小言で漏らすと、それを皮肉とは思わなかったのかカズキはまたも誇らしげに、

「せやろ〜、こういう遊び、大人なってから希少やでぇ」

と言った。


「あ、ごめん、てか乾杯しよか。氷ある？」

カズキは思い出したかのように漫画を置いて、酒のボトルを触った。

「無いけど」

「マジか。あーいや、俺が先に言っとけばよかったか、ごめんごめん」

カズキは俺に視線を戻す。

「グラスは？」

「無いけど」

俺が答えると、カズキは引き攣《つ》った顔で「マジか……」と言った。

「じゃあ、お酒、今日はやめとこか。これここに置いといていい？　勝手に飲んでいいからさ、また今

度の宅飲みで飲もうや」

「分かった」

ボトルを壁の端に寄せて、手を合わせながら「サンキュー」と伝えてくるので、俺は不思議に思いながらそれを見ていた。

「あーほら、言ったやん。家、転々としてるって」

「うん」

「今一緒に住んでる人とさ、もう別れたんよ。でもまだ俺がその人の部屋に住まわせてもらってる状態やからさ、少しずつ家の中の俺のもの移動させていってる感じやねん」

「フゥン」

恋人と同棲《どうせい》か。そういやカズキはいくつなんだろう。見た感じは俺とそんなに変わらない気もするが、なかなか大人な生き方をしているんだなぁと感じた。

「実家に送ればいいやん」

「いや～、実家和歌山やし、それにもう帰られへん。勘当されてるねんマジで」

へらへらと話すから、俺には反抗期のガキみたいに見えて、ちょっとさっきの大人って見方も訂正した。家出でもしているんだろうか、馬鹿らしい。

「父親が俺のこと認めてくれんくてなぁ、それでもう家には二年くらい帰ってないねん。てか帰るお金がもったいない！　和歌山の辺鄙《へんぴ》なとこ住んでたし……」

「俺もだよ」

「和歌山出身なん？」

「いや、お父さんに認めてもらえてなくて」

「そうなん？　じゃあこの部屋も自分で飛び出して借りてる感じなん？　偉っ、それで大学行ってるんやろ？　マジで偉い」

カズキに褒められて、少し嬉しく思った。自分でも生活能力がついてきたと感じていたところだから、こうして他人から称賛されるのは誇らしい。

「てかさ、求ちゃん大丈夫なん？　レポートあるんちゃうの？」

「もうやった」

半分くらいだけだけど。

「偉っ、じゃあ今日も飲みに行っちゃう？　昨日行けんかったお店行こうや」

「えっ」

カズキはコートを持って立ち上がる。照明から伸びた紐《ひも》がカズキの頭に当たる。カズキは不思議そうな顔をしてこちらを見下ろしていた。

「今日はやめとく？　求ちゃん、学校もあるもんな」

「セックスは？」

「は？」

「セックスせんの？」

俺が問いかけると、カズキは一瞬悲しそうな顔をした後、コートを持ったまま、床に膝をついた。

「求ちゃん、ノンケやもんな。女の子が好きで、こっちの世界のことよく知らんもんな。ごめんな説明せんくて」

「何が」

カズキは俺に向かって、つらつらと語り始めた。

「俺はな、トランスセクシャル……、あー、トランスジェンダーとか性同一性障害とか聞いたことあるやろ？　あれやねん。体は女で生まれてきたけど、中身は、脳みそは男やねん。だからカズキって名乗ってるし、ＬＧＢＴやからあの街のミックスバーや観光ゲイバーに入り浸ってるねん。友達や仲間もおるし、あそこはノンケの社会よりかは俺のこと理解してもらえるからな。お金貯めてるのも……若いうちにはよ手術受けて、性転換したいから。あ、正しくは性別適合手術って言ってな、これがお金かかるねん。今ホルモン治療受けてて、それだけでもお金かかるんやけど、もっとお金かかる。だから頑張ってるねん。それでな、」

「カズキは、俺のこと好きやから家来たんちゃうの？」

俺はカズキの一生懸命な説明をぶった切って、質問する。

意味が分からなかったから。専門用語も、セックスを拒む理由も。

「まぁ、好きやで、珍しい子やと思ったし、おもろいもん。でも、これからも俺のこと女として見るなら俺はしんどいな」

「……」

「求ちゃん、俺、この体でセックスしたことないねん。するつもりもない。トランスジェンダーの人の中にはな、手術や整形資金稼ぐために風俗で働く人もおるけどな、俺にはできん。俺のこと女やと思ってる男の人には、体見せたくないねん。ややこしい話やけどな、俺は男として男が好きやねん。ＦｔＭゲイって言って、女の体でも中身は男でゲイやねん」

「それで？」

俺が続きを促すと、カズキはそのまま床に深く座り、言った。

「求ちゃんは、俺のこと女の人として好きになってくれたんやろ？　でも、それには応えられへん。まだ友達でいよう」

カズキはにっこり微笑んだ。

俺には分からなかった。

違いが分からない。中身が男だろうと、女だろうと、カズキの見た目に、その体に俺は好きだと言った。なのにカズキは『それだと違う』と言った。

違うくないだろう。

何も違わない。

ヤッたら同じだよ。

「あっ」

俺は——力を込めてカズキを押し倒した。

◆

12月14日

昨日、初めて俺は男になった。

カズキの体は綺麗だった。女だった。何も臭いところもなく、柔らかく、手先は冷えて、苦しむ声も女のものだった。女にしか出せない本物の感触だった。舐めるとしょっぱく、苦いところもあった。でも俺は初めての経験だったので、酸いも甘いもキチンと知りたくて、至る所を舐めた。

ただし挿入はできなかった。どこに挿《い》れていいのか分からず、ただ顔を押さえて泣いているカズキのお腹のあたりに自分で扱《しご》いて射精し、胸を何度か揉《も》んでから「終わったよ」と伝えた。

カズキは黙って服を着て、そのまま部屋を去った。一言も無かったが、きっと驚きのあまり言葉を失ったのと、俺が下手だったから満足せずに帰ったんだと思う。失望させてしまったかな。

やはりAV男優はプロなんだと痛感した夜だった。あんな風に潮を噴くこともなく、カズキは濡れもせずに泣いていたから。

俺はその日、大学で講義を受け終えると、その足で堂山の店に向かった。しかしまだ日が落ちきっていない時間帯だったので、店は開いておらず、俺は呆然と閉じられた扉の前で立ち尽くした。

すると、

「あ、あんた、カズキの」

廊下の端から声が聞こえた。エレベーターからいつもの店員が大きな袋を持って近づいてくる。

しかしその顔は鬼気迫る怒りのような、まるで俺に詰め寄るお父さんのような表情で、髭の生えていない部分の皮膚は真っ赤に染まっていた。


「お前がカズキのこと襲ったんか!?」


耳にキィっと響く金切り声、女の声だった。それは店員のものじゃない。その店員の恰幅《かっぷく》のよい体に隠れていたが、後ろに立つ男のものだった。見た目は完全に男の、髭を生やした肩幅の狭いヤンキーのような奴だが、声だけがほとんど女。

カズキのような、元女なのだろうか。でもカズキと違って、あまりにも見た目は男なので、脳が混乱する。

「お前なんとか言えやゴルァ！」

ドスを利かそうとした弱々しい女性アルトボイスが、なんだかどれだけ頑張っても気迫に欠けて、黙ってこちらを見ている店員のゲイの男の威を借りてほざいてるだけに見えた。

「いきなりなんですか」

俺が聞き返すと、氷の入った大きな袋を持った店員は、

「まぁ中で話そうや、まだオープン前やから」

と言って、中に入るように促した。まだ中は音楽も流れておらず驚くほど静かで、エアコンで暖められてない室内は冷たく、外と変わらないくらいの凍えた空気が肺に入ってきた。俺たち三人が入ると、店員は扉の鍵を閉めた。

「座って」

俺は指定された席に座る。客は俺しかいない。店員と女は目の前で、カウンターからこちらに対面した。

「あんたノンケやったよね。なに？　カズキのこと好きやったん？」

店員が俺に聞いてくるので、答えようとしたら、

「アキラ、そんなんええねん」

と女が制して、会話に割り込んできた後、

「お前カズキに何してん、何したか言えるか？　おいこら言ってみぃやこら」

と大袈裟な巻き舌で言ってきた。

「セックスした」

と正直に伝えると、途端に鼻に痛みが走った。

熱い、鼻が熱い。

「セックスちゃうわ殺すぞボケ！　お前がやったのはレイプじゃ！」

女から殴られたようだった。

鼻血が滴る俺に、店員は冷たいおしぼりを渡してくる。湿気臭いそれで鼻を覆った。

「暴力やん……警察呼びますよ」

「こっちのセリフじゃボケ！」

再度殴りかかろうとしてくる女を、店員は制止した。

「カズキは？」

俺が聞くと、

「お前が知る権利ないわ！」

とまたもキィキィ騒ぐ。

店員は意を決したように口を開いた。

「昨日、カズキさぁ、あんたの家に行ったんでしょう？　その後飲みに来たのよ。俺とこの子がちょうどおったからな、一緒に飲み始めたんやけど、どうも様子おかしいな思ったら、襲われたって話してくれたんやわ。それで、明け方までおったんやけど、カズキの家まで送っていってな、カズキ、『警察には行かん』言うて、そのまま帰っててん」

「そうなんや……」

「何がそうなんやじゃ、他人事みたいによぉ！」

女が別のおしぼりをこちらに投げつけてくる。

「お前ぁ、カズキはなぁ、今まで女の体が嫌いすぎてなぁ、何度も自殺未遂起こしてなぁ、ほんまに大変な子やったんや！　男性ホルモンのせいで精神も安定せんくて、それでも昼職がんばって、実家も理解無いし……孤独で、がんばってきたんや、かろうじて生きてきたような子なんや！」

鼻血が止まったので、俺はおしぼりを取って、黙って聞いていた。

「最近の安定してないカズキは彼氏にも手ェ余らせてて、それでカズキは申し訳ないから言うて自分から別れる言うてたところやったんや。でも、カズキのことに理解あった彼氏となぁ、別れてカズキが平気なわけないやん。カズキはそれでさらに追い詰められて、ここ最近ずっと『死のう思てる』言うてたんや……」

女は一生懸命、俺に血走った目で続ける。

「……」

「もし死んだらどないすんねん」

「え」

「え、ちゃうわ！　もし、お前のせいで死んだらどないすんねん！」

女はとうとう涎《よだれ》を垂らしながら泣き叫ぶ。髭や顎にも涎が垂れているのがスローモーションで見えた。

「そしたら俺、死にます」

なぜだろう、今まで自殺なんて考えたことも想像したこともないが、今なら死んでもいいと思った。セックスができたから満足したのだろうか、いや、挿入もしてないし、それにセックスじゃないと言われた。それはそうか、相手が死ぬほど嫌だったのなら、それは当たり前にレイプなのか。だけど俺はカズキと友達だった。何も知らない人を夜道で襲ったわけじゃないのに。

それに俺のお母さんだって『イヤ』って言うけど、お父さんをレイプ犯扱いしない。それはどうしてなんだろう。

「お前が死んだところでなんじゃゃ、なんの責任の取り方にもならんわ！　お前の命なんてどうでもいいねん。あの子が死んだらどないすんねんって言ってんじゃゃ！」

俺が死ぬっていうのが責任を取ることに値しないなら、どうすればいいのだろう。ただ俺だけが責め立てられる空間と時間に、俺は今すぐにでも逃げ出したくなった。

「お前、さっきから舐めとるやろ。警察行かんって聞いて安心しとんやろこら」

女は俺の座る目の前のテーブルを華奢な腕で思いっきり叩いた。

「俺、お前みたいな奴、よう見てきたわ。言い返したり、やり返してこんような子ばっか狙う卑怯者《ひきょうもの》。お前は男の中で弱っちぃ人間かもしらんけど、それでも腐っても男やからなぁ、力は当たり前に女・子どもよりはあるわな。だから男に敵《かな》わん思うて、他の男がおらんところで女にばっか手上げたりするんや。自分より弱い奴だけ常に探して狙ってる最悪最低な弱い奴やお前は！」

会ったばっかで何が分かんの？　って思ったけれど、でもなんだか心当たりがある。

ああ、そうか、お父さんだ。電話では丁寧に話すお父さんが、お母さんに対しては何にも感謝の念を示さずに指示するだけ。飲食店の店員には見下したような態度で高圧的な物言いをするお父さん。あれをなんだか嫌だなぁって思ったこともある。

いや、俺も、俺もそうなのか。

「お前みたいな奴がおるせいでなぁ！　俺らトランスジェンダーは悲劇でしか生きられへんねん！　ただの男より弱っちぃって！　ナメられるからなぁ！」

女はもはや肩で息をしながら咽《むせ》び泣く。店員が水をグラスに注いで、その女に手渡した。

「もう……カズキには、俺、会って謝れないやんな」

俺は小さく呟いたつもりだったが、女が真っ赤な目でこちらを睨んできた。


「あの、やっぱり俺、死にますよ」


そう伝えて立ち上がる。女がこちらに詰め寄ろうとしたが、店員が引き留めて、

「死ぬならちゃんと死んで。もう俺たちの世界に、来んといて」

そう言って、俺が店を立ち去り、扉を閉めるのをただ見守っていた。

第三章

猫塚懐

――夢が無いです。

もちろん以前はありましたよ。

子どもが欲しかったです。自分の子どもが。

でも叶いませんでした。

私は不妊症です。

◆

結婚は早かったです。

三姉妹ですが、姉二人も二十歳で嫁ぎました。私は二十一歳で、大阪に嫁いで来ました。と言っても兵庫からですが。

相手は、父の友人の息子です。

私の旦那になってくれた方は、ひとまわり歳上の、建設業界の大手、いわゆるゼネコンで働く安定した収入のある方でした。気質も性格も落ち着いていて、どうして私なんかを嫁にしたのか、結局二十七年もの結婚生活で一度も分からずじまいでした。あの人は私に、何も言ってくれませんでしたから。

多分、私が不妊症だったからですね。

私の姉二人は、子宝に恵まれ、私が結婚して三年が経った頃には二人とも男の子を二人ずつもうけてました。それは、もう本当に可愛らしい玉のような子たちでした。やはり肉親の子は、出産に立ち会ったわけでもないのに、顔を見ただけで涙が出ます。

それで、私たちも急いで子作りに励みました。ですがダメでした。婦人科を受診して、検査を受け、夫婦生活まで医者の指示に従い管理しましたが、でもダメだったんですね。

原因は結局不明でしたが、私にあるみたいでした。

それが分かってから、旦那は言葉では示しませんでしたが、私に期待するのをやめたんだと思います。家にいる時間が急に減りました。私に習い事を勧めるようになりました。旅行の回数が減りました。子どもの代わりにペットを飼うなど、そういった惨めなことはできる限り避けました。二人で選んで高価な家具を買い、それを大事に使いました。

今その家具は、旦那の家にあります。

私たちは、離婚しました。

いわゆる熟年離婚にあたるのでしょうか。私も五十前ですし、旦那は役職定年の間際でしたから。旦那は離婚後、一年で新しい奥さんをもらい、その人との間に子どもをもうけたそうです。

きっと可愛い子なんだと、思います。

◆

そんな幕切れがあったのに、体裁が悪くなったのは私でした。

——昔から、人に迷惑かけちゃダメだって、教えてきたのにねぇ、どうして懐《なつき》だけ……。

離婚後、西宮《にしのみや》の実家に戻ると、母からそうボヤかれてしまいました。

そうです、両家の関係に、気まずさや亀裂《きれつ》を生んでしまった原因は私にあると叱責《しっせき》しているのです。

これにはさすがに堪《こた》えました。

昔から母は厳しかったですが、そこには私たち姉妹の将来を案じていて愛があったと、私は思っています。私に経理の専門学校を出た方がいいと強く推した時も、女性でも手に職をつけるべきだという考えがあってのことだったのでしょう。だから私は納得して従いました。

歳を重ねて少しずつ母は厳しいというより、道理のない、子どものような、その時の機嫌でものを言うようになった気がします。結婚している間、実家に戻らなかったのは、子どもがいないからという理由と同じくらい、母に会いたくなかった気持ちがあります。

自分ができたことを子どもに強いる人でした。姉の子たちには有名校への進学を、姉たちには良妻賢母であることを、私に対しては「子が産めないなら、せめて旦那の役に立ちなさい」と。

役に立つ、旦那を立てるって、どういうことなんでしょうか。家事はこなしても、育児ができない女は半人前なのでしょうか。私は焦って余暇を作らないように家事に専念し、徹底的に、完璧《かんぺき》な妻であろうと頑張りました。だけど旦那はそんな私にますます気を使う家庭ができていきました。

もっと私が、何かを生み出せるような役目のある女だったらよかったんですけどね。

◆

今は私一人で暮らしています。場所は中津駅から少し歩いたところの詩名内荘というアパートです。一駅先の十三駅に長姉が夫婦で住んでおり、女一人暮らしでは何かと大変だから肉親の近くに住めと父に言われたからです。だけど実家のある西宮はやめておきました。梅田に近い方が仕事があるから、と言い訳をして、ここを選んだのです。本当は、西宮だと母が家に押しかけてきそうだからなのですが。

経理の資格を持っているので、大阪駅の近くで派遣業に登録はしたのですが、どこの企業にも勤めることは叶いませんでした。資格はあっても、職歴が一切ありませんから。なぜ実務経験を積んでこなかったのかと、派遣会社の担当さんが聞いてきましたが、口を噤《つぐ》んでしまいました。『そうしろ』と言われてきたからというのが理由だと思い当たっても、とてもそうは言えなかったからです。旦那は働く必要なんて無いと言いましたし、父はそんな旦那の面子《メンツ》や甲斐性《かいしょう》を無下にするなと言ってました。古い価値観だとは思います。ですが甘えてしまったんですね。私が悪いんです。

なのでコンビニでアルバイトをしています。

自宅から歩いて数分の店で、早朝六時から九時の三時間、昼の一時から五時、時折土日の朝九時から夕方五時まで働くこともあります。自宅が近いので、シフトに欠員が出た時や、学生さんの試験期間などには、店長が申し訳なさそうに私に出勤をお願いしてきます。私に断る理由はないので、謝らないでほしいと何度も伝えているのですが。

コンビニだとどこにでもあるから、わざわざこんな梅田の近くに住みながらやることではないと、母に言われてしまいそうなので、私は実家には伝えていません。姉伝《づ》てに飲食店で働いていることにしています。

でもコンビニでも飲食店でも同じようなものだと思うので、嘘をついてるような気はしなかったです。どうせ、何を言っても、どこで働いても、文句は言われると思うので。

◆

12月11日

「おはようございます」

早朝、五時四十分。

この時期は、この時間でもまだ真夜中のようです。

店に着くと、私はバックルームに入り、挨拶をしました。

「おはよー、猫塚《ねこづか》さん」

金髪のよく似合うお兄さん、夜勤クルーの子末《こまつ》さんです。

タバコを吸いながら発注作業をしていました。アルバイトの中でも一番勤務歴が長く、店長の代わりに発注作業のほとんどをこなしているのです。見た目は怖いですが中身は気さくで、話しやすい方だなと感じます。私みたいなおばちゃんが話しかけても迷惑でしょうが。

「いっつも早いからビビるわ。多分猫塚さんいっちゃん真面目《まじめ》よね、この店で」

「早く来た方が、夜勤さんに迷惑かけずに引き継ぎができるでしょう」

「偉～。六時まで給料でぇへんのに」

私はロッカーから制服を取り出すと、コートを脱いだあとシャツの上からそれを羽織りました。

レジ点検用のコインカウンターがデスクの上にあります。これは子末さんが早朝勤務のスタッフのために用意してくれているのです。

「ありがとうね」

「ええて。あ、猫塚さん、今日の廃棄選んでええで」

子末さんが指さした先の業務用冷蔵庫の中には、夜勤の時間帯に出た廃棄の弁当やチルド食品がカゴに入っていました。

うちの店は廃棄の食品をクルーが持って帰っていいのです。本来はダメなのですが、店長がオーナーやスーパーバイザーの来る月末以外は持って帰っていいと許可を出してくれています。ただし、お皿と交換できるシールなどは、店長が回収します。いいおじさんなのですが、クマのキャラクターのお皿を集めているそうなのです。

「じゃあ、私、これぇ貰うね」

私は高菜《たかな》弁当を子末さんに見せました。

「またそれぇ？　うまいん？」

「ちょっと私には味ぃ濃いからね、お茶漬けにするの」

「お〜、ええな〜それ。うまそう。んじゃハギちゃんに取られへんようによけといて」

ハギちゃんはもう一人の夜勤さんです。今はレジでお客様の対応をしています。確か大学生の男の子です。

「てか、猫塚さん、前も聞いたかもやけど一人暮らしやんな？」

「うん、そう」

子末さんがタバコの火を消して、伸びをします。

「俺も一人暮らししよかな思ってるんやけど、やっぱ契約とか大変？　俺、今までそんなんしたことないねんよ」

「うーん、大変かなぁ」

私も箱入り娘ってわけではありませんが、世間知らずの自覚はあります。社会経験も乏しく、子育ての経験も無いので、責任の無い自由な大人だったと思います。旦那……元旦那の知人が勤める不動産屋で保証人のいらないアパートを借り、引っ越しの手配も旦那にしてもらいましたから。

「今は実家暮らしなんだ？」

私が聞くと、子末さんは、

「ううん、仲良かった子と」

と言い、私は察しました。

彼女さんのアパートに転がり込んでいたということなのでしょう。きっと破局などが理由で、出ることになったかどうかしたんだろうと推測しました。

「じゃあー……今すぐ出るの？」

「うーん、まぁ向こうがもう少しいてもいいよ言うてるけど、でも早めに出たらな可哀想かな思って。せやけど俺、夜勤してるし、休みの日は友達と夜に集まってダンスしてるからさぁ、昼間眠くて起きられへんねん」

「ダンス！　そういや前にも言ってたね、すごいねぇ」

「せやろ。猫塚さんは？」

と子末さんは嬉しそうに聞いてきました。

「ダンスなんかできへんよ」

私はクラブやディスコにも行ったことがありません。驚いて否定しました。

「イヤ、ちゃうよ、趣味とかないん？」

「趣味……」

時折、子末さんは私と雑談をしてくれますが、趣味は聞かれたことがなかった、というか、それどころかこれまで誰も私にそんなの聞いてきたことがなかったので、私は困りました。旦那にも聞かれたことがありません。そして私には趣味なんて言えるようなものも無いのです。

「うーん、もうおばちゃんやからねぇ」

「年齢関係ある？　俺らがよく踊る場所、ミナミとか扇町《おうぎまち》公園とかでもダンスしてるおばちゃんおるで！　あ、あれはでも太極拳《たいきょくけん》とかかな？　知らんけど」

子末さんはケラケラ笑います。

「すごいなぁ、私には無理やなぁ」

「そう？　文化系っぽいもんな、猫塚さん。偏見やけどなんか家でピアノ弾いてそう、膝に猫とか乗せて」

ピアノは子どもの頃、実家にお稽古の先生が来て、姉二人と一緒に習おうとしたことがありましたが、私はいくらやっても左手の運指で躓いて、ブルグミュラーの練習ですら上手くできず外されてしまいました。

ただ、

「猫は、おるねぇ」

と素直に言いました。

「猫飼ってるん？」

「いいえ、うちはペット禁止のアパートなんで。近所に野良猫が三匹いて、その子たちにはエサを」

「そうなんや、偉」

ぶっきらぼうに言った子末さんに、私は引かれてしまったかと申し訳なくなりました。

「家で飼ってあげられへんってことだし、無責任なんで、偉ないよ」

「いやそんなん仕方ないやん、家の事情あるんやったら。それでもご飯だけでももらえんやったら猫も幸せやろ」

「そうやねぇ、そうやったらいいんやけど」

でも実際問題、その子たちを飼えない私は偽善者だと思います。

前にエサをあげていると、通りかかった女性に『無責任にエサだけ与えて、迷惑なんじゃお前みたいな偽善者！』と怒られてしまいました。その人の大声で猫たちは逃げてしまい、当分の間姿を見せませんでした。それ以来、こっそりと食品トレーを置いてエサやりするようにしましたが、それもある日踏んづけられていました。去年のことです。

「私がやってることなんて、ほんと……」

「なんでそう思ったん？」

「子末さんは下にご兄弟や、あるいは甥御《おいご》さんや姪御《めいご》さん、おる？」

私が聞くと、子末さんは首を横に振って「おらん」と言いました。

「私には姉が二人いて、甥っ子が二人ずつ、だから四人いるんやけど、すごい可愛くて、小さい頃はよく遊んであげたのよ。けど、会うたびにおもちゃを買い与えてたら『あんたはたまにしか会わんし、最後まで責任持って面倒見んでええから、すぐに物で釣って気に入られようとするけど、中途半端な可愛がりは迷惑や。あんたのせいで子どもが出かけるたびに新しいおもちゃ欲しがるねん。おばちゃんは買ってくれるのにってせがむねん、もうやめてくれ』って怒られたんよねぇ。ほんまにすごい怒られて、悲しくて、でもその通りやなぁって」

「あー、はいはい、それなぁ」

子末さんはとうとうパソコンから体をそらして、バックルームの隅で立ってるだけの私の方を向きました。

「でも、それはお姉さん方が正しいやろ。同情とかと一緒で、中途半端なもんはいらんもん。被災地に折り鶴送るようなもんやで。いやこれはちゃうか……言い過ぎたわ。うーんせやな、国からの支援が無いのに、物資だけ届くみたいな感じかな。あ、一緒か。ほら、生活を保障してくれへんのに、物だけもらってもって思わん？　ホームレスに生米渡しても炊かれへん。家が潰れた人に明るい気分になれるインテリア送っても置かれへん。そういう感じやなぁ」

私は、子末さんの朗らかなトーンから、私が責め立てられているわけではないと理解しているつもりですが、なんだか泣きそうになってしまいました。

「本当に必要やったのは、子どもを見守る時間で、物ちゃうかったんちゃう？　親って大変やろうし。

あれ、そういや猫塚さん子どもはおらんかったっけ？　ごめん、流れでおらん前提で話進めてるけど」

「いないよ、一人も」

「そうなんや、ごめんなグサグサ聞いて。俺けっこうこういうところあるから……まぁもう一年半くらい猫塚さんと働いてるから知ってるやろけど。嫌やったら怒ってな」

「そんな、嫌ちゃうよ」

するとレジの方からハギちゃんの声が聞こえました。

「子末くん、そろそろＦＦあげとくー？」

もうそろそろ早朝勤務との交代の時間です。ＦＦと言ってレジの横にあるファストフードの一部を作り始める時間でもあり、店長が出勤する時間でもあります。

「おーう頼むわ、俺忙しいし」

「ごめんなさい、邪魔しちゃって」

私が謝ると、

「なんでよ、俺が話し始めたんやし」

と子末さんは言ってくれました。

「てかさ、さっきの猫の話、ええ？」

「？　はい」

「俺はさー、猫からしたらいいと思うで？　エサが食えるか食えないかは、あいつらにとって死活問題やろ？　同情とか哀れみとか、そういう気持ちも猫は知ったこっちゃない。食えるもんくれて喜んどるやろ。だから野良猫って、エサくれる人覚えてすり寄ってくるやろ？　エサやったことないから知らんけど。だからいいんちゃう？」

「……そうやねぇ」

確かにエサ場を変えても、エサをやる時間が変わっても、あの子たちは私を見つけて寄ってきてくれます。今は近くの整地のされていない駐車場であげていますが、今年の夏までは堤防の近くの空き地でした。距離は近く、ほんの30メートルほど先の場所ですが、注意してきた女性はこっちには寄らないようなので。

「猫からしたら善人よ。頼れるのは猫塚さんしかおらんやろうし」

子末さんはチラッとモニターを見ました。監視カメラには寝癖のついた店長の姿が見えます。

「またあの人、寝坊やな」

「本当やね」

時刻はもう五時五十七分。ずいぶん話し込んでしまいました。

「店長、優しい、ええ人やけど抜けとるからな。シフトとかも猫塚さんにけっこう頼ってることあるやろ？」

「まぁ、私、することないし、家近いからいいんやけどねぇ」

「いやそんなん断られへん人やからやん、猫塚さんが。俺たちにはそんな頼んだりしてこやんであの人。ほんま無理しなや」

子末さんはいつの間にか発注の完了ボタンを押していました。

私が早めに出勤しすぎると、正規の出勤時間まで、いつもバックルームでお話をしてくれるような気がします。彼も優しいんでしょう、無給で働く私を気遣ってくれているのかもしれません。

だけど私はおばちゃんなので、こんな若い子からしたら、母親の姿に重ねた同情とかなんでしょうけど。

◆

12月12日

猫にエサをやりに夕方の駐車場に行きました。しんと冷えたすっかり暗い空。私が駐車場に着き、砂利を踏みしめると、車の下に隠れていた猫が二匹出てきました。キジトラと、黒猫です。

「おはよう」

私は近所のスーパーで買って備蓄している猫のドライフードを、ジップロックに入れて持ち運んでいます。さすがに猫のイラストがパッケージに描かれた袋を持ち歩くと、体裁が悪いので。

「もう一匹は？」

にゃあにゃあと鳴く猫たちの背後、廃材が置かれた場所からもう一匹の猫が出てきました。一番体の大きい三毛猫です。

「おはよう」

と私は声をかけましたが、その子は当たり前ですが返事をしません。

私はその子たちにエサをやり、三匹皆が食べ終え、私に興味なさそうに毛繕いをし始めると、エサを入れて皿代わりにしていた食品トレーをエコバッグに片付け入れました。

これを置いておくと、ここに野良猫のエサやり場があるんだと気付かれてしまいますから。

以前、どこかで猫の耳に切れ込みがある子を見かけました。

野良猫同士でのケンカで負った傷なのか、と思って、その時は何も深く考えていなかったのですが、淀川を散歩し、そのまま城北《しろきた》の公園まで足を延ばした時のことでした。

立て看板に『サクラ耳の猫は地域猫です。かわいそうな子を産ませないためにも去勢・避妊手術を受けさせ、外に帰しています。ボランティア活動に興味がある方はこちらまで』とあったのです。

確かにその辺りには、猫がたくさんいました。どの子も耳が片方切られていて、それは手術を受けさせた証《あかし》なのです。

以前、旦那と本町に住んでいた時にも、家の近くにあった公園に野良猫はいましたが、私はその時エサやりもしていなかったので、人に慣れず走り逃げる猫しか見たことがありませんでした。それが本来の野良猫の姿なのですが、耳の切れた猫たちはすっかりエサやりのボランティアの前で野良猫とは思えないほど気を許して腹を見せていました。

それほど愛《いと》おしく、人を信頼し切った子たちを、捕まえて、手術を受けさせるのです。

健康で、子を産める能力がある子を、人の手でその臓器も未来も奪い取るのです。

おぞましく、人の所業じゃない――いやこれこそが人間の業《ごう》なのかもしれませんね。とにかく私はそういった唾棄《だき》すべき活動があること、それを慈善だと信じてやまないボランティアの人たちを心の底から軽蔑しました。

子が産めることを『どうせ野良じゃ生きられないからかわいそうだ』と言い、その能力や権利を奪うことは、歴史でも何度も登場してしまった忘れてはならない残酷な悪行です。旧優生保護法や人種隔離政策然《しか》り、それらは批判され、二度と行われてはならないと人々は啓蒙《けいもう》しているはずです。

どうして猫ではそれが許されるのでしょう。どうして善行のように大々的にすることができるのでしょう。私はひどく打ちのめされました。人の悪《あ》しき善意に。

それ以来、猫にエサをやる時には食品トレーを回収し、ボランティアに認知されないエサやり場を作ることに専心しました。そうしなければ、私がこの子たちを守ってやれないと思ったからです。

敵は飢えだけではなく、人や、人が作ったものだと私は知りました。

◆

12月13日

今日は店長が、急遽《きゅうきょ》休んだ夕勤の子の代わりに私に出てくれないかと、電話をかけてきました。それも出勤まで十五分も無い差し迫った要請です。

だけど、私は店長が優しく、突発休でも許してくれるから働きやすいんだと理解しています。だから私はすぐに出勤しました。

「ごめん！　ほんまごめんなさい」

「いやぁ、そんなんええですよ」

それより店長は早朝に私と一緒に働いていたはずだけど、夜十時まで働くつもりなんでしょうか。

「用事とか、なかった？」

店長はバイトにはできないレジ精算の業務をこなしながら、申し訳なさそうに聞いてきます。

夕方はいつも野良猫たちにエサをあげている時間です。急遽呼び出されてしまったため、エサを置いてくる時間もありませんでした。もしかするとお腹を空かせて、私を探しているかもしれません。それだけが気がかりでした。

「大丈夫です」

私はそう伝えると、レジ前でお客様が右往左往していたのですぐにカウンターに入りました。

夜九時四十五分ごろになると、夜勤のクルーが出勤してきてバックルームに入りました。

「夕勤やとおにぎりとかサンドイッチも廃棄出たやろ？　猫食べられるのあるんちゃう？」

そう言ってくれたのは私服姿でタバコを吸う子末さんでした。

「鮭《しゃけ》おにぎりとか、焼きハラスおにぎりもあるけど」

「猫は意外とお米食べへんよぉ」

「そうなん？　ねこまんまとかお米食ってるイメージあったわ」

私がエサをやってる猫たちも、人の食べ物は食べません。おそらく具の鮭だけなら口にはすると思うんですが、それでも食いつきはキャットフードには敵わないのです。

「猫飼ってるんですか」

もう一人の夜勤クルー、馬渕《まぶち》さんが目を輝かせて膝を乗り出してきました。

「ちゃうよ。外の子なのよ」

すると意気消沈して、

「野良の雑種は興味無いねんな〜」

と言いました。

「猫って雑種じゃないのあるん？」

そう子末さんが聞きます。

「あるすよ普通に。子末くんマジで何も知らん時あるよな。知らんの？　ようテレビとかYouTubeに出てるマンチカンっていう手足短いやつ。ぬいぐるみみたいで可愛いねん」

棘《とげ》のある言い方ですが、馬渕さんの言う通り、猫にも人気があります。売っている猫は血統種か、あるいは血統種のミックスだけなのです。それらだけに価格がつくのです。

「高そう」

と素朴な反応を示す子末さん。

命に値段がつくのです。そして毛色や耳が折れているかどうかの身体的特徴、メスやオスですら価格差があり、ペットショップに行くと気が滅入ります。かわいそうというか、なんとなく拒否感を覚えるのです。

「高いっすよマジで。俺らには手の届かん値段」

「変な商売よなぁ、ペットショップって」

と子末さん。

「でも人間でも、高い人間、安い人間おるでしょ？　俺らコンビニバイトとか時給は最低賃金……あ、いやまだ夜勤とかは高いし、梅田とかここら辺はマシか。それでもめちゃ安いし、誰でも代わり務まるやん？　野良の雑種みたいなもんっすよねぇ～」

馬渕さんは制服を着て、愚痴りながら勤怠管理ソフトの出勤ボタンをクリックします。

「ちょっとー、馬渕くん、僕もおるんですよ。コンビニ店長でブラック社員の僕の前で言うことじゃないでしょ～、泣くでほんまに～」

店長が馬渕さんの恨み節のようなネガティブなぼやきを笑いに変えました。

子末さんは何も言わずに笑って、接客をしにレジへと向かいました。

◆

その日、夜になりましたが駐車場に行くと、廃材が堆《うずたか》く積まれた隅の方に、猫のダミ声のようなものがたくさん聞こえました。

砂利を踏んで近づいても、その声はみぃみぃと鳴り止まないので、携帯電話のライトを照らしてそちらを覗いてみると、おそらく生まれて数時間しか経っていない子猫たちと、あの体の大きな三毛猫がいました。

私は気づいていなかったのですが、あの巨軀《きょく》は食い意地を張って溜め込んだ脂肪のなせる業ではなかったのです。妊娠していたのです。

私は驚いて、エサをトレーごと置くと、その場を離れました。

どうしよう、と思いました。

可愛いや愛おしいという気持ちより、まずはこの寒空の下で一晩越せるのだろうかと不安になりました。家に戻り、冷えた布団に足を通し、眠ろうと思っても、なぜか罪悪感が胸の中をジクジクと責めてきます。もしも朝になって、空気が暖まる前に子猫が死んでいたら、どうしましょう。

ですがうちのアパートはペットが飼えません。なので私は、朝が早く来ることを願いながら、空気が暖まることを望みながら床に就きました。

◆

12月14日

どうしても気がかりになることが分かっていたので、早朝勤務の前に子猫たちの様子を見に行きました。

廃材の場所にそろりと足を忍ばせ近づくと、昨日と変わらぬ場所で、折れた木の枝や枯れた雑草に包まれて、子猫がぞろぞろといました。落ち着きなく蠢《うごめ》いて、母猫の三毛猫のお尻のあたりで暖をとっています。

よかった、と思いながら、エサを取り出し、トレーに入れて、パック牛乳を注ぎ入れました。子猫用のエサなど用意しておらず、どうしようかとも思いましたが、牛乳でふやかせば食べられるかと思って。子猫は母猫の乳しか飲まないと、なんとなく聞いたことがありましたが、こうすれば少しは助かるかと思いましたし、母猫の三毛も出産の後で消化に優しい方がいいだろうと思ったので。

しかし、猫は見向きもしません。

「ほら」

私が近づけない奥まった場所まで暖を取りに入り込んでいるものですから、私は猫たちが気づいていないのかと思い、エサのトレーを身を乗り出して与えようとしました。

その時でした。

三毛猫が、今まで聞いたことのないような声で、

「フシャーーッッ」

と鳴きました。

歯を剥《む》き出しにして、黒目がちの大きな目で私の方を見ています。

私は驚いて、身を引きながらトレーを手から落としてしまいました。

「私よ、私」

声をかけるも虚しく、三毛猫はじっと静止していて、緊張状態が続きます。

「なんでよ、いつもエサやってるやない」

私は悲しくなりました。

どうしていつも私だけ、こうも責められるのでしょう。

私だけ誰にも愛情を注がれず、むしろいつもしっぺ返しを喰らう。

ならばはなから、中途半端な好意を返さないで欲しいんです。

私は頑張ってしまいます。なのに取り返しのつかないところでいつも捨てられてしまいます。

よい妻になる努力も無駄で、妊娠できなくとも愛される妻になるための努力も無駄で、不妊症など関係なく、もう出産は無理な年齢になってしまいました。いやそもそも子どもの産めない体で生まれてしまったのなら、私なんて生まれたことすら無駄なのかもしれません。私は私が安い人間だったとようやく自覚しました。

三毛猫が、子を産んだ途端に私を邪険にして、敵視して、必要ないと拒否反応を示したように。

私は無駄な存在なんです。

それを見て見ぬふりをして、滑稽にも頑張っている私が馬鹿なんです。

「もう、いや！」

私は廃材の一つを蹴り倒しました。

ガッシャーンと音を立てて、腐った木材が倒れました。私も蹴った反動で砂利に腰から倒れてしまいました。冷たい砂利に手を突いて、私は身を起こします。

同時に、ドンっという音が左耳の方にだけ聞こえました。

そちらを見てみると、駐車場の脇にある道路で、車が一瞬こちらにハンドルを切った後、すぐにレーンに車体を戻して走り去るのが見えました。

立ち上がり、そちらを呆然として見ると、あの三毛猫があからさまに死んでいました。

内臓は出ていないものの、腹だけぺっちゃんこになっています。

おそらく、私の行動に驚いてパニックを起こし、道路に飛び出たところ、車にぶつかり投げ出され、そのまま轢《ひ》かれてしまったのでしょう。

死なせました。殺したのです、私が。

恐る恐る廃材の方を覗いてみると、多分子猫の方も一匹、重たい木材の下敷きになり死んでいるようです。

「違う」

私のせいじゃない、とまで言いそうになるのを堪えました。

何もかも、やる気を失い、虚無感が体を襲って、ペタンとその場に座り込んでしまいました。

私は、何も産めないくせに、命を奪ってしまった。この地球上で最も無駄な存在です。

死にたい、ではなく、私が死ぬべきだと、頭に浮かびました。

いや、以前から考えてはいたのです。私を失って悲しむ者などこの世に存在しません。なのになぜ生きているんだろうと甚《はなは》だ不思議に思う毎日でしたから。

動機ができてしまいました。死ぬために必要な動機が。

私なんかが死んだところで、あの猫たちの命は返ってこないのですけれど。

でも。もう、私は死ぬべきですね。

第四章

日隠團織

――夢はあるが、それは願ってはならない夢だろう。

その夢は、周りにとっては悪夢で、それを願う者も悪だから。

だけど、夢を持つことすら諦めて生きる自分にとって、この現実の方が悪夢だとは、きっと誰も気がついてくれないだろう。

◆

若い頃は仕事を転々としていた。

十代で手に職をつけようと、学生時代の恩師から紹介された左官の仕事に就き、修業に励んだが、「この世界での未来の自分が見えない」という曖昧な直感から数年で辞め、なし崩しに日雇いの職を転々とした。

当時は生来の気性の荒さから、親方や同僚と衝突することが多く、その度に逃げるように仕事を辞め、当たり前だが困窮した生活に陥り、借金や友人や姉からの援助で糊口《ここう》を凌《しの》ぐ日々を過ごしていた。父を早くに亡くし、持ち家を売ることによってなんとか腰の悪い母一人が生きるだけの資金を捻出《ねんしゅつ》できた日隠《ひがくれ》家にとって、自分はすぐにでも大人にならなければならない存在であったと思う。日隠家の大黒柱の父がいなくなったことで唯一の男である自分が背負うものは、他の同年代の長男以上であり、なおかつそれは唐突にやってきた。なので自分は反抗期というものを経験しておらず、日々の鬱憤《うっぷん》や気鬱といったものは全て家の外で晴らしていた。唯一拳で返してくれた教師が、自分が師として仰ぐ壮年の教員で、左官の仕事はその恩師の地元の友人の職場だったので自分に慫慂《しょうよう》したのだった。

しかし自分には先述した通り忍耐力がなく、自由だとかそういったものを重視して生きるような人間であった。フーテンすら粋とされた時代の男らしさと、男としての甲斐性という現実的な問題の板挟みに苦悶するような男に仕上がっていた。自身で生活や寝床を確保し、安定を目指し、男としての栄達を志し、そしていずれは嫁を貰い受け、母に家を買い与えること。それを親戚からも、姉からも、そして母からも期待されていたのは、もう少年ではない男の自分であった。それがたまらなく苦しかった。

家父長的な男になるべく期待する世間や周りに対して湧いてくる反抗心ややるせなさが、若さゆえなのか、それとも自身の男性としての能力の欠如ゆえかはまだ分からないままであった。

三十を迎える前に、一度は封筒や便せんを作る文具メーカーに就職し、そこで一念発起して立派な営業マンとして生きることを決意したが、そこでも自分の気力は長続きせず、一年と経たず自ら職場を去った。

退職すると今まで女性の仕事だと思っていた喫茶店のウェイターをすることにした。接客業を、ましてや三十を超えた男がするのも当時の価値観に鑑《かんが》みるに中々の勇気を要したが、急募の文字と余裕のない生活に逼迫《ひっぱく》して、気づいたら応募していたのだ。

左官も、日雇いの現場の仕事も、営業という仕事も、どのような物を資産として手に入れたかという物質主義的なものに占められていて、眩暈《めまい》を覚えていた。

打って変わって喫茶店は個人経営の、老年のマスターが営むこぢんまりとしたものだったので、勤務中の時の流れを穏やかに感じることができた。数値的なやりがいを追い求めるのではなく、お客の満足という形而上《けいじじょう》のものの充足を目指すこの職場こそ自分のような男には合っているのかもしれないと考えるようになった。

そこで、のちに妻になる人と出会った。

◆

カワリという名前の、先輩ウェイトレスにあたる彼女は、気が強く、歳上の自分にも、どのようなお客様にも臆することなく積極的に話しかけ、誰にでも分け隔てなく接した。不思議と居心地のいい雰囲気のある人で、喫茶店の看板娘のような存在だった。

休日に、職場の近くにあった大泉《おおいずみ》緑地《りょくち》の原っぱで本を読んでいると、たまたまカワリが自分のことを見つけて声をかけてくれた。

「もしかして、ここら辺でよう本読んでる？」

「せやけど、知ってたんですか？」

と自分が返すと、

「やっぱり日隠さんやったんやな。うちの店に入ってきた時に、見たことある思った」

カワリは、一年半前に引っ越してきた自分のことを、何度か見かけたことがあったらしい。こちらは彼女に一切気づかなかったが、彼女は当時からよく気がつく女性だったので、自分をずいぶん前からなんとなく覚えていたらしい。当時は日がな一日、本を読んで過ごすことも多かったので、平日の公園の真ん中で読書に耽《ふけ》る成人男性は印象にも残ったのだろう。

「日隠さんはなんでうちの店に来たん？　そんなコーヒー好きじゃないみたいやのに」

大国町《だいこくちょう》の文具メーカーに就職し、たまたま通勤に都合が良く、家賃相場も懐《ふところ》に合っている堺《さかい》に住むことを決めた自分であったが、早々に退職したため近場で仕事が欲しかっただけなのだ。コーヒーは確かに別段好きではない。喫茶店にはお金がなかったので行きやしない。縁もゆかりもない仕事だった。

それを正直に言うと、

「じゃあ今からコーヒー好きになりよ」

とカワリは笑ってくれた。それから本を閉じて、一緒に少し話した。

カワリは、自分より五つ下で年齢よりおぼこい見た目だが、人としてすでに熟し、達観した物言いをする女性だったと思う。

「日隠さんは、将来なにするつもりなん？」

勤務中にも拘《かか》わらず、マスターが眠そうにうつらうつらしていると、カワリは目を盗んで小さい声で話しかけてくる。

「なんでそんなこと聞くん？」

「だって、コーヒーに興味なくて、とりあえず生活のためにこの仕事始めたんやろ？　んじゃ後々はなんか始めるんとちゃうの？」

「……せやなぁ、僕、なんも考えとらんのやわ」

後ろめたさを感じながら伝えると、カワリは
「一緒やな」

と頬《ほお》に笑みをたたえていた。

カワリは男である自分の甲斐性には期待しない人で、デートに行けば必ず割り勘をしなきゃ気が済まない人だった。

「團織《だんしょく》さんの稼ぎは分かってる、おんなじ職場なんやから。だから奢るとかせんでええのよ」

その頃にはもう名前で呼び合うような昵懇《じっこん》の仲であったと思う。そして二人にとって割り勘とは、アベックでない時期からの取り決めだった。

どっちか一人だけの負担とはしない。

男としての甲斐性を求められないだけで、心地好さを感じ、カワリの前でだけは自分の張り詰めた気も緩んでいった。

出会って三ヶ月が経つ頃には自分のアパートに、もはや通い妻のようにご飯を作りに来てくれるようになり、半年を迎える頃には押しかけ女房としてカワリはアパートに住み着いた。

◆

「團織は、自分のことを押し殺して、なんか我慢してると思う」

ある朝、当時流行っていたチェッカーズの曲を口ずさみながら髪をブローしていたカワリが、煎餅《せんべい》布団の上で新聞を読む自分に、唐突にそんなことを言った。

「あ、ほら團織、早く布団あげて準備しぃや、顔洗って服着替えてせな間に合わんで」

「我慢って？」

自分が問い返すと、

「なんというかな、私の負担にならないように、自分でなんとかせなってやってる感じなのよ」

「せやろか」

「だっていまだに子作りもせんやろ？」

どきりとした。

「まぁ確かにお互いに喫茶店の従業員やったら、二人食ってくのがやっとやわ。でもそれ抜きにしても、團織はいつでもふらっと旅にでも出そうな雰囲気があってな、なんか不安やねん」

「……僕は、モテへんから、安心やで」

「そんなこと言ってるんじゃないのよ」

笑って返す自分とは違い、カワリは真剣な目をしていた。

「子は鎹《かすがい》、って言うけれど、うちもほんまにそう思うねん。ほらうちの家、うちが成人した瞬間に離婚したから。だからその、團織をな、縛り付けたいわけやないけど、二人でなら子どもっていう負担も負担と思わず、協力していけると思うねん。だから」

「……じゃあ僕、就職せなやな」

自分がそう言って、着ていたシャツを脱ぐと、服を脱いだ先には申し訳なさそうな表情のカワリがいた。

「男やから仕事せぇって言ってるわけちゃうの。……一緒に少しずつ、現状から変わっていこうな」

と言ってくれた。

◆

それから世間でフリーターという言葉ができ始めた頃、1987年には社員として、勤める喫茶店の二号店を大阪中津の地で任されるようになった。マスターは以前から多店舗経営展開を計画していたらしく、自分のような仕事にあぶれた働き盛りの男がちょうどうってつけだったようだ。三十四になる年だった。雇われの身ではあるが店長という役職に就くことが叶ったわけだ。自分には無関係だと考えていた栄進が期せず訪れたのは幸運だったと感じている。

そして開店の際には、共に働いてくれる相手としてもちろんカワリを選び、店に立ってもらった。

「カワリの方が僕より長いことコーヒーに触れてきたのに、ええんかほんまに？」

「ええんよ、だって夫婦やもん、支えるのは妻の役目」

誇らしげにするカワリ。

二人で住居《すまい》を淀川区《よどがわく》のマンションに移した。部屋は広めに、一つだけ今までの住処とは違う目的の部屋を増やした。子ども部屋だった。落ち着いたら子どもを作ろうと、二人で言い合った時には、出会った時のような初々《ういうい》しい気恥ずかしさが舞い戻ってきたのを覚えている。

喫茶店は繁盛した。当時まだその街はそこまで栄えておらず、常連となってくれる地域の住民を集めるのに最初は苦労したものの、今のようにコーヒーショップが乱立していない時代だったので、カレーや軽食を始めると若者がつき、夜遅くまで営業すると飲み終わりのサラリーマンが一服をしに来るような店になり、堺の頃とは比較にならないほど忙しい日々を過ごした。

カワリがコーヒー豆の買い付けに出る際に空く穴埋めに、当時近くにまだあった関西《かんさい》大学の夜間部などの学生がアルバイトに来てくれるようになった。気さくでよく働く子が多く、この時に来ていたある男の子をまるで自分の弟のように目をかけていると、カワリからは、

「いっつも男同士の付き合いって言って遊びに行ってるけど、女遊びだけはしたらあかんよ。北新地《きたしんち》のお客さんもおるからね、もしあんたら見かけたらうちに言うように話つけてるから！」

と注意され、笑い合った記憶もある。

とにかく、ようやく生活が忙しくなることで自分が満たされ、葛藤や焦燥感、あるいは自身の不甲斐なさという思いが身から抜け落ち、ある種の万能感を得た気がしたのだ。それを世間では父親としての威厳と言うのかもしれない。子を持つ前ではあったが、妻帯者や店の主人という肩書きによって、ようやく男性としての役割を果たせた気がした。

三十路《みそじ》を数年前に迎えた年だった。まだ空いたままの、荷物置きと化していた子ども部屋を、カワリはさみしそうに見つめていたが、それを自分は忙しさで見て見ぬ振りをしながら、少しずつ自分が満たされたことをひたすらに噛み締めるばかりであった。

しかしある日、カワリは言った。

「早く子どもが欲しい」

それが自分が生きてきた中でようやく相対する、本当に男にならなければならない初めての試練だった。

◆

どうしてか昔から、射精はしたいが性交をしたいと思えず、周りの男ほど女遊びに興じることができなかった。

カワリと出会う前にも何人かの女性と肉体関係を持ったことがある。全て恋愛関係に発展する前の、セックスが終着点の関係だ。しかしそれも一方的に相手の手や口を用いて射精するだけに終わった。さらに言えば、肉体関係に積極的な女性に身を委ねて、流れでそのように至っただけで、もちろん本人たちには内緒だが、自ら望んだわけではなかった。ただそれが必要な儀礼のように思えて、妊娠などの向こうへの負担と、こちらの責任を負う形にならない範囲で女性を経験すべきだ――という強迫観念があったのは間違いないだろう。今思えばそんな動機でしたセックスなど、罪悪感と嫌悪感しか残らず、ましてや若さや思い込みがなければ、そのようなことはもうできないだろうと思う。

そしてカワリとも、何度も枕を共にしたが、挿入にまでは至らず、お互いに不満足なまま行為を終えることが多かった。それをカワリは自分に女性的な魅力が無いのかと少々思い詰めていたようだが、日常生活では夫婦円満で、さらに浮気する素振りも見せず仕事に没頭する自分を見て、その考えを封殺して自分を信じ、健気《けなげ》に支えてくれた。当たり前だった。自分が結婚してもいいと思えるほど、隣にいて楽だと感じた女性はカワリしかいない。浮気などする必要がないくらいに彼女を愛していた。ただ心身共にというわけではなかっただけだ。

インポテンツを疑ったが、勃起《ぼっき》はする。ただしそれも体が反応しているに過ぎず、心はいつも興奮せず冷めて俯瞰《ふかん》している。挿入しても一分も持たず萎《な》えて、陰茎《いんけい》が痛く感じてしまうのだ。

そういう病気があるのかもしれない、と疑うカワリには言えなかったが、自分には性欲が人並みにあり、マスターベーションは週に四回はしていた。しかし、十五の頃から自身の汗や脇の匂い、あるいは鏡を見て、裸の自身の姿に興奮していたのだ。これを人には言えない強烈なナルシシズムだと感じていたが、あれは求める男性の体を、自身の肉体で代替していたのだと現在は考えている。身近にある男という性は、自身の体が持っていた。

とにかく自分は、同性愛者だったのだ。


それに気づいたのは、二人目の子どもを授かってから、五年目のことだった。

◆

1997年。

店は開店して十周年を迎えたが、長いことアルバイトをしてくれる子たちの支えと、夫婦力を合わせてたゆまぬ努力を続けたおかげで変わらず繁盛できていた。

最大の功労者は、カワリだ。カワリももう四十代に差し掛かる歳で、ずっとよきパートナーとしての関係を公私共に続けてくれた。カワリがケーキや甘味のメニューを開発し、マニュアル化したおかげで、調理師の免許を持つ社員を雇ってからも同じメニューを提供することができた。カレーメニューを極めるにあたって、スパイスを使ったチャイなどもメニューに加え、コーヒー一筋だったマスターもたじろぐほどに店は変化を遂げ、増築や改装もあって異国風の喫茶店に様変わりしていた。

子育てで家庭にいることが多くなったカワリだが、店の竜骨はやはり彼女だった。ようやく子を持つことが叶い、二人の息子のために、夫婦二人で粉骨砕身でいられることが、彼女の幸せだったようで、その頃のカワリは本当に充実した表情で日々を送っていた。

自分は、少しくたびれていた。

子作りが終わり、少しホッとしていたが、子どもという人生最大の宝を抱え、仕事と子育てに身を投じていると、どこか不安に襲われるのだ。

子どもたちもカワリのことも愛しているし、父親でいられることは幸せだった。

しかし、これでもう人生の終わりまでのレールが定まったのかと思うと、呆気なく、モヤモヤとした気持ちが湧いてきたのだ。

仕事でも私生活でもいい、自分は、何か本当に『心の底からしたい』ことに、がむしゃらになったことがあるだろうか、とどこかで不安に陥る。反面、それが今ある幸せに対する冒瀆《ぼうとく》であり、強欲なないものねだりではないかと考えることもあった。まだそんな若いことを言っているのかと誰かに叱《しか》られるような気持ちにもなった。

仕事も結婚も、自分の人生は全て自らの判断と決断で歩んできたはずだし、覚悟もあったはずだ。なのに、心の奥底で「本当にこれでよかったんだろうか」と思う自分がいた。そして自分が普通の父親になれていることにすら悲しさや虚しさが募り、さらにもう四十代半ばの自分には人生をやり直すことなど手遅れだと感じると、絶望感すら湧き起こった。

別の仕事がしたいわけではない。この喫茶店という仕事がよく自分に続けられたもんだと感心すらする。若い頃は他人と衝突していたが、今やその気力は自分の仕事に専念するだけで尽き果てる。さらに年の功か、加齢による衰えか、ようやくすっかり角が取れ丸くなった自分にはエプロンしか似合わない。

それに伴い忍耐力なるものがようやくついた。別の生き物であるとしか思えない息子たちと向き合うとそう思えるのだ。自分は父親であり店長という生き物にすっかり順化している。肉体的な疲労は取れず休みたくなることもあるが、店長としての責務もほどよく、この仕事を手離したいと思うことなど一切無い。


ではなんだろう、この『今の自分が、どこか本当の自分とは違い、無理をして本当は選びたくない生き方』をしているような、自殺行為の真っ只中《ただなか》にあるような焦燥感は。

どこか心の底で、『もう四十代。もう手遅れだ』『だけどそろそろ目覚めなければ、もっと手遅れになるのだ』と暗愚な嘯《うそぶ》きを耳にする。それは一体どこから湧いているのだろう。この諦観《ていかん》と泣きたくなるほどの虚無感はなんだろう。


そんなある日。

阪急百貨店で買い物をしていた時に、あからさまに『化粧をした姿の』三十代半ばの男性が、お菓子を選んでいる姿が目に飛び込んできた。

隠し切れないほど、ギョッとしてしまったと思う。周りの客も、いや店員も、そのお客に向かって怪訝《けげん》な目つきを向けているような気もした。それだけ意識してその人物と、その周囲の反応を自分は注視してしまったのだ。自分が責められ注目されているわけじゃないのに、脂汗と動悸が止まらなかった記憶もある。

それを普段から私事の会話も交わすような常連のお客様に、世間話の一環で投げかけると、

「あーそれって堂山町の人間じゃないん？」

と返ってきて、自分はなんのことか分からず、首を傾げた。

「知らんの？　ここから近いところに、ホモの人たちのメッカがあるんやで」

そのお客様から話を聞くと、どうやらそこはホモの人やオカマの人が参集する街らしく、バーや映画館、ホテルのような場所で夜な夜な淫靡な時を過ごす場所だったようだ。

この店からも歩いて行けるような距離に、そのような一帯があることを知らなかった自分は衝撃に襲われた。

「日隠さんみたいな男が行くと、襲われちゃうから気をつけなあかんで」

そのお客様は、自分のような年寄りの男は大丈夫だけど、と付け足すと、会計を済ませて店から出ていった。その背中を見ながら、自分が久しぶりに高揚していることに気づく。その日は勤務時間が途方もなく長く感じられた。

◆

1998年。

堂山町を知ってから一年が経ったものの、自分はまだその地に足を踏み入れてはいなかった。

しかしすでに確信はしていた。自身が男性同士の関係に惹《ひ》かれていることに。

あまりにも意識しすぎて、平日の昼間に社員やアルバイトに店を任せて、ふらりとその街を散策しに行ったことがある。昼間であればその一帯にある健全な店——喫茶店などに行っていたと、万が一の時に説明することができるからだ。家にはカワリと子どもが、そして街には自分の顔を知るお客様がいるのだから、決してゲイの店を下見していたと悟られてはならない。

そこは確かにケーキ屋や花屋が立ち並ぶただの飲み屋街にも見えるが、梅田の主要な駅からも遠く、歓楽街として成り立つには不便な立地にあると感じた。しかしこれもホモという後ろ暗い人間たちの住処になるには都合が良いのかもしれない。そう考えると、なるほどホモのメッカとしての機能性や利便性は高いのだろうと感心した。人目や人の流れから外れた場所にあるのは、人の道理を外れたホモにとって都合がいいのだろう。


そうなると、もう自分は、いつ行くかだけだった。

すでにそれを決める段階の心づもりを始めていた。

街の秘匿性という部分が一歩を踏み出す勇気を与えてくれたのだ。確かめることは自分はホモなのか——その答えを出すことだった。

ホモであると自覚した後のことは考えず、平日の夜、堂山町に向かった。目についたテナントビルの非常階段を上り、薄暗い廊下に忍び込む。濡れた靴底が滑らないように傘で杖《つえ》をつく。雨が降る日を選んだのも、傘で顔を隠すことができるからだ。また雨で客足が遠《とお》退《の》いているだろうという計算もあった。自分という余所者《よそもの》でもどこかの店には入れるだろう。

飲み屋ではオカマの人と楽しく酒を飲むだけ——キャバレーやスナックのようなものだと聞いている。かつて若い頃に勤めていた職場で、女遊びの激しい奴に連れられて行ったことがある。それの男同士版だと思えば、何も緊張することはない。しかし英字で洒脱な看板を掲げる店にはどうしても入ることができず、五分ほど廊下で煩悶《はんもん》した後に、別の階を見てみることにした。だが、どこの店も重厚な扉に阻《はば》まれ中の様子は窺えず、また会員制と書かれた張り紙や札に恐れ慄《おのの》いて、二の足を踏まされるばかりであった。

何より、店に入ることで、自分がホモだと思われることが、途端に怖くなってしまった。

今まで、自分の店で客の前に立つ時も、どこか後ろ盾《だて》があるような心強さがあった。

どのような時でも、誰からでも、

——奥様は？

——ご結婚は？

——お子さんは？

と聞かれる度に、後ろめたい思いをすることなく答えることができた。むしろ喜ばしいと感じている節もあった。そのことが、人間として正常で尚且《なおか》つ立派な男であることの証明であったから。

しかしその、大人や男としての責務を果たしてきたことの象徴である家庭というものが、全てここ——オカマの店に入れば言い訳と化す。ホモによる隠れ蓑《みの》として瞞着《まんちゃく》するためだけの偽物になる。本当にホモであると周りにも自分にも証明してしまうことになる。そんな裏切りに対する罪悪感と共に、積み上げてきたものを台無しにしてしまうことへの底知れぬ恐怖を感じた。

自分は、恐らくホモだが、ホモと思われるのが怖い。

そして現にもう結婚して、子どももいる、ホモセクシャルを脱却している。なのにまだホモセクシャルへの道に引き返そうとしているのが、馬鹿らしくも思える。

ではなぜ、ここに来たのだろう。ホモだと思われることを恐れているくせに、ホモだと認めることを怖がっているくせに。

自問自答して、果てに自分は気づいた。

心の底からやりたいと思っていたことを、やってみたいと思ったからではないか。

そしてそれは初めて、『自分から』という出発点だったからではないか。

本当の自分の夢がこれだったのだ。

男性と、恋愛感情を持って交流したい、愛されたい、自分らしさを認めてもらいたい、セックスしたい、心震わせたい。それがこれまで四十数年見ない振りをしてきた自分の本心であった。たったそれだけのことを我慢して、人生のやり直しができないほどの――他人の命や人生を背負う人間になってしまった。どこかでもっと早く、ホモであることを認められていれば、自分が別の生き物として、今心の内にある呪縛など無しに生きられたかもしれないというのに。

だから自分は、飲み屋の扉を開けずにその場を去った。

気づいてしまったからには遅いが、もう自分はホモに浸ることもできないほど、男の鎧《よろい》が膠着《こうちゃく》して外せなくなっている。だからホモ行為に喜悦することも許されない。したいしたくないの域を超えているのだ。

力が抜け落ちていくのを感じながら、雨の音を耳にしつつ家までのそこまで遠くない道を歩いた。二十五分も歩けば家に帰れる。ただその距離が、自分には絶望の底の浅さを表すようで、ますます悲しみを煽り立てた。感傷に耽る間も無く、家にたどり着くと、カワリが玄関で迎えてくれた。彼女の温かな眼差《まなざ》しや抱擁《ほうよう》を、振り払いたいほどの嫌悪感を覚えるものにしてしまったのは、この夜が境だった。

◆

2020年。

現在、自分は中津から少し上がって淀川沿いの、詩名内荘というアパートメントに一人で住んでいる。喫茶店は社員に店長の座を譲り、オーナーの座もカワリへと移したので、企業で言う役職定年と同じように職務全てをこの歳で手放すことになった。

淀川区のマンションは上の息子が小学校に上がってから手狭になり、四人で西区《にしく》の方に住処を移した。

今そのマンションにはカワリが一人で暮らしている。ローンは支払い終えたので、そこが彼女の終《つい》の棲《すみ》家《か》となるだろう。恐らく広く余した部屋には自分の私物がまだ残っている。全てをこの詩名内荘に持ってこれたわけではないから。


「離婚してくれ、頼む」

そう自分からカワリに切り出したのはちょうど一年前だった。

カワリは驚いた様子で、店の帳簿を机に置いて、パソコンの画面を閉じて、眼鏡を外して、その間黙ったままで。二人の時は静かに流れた。

「不倫したん？」

「いや、せん」

と言うと、

「むかし言った通りやね」

なんてカワリが諦めたように笑ったのが印象に残っている。

「仕事も手放して、店にも関わらんくなって、子どもも手がかからんくなったら、お互いを縛るもん、なぁんも残らんくなったもん。なぁ、あんた、うちの言うた通りやろ？」

子は鎹——まさしくその通りだった。

「どないするの、離婚して」

「僕はどっかで一人で暮らすわ。パートでもして、年金と合わせたら食うていける思う。だからカワリはここで暮らし。それでええから」

「あかんわ」

まだ不倫の線が疑われ、慰謝料などの諍《いさか》いも飛び出してくるだろうかと身構える。

「離婚はダメ。心の底からしたいんやったらええけど、あんたの顔見てたら分かるよ、團織」

久方ぶりに名前を呼ばれた気がしたので、途端に涙が出そうになった。どうしてこうも本心を理解してくれるのだろうと胸にこたえた。

「團織、一回、別居してみる？」

「え？」

カワリはこちらを見つめて、まるで諭すように続ける。

「一回、別居してみて、一人の時間作ってみぃよ」

「なんでや、そんな」

「だってそないでもせんな、あんたほんまの自由にはできへんやろ？　一人で生活して、いっぺん自由にやってみぃよ。それからどうするか決めたらええやないの」

「……」

まさかの提案に驚いてしまった。いや、というより、こうなると分かっていたかのようなカワリの対応に、呆気に取られてしまったのだ。

「ただし、離婚するまでは、取り返しのつかないことはしないって約束して。例えば不倫して子ども作ったり……まぁそれは歳やから大丈夫か。借金拵《こしら》えたり、遊びすぎて怪我《けが》したり……どれもあんたがそんなことするとは思わんけどね」

「……うん、せやな」

自分は情けない声で、威勢のいいカワリに返事をした。

「あとはな、これは離婚しても、せんくても同じことやねんけど、一生の別れはあかんで」

「え？」

「離婚して戸籍上は他人になってもな、縁は消えんから、いつでも会いたくなったら会おう。帰ってきたくなったら会おう。うちの顔見たくないなら、あの子らだけでも会いたかったら会えばええ。とにかく、『はい終わり』やあらへんのやで、もう」

それを重荷に感じていて、離婚を切り出したはずだったのに、なぜかカワリの口から聞くと、まさしくその通りだと思う。自分の一過性のような思いつきの離婚という提案が、子どもの駄々のようで少し気恥ずかしく感じてしまった。

「じゃあ、僕、一旦、安い賃貸でも借りに不動産屋に行ってくるわ」

「……ほんまに行くんやな」

カワリはそう言いながら目を伏せた。

「え？」

「あ、あとやな、あんた。ここら辺じゃなくてもええから、住むなら大阪市内とかにしときや。不便なとこにしたら、会う時にも帰ってくる時にも苦労するやろ？」

「……分かった」

その一週間後に詩名内荘を契約してしまい、息子たちにはカワリから事情を話してもらった上で引っ越しするに至った。幸い息子たちはまだ結婚もしておらず、両方とも大阪にいるので、生活に必要な些末なものや、小さな家具を移すのは業者に頼まず、二人に手伝ってもらった。

◆

引っ越し作業が終わると、子どもたちはそのまま車で各々《おのおの》の自宅の方へ帰って行った。

仲が悪いわけではないが、作業中は少し居心地の悪い時間が続いたので、二人を見送ってからようやく胸を撫《な》で下ろした。子どもたちには父親として当たり前の姿を見せてきた。が、裏を返せば父親としての姿しか見せてこなかった。それが今や熟年離婚の危機に直面したみっともない一人の男なのだ。今さら威厳を気にしたりはしないが、少しバツの悪さは感じる。この時ばかりはやや別居を後悔した。

しかし、これまで何もしてこれなかった。子どもが手を離れて数年が経ち、彼らは就職し、一人暮らしもしているのに。自分だって職を退いて半年ほど経っているというのに。ようやく得られた初めての自由だ。心が躍るものの、何から何までできるわけではないことを考えると、やや焦りと虚しさを覚える。

◆

詩名内荘に住み始めてからの半年間は、天神橋筋《てんじんばしすじ》にあるチェーン店のコーヒーショップで早朝からアルバイトをしていた。

結局、自由に新しいことをしたいと願っていたのに、もう新しいことを始めるほどの勇気も気力も湧かなかったので、今までやってきたコーヒーを淹《い》れる仕事しかできなかったのだ。それしか自分に能がないと悟っていた。しかしそこもボタンを押して抽出するだけの味気のない業務に嫌気が差して、結局辞めてしまったのだ。その間、喫茶店を巡ったり、繁昌亭《はんじょうてい》も近かったので寄席に行き、寺社仏閣巡りにも興じた。今までカワリに連れられて訪れていたところに自分の足で向かった。しかしそれも時間を忘れさせてくれるほどの趣味にはならなかった。

二ヶ月の無職期間を経て、寒さが厳しくなってきた今、金銭的な問題よりも日常生活の規則性を欲して、シニアバイトとして働き口を探している。だが、結局『新しい仕事』というものは、若い人間がその能力や将来性をかけて経験を積むためのものであり、企業や店というものも、それに期待して投資するための雇用の枠なんだと理解した。年齢や給与には『可能性』というものが勘案されているのだと、自分が面接を受ける側になって初めて気づいた。今までもアルバイトの求人をかける時は、『十八歳から三十歳までの若くて気力のある方』と何年も紋切り型のように掲示してきたが、それは本当に気力や体力という問題でなく、見栄えのよさや吸収力の強さ——老人にないものを持っているからということに他ならない。

とどのつまり、老人は、今まで何をしてきたかという経験でしか価値を見出《みいだ》すことができない。つまりもうここまで来ると変化できないのだ。

結局自分が応募した職は、近所のスーパーのシニアパートだった。

客の使ったカゴやカートを片付けるだけの、今までの自分には見えていなかった仕事であった。

とにかく応募して採用されてしまったからには勤めることにはしたが、一ヶ月で辞めようと決めていた。今までずっと自前の黒いエプロンを着けていた自分が、スーパーのロゴが入った蛍光色の緑に近いエプロンを身に着けなければならない。まるで着せられているような居心地の悪さを感じた。こんな姿をしたくて家を出て、カワリに無理させてまで捻り出させた善意を受け取ったわけじゃない。夫婦仲に亀裂が走るリスクを冒してまで、どうして蛍光色のエプロンなんだと、自責や後悔の念でいっぱいだった。

カワリには数ヶ月にいっぺんは顔を合わせる。その時までに何か話せるようなことを為《な》したいと思う。その焦りと現実の板挟みに、若い頃の自分を思い出すことがあった。

しかしもうあの頃の、何者でもない自分とは違い、自分は店を持ち経営者として生き、家庭を持ち親として過ごし、そして見ないふりをしていただけのゲイセクシャルだと知っている。今はもう一人だけの六畳間にあるゲイビデオのＤＶＤで知っている。

◆

12月11日

パートには朝の九時から向かう。すでに社員さんやアルバイトの方々がお客様を出迎えている中、店舗の運営補助として雑務を始める。

「日隠さんは男性だから、トイレはいいよ。カートやカゴの回収、店内のゴミ箱や気付いたところの清掃だけで……。衣料や日用品の事務作業のお手伝いや、品出しはおいおい覚えてもらえればいいんで、えーと、そうだな、とりあえず他のベテランのパートさんたちの指示通りに動いてください」

四十代半ばの店長が、少し扱いづらそうに自分に指示を出し、勤務が始まる。

苛立った口調の中に漂う口臭は少し匂う。彼は栄養ドリンクのようなものばかりバックヤードで口にしているようだ。食事を楽しむ余裕がないのだろう。

今まで自分は職場で少々体調が辛《つら》かろうが、休憩中に食べるものは全て店のキッチンで体調に合わせて作り、それをアルバイトの子やカワリと楽しんできた。それは恵まれた環境だったのかもしれないとここで強く思い知った。

多くの人にとって今は好きなことができない世の中なのだろう。仕事であっても、それが生活であっても。

だけど、若者は世間の目というものからは自由になっているじゃないか、と羨望《せんぼう》することもある。息子たちもそうだが、たとえ「結婚しない」と公言したとしても、それを非難する若者を見たことがない。

それに、同性愛もそうだ。

禁断の変態趣味だとされたそれが、昨今の世の中では確実に市民権を得ている。テレビには女装家が、色物ではなく確立したタレントとして人気を博し、ニューハーフのコメンテーターがニュース番組に出演し、同性婚に近い制度が日本でも段々と認可されていく現状を報じていた。よく分からず始めたスマホのゲイアプリでも、若い男の子たちがアイドルのような写真を載せて、ゲイだとあけすけに言っている。イケメンが増えた時代に、自由な恋愛ができる若者世代はそれだけでも自分にとっては恵まれていて、羨ましく思えるのだ。

「日隠さん。駐輪場の整理お願いしていい？　何日か停めっぱなしのやつが宝くじ売り場の方にあるから、それ固めて店外のトイレの横に置いといてくれる？　ごめんやで」

「ああ、はい」

正直自分はこの場にいてもいなくても変わらない。四時間の勤務時間が長く感じるほど、することも、誰かと話す機会もない。

駐輪場で雨ざらしになった気配のある放置自転車を見つけた。それを一台ずつ駐輪場の端へと担《かつ》いでゆく。タイヤを引きずりながら、その重さに身を持っていかれそうになり、少し堪えるが、その辛さも男性パートである自分にしかできない仕事だと思えば耐えられるものだった。

「よぉし……」

少し肩で息をしながら、自転車全てを運び終えた頃には、手が少し悴《かじか》み始めていた。店内に戻って暖を取ろう。

ふと伸びをしてから振り返ると、こちらを呆《ほう》けて見ていた青年と、視線がぶつかった。

「リナリアの、マスターですよね」

青年がそう言うので、驚いて「あっ」と情けない声を漏らしてしまった。

恥ずかしさとちょっとした絶望感が胸に立ち込める。

リナリアは、自分の経営していた店の名前だった。

「そこの……あの、中津のリナリア、よく行くんですけど、あれ、そこのマスターだと思ってたんですけど、ちゃいました？」

「ん、そうですよ、僕があの店の、店長を務めてますよ」

いや、『務めてた』か、と頭の中で訂正した。

「店、閉めたんですか？　あれ？　でも先週にも行ったばかりなんですけど」

青年は戸惑いながら、自分の引いてきた自転車を置いた。

──なんで？　といった表情をしている。確かに普段よく行っていた店の人間が、スーパーのパート姿でいたら、たじろぐのも無理はない。

その顔をまじまじと見れば確かに店でも見覚えがある顔をしていたので、自分は、

「店は妻に譲ったんですよ。僕は今、もう店に立ってなくて」

と正直に伝えた。

「えー、そうなんや……。そうなんや……ここ一年、あのマスター見なくなったなぁ思って。……でも病気とかじゃなかったならよかったです」

若いのにしっかりとした気づかいを見せてくれる青年に、涙が出そうになった。

ここ最近は誰とも話していないような気もしていた。話しても会話ではなく指示や業務トーク。めっきりと私的なことを人に話すのも、人から聞かれることもなかった。今は喫茶店の店主でもなく、ただの老人なのだから。孤独と孤立は常に隣にいた。

なんとか目頭の熱さを堪えて、彼の方をよく見る。見た目の整った若い男の子が、なんだかむしろどの子も同じように見えてしまうのは歳のせいだろう。しかし彼の背丈の高さと気さくな喋り口から記憶を掘り返すと、鮮明に店内にいる映像が頭をよぎった。

「……僕が、店を辞める一年ほど前から、かな。君のこと見た記憶ありますわ。確か、よく昼間に来て、必ずカレーを頼んで、食後にコーヒー飲んで帰る子でしたよね」

店にいた当時、普段はあまり接客をせずにキッチンで調理や焙煎《ばいせん》に専念するのだけれど、彼が来るラ

ンチ過ぎの昼下がりはアルバイトの子も一旦帰ってしまうので、自分がホールへ出て、注文の対応をしていたのだ。その時にいつも中途半端な時間にサラリーマンでもなさそうな彼がカレーを頼んでいたので、なんとなく記憶に引っかかってくれていた。

「ん！　そうそう、そうです。俺です。あの店見つけたのは二年くらい前やから、そんくらいの時期やったかな。それで学校が午前で終わったらいつも行ってたんすよ」

「学生さんだったんだ」

「うん、当時はね。今はもう社会人です」

しかし見た目は子どもに見える。息子たちも二十代そこそこの時はこんな感じだったかなと思いを馳《は》せる。

「でもほんと……あそこのカレー、学生の腹には最高でした。あ、コーヒーももちろん美味《うま》かったです」

「そりゃよかった」

褒められて気分は悪くないが、店は畳んでいないのにスーパーのエプロンを着けてる自分がなんだかバツが悪く、少し気まずくなって目を逸らしてしまった。

「あー、せや、あの」

「はい？」

「最近も、リナリアにはよく行くんですけど」

「ええ」

「やっぱ店員さんが……みんな女の人で、しかも店内の内装もメニューもオシャレやから若干メンズが入りづらいんすよね。おっちゃんが店に立ってた時は、男の作る珈琲《コーヒー》！　みたいな感じで硬派やったけど、……あ、今も美味《おい》しいんですよ？　でもなんかこう、雰囲気ちゃうっていうか」

「んー……」

今はカワリも社員さんも、アルバイトの子も全員女性だ。あまり気にしたことがなかったが、男性の自分が店を抜けて、確かに喫茶店の持つ雰囲気は変わってしまったのかもしれない。

「こんなん聞いちゃあれなんすけど、もう店には立たへんのですか？」

「え？」

「いや、気になって」

彼は申し訳なさそうに、茶髪の髪をかきあげる。

「もう……戻らないです。妻とも離婚しようと思ってて、今は僕も一人でパートしながら暮らしとるから」

「ええ！　そーやったんや。いや、ごめんなさい変なこと聞いて」

彼は残念そうな顔をして謝る。

「いえいえ。でも店は無くならないので、よかったらこれからもご贔屓《ひいき》にお願いします」

そして自分はお辞儀をした。するとふとその頭を上げるのが怖くなった。

会話が終わってしまう。

それがなんだか嫌に思えてしまった。

自分の前の立場や役職を知っている人に、今の姿を見られることが煩《わずら》わしく、疎《うと》ましく思えたので避けていたが、こうも名残《なごり》惜しく自分という人間を求めてくれるのなら、辞めてしまったことが悔やまれてしまう。何より自暴自棄になれていない自分に呆れる。こんな惨めなことになってしまうなら、店に立ってウダウダとヤキモキしていた時の方が幸せだったかもしれない。ふつふつと湧いてきていた後悔や、冷静な自分への客観的な感情が戻ってくる。

自由になりたいと願って職場や家庭を飛び出した結果、やりたくもない仕事をとりあえず漠然とやりながら、唯一できたことと言えばのびのびとゲイビデオを見るくらい。虚しさしか込み上げてこない日々。

助けて欲しい。後戻りできるならしたい。

そんな心の叫びが出てしまったのか、自分は彼に、

「あとでコーヒーでも飲みません？」

と聞いていた。

◆

仕事が終わった後、寒い空気が抜ける本庄《ほんじょう》の住宅街を抜けて、中崎町《なかざきちょう》の交差点に向かった。

「あ、マスター、どもです～」

するともうすでに彼は、待ち合わせ場所で待ってくれていたようで、寒そうにその細い体を猫背に曲げていた。

「待たせちゃいました。ごめんなさい」

「いや今来たところです、んじゃあ行きましょ～」

二人で中崎町の古民家街を歩く。平日なので人もまばらだが、普段は若者の多い街だ。美容室や古着屋、カフェやスイーツの店、洒落《しゃれ》た店が並ぶ。今どき風に着飾った彼の歩く姿も、よくこの町に映えていた。

「ここら辺にあるんすか？　その、リナリアの元アルバイトの店って」

「うん、エスプレッソ専門店やから、雰囲気も初期のリナリアに近い感じなんやけど」

「へぇ」

誘い文句にしたのは、リナリアと繋がりがある人の店のコーヒーだった。リナリアのお客様にもお勧めしていた店なので、自然に彼を誘うことができた。

「あ、でも初期のリナリアは知らへんよね、若いし」

「そうすね。なんか違ったんですか？」

「うん、昔は僕と妻だけで切り盛りしてて、堺にあった……今はもう無いんやけどね、古い喫茶店の一号店がベースになってて。だから、すっごく懐かしい感じの内装でやってたんですよ」

「へぇー。純喫茶ってやつすね」

彼とそんな話をしながら、古民家の木造家屋を改築し、喫茶店となった場所にたどり着く。

「ここですか？」

「ここ、ここ」

「へぇ、前は通ったことあったけど、入ったこと無かったかも」

「ちょっと入りづらいよね」

古めかしいペンキのハゲた扉に、巻かれた蔓。人工的に作られたレトロな雰囲気。

「ごめんください」

重いガラス戸を開けると、客のまばらな店内に懐かしい顔の男が座っていた。

「店長」

とその店主は言う。二十年以上も前にリナリアでアルバイトとして勤めていた大上《おおかみ》くんだ。

「大上くん、久しぶり」

「お久しぶりで、はい、どうぞ」

奥の席に案内され、窓から外の見える景色のいいテーブルについた。

「店長、えーと、こちらは息子さんやないよね？　アルバイトくん？」

お冷やを出しながら、大上くんはそのたくわえたむさ苦しい髭の隙間から聞く。

「いや、この人はうちのお客様だった子で」

「直《なお》です、リナリアに最近よく行ってます」

直くんがお辞儀をする。そして大上くんはにっこりと笑うと、メニューを広げてくれた。

「僕はエスプレッソ、ダブルで」

「んじゃ俺も」

「はーい」

と屈強な見た目ながら柔和な声色の大上くんを、少し驚いた様子で直くんは見上げていた。

「彼はね、もともと雅楽《ががく》をやってた子で、学生の時からうちでアルバイトしてくれてて、えーと何年いたっけ」

「結局六年はいましたよ」

「そうそう。あれ、思ってたより長かったな」

久しぶりに会うので顔を見合わせて、時の流れを笑い合った。

つい二、三年前のように感じるが、確かに彼ももうすっかり貫禄のある見た目をしている。ただのガタイのいい男が、今や恰幅のいいおじさんだ。

「店長、いつもリナリアのお客様に、うちの店のこと紹介してくれてるでしょう？　おかげさまで店もやれてますし、充実してますよ。あとは嫁さんだけ揃《そろ》えば完璧です」

そう冗談を交えつつ、大上くんはキッチンに吸い込まれていった。


二人で運ばれてきたエスプレッソを飲みながら、コーヒーの話をした。

「うまぁ。ガツンと来ますね」

「でしょう。あ、普段はどうなの？　あまりエスプレッソとか飲まないんかなぁ？」

「そうっすね。せいぜいスタバくらいで……」

「スタバかぁ。あんまり僕は行かないなぁ、若い子の行くお店だよねぇ」

「あといつも混んでますしね。それで、家から近くて店内も広いし落ち着いてるから、俺、リナリアに行き始めたんすよ」

　自分は小さくお礼を述べた。

「コーヒーって美味いんやなぁって、あの店で初めて知りました」

「そうなんや。でも……いつもカレー食べてたから、そっちが目的かと」

「あ、そうっすね、半分はカレー目的」

　彼は屈託のない笑顔で、エスプレッソを啜る。

「直くんは、今なんのお仕事を？」

「ん？　カメラ仕事です。普段はｗｅｂデザイナーとしてサイトとか作ってるんですけど、結婚シーズンはブライダルのカメラマンやってますよ」

「えぇ、すごい」

「でしょ。でも、まぁカメラマンの方はコネなんで、きちんと自分の仕事でやれてるのはｗｅｂの方だけです」

「それでもすごい。うちのより立派やわ……」

「マスターって子どもおるんですか？」

「まぁ、いますよ、君よりも大きい息子が二人。一人は中学の教師で、もう一人はフラフラしとりますわぁ」

「そうなんや。ご結婚は？」

　少し照れ臭くなりつつも「まだやね、二人とも」と伝える。

「やったら、またいつか式あげる時言ってください、俺、めっちゃかっこよう撮るんで」

　彼は胸を張りながら。真っ直《す》ぐとこちらを見つめていた。その目を見ることもやや気恥ずかしく、自分はエスプレッソのカップだけをじっと眺めていた。

　BGMも流れていない店内が静寂に包まれていることを意識してしまう。口に含んだエスプレッソを飲み下すと、

「……でも、なんかすごいね。いろんなお仕事ができるって。僕なんてコーヒーしか淹れてこなかったから」

　すると直くんは身をのけぞらせて、

「カッケー、言ってみてぇー」

　と言った。

「何が？」

「いや一筋でやってきたってかっこいいっすよ。充分マスターもすごいですって」

「そうかな」

　と目を伏せて伝えた。

「俺もね、なんか一筋でガムシャラにしたいんですけど、自分のやりたいこととか無さすぎて、それでもらった仕事とか、できそうなことだけやってるんすよ」

「カメラマンも？」

「まぁ」

　と彼は姿勢を正し、言う。

「おじいちゃんがやってた仕事なんすよね。俺は別にカメラとか興味なかったんすけど、四年前に、じいちゃん死んじゃって、カメラ屋もそれで畳んじゃって……」

　自分が押し黙って聞いていると、彼は暗い雰囲気を撥《は》ね飛ばすように明るい顔で、

「でも機材とかは勿体《もったい》無いから、ほぼほぼ俺がもらったんすよ。それでじいちゃんの知り合いから回し

てもらった仕事で、修業させてもらってるというか……だから、まだまだプロなんかじゃないんすよね、俺」

お冷やを口に含みながら、彼は謙虚にそう話す。

「謙虚で、素晴らしい姿勢やと思うよ」

率直な意見を伝えると、彼はにっこりと笑った。

その頃にはカップがお互い空になっていたので、名残惜しいが、

「そろそろおいとましましょか」

と伝え、会計を済ませた。


「店長」

ふと店の出口で、大上くんが呼び止める。

「もうリナリアは辞めはったんですか？」

去り際にようやく本題、といった顔で、緊張気味に問いかけてきたのが分かった。

「……僕はね。店はこれからも、ずっとやるけど」

会話には入ってこないものの、直くんはこちらを気にした様子で見ている。

「カワリさんは？」

大上くんはカワリのこともよく慕っていた。その表情は自分とカワリの間にただならぬことがあったと慮《おもんぱか》ってくれているような、哀憫《あいびん》の情に包まれていた。

「まだ店に立ってるよ」

「そうなんですね……そこらへん色んなことあったんや思いますけど、とにかく、また一緒にどっかでお茶しましょうや、ね」

そう言って分厚い両手で、彼は握手をしてくれた。

二人で店を出て、中津の方へ向かう。

「リナリアの近く言ってたよね」

自分が伝えると、

「そうそう。河合塾《かわいじゅく》とか公園があるところのアパートなんです」

と、直くんが話す。大体、リナリアから歩いて五分ほどの場所だ。本当にずいぶん店に近いところに住んでいたようだった。それに今自分が住んでるところからも近い。もしかしたら今までにもすれ違っているかもしれないが、何分自分は目が悪いから彼に気づかなかったし、顔を見ても声をかけてくれなければお客様だったと分かりやしなかっただろう。

「てか今日はほんまごちそうさまでした。いきなり声かけたのに、ご馳走《ちそう》もしてもらって」

彼は歩きながらこちらにお辞儀する。

「こちらこそ」

本当に、こちらこそ感謝を伝えたかった。

久しぶりに人と話したことも、あの店が人に求められていたことも、そして自分がいない店を物足りないと言ってくれたことも、全てが救われたようだったから。

「でも、なんか事情混み入って大変そうやのに、軽い気持ちで立ち入っちゃいましたよね、すんません」

「え？」

「ほら、もう戻らんって決意してる人に、店戻らないんですか？　って聞いちゃったから」

そうか、彼は最初、そんなことを言っていたっけか。直くんには気を使わせていたようだった。

「そんなことないですよ。お客様方にも伝えず、公表もせず……いきなり店に立たなくなったのは自分ですから」

「……そんなん、悪いことじゃないですよ」

しゅんとした彼と歩道を歩き、豊崎《とよさき》の住宅街を抜けながら、ＪＲの電車が高架を走る音で沈黙の間を繋ぐ。

「そういや、一人暮らしなんですか？」

と藪《やぶ》から棒だが彼に聞くと、

「え、うん、そうですよ。だから部屋もワンルームですごく狭くて。寝る以外は使ってないですね」

「そういうお客様も多かったよ。喫茶店がリビング代わり。最近よく言われるサードプレイスってやつになってるらしいですわ」

んー、と彼は納得したように唸《うな》る。

「俺にとってリナリアがそれでしたね。じいちゃんの家に遊びに行ってるみたいな」

「僕がおじいちゃん？」

「ん？　ハハッ、そうですね」

と彼は生意気にも笑っていた。

だが年齢的にも、あり得るだろう。自分はもう二十代前半の孫がいてもおかしくない歳なのだ。

「おじいちゃん子やったんやね、直くんは」

「まぁ、そうですね。俺、結構じいちゃんと遊んでたかも」

「いい人だったんやね」

自分とは違って、とすら思ってしまう。

「いや、どうやろ。変な人でしたよ。じいちゃん、けっこー偏屈で、優しいばあちゃんが亡くなってから、親戚付き合いとかそういう場所に来なくなっちゃったんですよ。自分の代わりに喋ってくれるばあちゃんがいないと、人とコミュニケーション取れない人やったんすよね」

耳が痛いような気もしたが、平静を取り繕って、二人で信号が青に変わるのを待った。

「俺、よくじいちゃんの家に一人で行って、黙ったままのじいちゃんとジュース飲んだり、近所の和菓子屋さんでお茶したりすんの好きやったんですよ」

「そうだったんだ」

きっと彼はリナリアの空間を、おじいちゃんとの時間に見立てて過ごしていたんだろう。

それを浅薄な考えで奪い去ったのは自分だ。

ますます、自分があの店を去らない方が得たものが多いと考えてしまう。カワリにも戻ってきてもいいと言われたあの場所に、なのに足を向けることができないのは、自分の意地だけなんだろうか。

「あ、俺ん家もうここです」

ふと気づくと、彼はすぐ先にある比較的新しい造りの二階建てアパートを指差した。

「これアパート？　うちのとは大違い」

驚いて彼に伝えると、

「言うても木造なんで、足元は冷えるし、うるさいっすよ。しかも防犯面も悪いし」

彼はベランダの方に視線を移す。オートロックのエントランスの隣には、一階のベランダが見えているが、窓には賃貸には似つかわしくないシャッターが下りている。手すりの壁は低く、植え込みに入れば物干し竿《ざお》に手が届くだろう。

「だから二階とは家賃も断然違ってて……俺は貧乏だから、一階。そこっす」

そう言って彼は端の部屋を指差し、それから玄関前で振り返る。

「今日はほんと、ありがとうございます。いい休日過ごせました」

「こちらこそ」

もう時刻は夕方だった。冷え込みがより一層強くなる。足早に子どもたちが背後の路上を駆けていくのが視界に見えた。その先を少し歩けば、詩名内荘がある。

こんなにも人と過ごす一日は久しぶりだった。カワリに会いに行っても、店の話をして、あからさまに二人の話を避けながら外を出歩くだけ。あえて内密な話ができる家には帰らず、二人で人混みの中を歩いて食事するだけだった。

当たり前だが、一人は寂しい。どこまでも一人だと分かると特に寂しいのだ。

「あの、また」

見送ってくれているのか立ち止まったままの直くんに、自分は無意識に声をかけていた。

そのまま立ちすくみそうになったが、息を絞り出すように、

「またコーヒー飲みましょうよ。よかったら、うちで」

と伝えた。

こんなこと、今までお客様に言ったことはなかった。

ああ、困らせてしまうだろうか。

「いいですよ。んじゃ連絡先、渡しますんで」

――と、後悔する間も無く、直くんは自身の携帯電話を取り出した。

「あ、ありがとう」

その呆気なさに、上擦《うわず》った声でお礼を伝えるが、内心は今までにないくらい高揚していた。

緊張感の果てた先に、まるで生熟れの乙女のような高揚感。

自分は、彼を特別だと感じた。

つまりこれは、おそらく恋だ。

◆12月12日

早朝。

じわじわと実感が湧いてきて、昨日は眠りが浅かった。何度も目を覚ましてはトイレに立ち、その度に冷えた手足が眠気を覚ましていった。そしてバクンと動悸がしたのと同時に、居ても立ってもいられないような不安感と、胸の締め付け感を覚える。つまり自分が、直くんに恋心のような特別な感情を抱いてしまっているということだ。

布団を片付け、散らかった物や、ゲイだと分かるような物を隠す。そしてずいぶん触っていなかったコーヒーミルなどの器具を押し入れから引っ張り出して、冷たい水で濯《すす》いだ。インスタントのコーヒーしか飲まなくなって、もうずいぶんと経っていた。人のためでなければ、こんな風にきちんと淹れようとも思わないのだ。それほどに一人は堕落する。ハリを取り戻すのはイベントや人との繋がりがある時だけ——この直くんとの出会いもそうだ。こんなにも今日が待ち遠しかったのは初めてだ。

——早速だけど、明日とかどう？

彼と会わない一日が考えられなくて、調子に乗った自分は別れ際にそう聞いた。

彼は「いいですよ、じゃあ昼過ぎにとか」と言って、笑顔で部屋に戻って行ったので、自分はもう年甲斐もなく腑《ふぬ》抜けた顔で帰路についた。

今日はコーヒー豆を買いに行こう。いつもリナリアで淹れていたような酸味のある挽《ひ》き立ての豆を用意して迎えたい。こんなボロボロのアパートに若い子を迎えるのも気が引けるが、でももうスーパーのパート姿を見られたのだ、今更恥も外聞も取り繕う必要はない。それでも彼は自分を求めてくれたのだから。

財布の中にお札が入ってるのを確認すると、自分は家を出た。寒さが昨日よりも厳しいので、マフラーに深く口元を埋めながら、天六《てんろく》の生豆屋《なままめや》まで向かう。

そんな最中《さなか》、ふと思う。

こんな具合に、カワリや子どもに対して胸が高鳴ることはあったか。

心の底から何かを施したいと、気に入られたいと願ったことがあったか。

自問自答を極めれば、おそらくある答えに行き着くだろう。しかしそれも今からの楽しい時間を阻害《そがい》する何かにしかならないと、頭の中で振り切って豆を買いに向かった。

◆

「おお〜、思ってたより年季入ってますね〜」

直くんは部屋に入る前から、アパートの外観にも廊下にもそう言って、自分の部屋から見える景色や室内全てに「雰囲気があっていい」と喜んでくれた。

「レトロが好きな子には、むしろこういうアパートって趣《おもむき》があっていいかもね。トキワ荘ほどいいものじゃないけど、ここも若い子が住んでるし」

「そうなんすね」

「直くんは、好き？」

一口のガスコンロでお湯を沸かしながら彼に聞くと、

「懐かしい感じがしてアリっすね」

と言って、ボーッと窓の外を眺めていた。

「あともう少し待っててね」

「はーい、お構いなく」

「……そういえば、直くん、仕事は？　大丈夫なの？」

彼はこちらを振り返り、親指を立てて見せた。

「今日は夕方まで休みってことにしてきました。フリーランスのいいところっすね」

「そっか、ごめんね、忙しかったかもしれんのに」

「大丈夫ですって」

ピィっとケトルが鳴いたので、火傷《やけど》をしないように火から下ろし、布製のフィルターに挽きの粗いコーヒー豆を入れて、ケトルの注ぎ口からお湯をゆっくり注いでやる。モコモコと泡が立った。

「すご。てか布で漉《こ》すんだ」

「うん、ネルドリップって言うんやけど、この方が飲みやすくなるから、若い子の口にも合うと思って」

「子ども扱いじゃないっすか」

「ごめんね」

彼と目を合わせて笑い合う。

「リナリアでもこんなふうに淹れてましたっけ？　なんかもっと薄いのでやってませんでした？」

彼は目敏いようで、うまく言い当てた。

「そう、店ではステンレスフィルター」

「ふーん、ちゃうんすね、やっぱ」

「……妻が、この淹れ方が好きで、家ではこうしてたんやわ」

「そっかぁ」

コポコポとお湯がコーヒーに変換されていく音を聞きながら、二人で静かに抽出を見守った。窓枠のエアコンが少しガタガタと鳴り響き、それが五度ほど聞こえた頃に、コーヒーが二杯分、出来上がった。

「んじゃどうぞ」

「いただきます」

畳に座り、ちゃぶ台に色気なく置いたカップを、彼は躊躇いなく持ち上げて口をつけた。

「あつ、あつ……うま」

「よかった」

「うん、マジでバリスタが淹れたって味します」

もう一口、彼はズズッと慎重に啜り、味を楽しんでいるようだった。

「なんか、バリスタの味って言うたばっかやけど」

自分が口をつけた瞬間、ふと彼が言った。無言のまま首を傾げて続きを促した。

「あれっすね、じいちゃんの家で飲んでた時みたいな、ホッとする感じがあります」

「そっか……」

彼は表情を変えないまま、思い出すようにカップの中を見つめる。

「僕も、息子と飲んでるような気分やわ」

息子たちは一緒にコーヒーなど、長らく付き合ってはくれてないのだけれど、でもそんな気分に浸れたような気がした。


それから二人で、この街の昔話や、彼の学生時代や仕事の話をした。

ふと、彼のカップを確認する。

「おかわりする？」

空だったので聞くと、

「いや、ごちそうさまでした」

と彼はカップを返す。そして、

「洗い物しますよ」

と言って立ち上がり、キッチンの方へと向かおうとした。

「気い使わんでええよ」

「そんな、悪いですよ。ご馳走なったのに何もせんとか」

「いいのいいの」

自分も立ち上がり、彼の背中越しに止めに入るも、彼は蛇口を捻ってしまっていたので、咄嗟《とっさ》にその手を摑んだ。

自分のかさついた手のひらと違い、しっとりとした親指とその付け根に触れた。

「いや、ほんま悪いです」

彼は渋りながらカップを置く。自分は言葉が出なかった。動揺ではなく頭は冷静に、ただ触れただけの彼の手の、その刹那《せつな》の感触を堪能《たんのう》するように押し黙って意識した。

「じゃあ、今度なんかお礼させてくださいよ」

彼から少し離れて、給湯器の電源を入れる。そして洗い物をしようと流しの前に立った自分に、彼はこんな提案を持ちかけてきた。

「リナリアで、ご馳走させてくださいよ」

自分は彼の方を見ずに、苦笑しながら、

「いいよいいよ。よく行くし」

と嘘をついた。本当は行かないし、行く気もない。自分から飛び出しておいて惨めな戻り方はしたくない。円満に退社したことにはなっているが、実質経営放棄で、遊びたくなってカワリに店を押し付けたんだって、きっと思われているだろうから。

「でも、俺、やっぱりマスターがあの店でコーヒー淹れるの見たいです」

「……うん」

お湯が出てきたので、さっとカップを濯いだ。

「今日見てて思ったんすけど、やっぱりマスター、コーヒー楽しそうに淹れてましたよ」

「それは……直くんだから」

「……でも、今から失礼なこと言うかもしれませんけど、スーパーで仕事してるマスターは、ほんまくたびれた顔してました。なんか俺、マジでびっくりしましたもん」

「……そっか」

「……マスター、もし、迷惑なら言ってください、奥さんとのことでほんまに修復不能なら俺も出過ぎた真似したって謝ります。でも、もしちょっとでも戻ってやり直せそうなら、マスターのおるリナリアが見たいです」

お湯が流れ出るのを数秒見たあと、そっと蛇口を捻り、静かな部屋の方を振り返る。立ち尽くして真剣な表情のままでこちらを見る、直くんがいた。彼の背丈だと、部屋がいつもより狭く見えた。

「なんで、そんなに僕に、店に戻って欲しいって言ってくれるの？」

自分が聞き返すと、

「……それは」

と直くんは目を泳がせたあと、

「特別な、人やと思うからです、マスターが」

とだけ言った。

二人して部屋の中で立ったままで、そんな普通じゃない時間を過ごしながら聞いた言葉が、なんだか夢のように思える。実感が湧かず、ますます意味不明で頭がこんがらがった。

「直くんは、何、僕のことなんだと思ってるの」

もう一度、しっかり本意を聞きたくて、このつっかえたあとに込み上げた少しの喜びを確証にしたくて、再度問いかける。

彼の特別は、自分のものと同じ特別なんだろうか。

もしそうなら、どうなるのだ。

自分は妻子もあり、その状態で初めて恋が叶えば——男性同士で結ばれれば、この先いったいどうなるというのだろう。想像もできない、が、想定したい。聞きたい。その言葉を聞きたい。

一瞬が、永遠のように感じた。今にも頬を綻ばせ彼を抱きしめそうになるのを堪えながら、前のめりに彼の答えを待った。


「……同情です」


「え？」と口をあんぐり開けそうになってしまう。

「ごめんなさい、こんな失礼なこと言って」

「いや、全然そんな、え、でも同情って？」

彼は渋い顔で、自身の腕をさすりながら、

「実は、ずっと前に、リナリアで食事して帰る時に、マスターの奥さんと話したんですよ。『最近マスターいないですね』ってなんとなく……。そしたらもう店には立たないかもしれないって聞いて……理由とかは詳しくは聞いてないですよ？　でも、ただ『あの人は絶対に自分の意思を言わないし、自分の意思を曲げない。自分を押し殺す方にしか生きられない人』なんて話されたんですよ、奥さんがね。そしたら、あー、なんかうちのじいちゃんみたいな人やったんやなぁって、かわいそうに思えてきて、俺、同情したんですよ。じいちゃんみたいに一人になってるマスターの、高齢の人の寂しい姿が浮かんで……」

想像がつく。カワリは悪口ではなく、きっと自分のことを憐《あわ》れんで言ったのだ。そこには突き放すような冷たさはきっと無い。ただどうしようもない不甲斐無さとやるせなさを込めて言ったのだ。長年連れ添ってきてくれたカワリは、自分のことをよく分かっている唯一の人だから。

「俺、仕事でも若い夫婦の仲睦まじい幸せそうな写真撮ってるから、相手が欠けたりした時の悲しみってハンパないんやろうなって考えちゃうし、その話聞いてからどっかでマスターの姿、きちんと喋ったことないのに浮かんできちゃうんすよ。で、なんかしたいな思ってたら、最近スーパーに入ったって、奥さんから聞いたから……」

「じゃあ、昨日、買い物に来たのも」

「……奥さんに、元気そうでしたよって言いたくて、顔見に行ったんです。『いつかあの人は戻ってくるから、無理には会ってない』なんておっしゃってたけど、お互い残りの人生の時間なんて限られてるやないですか。すぐにでももう一度、俺には何があったか知らんけど、ちゃんと話されへんかなって……」

「そうだったんだ、心配で会いに来てくれたんだ……」

「……まぁ、奥さんとはよく話して、お世話なってたんで。コーヒーも、こうやって淹れてもらいました」

カワリのことだ。老婆心《ろうばしん》が出たのだろう。彼のような若い子を気にかけるうちに、夫婦関係のことを――つまり自分の本心を吐露したのだ。自分にはそんな思い、言ってはくれないというのに。

「でも、こんな風にマスターに直接話聞いてもらえるとは思ってなかったんです。しかもマスターまでほんまに寂しそうにしてるなんて。けど話もしてくれて、コーヒーも誘ってくれたから、俺、じいちゃんとようやくきちんと話せたみたいで嬉しくて……ほんま偉そうにすんません、ただ、それだけやったんです」

彼は……おじいちゃんに重ねて、自分のことを助けようと考えてくれていたのだ、初めからずっと。

自身のおじいちゃんの思い出の後追いであり、居心地の良い店への応援であり、自分は彼にとっての……日隠團織という一個人ではなく、見過ごせない何かであったのだ。

要するに自分への好意は一切存在しない、彼なりの厚意のみの出会いだったんだ。

もしも、自分がカワリと結婚しておらず、ただ店を畳んだ人間で、彼もおじいちゃんとの関係に思い残すこともなかったなら。

自分の背後に誰の影も思い浮かべることなく、ただの可哀想な老人として歯牙《しが》にも掛けない存在に、取るに足らないその他大勢の存在になっていたのだろう。


そうだ、分かってたじゃないか。

老人は、今まで何をしたかでしか生きられない。

このシワの刻まれた顔も手足も肌も、傷のついた結婚指輪も、全て今までの経た歳を表す全てだ。

だから誰も中身までは見えない。ゲイであることを見つけてくれない。それは思いもしない存在で、想《おも》われもしない。見えなくて、いない存在だからだ。


「直くん、ありがとう。また少し、考えてみるわ」

◆

彼が去った後、詩名内荘の前まで見送ると、もう心の中では全てが終わったような気がしていた。彼にとって大事な人の代わりが、この自分だったのだから。

部屋に戻ると、コーヒーの香りがするこの空間が、冷えて見えた。

しんと寒く、効き目の弱いエアコンが盛大に作動音だけを鳴らす。

ほのかに、彼の匂いがしたような気がした。まだ彼の、若い男性のなんとも言えない香りが、この部屋には残っていた。

「っああ」

畳の上に跪《ひざまず》き、抑えられない嗚咽《おえつ》を漏らした。顔に熱が籠もる。涙よりも先に鼻水がポタポタと落ちて、シミを作った。

「あああああ……」

初恋だった。いや初めて自分に無理をせず、男性に対する感情や欲求を恋だと認めた。まだ二人でいたいと思った。二人だけの会話をずっとしていたいと願った。出会ってまだ二日しか経っていないが、なぜかもう彼がこの先もずっといてくれるものだと思い込んでいた。それだけに今、喪失感が胸に募った。

きっとリナリアに戻れば、これからもお客様として彼は店に来てくれるだろう。だけどそれまでだ。自分が夫として妻と共に働き、仲睦まじく家族と過ごす男になれば、もう彼とはきっとそれ以上を望めない。彼が会話するのは、仕事一筋で既婚者で、妻を愛する男だろう。

カワリを愛していないわけじゃない、だけど違う感情なのだ。彼女に対する敬愛と、彼に対する情愛は一線を画すのだ。交わることも相容れないこともなく、矛盾することもなく自分の中で存在する本当の気持ちなのだ。だけどそれは許されない。

許されないのだから、救えない。

彼と共にこの先を過ごすことができないのなら、せめて。

この香りだけでも、慰めとしてそばにいて自分を暖めていて欲しい。

◆

12月13日

彼の、直くんのアパートの前に自分はいた。パートを終え、そのまま真っ青な晴天の中、少し歩いてアパートの前まで考えを巡らせながら来たのだ。

約束をしているわけではなかった。電話もせずここに来たのは、自分が彼に会う勇気があるかどうか寸前まで分からなかったからだ。

会って話すことは決めていた。リナリアには一緒に行く、その代わりにご馳走ではなくプレゼントが欲しい——君が着けていたマフラーが欲しいと、言おうと思っていた。

そんなケッタイな要望に、彼は応えてくれるだろうか、とも思いつつ、でも彼の香りがするものを手に入れる方法がそれしか思いつかず、結局ここまで迷いながらもたどり着いてしまったわけだ。

彼が一昨日帰っていった部屋は三室しかない一階の一番端、メールボックスの位置と照らし合わせてみれば番号は101だったので、オートロックの機械からインターホンを鳴らす。

しかし待てど暮らせど、彼からの反応はなかった。

今日は在宅での仕事ではないのか、と思い諦めかけたが、リナリアで仕事をしているのかもしれないと頭によぎり、エントランスを出た。

ふと、ベランダの方を確認すると、直くんの部屋はシャッターが下りたままで、洗濯物が燦々《さんさん》とした日に照らされていた。こんな陽気なんだ、散歩やお出かけにでも出ているのかもしれない。そんなことを考えながら、呆然と立ち尽くし、背後で車が行き交う音を聞いていた。

洗濯物は、男の子らしい無地のタオルや、黒いボクサーパンツ、肌着にカッターシャツまで乱雑に吊るされていて、息子が一人暮らしを始めた時のことを思い出す。若い男の子だから洗濯物の干し方もまだ慣れていないのだろう。

その重なったままの洗濯物に、もどかしさを覚えながら、自分は植え込みに近づいた。

ほんの少し手を伸ばすだけで、そのパンツに触れられる。

手が、届きそうだ。

自分は冷静に、驚くほど自然に、まるで自分の意思ではないようにに、吸い寄せられるようにその洗濯物に手を伸ばしていた。

パチン、と洗濯バサミから離れて、自分の手の中にやや濡れた布の塊が置かれる。彼のパンツだった。

植え込みから離れながら、そっと自分のジャンパーのポケットにそれを仕舞い込む。そこでようやく「大変なことを」と思ってしまった。後先考えずにやったが、今そんなことをすれば、直くんからまず疑われるのは自分だろう。家を知られたばかりの老人に、もしかするとパンツを盗られてしまったかもしれないと疑念を抱けば、彼はどんな顔をするだろう。

もしも「パンツ知りませんか？」なんて聞かれた日には、およそ平静にはいられない。確実に尻尾《しっぽ》を出す自信があった。

ならばベランダにパンツを投げ入れて、風で落ちてしまったことにすればいい。まだ間に合う、と姑《こ》息《そく》な考えが頭をよぎる。もうすでに自分としては罪を犯してしまって取り返しのつかない気分なのだが、でもせめて発覚しなければ、苦しむのは自分だけでいいから、と安易な考えが湧き起こる。

それでも腕が動かず、ポケットの中のものを固く握りしめているのは、どうしてなのだろう。

ただ放り投げるだけでいいのに、強く握りしめているのは、なんのつもりなんだ。

自分は一体、なんの決意をしたんだ。ゲイとして生きることとは、犯罪を働くことなのか。

「おじいちゃん、ちょっといい？」

すると声に気づいた。

アパートの玄関から、男性が一人出てきた。三十代半ばの貧相な顔をした、眉の垂れた頼りなさそうな男だった。

「たまたま上から見てたんやけど」

「は、はぁ」

「なんか盗ってたよね」

男はそう言って、思いの外強い力で、自分の腕を摑んだ。

◆

「じゃあ、家族の方に連絡しますので、出せますか、身分証」

大淀警察署の奥の部屋。いわゆる取調室になるのだろうか。案外物が置かれている乱雑な部屋に、忙《せわ》しなくした署員の方が来て、所持品を出すように促す。

「家族に、連絡するんですか」

「そりゃそうでしょ。住居侵入に窃盗《せっとう》、犯罪だよ」

話を聞くに、このまま留置場へと送られるらしい。これから家族——リナリアを通してカワリに連絡がいく。そして直くんの方にも連絡が入る。それを考えるだけで動悸と冷や汗が湧き出して、眩暈がする。

自分は下着泥棒を働いた。つまりカワリたち家族を裏切った。直くんの善意を無下にし、怖がらせてしまうだろう。そんななのに今、自分はもうどうやって言い訳するかを考えていた。

貧乏なので下着が欲しかった。お節介を焼かれたので嫌がらせをしたかった――そんな惨めで道理のない言い訳が、次々と頭に浮かぶ。

最低だ。どれも最低だが、何よりゲイだとバレなければ何を言ってもマシだと思えてしまう自分が、最低だ。どこまでも自分本位だ。もう大人だというのに。


三十分が経った頃だろうか。今後の留置と送検の流れを聞いていたさなか、

「笹井《ささい》さん。おじいちゃん出してあげて」

また一人知らない顔の署員が、部屋に入ってくるなり言い捨てて去ろうとした。

「被害届取り下げか？　でももうやな」

「いや誤認扱い」

「誤認？」

「うん、えっと日隠さん？　直さんって若い男の子とはお知り合いで？」

その署員の問いかけに頷くと、

「彼がいつもお世話になってる日隠さんに、家の世話やベランダの掃除を頼んでたって。本当？」

自分は驚きながらも、まるで蜘蛛《くも》の糸に縋るように情けない顔で、

「本当です」

と言った。呆れた顔をして署員の一人がため息をついたのは、徒労に終わったからだろうか、それとも全て見透かしていたからだろうか。

釈放されたのは、警察署に着いてから結局二時間は経っていた頃だった。

とぼとぼと署を出て、道路に出ると、後ろから走ってくる音が聞こえた。

「マスター！」

直くんだった。彼の顔を見て、泣きそうになってしまった。

「大変でしたね、てかごめんなさい、俺が留守の時に来てくれてたみたいで」

「……」

何も言えない自分を見て、直くんは気まずそうに、

「ほんま、勘違いされて大変でしたね」

とだけ言った。

だけどその表情は硬い。硬かった。

「……ごめんね」

「なんでマスターが謝るんすか。警察が謝るべきでしょ。てか通報したのも上の階の奴でしょ？　あのおっさんいっつも上から下の道路の方見ててね、住人がどのゴミ出したか監視しとるんですよ、キモイでしょ」

無理やり笑い話をしてくれた直くんだが、キモイって言葉に動揺してしまい、うまく笑えなかった。

「……マスターは、結婚してるから、男の下着なんて盗ったりするわけないのに、ほんま警察ってアホですね」

ダメ押しのように、気遣いを見せてくれる直くんの言葉に、自分はもう泣いてしまっていた。

涙で冷えた空気が顔をなぞる。涙を拭いてその先を見てみると、警察署の端の方に、カワリの姿があった。

「あ、あれって」

と直くんが指差すのを、自分は心の中でやめて欲しいと思った。

見て見ぬ振りをしたい、と強く願った。自分はとうとう踵を返し、そっぽを向いて立ち去ろうとした。

まだそこで『勘違いされてお巡《まわ》りさんに連れて行かれちゃったよ』なんて冗談を飛ばせば、あるいは一件落着もあっただろうに、自分の行為が墓穴を掘るものだと知りながらも、その歩みを止めることはできなかった。

「あんた！」

カワリの声が思っていたよりも近くで響く。足早に逃げようとするも、カワリは全力でこちらに走ってきていたようだった。

「逃げる場所なんてないよ、住んでるところも知ってるんやから」

「……」

自分の腕を、彼女は強く握った。

「なぁ、なんか言うたら」

「ごめん」

「謝るのは、この子にでしょ」

おそらくカワリの隣に、直くんがいるのだろう。怖くて目を向けられない。

「ほんま、ごめんなさい」

涙と同じ速度で、何度も謝罪した。

「明日、明日でいいから家来てよ。ちゃんと話して」

カワリは強く握りしめていたその手を離し、こちらにそう告げると、

「分かった？」

と念を押した。

「うん……」

とだけ答えると、カワリも直くんも、ずっと黙って自分を見送ってくれた。

詩名内荘の前まで来て、意を決して振り返ると誰もおらず、ようやくホッとした。

明日のことなど、もう考えられないほどに疲弊《ひへい》していることを、幸いだと感じた。

◆

12月14日

久しぶりに家に戻ると、カワリだけがいた。

「コーヒー、淹れるけど？」

いつもと変わらないような振る舞いで、コーヒーを二人分淹れ始めた彼女がなんだか怖く感じて、たまらず自分から、

「あの子たちは？」

と息子のことを聞いていた。

「二人とも仕事じゃない。最近は家にも帰ってきてないよ」

「あ、そうじゃなくて」とだけ言って口をつぐむ。

カワリは「ああ」と小さく納得した後、

「リナリアの電話を取ったのも、うちやから心配せんとき。このことを知ってるのは、後にも先にもうちだけやから」

その言葉を聞いて、自分は心底安心した。直くんも勘違いで起きたことだったと解釈してくれているなら、カワリもきっと、と思った。

「はい。コーヒー」

熱々のカップを受け取り、二人でリビングから窓の外を眺めた。マンションと、遠くにイオンモールが見える。この景色の懐かしさに、思わず『もう一度この家に帰ってきたいな』という気持ちが湧く。

「しっかし、ほんまにあんたって人は」

ふっ、と笑いながらカワリはコーヒーを啜る。

「どんくさくて、どっか抜けてて、頭が固くて、ダメな方に猪突猛進《ちょとつもうしん》する子どもなんやから」

「そうやね」

「でも分かったたわ」

「え？」


「あんたが、男の人がほんまに好きなんやなって」


カワリは驚くほど冷静に、淡々と言い放った。

自分はとうとう観念して、

「なんでなん？」

と聞いた。

「昔から、あんた、女に興味なさそうやったし、性的にもすぐにうちら冷めてもたやろ？　やのに他の女にうつつ抜かしたりせんし、なんも破綻せんかった。我慢してるんやなくて、よう分かってないんやろうな思ったんよ。自分のしたいことが」

「せやな……」

と頷いた。

「でも子どもは二人こしらえたし、女に興味なくても、うちにはちゃんと向かい合って、子ども欲しいって願いは叶えてくれるんやなって、もうめちゃくちゃ感謝したわ。だから、離婚しよって言われた時も、しゃあなしで男の道に行くんじゃなくて、後ろ髪引かれるような思いせずに、ちょっとゲイバーでも楽しんで羽伸ばせばいいやん考えてたんやわ。離婚したら取り返しつかんやろ？　でも男遊びくらいなら、子どももできへんし、そんくらいもう付き合い長いからええわ思ってたな」

「じゃあ、ずっとカワリは気づかんふりしてたん？」

「せやで、気づくのなんて当たり前やん。嫁なんやから」

カワリはコーヒーのカップをテーブルの上で、左右に揺らす。苛立ってる時にする行為だ。

「いつから？」

それでも気になって、自分は問い質《ただ》した。

「いつやろな。でも勘から確信に変わったのは、目やな」

「目？」

「せや、目やで。あんたセックスしてても、勃ちが悪いと鏡で自分の姿見てたわ。店でもずっとバイトの男の子に目をかけてたわ。街でも男ばっか目で追ってる」

そんなこと、と言葉が出なかった自分を見て、カワリは、

「あんたは、全然うちのこと見てなかったで」

と、怒りにすら似た語気で、強く言った。

そうか、もう、すでに、

破綻していたのだ。

カワリに全てを見抜かれていた。

カワリに恨みや怒りなどはない。

ただ、歯車がもう少し早く噛み合っていれば、お互い傷つくことなく生きられたんじゃないかと思う。

それが家を出る前、いや子どもを作る前、それとも結婚する前だろうか。とにかくもう少し早ければ、ここまで悲惨で無惨な夫婦にならなかったのに。

もう元には戻れない。お互い何も知らない夫婦にも、新たに別の生き方をやり直すほどの若さにも戻れないのだ。

「カワリ」

「……」

「ごめんなさい」

謝っても心を逆撫でするだけで、何も状況は一変しない。だけど謝りたかった。

カワリという女性の人生まで、一緒に台無しにしたのだから。


ふと部屋に飾った鏡を見ると、情けない老人が泣きそうな顔をして、背中をすっかり曲げている。どうしようもないほど、情けない姿で、見ているとその罪を自覚しているのか問い詰めたくなった。

そしてそこで初めて、もう取り返しのつかない男、日隠團織を、殺してしまいたいと思ったのだ。

第五章

集団自殺

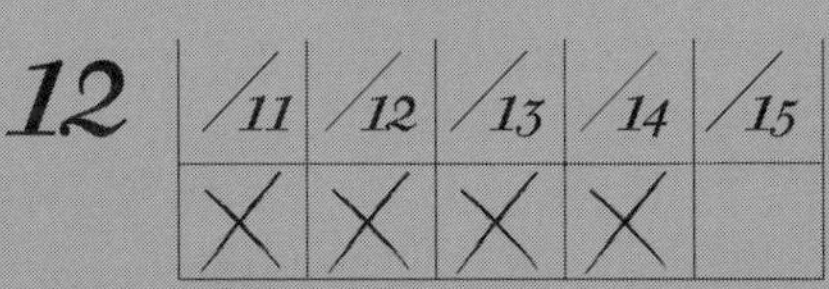

12月15日

――夢であればよかったのに。

アタシは、人の死を見た。


一時は自分で殺そうとすら意気込んでいたのに、その死体の重さと生温かさと、苦悶に歪《ゆが》んだまま固まった顔面が、目の奥にこびりついて離れなくてさ、昨日は初めて震えながら布団に包まった。

裏田は死んだ。アタシの前で、嫁に殺されやがった。

目覚めると玄関に置いてたごみ袋に、血塗《ちまみ》れの服が詰められてあった。あったとは言うが、自分で袋に入れて捨てるに捨てられずに部屋に置いたままにしたに違いないのだが。

それを見てたら、たらふく水を飲んで寝たはずの喉が渇いて仕方なかった。部屋に置いたままでも冷えてるポカリを飲み干した。


今頃、あの女はどこに向かって、あの死体をどうしてしまったんだろう。

死体を処理するツテがある、みたいなことをのたまっていたが、あれは真実だろうか。

そんなこと、ただの一般人にできるのだろうか。

いや、だけど、本当なのだろう。そうどこかで納得して、ある種の信頼感というものをあの女には抱くことができた。冷静に旦那の死体を車に乗せて、その時に宿っていた覚悟は常軌を逸した狂気に近くて、それだけは嘘偽りないものだった。

旦那の生前の行いも、死後のことも、全て消し去り、本当にある意味夫婦共々、社会的な責任全てから逃げ切るつもりなのだろう。その先が闇だったとしてもだ。

そして、アタシの行く先に、光はあるのだろうか。

アタシは、今まであまりに嘘をついてきた。風俗嬢だからといって舐められないように牙を剝いて、ヤクザと繋がりがあるなんて決まり文句のように豪語してきた。それが回り回って今、アタシを苦しめる枷《かせ》になるような気がして寒気がした。だって本当にその線で本格的に捜査されてしまったら？　監視カメラに映った失踪《しっそう》した夫婦と一緒にいた素行不良の風俗嬢。

重要参考人から被疑者に繰り上げで、警察は血眼《ちまなこ》でアタシを捜査するだろう。

冗談じゃない。

アタシの今までの人生が、全部回り回って今のアタシの因果応報を証明する。

ふと窓から外を見ると、もう日が沈みそうな頃合いだった。眠れずに朝まで過ごしていたが、いつの間にか寝ていたようで、昼夜逆転の一日になってしまった。スマホを見れば店から鬼電《おにでん》が来ていた。そりゃ無断欠勤すればそうなるよな。今日も予約は入っていたから、店長も今頃激昂してることだろう。あのオッサン、中身は女みたいに執念深く、細かいことにうるさい人間だったから、ズボラで杜撰《ずさん》なアタシに前から辟易《へきえき》していたみたいだったし、無断欠勤一発でクビだってありえるな。

でももう、あの店には戻れないか。

だって裏田の嫁にも、アタシがあの店に在籍してるって情報は押さえられているから。何をしようにももう戻る気にはなれない。

そもそももう、アタシはどこに行っても終わりなのか。

警察の目に、裏田の嫁の目。そしてあの嫁が頼りにしている不穏なツテとやらの存在。

八方塞がりってやつだ。

とうとうアタシは、女優志望云々《うんぬん》のキャリアの話じゃなくて、本当に死亡の危機に見舞われてしまった。人生って何が起こるか本当に分からないもんだ。

あいつも、裏田もそう思ったのかな。

意気揚々とハメ撮りコレクションまで作っちゃってさ、家庭での生活に仕事に順風満帆で、社会的地位を温存しつつ、自分は意のままに女を陥れて愉悦に浸って、きっと最高の気分だったんだろうな。

それが一夜にして死んだ。もうコレクションも観《み》られない。

アホだよあいつは。

でもアタシも同じ。

自分だけは因果応報の輪から外れた特別な存在だと勘違いしていた。『報いを受けるその日』がきっといつかは訪れるかもしれないと頭で考えつつも、まぁ大丈夫だろうと油断しきっていた。だから詰めが甘い。だから他人の覚悟を侮《あなど》る。

アタシの母親も、そうだったのかな。

部屋に置いてあったタバコに火をつけて、冷静になるためにと自分に言い訳して一服をする。

あの人も刹那的に生きているような人だった。とっかえひっかえ男を連れてきては寝て、そのせいで色恋営業をかけた客の一人に恨みを買って殺された。人の色恋沙汰は恐ろしいと、母親の客が葬式で苦笑していた。きっと数ヶ月したら母親の死も夜の街では酒の肴《さかな》になる、とアタシは察した。

酒に溺れて理性なんてもう泡のように消えて残っていない、ぬるくて匂う腐りかけのビールみたいなオッサンが、母親を殺した。あんな汚らしい男とも、母親は寝たのだろうか。アタシは一度だけその男を母親の店の前で見たことがあるが、セーラー服姿のアタシを嫌な目でジッと見てきたのが記憶に強く残ってる。

今ではよく知る、理性を放棄した脳内セックスまみれの男特有の目だ。野生動物のような目と言ってもいいかもしれない。言葉の通じない獣の目。

その時は確か、店のキャストがそのオッサンの見送りをしたあと、

「貧乏なくせに飲みに来て、一杯もくれないし、チャームの菓子ばっか食っておかわりするし、恥の知らないジジイだよ。売子ちゃんもあんな男に自分売っちゃダメだよ」

と、まるでアタシの母親みたいなことを言ってくれたのを覚えてる。

それから「ひさぎママも、強い人だけど、あのオッサンのことナメてたらいつか寝首かかれるよ」と心配そうに話していた気もする。恐ろしいことが起きる予兆があったのだろう。

母親も、油断していたのだ。

自分の城を作って、その中で敬われて、愚者の方に目が行かなくなっていたのだろう。失う物が無い人間なんて、そこら中にいて、そいつらはいつだって自爆覚悟で持っている人間のことを狙っているのに。

アタシも母親も、社会的には強者ではない。女だし、学が無いし、水商売や風俗業なんて底辺中の底辺の扱いを受ける。

でもその中でも、母親は店のママとしてトップに立っていた。最底辺ではない人間だった。どこかに絶対に自分より下がいるから、だから安心していたし、そんな自分でも誇りを持って生きられたはずだ。

でも、いるんだよ、どこにでもいる。最も強い生き物、失うもののない人間が。

もちろんそれは今まで、母親を殺したオッサンのような奴だと思っていた。貧乏で、頭が良くなくて、ブッサイクで、独身で、臭くてキモくて他人から好かれていないような人間のことだけだと。

でも違った。昨日アタシが出会った常軌を逸した人間――裏田の嫁は、善人っぽい顔をしていた。

そいつらは人より豊かで、恵まれてそうに見えて、その実、腹に一物どころか業火を燃やしている。

煮えくりかえったはらわたでフルコースが作れるような、もう取り返しのつかない人間性を構築してしまっている。おそらく他人から羨ましいだとか、充分だと評価されても聞く耳を持たない。自分の持っているもの全てを無価値だと信じてしまうほどの絶望に容易く陥り、そして自他ともに滅ぼすことも厭《いと》わない。

あの女も——専業主婦か、パートか仕事してるのかは知らないが、旦那が関西キー局の部長だなんて恵まれているじゃないか。大阪市内のマンションで暮らせるなら、裕福じゃないか。ピカピカの新車のような車に、どうして旦那の死体を乗せようと思ったんだ。アタシには理解が及ばない。だから狂気的で馬鹿馬鹿しくて、考えれば考えるほどムカつくし虚しくなる。

男の浮気なんて、当たり前だよ。風俗にいれば、結婚指輪をした男なんてたくさん来る。むしろあいつらは妻子持ちを自慢するよ。家庭があるのに風俗で女遊びできる自分に誇りすら持ってるよ。そこに甲斐性すら見出してるよ。それが男だもん。

あんな醜く太ったおっさんの裏田を、弱い奴に高圧的に振る舞うみみっちい男を、愛していただなんて、本当に変わっている。そしてそんな男が、ハメ撮りに興じて風俗遊びしていることを許せなくて、殺してしまおうだなんて、本当に馬鹿だよあの女は。

無視すればいいじゃないか、割り切ればいいじゃないか。

許せないなら金だけもらって離婚すればいいじゃないか。

なんで、殺したんだよ。理解できねぇよあのクソ女。

タバコの灰がいつの間にか長くなっていてポトリと床に落ちた。汚せば退去時にいらねぇ金がかかる。でももうアタシはそれを拭く気にもなれなかった。項垂《うなだ》れたまま泣いていたから。

「も〜……ほんま、なんでやねん、まじで……もう、最悪や」

苛立ちと絶望感、そしてこの先のことを考えると、もう耐えられなかった。なんだかんだ言ってもアタシはまだ若いのだ。風俗ではババアだとか掲示板に書かれることもあったが、まだガキンチョなんだよ。精神も未熟で、場数も踏んでない年相応の女だ。

だから面倒だった。この先のことを考えるのも、シャバに出るまで若い時間を刑務所で潰すことなども、考えられない。

「死んだ方がマシや」

自分に言い聞かせるように、そう呟く。その声を自分の耳で拾い上げて、自分を説得する。

死のう。

もういいや。

死のう。めんどくさいし、もうこの先絶対いいことないだろうから。


そう思って、一時間ほどスマホで自殺の仕方を調べていた時だった。

ドタン！　と階下から物音が響き、さらに次いで「大丈夫ですか！」とジジイの声が聞こえてきた。

一階のジジイの声だ。ボケてんのか。

アタシは何事かと気になった。普段なら苛立ちながら部屋から床を叩くだけだが、部屋にいるのも憂鬱だし、廊下に出て階段を下りることにした。


「あ、すみません、うるさくしちゃって」

一階の廊下に下りたら、住人のジジイとババアが立っていた。

思いのほか平然とした様子のババアに、オロオロとしたジジイがいた。何か作業をしていたのかと思い、声をかけずにただじっと二人を見た。

「どっか打ったんじゃないですか？　僕の部屋の方まで痛そうな声ぇ聞こえてきたから」

「んー……腰と頭を強く打ったかもねぇ……」

なんて小さくババアが呟くと、

「救急車呼びます？」

とジジイが打診した。

だけどババアは首を横に振って「大丈夫ですよ」と言って、それから世間話の一環のように、驚くほど自然に、

「もう、あの、私、死のうと思ってるんで……大丈夫です」

って俯《うつむ》いてこぼした。

アタシは驚いて振り返った。

既視感があった。

昨日のあの女、裏田の嫁と同じ目だ。

冗談を言う様子でもなく、ただ純粋に、自分がすべきだという使命感のようなものに取り憑《つ》かれた、人の言うことを聞かない生き物の目だ。

「何言ってはるんですか」

私が立ち止まってババアの方を見ていると、しゃがれた声で宥《なだ》めるジジイ。

「ほんまに言ってはるんですか」

ジジイはババアの顔を覗き込んでるが、面倒なことに巻き込まれる前に退散した方がいいぞ、と心の中でアタシは呟く。ああいう女はガチだ。今までのアタシならメンヘラババアのかまってちゃんだとか、更年期障害でおかしくなった腫れ物だとか判断して聞き流していただろうけど、有言実行できる人種を知ってしまったから、半ば冗談かもしれないと疑心になりつつも、本当に今すぐにでも死にかねないと

も思えてしまう。

「おばちゃん、死ぬつもりなん？」

「え？」

アタシは初めて自分からここの住人の面を見て声をかけた。

「死ぬつもりなん？　なんかやらかしたん？」

興味本位で問いかけてみると、

「猫を殺しました」

と返ってきた。

「ふっ」

アタシは思わず笑ってしまう。

「猫なんて飼われてはったんですか？」

ジジイが素っ頓狂な顔で、さらにババアの方ににじり寄り問いただす。

「いや、外で餌付《えづ》けしてた猫を、気の迷いで殺しました」

「そんくらいで死ぬんとか馬鹿みたい」

「そうですね」

アタシが馬鹿にしても言い返してこない、まるで消えかけの蠟燭《ろうそく》みたいなババアに、ますます苛立ち気分が悪くなる。

「アタシも自殺するねん」

「ええ？」

反応したのはジジイだけで、ババアは何も言わずにこちらを見つめている。

「昨日、人ぉ殺すの手伝ったからな。もう終わりや」

なぜか自慢げにそう話してしまう。お前とは格が違う——アタシこそが悲劇のヒロインだって言わんばかりに。

「猫殺したって犯罪じゃないやん。そんなんで死ぬとかアホみたい。まぁ別にあんたなんてよう知らんから死んでもどうでもいいんやけど」

「罪なんです」

と間髪入れずにババアが言う。

「私の存在が罪なんです。一族からも、社会においても、国家においても。なのに自分は生きていて、他の命を産まないばかりか奪うだなんて、死に値する罪ですよ」

……アタシは思わず、たじろいでしまう。

国家だとか一族だとか大仰なことを言われて、まるで相対的に人を殺したことも矮小化《わいしょうか》されてしまったような、そんな気がして焦った。主役を奪われたような思いがして、ちょっと動悸がし始める。

「いや、確かに動物愛護法で、猫を殺すことは犯罪ですよ」

ジジイがなんか言ってるが、アタシは構ってられなかった。

「そんなんどうでもええねん。てかなんなん？　アタシも今日死のうかなって思ってたけど、なんかそんな猫殺してメンヘラってる頭おかしい奴がおったら死ぬ気も失せるわ。ほんまきしょい」

アタシがババアに向かって高圧的な態度を取ると、ババアは口調こそ柔らかいものの肝の据わった口調で、

「死ぬ勇気がないだけでしょう？」

「は？」

「あなたは若い方やもの、まだまだやり直せるでしょうが」

なんて反論してきた。

「はぁ？　知った口利きよって、殺すぞババア。アタシかて、若くてももう生まれた時からどうしようもないもん背負ってんねん。どうにもならんわカスが」

「そうは見えないです」

「見えるやろ、アタシの顔面見てみぃ、女として価値ないねん」

「でも本当に、あなたはまだ、私より若くて、健康な女性に見えるから……」

「は？　まじで喧嘩売ってんかババア。見える見えへんの問題ちゃうねん、人の事情知らんもんが勝手に決めつけんなや」

ババアは馬鹿にした様子でもなく、ただただ不思議そうに、アタシのことを見ている。ババアには分からないのだ。若者がみんな希望に満ち溢れて生きてると信じてやまない奴らには。

「お二人とも落ち着いてくださいよ。とにかく、ここで死んだらあかん、大家さんも困りますよ」

またもズレた心配をかますジジイがそろそろ苛立ってくる。

「大家のババアも隣の平家に住んでるんやから、ここが事故物件なってもええやろ別に。そもそももう幽霊屋敷みたいなもんなんやし」

アタシが吹っ切れたように言うと、ジジイは、

「僕たちは死んじゃうからええけど、生きてる人たちに迷惑かけちゃダメでしょう」

って口にした。

「僕たち？　なんなん、ジジイもくたばるつもりなん？」

同情か、綺麗事を言ったつもりか、とにかく自分の命を持ち出すジジイに辟易した。こいつもババアと同じで、自分本位の分かったつもりの人間か。とにかくズレてる。

「僕も自分のこと、もうあかんな思って、恥ずかしくて消えてしまいたいんです。死ぬのもアリやなぁ思ってます」

「はぁ？　なんなんジジイ」

「その、昨日、僕、逮捕されてしまったんで……」

なんだよこのメンヘラアパート。貧乏で日陰者っぽい奴らばっか住んでると思ってたけど、社会的に終わってる奴ばっか。いやまぁ貧すれば鈍するとも言うし、寂れたアパートに人生が終わってる奴が集まるのは至極当然のことか。

「どうでもええわ、勝手にジジイババアで死んどれや」

「あなたは死なないんですか？」

「はぁ？　死ぬけど。もうちょい金使って遊んでから死ぬわ」

「死んだらそんなの意味がないのに？」

「さっきからおちょくっとんかババア」

「ごめんなさい」

しおらしく謝罪するも、やっぱりなんか鼻につくな、このババア。

「昔からそうなんです、真面目に心配してるつもりでも相手を逆撫でしてしまうみたいで。私がダメな人間やから悪いんです」

「なに言っとんねん、それも煽りか？」

アタシがババアの無表情な顔面に張り手をかまそうと、廊下を進んだその時だった。


ドッスン、と外でまた物音がした。


「なんやろか」

静まり返った廊下で、ジジイが呟き、玄関の方へと向かう。アタシもババアも続いて外に出ると、

「グゥ……」

と庭先で唸りながらうずくまる、アタシの隣の住人のオタクがいた。

「だ、大丈夫か？」

ジジイが駆け寄る。アタシは二階のオタクの部屋を見上げた。窓が開いていた。

「腰が痛い……」

生まれ立ての子鹿のように震えながら立ち上がるオタクの姿が滑稽で、アタシは思わず鼻で笑った。

「何？　お前も死のうとしたんけ」

歪んだ顔で痛みに耐えるオタクにアタシが投げかけると、オタクは「せやけど……」と目も合わせずに言った。

「あんなひっくい二階から飛び降りても死ぬわけないやろ。坊《ぼっ》ちゃんかよ、夏目漱石《なつめそうせき》の」

高さは庭の一番背の高い植木と変わらない木造アパートだ。飛び降りても死ねるわけがない。

アタシは思わず滑稽でケラケラと笑ってしまったが、三人ともピクリとも笑わずに、怪訝な顔でアタシを見ていた。

◆

「はぁ、アホらし、こんなんばっか住んでるとか、このアパート呪われてんちゃう」

アタシたちは玄関で各々好きな場所に腰掛け、暗くなり始めた外を見ながら、初めて全員で顔を合わせていた。

「お前はなにしたん？」

アタシは押し黙る三人の中の、オタク男にそう問いかける。

「レイプ」

「レイプゥ？　キッショ、見た目キモいとやることもキモいんやな」

アタシはケラケラと笑うが、誰も釣られて笑うことはなかった。

「それは、今も罪を償わずってことですか？」

ジジイがオタクの方に挙手して声をかける。

「まぁ……そう、みたいで。レイプだと、俺は思わなかったけど、でも、相手が嫌がってて、自殺しちゃうかもらしくて……だから、俺が死んで償おうと思って」

「なにそれ最低やな。お前が死んだところで、その女、なんも助からんやん」

アタシが言うと、ムッとした表情でオタクがこちらを睨め付ける。

「でも死んであげた方が、相手も安心するやろ」

なんて反論がオタクから飛んできた。

「死んであげた方が？　なにそれ偉そうに」

アタシがそうツッコむと、優しい口調でババアが、

「お姉ちゃん、私たちも、死んでも罪なんて償えないんやで。でもこれ以上生きてても罪人が生きる、それ自体が罪を重ねるだけやから死ぬんでしょう？」

と正論っぽいのをかましてきた。

「アタシ別に罪償うとかじゃなくて、殺人現場の監視カメラに映ってもうたし、共犯……っていうか主犯の人間に目ぇつけられたから死ぬだけやもん。死んだ奴に申し訳ないと一切思っとらんもん」

「ただ自分のために死ぬの？」

本当になにも分かっていない様子のババアに苛立った。

「自殺なんやから当たり前やろ。なんなん？　お前も罪滅ぼしで自殺する言うてるけど、そんなんで殺

した猫喜ぶか？」

「天国で喜ぶと思います」

「アホらし。天国とかほんまアホらしいわ。そんなん無いやんけスピリチュアルババア。お前だって生きてても意味ないから死ぬだけやろ。罪滅ぼしなんて考える人間がな、猫殺したり、女レイプしたりせぇへんねん」

アタシが捲《まく》し立てると、ババアはそれでも穏和な表情で「せやね」って言った。

「俺、女じゃない」

「あ？」

いきなりオタク男が切り出してきたので、

「頭イカれとんかオタク。見たら分かるわ、ちんぽみたいな顔しやがって」

と罵ると、

「犯したのは女じゃない。男だった」

って呟いた。

一瞬空気が凍って、何よりジジイがあんぐりと口を開けて、中腰で膝をオタクの方に進めていた。

「ホモ？　キッショ」

とだけアタシが小声で漏らすと、

「ちょっと黙って！」

とジジイがなんの迫力もない剣幕で叫んだ。

「ゲイなんか？」

ジジイがオタクに聞く。

「いや、ノンケ？　やけど、相手が女の体を持つ男、トランスジェンダーだったらしいねん」

オカマの逆ってことか。でもちんこが無いなら女だろ、とアタシは思った。男はちんこが本体みたいなもんなんだし。

「そういうのよく分からんくて、俺は男やし、相手はどう見ても女やし、脱がせても女やったからヤったんやけど、でも女の体でセックスするのが嫌だったみたいで」

「いや普通にお前がブッサイクやから嫌やったんやろ」

アタシが素直な感想を言うと、オタクは小さくアタシに向かって「殺すぞ」とぼやいていた。

「……気持ちは分かるな。叶わないことを、叶えようと、犯罪を働いてしまったんやね」

同情するジジイに嫌悪感。ほんと男って男同士で性犯罪の傷を舐め合うの好きだよな。

「おっちゃんもレイプしたん？」

背筋を伸ばして聞いているジジイに、オタクが座ったまま見上げて問う。

「レイプじゃないけど、性犯罪で、信頼を裏切ったね。男の人が好きだって、妻にも友人にもバレて、失望されちゃったんやわ」

「性犯罪とホモとかダブルパンチやん。そりゃ嫁も可哀想」

アタシが言うと、ジジイも項垂れて「その通りやわ」って言ってた。


「じゃあ全員、ほんまもう終わりやねんな。もうええやん、死んだらええやん、ここでゴタゴタ傷舐め合っても意味ないで」

アタシが切り上げるように発言すると、

「でもどうやって死んだらええか分からん」

とオタク男が言った。

「そんなん首でも吊ったらええやん」

アタシのその言葉に、

「ここの天井ボロいんで、私でも無理でしたよ。落ちて尻餅をつきました」

「どんくさ。それで死ねたらよかったのにな」

「そうですね」

アタシの軽口に眉ひとつも動かさない、その表情がますますムカつく、なんてことを言えば怒るのか試してみたくなるような女だった。

「あ、じゃあの、煉炭《れんたん》とかどうですか？」

「煉炭自殺？　こんな隙間風の入る木造アパートでできるわけないやん」

ジジイの提案を一蹴《いっしゅう》するが、ジジイは今アタシたちのいる玄関を指差し、

「ここ、やたらに空気悪いでしょ？　扉が重くて頑丈で、淀川の方からの風もこの南向きには吹かんのですわ。せやから、ここならできると思うねん」

ジジイは玄関横の使われていない管理人室を指差す。形骸化《けいがいか》して物置となっている部屋だ。入ったことは無いが、覗いたことはある。隣に住む大家のババアの私物がわんさか積み上がり、窓もない部屋だった。

「でも煉炭無いから、買いに行かな。ここら辺ホームセンターも無いのに」

オタクが水を差すように言うと、

「うちの店に、あります。バーベキュー用の煉炭が。ホームセンターだと木炭しか置いてないこともあるからね」

「店やってんの？　ジジイ」

「まぁ、すぐここから近くのところなんで、取りに行ってきますね」

ジジイは面目なさそうな顔をして、玄関扉を開けて、アタシたちの是非を聞かぬままに出て行った。

「マジか、じゃあ煉炭自殺か」

アタシはさっきネットで調べた情報を思い返す。確か眠るように死ねるとも、集団で自殺する時にオーソドックスな方法とも書かれていた。

そういえば、メンヘラ拗《こじ》らせて精神科行きまくりの同僚から、何シートかくすねた睡眠薬を持っている。それを使えば、ますます成功率を上げられるとも記事には書かれていたな。

「痛くないいんやってね、煉炭自殺」

オタク男はババアに向かって、思い出したかのように、そして安心させるように言った。マザコンかこいつ。

「私は痛い方が、罪を償えるとは思うんやけどねぇ」

このキチガイババア、マジで一人で死んでくれねぇかな。

◆

夜がますます更《ふ》けた。

自殺はすぐに決行されることになった。

誰も一旦時間を置こうと言い出さなかったのは、決断が鈍るためか。

とにかくケッタイなことになったが、今まで話もしなかった住人たちと、奇遇にも自殺現場も時間も重なったので、アタシたちは共に逝《い》くことにした。

本当は一人で死にたかったが、自殺に最適な部屋が一つしか無いのだから仕方がない。

誰かが死んだ後に自殺して、後追いと思われるのも癪《しゃく》だし、人が死んだ後の詩名内荘で一晩過ごすのも気味が悪いからな。明日、十三へ渡る鉄橋から身投げしようかと考えたりもしていたが、淀川は三途《さんず》の川にするには汚かった。それにこの時期の川は冷たい。

まぁもう煉炭の方が楽に死ねるなら、それに越したことはないだろう。用意してくれるのも楽だしな。


時刻は九時半。

案外誰も怖《お》じ気づかず、自殺の準備をしている。

アタシはなにも手伝わなかったけど、ジジイとババアとオタクは一生懸命テープで部屋の目貼りをし、それが済むと煉炭に火を入れた。

始まったのだ。

アタシたちは各々部屋の隅の方でうずくまっていた。周りは棚に囲まれ、電気は蛍光灯が二本だけで、やや暗い。そして埃《ほこり》くさい体育館倉庫のような匂いと、漂うガムテープ臭。

冷えた床とは対照的に、七輪が五つ赤くパチリと暖かそうな音だけを弾《はじ》けさせていく。

薬を呑《の》んだはずなのに、眠くはならなかった。他の奴らには渡すこともなく自分だけで全部呑んだのに、全く眠気が来ない。いやむしろ体だけだるく、頭だけやけに冴《さ》えていた。それどころか脇から夥《おびただ》しいほどの汗が滴るので、薬の副作用かと思った。アタシが極度の緊張状態と覚醒状態にあることはアタシ自身が一番よく分かっていた。

「もうあとは、時間が経つのを待つだけですわ」

ジジイが七輪の燃え具合を見たあと、一つしか無い扉に背中を預けた。思いのほかみんな冷静なのか、まるで食事を待つ子どものようにただ漠然と七輪を眺めていた。

「酒、持ってくればよかった」

アタシはついそう漏らす。酒を飲みながらなら気分よく死ねたかもしれないのに。最後の晩酌がポカりとか。それだけが後悔だった。

「俺の部屋に、大きいペットボトルの酒があるんやけど」

オタク男がこちらを見ずに話しかけてくる。

「取りに行けるわけないやろボケ」

少しずつ、部屋の空気が重くなっていくような気がした。

「最後に、誰かに言っておかなくてよかったんですか？」

ババアが少し咳《せ》き込みながら見回してきた。

「俺、お母さんに電話しとけばよかった」

オタクは小さく、なんの感情も無さそうに言った。

「きしょいわマザコン」

「お前は？　ブス女」

オタク男の抗《あらが》うような言葉にも、苛立ちすら湧かずに鼻で笑う。

「こっちは親も死んでるし、友達もおらんから気楽やわ。ただ、金だけ使っとけばよかったなぁ」

「友達もおらんような奴やから死ぬんやろ」

「あ？　お前もいなさそうな顔してるやんけオタク」

ゲホッと咳き込みながら、オタクは、

「いたけど、もういないかも」

と意味不明なことを言った。

「ジジイは失うもん無さそうやな」

アタシはズキリと痛むこめかみを指で押しながら、背中を丸めるジジイに投げかけた。

「もう失った後やからなぁ」

「ああ、そう」

「でもその人たちには、これからがある。僕のいないこれからが、幸せになるのを祈るしかないわぁ」

戯言のように何度か最後の言葉を繰り返し、それから喘息《ぜんそく》のような呼吸で何度か大きく咳き込んだ。

いよいよか、アタシは息を吞む。それすらも苦しいというか、なんだか気だるい。

「死んでも……また、うちの人たちは迷惑に思うやろうなぁ……」

ババアがふとそう呟いて、言い切った後に「ヒュー」と大きく息を吸って、それから呼吸を止めながら俯いた。

「苦しぃ……」

オタク男は一瞬立ち上がろうとするも、もうすでに足がおぼつかないのか腰が抜けたようにジジイの足元に倒れ込んだ。

「あっ」

ジジイはそのオタクの足が自分の太ももに当たった後、ピンと足を伸ばしたままガクッと頭を落とし「ウーー」と息の通った音を喉から鳴らして、床に沈んだ。

だけどもうすでにその光景も、アタシの視界では何度も右の方に倒れては平行に繰り返し戻るような、焦点が合ってはそれがすぐに合わなくなるような、歪んだおかしい景色として認識されていた。酔っ払った時の夢うつつがずっと静かにフラッシュバックするような感覚で、不思議な眩暈がしてとにかく吐き気に襲われる。

「あかん」

アタシは呼吸がしたくて、ジジイをどかして扉を開けようと思った。しかし足に力が入らず、思い切り七輪の一つに腹から転げ落ちた。

ジジジジ、と服を焦がし、すぐに莫大な熱量が下腹部を襲う。煉炭がアタシの腹に敷かれたまま、アタシは横這《よこば》いになって倒れたのだ。

平衡《へいこう》感覚もなく、ただ吐き気と頭痛が苦しい。腹の方に恐るべきほどの痛みが走るも、まるで起きかけの夢の中のような、自分で自分をコントロールできない感覚に襲われて、そのまま暗闇の中に体は落ちていった。

子どもの頃、高熱を出した時のことを思い出す。熱にうなされて、苦しくて、でも寝付けないと思っているアタシは実は、眠っているので体は一向に動かせない。そんな時、母親がずっと近くでテレビを見ながらアタシのそばにいたような記憶がある。

それを思い出したからといってなんだ。母親にもう一度会いたいとか甘えたいとかは思わない。ただ、やり直すことができるなら、もう一度、命と生活の保証をされていた頃に戻りたい。なにも考えず、自分が目立つことだけに命をかけた、あの頃に。

子どものままで許された、あの日々で、また生きたい。

◆

急に寒気がして、目が覚める。

そこはアタシの部屋だった。

切れたエアコンのせいで冷えた部屋。いつも見る光景と、ゴミ袋から漂ってくる生ゴミと除光液の嗅ぎ慣れた匂い。

吐き気はしないが、いつも通りの軽い頭痛だけはする。

部屋に置いたままのスマホを確認する。

日付は12月11日の午前十一時。

四日前の日付を表示している。


アタシは死んだんじゃなかったのか。どうしてここにいる。

そしてアタシはこの目覚め方も、このいつもと同じ口臭も、コンタクトレンズをつけたままの乾いた瞳も、全て身に覚えしかないのだけど、一体どういうことなんだろう。デジャブでも走馬灯でもなく、全く同じことをしているという不思議な感覚で、下腹部がムズムズする。

「マジで？」と呟いて、それからスマホをベッドに放り投げて、頭を抱えて目を瞑った。また布団の温もりが自分の体に伝わる。生きているし、これは現実だ、と確信する。


あれは夢だった？

どこからが夢だ？　裏田を殺したこと？　アタシたちが揃って仲良く自殺したこと？　いやそもそもハメ撮りを撮られたところから？

だけど全部、鮮明に思い出せる、つい最近の出来事だ。

死の直前に話したことも、さっきのことのように覚えている。そしてあのじわじわと生命機能が潰《つい》えていく生死の狭間《はざま》の恐怖も。

間違いじゃない。アタシは死んだはずだ。

そう、確実に死んだ。命を失った。今際《いまわ》の際の苦しさと後悔は、紛れもなくアタシの胸の中にまだある。

でも、こうして心臓がバクバクとするくらいには生きているようだし、体は傷もなく元通りになっている。腹に火傷の痕もない。そして何から何まで元通りだ。部屋も自分も。全てが元通り。

しかも日付までもが11日になっているんだから、気が気じゃない。スマホの故障か？　いやでもこのゴミの置き方や、スマホアプリのニュース欄を見てると、アタシが経験した11日そのままの既視感。何から何まで覚えてるわけじゃないが、見た感じ同じものが全て眼前に広がっている。

つまり今は、アタシが生き終えたはずの11日。前に過ごした、あの12月11日だ。

漫画でよく見るタイムトラベル、ということで説明がつく現象。

信じられない話だけど、そういうことだ。

アタシは窓を開けて、白い空を眺めた。風が寝汗を凍えさせる。

一瞬頭がいかれてしまったかと思ったけど、アタシが生きていると教えてくれるこの体は、痛みもなく健康的だ。

すこぶる健康、脳もたぶん大体正常。

でもあんなにも苦しんで痛みを感じたのに、無傷はあり得ない。

あの集団自殺は無かったことになっているのか。つまり12月15日のアタシが11日まで戻ってきたのではなく、時間そのものが戻って『自殺する前に』なっている、ということなのか？

それならば、あいつらは一体どうしてるんだろう。あいつらも死ぬことなく生きているのなら――そしてあいつら自身もこの現象に自覚があるのなら、何か分かっていないだろうか。

◆

アタシはまず隣のオタクの部屋を叩いた。しかしあいつは出てこなかった。

この時少し嫌な予感もした。もしかするとあいつらだけは死んでしまったのかもしれない、だなんて漠然とした不安。そうなるとなぜアタシだけが生き延びたのかが大きな謎となる。ますますわけが分からなくなって、アタシはこの世界に自分一人取り残されたような感覚に襲われてちょっと焦った。別に好きでもないあいつらの顔を早く見たいと思った。

大丈夫。今は11日だ。自殺する前の時間だ。死んでいるはずがない。あいつらも生きているはずだ。

ぐちゃぐちゃな頭のままアタシはオタクの部屋の扉を強く何度も叩く。

すると階段の下から、木造の軋《きし》む音とともに、

「おるの？」

と女の声が聞こえた。

一階のババアだ。

「おい！　ババアか？」

アタシが声をかけながら、どすどすとそっちの方へ向かうと、階段を上る途中の心配そうな表情のババアが目に入った。

「部屋におったんですね……よかったわぁ」

本来なら挨拶以外で話すこともない人間だった。

でもこうして向こうもアタシに対して、こんな旧知の仲のようなリアクションを取るってことは、

「やっぱ、戻ってるやんな？」

アタシは確信しながらも、確認するように聞く。

「多分、わけ分からんけど、そうみたいやね」

少し残念そうにババアは笑った。

「あいつらは？」

「日隠さんは、仕事に。恋川くんは、朝に顔見たっきりでどっか行きました」

「日隠がジジイで、恋川が二階のオタク？」

「そうです」

とババアは頷く。

「生きてたんやな」

アタシはようやく自分だけがイカれたわけじゃないと安心した。本当に何から何までみんな、何もなかったように11日に戻ったのだ。

「でも、なんでアタシら生きてんの？　なんで時間も戻ってんの？」

「さぁ、分からへんのですよ、誰にも」

「死んだからやろか？」

「死んだから、もう一度同じ日を生きるってのも変ですけどね。神様のイタズラにしては」

とババアは呟いた。


アタシたちは階段を下りて、玄関へ出る。四人で窮屈にしながら話した玄関口の辺りも、二人で立っているると広く感じた。そしてアタシたちのすぐ先にある扉にも、すぐに手を伸ばせた。

「……さっきまで、アタシたち、ここおったよな」

「……せやね」

アタシは扉を開けて、管理人室を覗く。だけどそこは埃を被《かぶ》ったままの部屋で、直近に誰かが入ったような形跡もない。

「マジでか、ほんまに戻っとるやんけ」

「そうですね。それに、他のことも全部です」

「全部？」

「殺した猫も、生きてました」

ババアは憑き物が落ちたように、でもどこかもう憔悴《しょうすい》しきった表情で言う。

「でもね、ちょっと変で。どうやらね、私たち以外は時間が巻き戻ったことに気づいてないようで、他の人たちからはこっちがおかしくなったんやと思われるんです」

「そうなん？」

アタシは愚痴るように現状を話し始めたババアに「なにがあったん」と続きを促す。

「ええ、まぁ、私、早朝勤務のシフトやったんで、一応職場に行ってきましたが、全く前の11日と同じようなことが起きたんで正直ビックリしました。みんな機械で複製したコピーみたいに動くんで、驚いて逃げようとしたら、そしたらようやく初めての反応に変わったんです。『今日は猫塚さん、なんか変やけどどうしたん？』って」

大方それは予想がついていた。だってスマホで見たニュースは全く同じもので、なのに時間が戻っていたことなど誰も取り上げてなかったから。

「多分、今日は私たちが生きたことのある二度目の11日なんですよね。でも他のみんなにとっては初めての12月11日なんですよ」

「せやろな」

でも肝心なのは、この前と違う行動をとれば出来事が変わってしまうということだ。

「ええやん、ええことやんけ、猫塚のおばちゃん」

「え？」

アタシはにっと笑う。

「なんの因果か知らんけどな、アタシらやり直すチャンスできてんで？　しくじったことも今からもう一回やり直したればええねん。同じこと起きるんやったら、どうすればいいか分かるやん。今のアタシら、マジで最強やで」

アタシが意気揚々とそう言うと、思いの外猫塚のおばちゃんはつれない表情のままで、

「でも……」

「どしたん？」

アタシが聞くと、

「でもこれが、また夢だったりする可能性ないの？」

「ないやろ……寒いし腹減るし」

「それに、今さら四日間だけやり直したって、私なんてもう、手遅れですもん」

なんてまだ否定的なことを言うので、アタシはおばちゃんの肩を強く叩いて、

「あほんだらボケナス、いい加減にせぇ」

と言って、申し訳なさそうに縮こまるその肩を見ながら、たまらずゲラゲラと笑った。

第六章

死に戻り

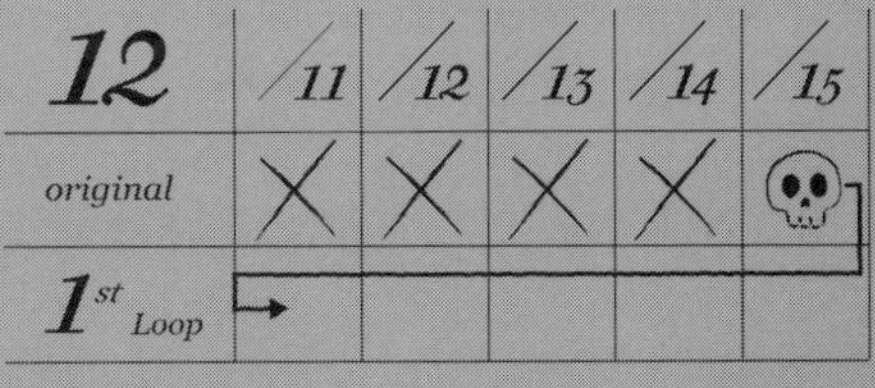

——まるで夢のようだ。

◆

本当に、あの12月11日のままなのだ。

いつも追っていた「Twitter の漫画も、新しく更新された展開はアタシの知っていた通りだった。

女優の不倫発覚というどうでもいいニュースも、まるで再放送のように流れてくる。ネットニュースのコメントには「信じられない。清純派だったのに裏切られた」と書き込まれていた。アタシだけがもうすでに不倫していたと知っているわけだ。

答え合わせのように、アタシは記憶を掘り起こし、以前の体験を気分良くなぞる。次第に全能感が脳を占めた。


アタシ、これまでの退屈な人生で、今が一番ドキドキしてる。まるでドラマの主人公。

これまではずっと陽《ひ》の当たらない人間だったよ。差し伸べられた手も、裏田みたいな汚い大人の手しか無かった。

でも今はもう違う。

アタシ、マジで生き返ったんだよ。

自分でどうにかしたわけじゃないし、そもそもアタシも理由さえよく分かってない。だから誇ることでもない。きっと人に言っても信じてもらえないだろう。だけど、とにかく生き返ったのだから『今までの人生とは違う』ということだけはハッキリ理解できる。

家を出てから擦れ違う奴ら全員に自慢して回りたい。

みんな、過去の人間みたいに何も知らない馬鹿に見えて、心地が良い。

アタシが日本史や世界史が嫌いな理由に、過去の人間は全部馬鹿だから、ってのがある。

子どもの頃、歴史の本をパラパラとめくると、神や悪魔だとかで政治も生き方も決めまくってて信じられなかった。それでお互いに戦争したり、神頼みの雨乞いで農耕したり。豊作のための生贄《いけにえ》も、統治のための魔女裁判もみんな馬鹿でアホらしくて、歴史なんて滑稽で仕方がなかった。

昔の人間は基本的に現代の人間より馬鹿ばっかだ。何年もくわで畑を耕して、何年も非効率な重労働に一日のほとんどを割いて、技術や文化の進歩にも無駄が多いし、アホみたいな形而上（？）的な存在しないもんばっかに傾倒して、いらない犠牲ばっか出してる。だから歴史は習うのも嫌いだった。

古典を教養として読んでいた時も、筆者や登場人物の頭の固さにイライラしてた。それでも周りに舐められないように、演技を志す人間には必須だと信じてお堅い文庫本を読んでいたが、内容はかけらも思い出せない。記憶に残らないってことは無駄だったたってことだ。

そして今、アタシにとって今を生きる他の奴らはみんな歴史の教科書に出てくる人物と変わりない。無駄なことをするのろまな奴らだ。例えば今日、電車が遅延したり、にわか雨が降っても、アタシだけはそれを回避できる。あるいは宝くじで楽して億万長者にだって——と考えたが、けどそれは皮算用にすぎないか。アタシは普段から宝くじを買うわけでもなく、今週の当選番号なんてものを知ってはいないから。

色々とこの現象で何ができるかを計算しながら、地下鉄のジジイ臭い車両に揺られる。ただ、ふと見回すと、アタシの前にはもうほとんど知らない光景が広がっていた。当たり前だけど乗客なんて誰も知らない――そして既視感の無い背景のような人間たちしかいない。

「あ」と思わず声が漏れる。

四日前の電車の光景なんて覚えているわけがない。同じ日だと体感できるほどハッキリした記憶も一切なく、いつも通り新しい日に電車に乗ったのと違いが分からない。そもそも四日前はこの車両に乗ったのかも思い出せない。

そう、そんなもんなんだ。それが日常で、アタシはマイナスの地点からただこの日常に戻ってこれただけ。

するとアタシの中の高揚感がスーッと冷めていくのが分かった。

そもそも、たった四日前に戻ったからってなんだ。特殊な経験だけど、特別な存在になれるチャンスってわけではない――アタシは四日前の社会的底辺の風俗嬢の自分の人生を、面倒だけどもう一度なぞるだけなのだ。

確かに生き返ったことは嬉しいが、生まれ変わったわけでもないのだから、賢くなったような全能感も、勘違いのぬか喜びに過ぎない。アタシは相も変わらず学のないただの女。せいぜい芸能人の不倫を「知っていた」と喚くくらいの、痛い女にしかなれない。

だいたい、五日間程度の未来を知っていようが、アタシが世界に与える影響は変わらず皆無。

唯一、崇《あが》められるとすれば、明日は何時に通り雨が降るだとかそういうことだけだろう。あるいは大阪のとある夫婦の問題が水面下で動きつつあることとか。実際問題、アタシが優越感を得られるのは小さい規模の、些末な物事のみに限られているのだ。

馬鹿らしい。テンション上げちゃって損した。さらによく考えれば、そもそも頭のいい奴らは四日先くらい読んで生きてる。そういう奴らが公務員とか経営者をやってる。アタシみたいに不安定な予約数や日給に頭を抱え、明日の食いっぱぐれに怯えることもない。

四日、四日なんて、あっという間に過ぎてしまう。せいぜいそんな短期間で激変するのは、人生がドン底に落ちる時くらいだろう。

そう、人間、落ちる時のスピード感は半端じゃない。アタシはもう身をもって経験している。それだけは確かに言える。


振り返ると呆れてしまうが、アタシは前の11日から、死んだはずの15日までろくな時間を過ごしてはいない。客にハメ撮りを撮られて、それでそいつと喧嘩して、相手の家に張り込んで、そんで殺人現場を見て共犯者になったから自殺。本当にろくでもない。

もしも同じように時間が流れているのなら、あのどうしようもない蹉跌の数々を回避して、アタシはアタシらしい、いつも通りのダラダラとした日々を過ごさなければならない。望むのは、それだけだ。

いつもどこか脱したいと感じていた日常が、今やありがたいものに思えている。考えるのもダルい将来ってものも、犯罪者になるはずだった未来よりマシだ。なんならば今のアタシにはこの底辺生活ですらキラキラして見えるよ。デリヘルから帰ってメシ食ってウンコするだけの暇潰し的な人生が。

だからアタシはこのチャンスで元の生活を取り戻さなければならないのだ。

もう、死ぬのも、死を考えるほどの屈辱も、悩んで頭抱えて胸が潰れそうになる思いも、眠れない夜も、全部二度とイヤだ。楽な死に方で平和にくたばれるその時まで、死ぬのは懲り懲りだ。苦しく死ぬくらいなら、日銭に苦労してでもいいから生きたい。


「ふぅ……」

新大阪方面に向かう途中——店への出勤途中、西中島南方から街を歩きながらため息を大きく吐《つ》く。

たまたま寂れた宝くじ売り場が目に入った。

もしも宝くじの当選番号でも控えていたら、アタシには億万長者が約束されていた未来もあったわけだ。そうすればこうしてまた風俗に出勤することも無かったのに。

……くそ。そんな簡単には欲は無くせないよな。あまつさえどこか少し残念にも思えてしまう。生き返ったというそれだけでも充分すぎるほどラッキーなのに。

アタシはそんな普通の人間なんだ。欲深くて、神様への感謝だとかもそんな敬虔《けいけん》なものもすぐに忘れてしまう。きっと火事現場とかで救出されたとしても、救急隊員に向かって「まだ中にアタシのスマホがあるから取ってこい！　どうして置いてきたんだよ！」って怒鳴ってしまうくらい、よくいる恩知らずだ。

そんなたらればを考えても仕方がないのに、やっぱり若干悔しさが残る。でも仕方がないと言い聞かせる。まさか時間が逆戻りするだなんて誰だって思いもしないのだから。

アタシなんかでも分かるくらいに、世の中はいつだって不可逆だ。

恋人同士がよりを戻したり、晴れ晴れと風俗をやめてった人間が復帰するようなこともある。だが、全てなかったことにはならない。それだけは確実だ。

若さも元には戻らないし、リスカしたり薬漬けになったら傷は治っても痕が残る。何だって一度変化したら元には戻らない。時間は戻らないのだから。

それが絶対的に当たり前のことだ。今回の現象以外では。

だからどんな奴だろうと、誰もが胸の内に過去への諦めや後悔を抱え、だからこそ未来への希望を少しずつ持って精一杯だったり惰性だったりで生きている。

アタシだって、明日のことも、過去のこともどうしようもないから、毎日をただなんとか生きる――いや生き延びていたような人間だった。面倒なことも嫌だけど、それより死ぬ方が怖くて嫌だったし、それで仕方なく生きているような人生だった。

まぁ、裏田に騙されたことは、アタシがまだ幾ばくかの希望を持って生きていたことの証拠なのだけれど。アタシなりの退屈なこの人生という不遇への抵抗だったのかもしれない。ワンチャンあると思ったんだ、人生やり直せるような可能性が。

とにかく、みんなそんな風に半ば何となくで現状に甘んじて生きている。

そう、だから、一度死んで生き返ったとしたら、やることはきっとみんな同じ。また今度こそ死なないようにして今まで通り生きていくだけだろう。死が覆《くつがえ》っても、自分は覆らない。きっとみんなそうだ。

アタシは、今から起こる裏田との不幸な出会いさえ避ければ、今まで通り生きられるのだから、もう欲をかくのはやめよう、と改めて決意した。とにかく現状では、裏田のことが最優先事項だ。

◆

デリヘルの控え室があるマンションの近くにたどり着き、まだ出勤時間に余裕があったので、アタシはコンビニでツナマヨおにぎりを買って、頬張りながら路駐の自転車に腰掛けた。

ふと思うのだけど、どうしてアタシは、いやアタシたちは、死ぬ前の時間へと逆戻りしたのだろう。

理屈で説明のつかないこの超常現象を、アタシは『どうして・なぜ』と子どものように気になった。

自分の頭じゃ見当もつかないけど、まぁいいかと曖昧に流してしまうのは少しモヤモヤする。

ただ、生前に良い行いをしたから報われたとか、神様がやり直すチャンスを授けてくれただとか、そんなことはバカなアタシでもさすがに思わない。

神様がいるならもっと善人を生き返らせるはずだから。

アタシとか、あのアパートに住む三人みたいな底辺の犯罪者がご褒美《ほうび》のように更生の機会と命を貰ったとしたならば、さすがに神様も性格が悪すぎるだろ、と思う。だから神様は存在しない。いたらアタシたちをそのまま地獄に落とすはずだしな。

まぁいいか。ツナマヨを呑み込み、イヤホンで音楽を聴いて歩き始めた。

◆

デリヘルの控え室は、いつも通りのアホなボーイと無気力な店長と同僚の嬢たち数人。

13日からの無断欠勤を怒られるか、と身構えたけれど、それは以前の——というかまだ存在しない時間での話だったか、と考えが至る。だからもちろん杞憂《きゆう》に終わり、こちらも見ないで挨拶する店長にいつも通りの挨拶を返した。アタシは普段と変わらないこの店の風景が、なんだかドッキリ企画のように見えて、若干ほくそ笑みながら出張カバンを用意した。無断欠勤したはずなのに咎められない背徳感。

アタシは時間が戻ってることを再確認して安心した。

その時、ドッと手から、そして体から汗が吹き出すような感覚に襲われた。

アタシは、今の自分が何の罪も犯していないことを実感したのだ。

涙が出そうになるような目頭の熱さに気づいて、アタシは控え室の誰もいない隅の方を向いて笑った。

アタシはここに来て、やっと安堵《あんど》していたようだ。

じわじわと実感が湧いてきた。アタシは生きているし、誰にも怒られない平凡な日常に戻ってきたのだ。それがどれだけ幸福なことか、ようやくいつもの場所に帰ってくることで素直に噛み締めることができた。

正直に言うと、死の間際になってようやく死ぬってことの恐ろしさを理解した。

死の淵《ふち》でなんて馬鹿なことをしてしまったんだ、と感じたから、あの部屋を出ようともがいた。きっと爪だって剝がれた。そんな痛みも気にはならなかった。痛いよりも怖い方がアタシには耐えられなかった。

すでに時遅しで結局一度は死んでしまったけれど、もっと早くに悔い改めて脱出を試み間に合っていたなら、アタシはそのままトンズラして、もうあの部屋に戻ることはなかっただろう。

ハメ撮りも、殺人の共犯も、警察にしょっ引かれることも、名誉や世間体（そもそもそんなものほとんど無いけれど）を失うことも、死ぬことに比べれば些末なことに思えた。死に際のアタシにはそう思えてしまったんだ。

人一人殺すのを手伝った、あるいは殺したと誤認され、逮捕されたとしても、死刑にはならないだろうから、それなら何年か塀の中ででも生きた方がマシだ。改めてそう感じる。

ほんと少し前までは、何もないことが取り柄で、失うものがないという強みが裏田を圧倒するアタシの唯一の武器だと信じていたが、そんなことはなかったな。

アタシは死の淵に立って、自分が大事に守ってきたものに気づいた。

それは、命と安全。

それとアタシのくだらないと思っていた平凡な日々だった。

女優になりたい人間が望むようなことではないな、と笑けてくる。

今までの辛《かろ》うじて平穏だった日常が大事だから、それを守るため裏田と戦ったが、その末に命を失ったりしては意味が無い。アタシは奴を殺しても、ハメ撮りを流されても、自分だけは生きなければならなかった。

母親がそうだったように、自分なんかより無価値で見下した奴に殺されるのなんて馬鹿馬鹿しいし、腹立たしい。アタシも裏田のような小賢《こざか》しいだけのおっさんに人生を滅茶苦茶にされてやる必要は無いんだ。自分の意思で、裏田を殺してでも生きるべきだった。

前回の自殺という選択を、ただひたすらに反省する。

アタシはもう、死にたいとは思わない。自殺をしてようやく目覚めた——いや目を向けることができた、本当のきちんとした自分の欲求。アタシはアタシがずっと好きだ。

もう自殺だなんて逃げたりしない。

◆

時刻は午後三時。

新大阪駅前のビジネスホテル。

今日は、前回のアタシが裏田に騙されて、人生のどん底に落とされた日。待ち合わせ場所の十七階、高速道路や新幹線が通る筋が向こうの街まで延びるところまで見える高層のフロアに向かう。

アタシは『あの時の自分を』さらに高い地点から見下ろしているような気分に陥った。俯瞰的な視線——いやもはや第三者のような神視点から、四日前の自分を哀れんで思い返している。

あの時のアタシは、人から与えてもらうことで、いつか自分が何かになれる気がしていた。女優だとか、有名人だとか、そういうキチンとした名誉と人々に囲まれたものに。

ただそうはいっても、アタシは自分にシンデレラストーリーが起きると信じるほど馬鹿ではない。王子に見初《みそ》められる前に魔法使いに見出されるために、ブスこそ品性を大事にして苦難に耐えろだなんて理不尽だ。あれは世の中のブスに『黙って屈辱の中に存在してろ』と言い放つようなものだから。シンデレラになれないブスがこの世の中にはたくさんいて、そいつらは童話にならない。話にならない人生をひっそり歩むんだよ。

それにシンデレラって元々美人だろ。だから寓話《ぐうわ》になれた。つまり世の中の大勢のシンデレラに憧れる奴らに必要なのは魔法より整形なんだな、と冷めてしまう。

アタシはシンデレラになりたいとは思わない。自分は自分のまま、姫になるんじゃなくてただ認められたい。もしくは女王になりたい人間だった。

アタシは、自分の見た目が嫌いなのではない。自分の見た目をブスだとか言ったり、評価しない周りの人間や審査員、見下した目をする見た目の整った女が嫌いなだけで、自分の見た目を美人ではないと思っても、そこまで嫌いではなかった。オーディションに落ちまくっても自分の見た目を本気で責めることはなかった。普通以下の境遇を恨み、周りの人間を妬《ねた》むだけで、自分を心の底から責めはしなかったのだ。

そう、今も昔もアタシは別の何かに生まれ変わりたいと思ったことはない。自分が自分のままキチンと愛されたいのだ。整形したり、別の顔に生まれ変わって褒めそやされても、アタシという生き物は報われないままだから。


——そんな風に、人とは違って冷静で、学こそないけどどこか周りの奴らよりは聡明《そうめい》で分かってるつもりだったのにな。

死を経験しなかったらアタシはずっとどこかで期待を持ったまま生きただろう。アタシはシンデレラじゃないが、この世界のどこかに魔法使いは本当に存在するって。

◆

「なんでこんな男に騙されたんやろ」

とアタシは呟いた。


「え？」

裏田はホテルのベッドに腰掛けて、革靴を脱ぎながら笑顔で聞き返す。

「いや、何でも」

とアタシが返すと、裏田は思い出したように小さく「あ」と言った後、脂ぎった顔についた胡散《うさん》臭い目で、

「らいちゃんさ、この前の写メ日記見たよー」

と、あの時と同じトーンで、おそらく一言一句違《たが》わずに言い放った。

「ハハハッ」

アタシは思わず、顔を背けて笑ってしまう。

こんな気色の悪い人間の、ハメ撮りをするという目的のためにかけられた美辞麗句や誘い文句に、アタシは乗ってしまったのか、と自嘲気味に声を殺して笑う。希望に飢えてたんだな。そんなアタシの顔を不気味そうに裏田は覗き込んでいた。

「どうしたの？」

「いや、まぁ思い出し笑いで」

アタシはそう言った後、この先のことを考えた。

確か演劇の話をして、女優になりたいかどうか聞いて、そしてハメ撮りを持ちかけてきた。

ならばハメ撮りを断る前に、そもそも毅然とした態度で演技の世界に興味なんて無いって言えばいい。

そして、そのままこの指名の二時間を、いつものように適当に時計を見ながらいい頃合いに射精させて

終わりにする。

しかしそうなると、つまらないというか、呆気ない気がする。

アタシはこいつにあれだけ苦しめられ、頭が禿《は》げ上がる思いで胃をひっくり返しながら五日間を過ごし、果てに命を絶ったのだ。こいつのせいで、全ての苦しみを経験したと思えば、事勿《ことなか》れでこの騒動の発端を避けて終わらせるのは癪だ。こいつに一矢《いっし》報いてやってからの方が、アタシの心は救われるんじゃないだろうか。

自殺した時の傷も無いし、命も返ってきた。今まで通りの日常に戻ってこれた。だけどアタシの失われた気力が戻ってくることや、あの苦しみの記憶がなくなるわけではない。

償え、裏田。

そう思いながらアタシは、裏田の正面のベッドに座って、

「ビデオカメラあるんやろ？」

と言った。

「え？」

不意を突かれたのか、笑顔を崩さずアタシに聞き返したが、アタシが裏田のカバンに視線を移した途端に、奴の顔が青ざめていくのが分かった。

「何で、誰かに聞いたの？」

まぁ、前回の12月11日のアタシが見たから、とは言えないし、言ったら頭がおかしいと思われるだけだ。幸いこいつは自ら伝聞の線で探りを入れてきたのだし、ハメ撮りの被害者が何人もいると知っているので、アタシは不敵な笑みのまま頷いた。

「まぁ、趣味で撮るのをお願いしてて……合意を得てから撮ってるんだけどね？　いやぁ、引かれちゃうかなぁ？　誰に聞いたの？」

「は？」

あまりに滑稽で苦しい言い訳に、アタシは吹き出してしまう。

「誰とは言えんけど、聞いたからには合意とかじゃないってバレてるの分かるやろ。アホか、ＭＮＢ放送の国際部のくせして」

アタシがそこまで言った途端、裏田は立ち上がり、激昂した表情でアタシの服の首元を摑んできた。

「お前、なに？　調べたの？　おい、どういうこと？」

裏田の分厚い手と温《ぬる》い鼻息がアタシに迫ってくる。とうとうアタシは背中を壁に押しつけられ、裏田の血走った目と既《すんで》のところまで詰め寄られてしまった。

「被害者がいっぱいおることも、お前がハメ撮りいっぱい撮って脅してることも知っとるねんボケカス！」

アタシが裏田の顔面に唾液が飛ぶくらいの大声で叫んでやると、金属を打ちつけたような声が狭い部屋に反響した。

「金か？　何が目的なの？」

裏田は今にもアタシに襲いかかりそうな体勢で、拳を振り上げたまま問い詰めてくる。

アタシにだって目的なんか分からない。望むものなんかない。合理性のない行動だと思う。ただ今日を平穏に過ごせば、それで済んだ話だったのに。

ただ言えるとしたら、アタシがアタシであるために、スッキリしたかった、そんなところだろうか。

そんなことを言えるわけもなく、アタシは、

「うっさいねん。そんなんやから嫁にハメ撮りコレクションバレてんやぞ、今すぐ８０７号室に帰って捨ててこいやボケナス」

とだけ言って、裏田のクソ広いデコに唾を吐きかけた。

その瞬間、グンっと裏田の腕がこちらに伸びて、アタシの左頬を貫いた。

「グッ！」

アタシは顔面に鈍い痛みと、とんでもない衝撃を頭蓋にまで感じて、ホテルの壁に頭から打ちつけた。そして熱い痛みを感じた頬と真逆の方向から、さらにもう一発裏田の拳が伸びてくるのが見えた。もちろん見えただけで、まずいと思って顔を隠そうとした時にはすでに右頬と鼻骨辺りに痛みが走った。

「ガァ！　んぎーっ……！」

声にもならない声で痛みに耐える。まるで歯医者で麻酔を打った後のような、痺《しび》れと痛みを同時に顔面全体に感じ、アタシは膝から固いカーペットの床に崩れ落ちた。血がボタボタと茶色いカーペットに落ち、黒いシミになって広がる。どこからの血だ。唇、舌、鼻、全部から血が噴き出してる感じがする。

見上げると、裏田は肩で息をしながら、マズイという表情をした後、急いで自分のカバンを漁り始めた。

「ごめん、ごめんらいちゃん、本当にごめん、お金払うから、今日のことは無かったことにしよう、ね？　警察や病院はやめて、お金、お金たくさん出すから」

子どもみたいに震えながら呂律《ろれつ》の回らない口調で財布をひっくり返す裏田。

大人でもパニックになったらこんな風になるんだなぁと冷静に思いつつも、やっぱりアタシは痛みで頭に血が上っていたのか、部屋に備え付けてあった電気スタンドを手に持って立ち上がった。片手では持ち上げられなかったので、両手で持ち直すと、財布から目をこちらにやった裏田が「ああ！」と言いながら、顔を歪ませて体を仰《の》け反らせる。

振り抜いたと同時にガシャンッ！　と呆気ない音が鳴って。

電気スタンドの傘の部分のガラスが割れて部屋中に飛び散った。アタシの腕には鈍い感触が骨まで響いてきた。

「ダァァァ！」

裏田が叫びながら、体をくの字に曲げた瞬間、勢いよくその頭からピューと血が噴き出しているのが見えた。頭皮が割れたのだ。昨日、——いや来《きた》る14日に裏田の家で見た、最期《さいご》の姿と酷似してて何だか笑えた。

「ザマァみろや！」

とアタシは言ったつもりだが、唇が腫れ上がり感覚がないのか、ほとんど舌が回らず自分の血を裏田にぶっかけるだけのような形になった。裏田は呻吟しながら、カーペットに倒れ込み、そしてベッドのシーツで頭を押さえる。瞬《また》く間に純白のシーツが真っ赤に染まる。

「何しとんねんボケナスアホンダラァ！　顔見せろや！」

アタシは何度もシーツを被って蹲《うずくま》る裏田の頭や横腹を蹴り上げる。アタシが女で非力だからか、裏田の脂肪が厚いのか、苦しそうな声こそ聞こえなかったが、血飛沫がシーツに二度ほど飛び散った。一度は多分アタシの口から飛んだやつだった。気にせず次は拳を何度も振り下ろした。終《しま》いには、裏田なのかベッドのマットレスを殴ってるのか分からなくなってきた。

「はぁ、はぁ！　おいマジで次アタシの前に現れてみろや、殺すからな。絶対に殺す。お前はマジ殺すぞ、夫婦ともどもぶっ殺すからな聞いとるか裏田ぁ！」

アタシは最後に重たい椅子を持ち上げて、シーツで見えない首元あたりを目掛けて振り下ろした。椅子は裏田の肉にドムンと弾みあげ、それと同じタイミングでシーツごと裏田は床に沈んでいった。

「はぁ、っ……はぁ、警察とか言うてみろ。お前のハメ撮りの証拠は押さえてるねん。分かってるやろうな」

アタシは肩で息をしながら、過呼吸になりそうなのを我慢しつつ、裏田の財布から札を全て抜き取る。それからバスルームからタオルを一枚くすねて、顔を押さえながら部屋を出た。

できるだけ他の客に見つからないように外にまで出ると、さすが新大阪、タクシーがすぐに通ったので景気良く札を見せながら停車させた。

「はい、どこま……うわぁ、お姉ちゃん、大丈夫かいな」

運転手がギョッとする。走ったせいか興奮したせいか血が止まらないので、真っ白なタオルに大きな血の染みがあちこちにできていて模様みたいになっていた。

「大丈夫大丈夫。ちょい近いんやけどいい？　すぐそこのマンションやねんけど。二、三分で着くけどとりあえず走らせて」

「え、ええ……でもあかんで、お姉ちゃん、救急車に乗ってぇな」

とドン引きする老年の運転手。

「はよ。お前女やからってなめとんか？　ちゃっちゃっと走らんかい」

アタシは後ろから運転席を思いっきり蹴り上げた。

◆

「ええ、らいちゃん!?　ちょっと店長！」

控え室に戻ると、ボーイが目を見開いて大きな声で驚きつつ、店長の方を振り返る。ソファーで寝転んでいた同僚の女と、奥の席でパソコンを見ていた店長がほぼ同時にこちらを見た後、あまりのことに驚愕《きょうがく》して立ち上がった。

「え、仕事中やのに、何が、何があったんや……」

店長の顔が見る見る青ざめていく。ただこれはアタシを心配しているのではなく、商品が客に何かされた、あるいは店の営業中にトラブルがあったということに対して危機感を抱いてるだけだと思う。そんな自己保身が透けて見える反応だった。

「あの、なんか客が、撮影させろとか言って詰め寄ってきて、抵抗したらめっちゃ怒ったんで殴ってきました」

アタシは渾身の演技で涙ぐもうとしたが痛みで集中できず泣けなくて、声だけ震わせたまま説明する。同僚たちが他の部屋から集まってくるが、「イヤァ！」と金切り声のような絶叫を上げ、部屋の片隅から遠巻きにしてアタシごとまるで殺人現場みたいに慄いて眺めている。アタシの演技の邪魔だが、演出としてはいい感じだ。

「本当に？　なんかやって喧嘩したとか、らいちゃんから怒らせたとかしてない？」

あろうことか店長はそんなことを聞いてきた。まぁ今までも客を怒らせて帰らせちゃったり、クレームが入ったりしたこともあるし、アタシのことを疑っているのだろう。でもここまでボロボロになったアタシにまずそんな風に詰問《きつもん》するもんかね、と少し悲しくなる。

「ほんまです。あの人無理です、頭おかしい奴でした。でもお金は何とか、もらって来たんで、あのこれ」

と言って、ポッケからクシャクシャの札を二枚、店長に手渡す。

「らいちゃん、これ」

ボーイがいつの間にかキッチンであったかいおしぼりを作ってくれていたようで、アタシに駆け寄って渡してくれた。温くてホッとした。バカだがこういう実直で心優しいところは憎めない。一回だけならセックスしてやってもいいと思いながら、おしぼりで顔を拭いた。

「ぬぎぃ！」

尋常じゃない痛みで、アタシは情けない声を出しながら、口の血を拭く。前歯が一本、ぐらぐらと根元あたりで動いているような気がする。とにかく痛みが甚だしいので、舌すらも触れてはならないと感じた。

「それ、らいちゃん……返り血とちゃうの？」

店長は水を差すように、アタシの服を指差してきた。確かにちょっと大袈裟なくらいニットに血が付いているが、でもどれも赤色だ。他人の血だとか判別できんだろ。アタシはまだ疑ってくる店長に苛立ちを覚えて「返り血じゃないですけど!?」と怒りを露《あら》わにして返した。

「まぁ、とにかく、このお客さんのことは分かった。出禁にして対応するわ」

店長が何事もなかったかのように、そそくさと自分のデスクに戻ろうとする。

「いや店長、ダメですよ！　警察に行かなきゃ！　らいちゃんも病院行って被害届出さないと！　こんなひどい怪我してるんですよ！」

ボーイは狼狽しながら店長に詰め寄る。なんて優しい。というかこれが常識的な反応か。アタシも自分が警察に行ったら喧嘩両成敗でアタシまで過失があることがバレるし、裏田をぶっ倒してスッキリしてるからそういう発想に至らなかったけれど、普通に考えて店に直帰よりも病院や警察に駆け込むのが当たり前の対応だよな、と思った。

「……らいちゃんがいいなら、警察に通報するけど。でも、とりあえず病院に行ったら？　爪も剥がれてるから……怪我診てもらって、それから自分でどうするか決め」

店長はあっさりと言って、アタシのことを呆れを通り越しているような、まるで犯罪者を見るみたいな蔑視だとはっきり分かる目で見てきた。驚いた。アタシはここまで信用が無かったのか？　それともこのおっさんには人情や常識が一切無いのか？　と憤《いきどお》りを覚えたが、ボーイや他の嬢がアタシの手をじっと静かに見ながら、あんぐりと口を開けていたので、麻痺するくらい熱い自分の手を見てみた。

裏田の返り血がべっとりとついていたし、拳にガラスの破片が刺さっていた。

12月12日

熱が出て、動けず、家でずっと布団に包まって痛みに耐えていた。寝返りすら打てないほど、顔面と口が痛い。バカほど痛い。殴られた時より、今の方が痛い。

苦悶に顔が歪めばそれでまた激痛が走り、夜は静かに泣いた。

夜中か明け方か知らないけれど、喉が渇いて買い物に行きたかったが、アタシは一歩も部屋から出られず、ただ悶《もだ》えて血の唾を飲んでいた。


昨日、店を後にした後中津の病院に行って、彼氏と喧嘩したという理由で診療してもらい、口の中をきれいにしてもらった。包帯を巻いてもらえると少し気分が和らぐ。これでもう治るって気もする。幸い骨に異常はなく、歯も折れていない。安静にしてれば腫れも引いて元通りだって。


次に裏田のことだが、あいつもハメ撮りや自分が暴力を振るったことを表に出したくなかったのか、警察沙汰にはしなかったみたいで、昼前にボーイに電話をかけて聞いてみたが、店にも連絡はなかったみたいだし一件落着。あの戦意喪失した裏田を見る限り、おそらく今後アタシに何かしでかすことはないだろう。金で穏便に済まそうとする裏田みたいな人間は、私刑で報復するほど人生を捨てきってないから安心していいはずだ。

せいせいした。アタシは勝ったのだ。忌々《いまいま》しい裏田に、心身ともに勝った。

人生において、分水嶺《ぶんすいれい》になった出来事を聞かれれば昨日のことを挙げてしまうかもしれない。アタシが死んで蘇った——強くなった大事な一日だと語れる気がする。側《はた》から見れば頭のおかしい風俗嬢が客を暴行した日なんだけど。

今日明日と予約が入ってはいたが、アタシはメールで店長から休むように言われて、きちんと休暇をもらった。まぁ今は客の前には出せない顔してるし、休ませてもらうのは当たり前のことなんだけど。こんな顔で客前に出たら化け物屋敷かと思われるだろうしな。

昨日裏田の財布から失敬した金は十三万円ほど。それにギャラも含めて昨日は十四万円以上は懐に入ってきたことになる。それを医療費や慰謝料ということでアタシは受け取ることにした。なので気分がいい。一週間は休んでも平気だ。痛みこそ長引きそうだが、普段こんな大金が一度に手に入ることがないので、アタシは気持ちが大きくなっていた。


ふと部屋を出て詩名内荘の庭先で陽を浴びていると、猫塚のおばちゃんが小さく悲鳴をあげて駆け寄ってきた。

「大丈夫ですか」

「え、うん平気平気」

アタシが得意げに笑うと、今にも泣きそうな目でアタシを見て、おばちゃんは、

「何があったんです？」

と聞いてきた。

アタシは一瞬どう話そうか考えたが、昨日、人を殺したと伝えていたのを思い出し、

「前に殺した男、今回は殺さずボコボコにしてきたったわ」

と握り拳を作っておばちゃんに向けてやった。生々しい傷をおばちゃんはあからさまに痛そうな顔して凝視している。

「そ、そう。それはよかった……って言ってええんやろか」

「ええねん。スッキリしたわ」

そしてアタシは、

「もうこれで死なんでええわ」

とおばちゃんに元気よく伝えた。

しかしおばちゃんは浮かない顔をしている。

「なんなん、アタシに死んで欲しかったん？　なんで目ぇ逸らすん？」

「いや、私そんなこと思わへんよ。よかったなぁって思う」

「けどなんか言いたそうやん」

アタシは口籠もって言葉を呑み込んだ様子のおばちゃんに、ちょっとイライラしながら促す。

「やっぱり」

「やっぱり？」

と食い気味に聞き返すと、

「やっぱりあなたは若いから、やり直しきいたんやなぁ思って」

「ああ、なんか言ってたなぁ、おばちゃん」

おばちゃんは以前見た時と変わらない、死ぬ覚悟ができたままの顔でアタシの前に立ち尽くしている。

その顔には絶望が張り付いていて、見ているとなんだかいじめたくなるような嗜虐心《しぎゃくしん》が煽られる雰囲気を纏ってる。なんと形容すればいいんだろう。

「あー、せやな、分かったわ」

アタシは口に出した。

「被害者仕草が腹立つんやな」

アタシがそう言うと、猫塚のおばちゃんは首を傾げて「私のことやろか？」といった鈍そうな顔をしてこちらを見つめている。

「そういやおばちゃん、猫はどないしたん？　今回は殺さんかったんけ？」

アタシは間を持たせるためにもタバコでも吸おうと思ったが、そういえば普段は吸わないし買ってないからポッケにも部屋にも無いと気づく。

「……ええ、まぁ、前に殺してしまったのは、12月14日のことですから」

「明後日《あさって》か。そういやなんで殺したん？　憂さ晴らし？　おばちゃん、なんか国家とかどうたら頭おかしそうやもんな。ネトウヨっぽいわ」

アタシが痛みで肥えたイライラをおばちゃんにぶつけると、人の話を聞いてるのかどうか分からないが、おばちゃんはそっぽを見ながら考えるように口籠もった。

「なんなん、はよ言えや」

とアタシは笑いながら促す。

「殺すつもりはなかったんですよ。ただ、ずっと抱えてきたものが噴き出して、止めらんくて……驚かせて道路に飛び出させてしもたんです。それでずっとエサをあげてた猫は、死にました」

「あ、そんなことなん？　ビビらせて野良猫が車に轢かれただけ？」

アタシはホッとした。ただのバカ真面目が良心の呵責《かしゃく》で死んだだけか。

「そんなん野良猫なんて車轢かれるのも自然の摂理《せつり》みたいなもんやろ。しゃーないやん。おばちゃんのせいちゃうわ。アホらし」

おばちゃんのことを庇うつもりではない。ただ本当にそんなことで死ぬ必要なんて、アタシなら全く感じられないだろうから、理解できないものだという拒絶や侮蔑の意味でそう伝えた。

「でも、他にもその猫の子どもを殺したりしてしまいました」

「あ、マジ？　やっぱ頭おかしいわ、異常者やん、きっしょ」

アタシは滔々《とうとう》と話すおばちゃんから一歩離れる。こんな奴がアタシの部屋の下に住んでるのかよ。まじで治安悪いな。

「私は、子どもも産めない体なのに、それなのに自分勝手に猫の命を奪えてしまったんです。無価値どころか有害ですよね。だから死にました。これ以上、私が生きる価値が見出せないですもん」

「でも、たかが猫やろ？　そんなん殺したところで別に……まぁアタシも好き好んで殺したりなんかしようとは思わんけど、人殺しよりマシやと思うで」

「せやろかねぇ……」

おばちゃんは物憂げな顔をしている。多分犯した罪の重さ云々で悩んでるんじゃないんだろうなってのは伝わってくるが、何を言って欲しいのかは分からないので、アタシはおばちゃんが再度話し出すまで面倒なので無視しようと思った。場を離れなかったのは、一度一緒に死んだ人間の覚悟に対する誼《よし》みやアタシなりの敬意だった。

冬の風が、薄着のアタシの体をソーッとなぞる。筋肉が震えると顔が強張って少し痛かった。

その時、アタシはさっきの会話を思い出した。

おばちゃんは、アタシに何度も『若いからやり直しがきく』と話していた。

「おばちゃんは、猫を殺してなくても、やり直しがきかんってこと？」

アタシはふと口を開いてしまった。

「せやねぇ……」

他人事みたいに呟くおばちゃん。

「やっぱ、ババアになったら人生終わりって感じ？　子どもができへんとか言ってたもんな。閉経したん？　ガハハ」

と、顔の痛みを堪えながらも、つい耐えきれず大口見せて笑ってやったが、おばちゃんは怒りもせずに微笑んでアタシの言葉を聞いていた。

　昔、小学校にもいたなぁ、どれだけいじめられても怒らずに笑っていて、ただ台風のようないじめっ子たちが通り過ぎるのを黙って我慢して待つ子が。

「アタシは別にガキンチョとかいらんし、出産みたいな痛いことも、子育てみたいなダルいこともしたくないけど、でもババアになるまでに楽に死にたい感じはあるなぁ。オバハンになって生きてても楽しないやろ？　結婚して女捨ててる大阪のババアみたいにならん限りさ」

　アタシがババアである猫塚のおばちゃんに同意を求めるのも酷な気がしたが、まぁこの人は怒らないしいいか、と見くびって、煽るように問う。

「あなた、若いから、そういうこと言えるんよ」

「あ？」

　アタシはまさかのおばちゃんの口答えにイラッと返した。

「なんなんおばちゃん。ムカつくわ。そうやって、若い人間が言うことは全部現実が分かってないバカ、みたいな老害の態度ほんまきしょいんやけど」

　アタシが罵倒しても一向に堪えない態度のまま、おばちゃんは黙って聞いてるのでますます腹が立った。

「行き遅れで独身のババアが、子どもがわりに猫でも育ててたんか知らんけど、どうせ自分の思うように猫が動かんから殺したんやろ？　アタシなんかよりよっぽどガキやん」

　すると、おばちゃんは、否定や反論する雰囲気ではなく、ただ訂正するように、

「結婚はしてました。ただ私が不妊症で、子どもができんくて、離婚しました。猫は、子どもがわりやなくて、私の罪滅ぼしです。せめて何かの役に立ちたくて、そう思っとったんです」

「……あっそ。てかなに罪滅ぼしって」

「女なのに、母になれなかったことです」

「は？　重。子ども作っても父親にならん奴もおんのに、なんでそんな女だけ母ならんなあかん言うてんの？　きっしょ」

とアタシはおばちゃんに言った。初めてちょっと同情しつつ、トーンを落として伝えた。

「そうですね……ほんま、そうやと思います。でももう私は無理です、手遅れです」

おばちゃんはなぜかアタシに深く頭を下げた後、

「やっぱり私は、死のうと思います。今度はちゃんと、明日の出産に立ち会って、きちんと子猫の命を守ってから、死にます」

そう言って、踵を返してアパートの中へと戻っていった。声をかけて欲しそうな背中をしていたが、アタシは黙って見送った。

◆

12月13日

アタシは失った血肉を得るために、コンビニで肉まんとチキンを買って食べながら歩いていた。肉まんを食べ終えてチキンを頬張りながら家に戻ると、アパートの正面玄関でサンダルと部屋着姿のままの一階のジジイが目に飛び込んできた。

「こんにちは」

「あ？　はいはい」

名前は確か日隠かなんかそんなのだった気がする。

アタシはもう昼間だったかと空を見つつ、寝起きなので適当にそう返した。

「ご飯食べてるん？　コーヒーでも淹れましょか」

「は？　コーヒー無理」

「じゃあチャイでも」

「なにそれ？」

アタシがそう聞き返したのに、ジジイは笑顔で自分の部屋へと消えていく。自分勝手で、人の話を聞かない苦手なタイプのジジイだ。これを善意だと思ってやってるからタチが悪い。

しかしまぁ確かこのジジイはホモだから、何か施しを受けたとて、それを近所付き合いや体の行為で返さなくていい、と思うと、アタシは黙って玄関でチャイとかいうのを待つことにした。


「はい、お待たせ〜」

「おそいねん」

チキンを全て食べ終えて、スマホをいじっていると、ジジイが洒落たカップを熱そうに持ちながらこちらに近づいてくる。

「こんなところで飲むのも趣が無いし、外で飲みます？」

と庭の方へとそのままカップを持って出て行った。アタシに断りを入れろよ。ていうかアタシの飲み物だろ、早く渡せよ、と思いながら渋々庭へと出た。

「はいどうぞ」

「これなんなん？」

土色の陶器の中には、砂っぽいざらざらしたものが浮いたミルクティーが、なみなみタプタプと入っている。香りはいいが、若干クセのある匂いがする。

「インドのミルクティーです」

「あー、だからか、インドっぽい匂いするわ」

アタシは唇を火傷しないようにカップに口をつけて、軽く啜った。

「は？　めっちゃうまいやん。なにこれ」

アタシがそう言うと、ジジイは嬉しそうに笑っていた。


アタシは庭にあるベンチ代わりの自転車に腰掛けながら、チャイとやらを飲みつつ、ジジイと世間話をしてやることにした。普段なら無駄だしありえないけど、まぁこいつも一緒に一度死んだ仲だからな。

「怪我、大丈夫ですか？」

「あー、みんな聞くなぁ。まぁ平気平気」

「そうですか。女の子なのに、お顔怪我して大変やったやろうに」

「でもええねん、これでもう人殺しにならずに済んだからな」

アタシがニヤッと笑うと、深く立ち入らない方がいいと判断したのか、ジジイは「そうですかぁ」と頭をかいた。

「ジジイは？　元通りなったんやし、パート行かんでええの？」

アタシが問いかけると、ジジイは気まずそうに、

「辞めてしまいましたわ」

と言った。

「あっそ。まぁ別にどうでもええねんけど。それじゃあもう、前みたいにホモってバレるような犯罪せずに引きこもっとけば？」

「そういうわけには、いかんのですわ」

「なに、また罪犯すん？　きも」

「いやそうではないんですけど。罪を犯す前から妻にバレてたんですよ」

「なにが」

「ゲイだってことが」

「あっそ、てかホモやのに嫁おんの？　偽装結婚やん？」

するると悲しそうな顔をして「いや」と小さく呟いた後、

「自分がゲイだと……若い頃は、分かっとらんかったんです」

なんて言った。よく分からないけど、男が好きな奴が女を愛せるはずないだろうし、きっと体裁つけてるだけで偽装結婚だろ、と受け取った。

「じゃあ犯罪する前から、もう人生終わってたん？　御愁傷様やん」

アタシが温くなり始めたチャイを啜りながら告げると、

「本当にね。もうこの歳でやり直しもできないし。どないしよかな思います」

自嘲気味に笑うしかないようで、ジジイは今にも泣きそうな顔をしていた。

「どないすんの？　また自殺すんの？　せっかく生き返ったのに」

興味はないけど一応そう聞いてみると、

「さすがに、死にはしないけれど、でもどこかに逃げようかなとは」

と言っていた。

「ふーん、ホモやしジジイやから、どっか西成とかの路上で孤独死しそうやな。あそこ、あんたみたいなジジイいっぱいおったで。まぁええわ、ご馳走さん」

と言って、アタシは空になったカップをジジイに手渡した。まぁまぁ美味かった。このチャイとやらなら毎日飲める。

ただ、このジジイがどっかに消えたら、もう飲めなくなるけれど。

◆

12月14日

家でのんびりとNetflixを見ていると、腹が減ってきた。けど冷蔵庫には何も入っていない。

あまりに口寂しくて映画に集中できなくなってきたので、夜の十一時だが隣のオタク男の部屋の戸を叩いた。


「なに？」

気だるそうな声が中から響く。

「お前、ペットボトルのでかい酒あるって言うてたやろ？　それちょーだい」

アタシがスマホをいじりながらそうお願いすると、

「無い」

と、言いながら、オタク男は戸を開けて出てきた。

「は？　なんで無いねん、パチこくなや。お前飲んだんか？」

オタク臭さと一緒に、確かに少しお酒の匂いがしたので、酒はあるはずだろと思いながら睨みつけた。

「前、友達にもらったけど……生き返ってからは、その子と友達になられへんかったから」

「は？」

アタシが聞くと、オタク男は廊下に座ってしまった。

「酒くさ。タバコくさ。お前飲んできたんけ？」

アタシはオタク男を見下ろしながら、咳払いをする。

「生き返ってから毎日飲みに行ってる」

力なく言う姿は、酔っ払ってるというよりもただ自分の無力を嘆き、絶望感に身を任せているようだ。

「アル中なん？　なんかレイプしたとか言ってたもんな。酒に酔わせて女襲ってんか？　お前」

アタシが心の底から軽蔑しながら言ってやると、オタクは首を横に振った。

「違うわ、ボケ」

「誰に口利いとんねんアホコラ」

アタシはオタク男のだらしなく伸びた足を蹴って、それからもう用は無いと判断すると、部屋に戻ろうとした。

「なぁ、ブス女」

オタクはアタシをそう言って呼び止めた。殺してやろうか。

「セックスしたいんやけど、どうしたらしてくれるんやろ」

そんなオタク男の脈略もない侮蔑のような誘いに、アタシは頭に血が上った。

「は？　金もらってもお前なんか嫌じゃボケ。きっしょいわ」

アタシが項垂れたオタクに思いっきり嫌悪感を込めて言ってやると、

「いや、お前とじゃないねんけど。好きな友達とやわ。お前は……俺からもお断りやし」

とオタク男は心底めんどくさそうな顔をして、ぶっきらぼうに言ってきたので、アタシは廊下にあったペットボトルのゴミを投げつけて部屋に戻った。

◆

12月15日

夕方過ぎに起きて、コンビニに行こうと部屋を出ると、詩名内荘の前にパトカーと大家がいるのが玄関から見えた。赤いライトの光が規則的にこちらに差し込む。また誰か何かやったのかと思っていると、日隠のジジイが靴箱のところで外の様子を窺っているのが見えた。

「何があったん?」

アタシがジジイに聞くと、ジジイは眉を顰めたまま、

「猫塚さん、交通事故で亡くなりはったみたいやわ」

と悲しそうに呟いた。

「あぁ、自殺やろ?」

「え?」

「猫、保護したら死ぬとかなんとか言ってたもん」

アタシはそう言ってから、まさか、と思って猫塚のおばちゃんの部屋の方、一階の廊下の奥へと行ってみる。

みぃみぃとか細い声が廊下にまで聞こえてきた。

「あのババア、置き去りで死によったんか」

アタシは結局なんだかんだ言って無責任なおばちゃんに苛立ちながら、大家と警察がこちらに向かってきたのを見て、そそくさとその場を立ち去った。

詩名内荘の外に出て、大家とジジイが話していることに聞き耳を立てる。大家の家のポストにおばちゃんの遺書が入っていて、『職場の方々には預けられませんでした。他に頼れる人がいないので、大家さ

んかこのアパートの住人の方が引き取ってくれると嬉しいです』とあったらしい。

あのおばちゃんのことだ、きっと引っ込み思案でどうにも言い出せず、誰にも頼ったり、猫を押し付けたりもできず、とうとう死んでしまったのだ。そんなの飼い猫を捨てるような奴と一緒だし、死に方も交通事故って他人に迷惑をかけるやり方で、アタシは同情できねぇなと思った。

ふと外から窓を見ると、隣のオタク男の部屋も薄暗い。おそらく今日も飲みに行ってるんだろうと推測できた。

アタシも今日くらい、どこか近場で酒を飲みに行こうかと考えた。お金はあるし、それにこれは猫塚のおばちゃんへの弔い酒みたいなもんだ。普段はあんまり居酒屋とか行かねぇけど、どこかこの近くの安い飲み屋に入ってみよう。前に行った西成の立ち飲み屋みたいなところがいい。

アタシは忌々しいパトカーを背にして、中津の方へと歩いて行った。

結局死んだ猫塚のおばちゃん。

部屋で死んでたら事故物件になってアタシの部屋の家賃とかも安くなったのかな、でも死人が出た部屋の上に住むのも気分悪いか。ああ、そういえばあのおばちゃんがシャワールームを掃除していたからいつも綺麗だったけれど、今度からどうせ男どもは気が利かないだろうし、段々と汚れていってしまうのかな、なんて考えながら、少しの寂しさを冬の空気の冷たさに感じ、ネオンの方へとアタシは急いで消えていった。

◆

寒気を感じる。なのに顔面だけが熱い。

朝だ。また裏田に殴られた部分が痛んで目が覚めた。

アタシは身を起こす。風に乗って自分のちょっと汗臭い匂いがした。昨日は中津の焼き鳥屋で酒と肉をたらふく飲み食いしたというのに、案外その匂いはせず、いつも通りの湿った匂いと香水の香りがするアタシの部屋。

酒を飲んだせいか、傷がまるで怪我したばかりのように痛むので、アタシは仕方ねぇなと思いながら、手のひらの包帯を見た。まだ真新しく、巻いたばかりのような包帯に、ここ二日間は治ってなかったはずの出血の跡。

なんで、また血が出てる？　傷が開いたのか？

……いやそもそも、もう病院に行ってないから、こんな綺麗に包帯が巻かれていること自体がおかしい。自分で巻いてもこんな風にはならず、ここ二日はまるでミイラのようにグルグルと締め付けただけのものになっていた、と昨日のアタシの手の映像を記憶から掘り返す。

焼き鳥屋で誰かに巻いてもらったか？　いやそんな記憶はない。そして記憶を失うほど酒に酔っ払わずに帰ってきた。

嫌な予感がして、アタシはスマホを取り出して画面を点けた。

12月12日

それは、アタシがもうすでに二度過ごしたはずの日付。

アタシはなぜか、自殺していないのに、またもや時が戻ってしまったらしい。

第七章

繰り返し

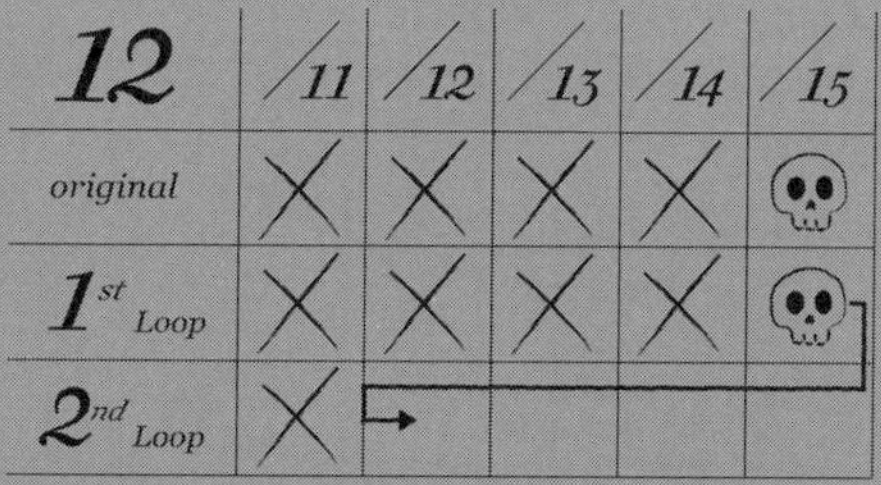

◆演田売子　２ループ目

とうとう頭がおかしくなってしまったかと思ったけれど、部屋を出て猫塚のおばちゃんの部屋に押しかけると、そこにはおばちゃんが元気そうに出てきて、

「また、元通りになっちゃったみたいやね」

と言っていた。

またおばちゃんが生き返っている。

「死んだんちゃうの」

そう呆気に取られて言うと、

「死んだんやと思うんやけどねぇ」

とおばちゃんが苦笑した。

夢ではないようだ。

「何これ、何度も時間が戻ってるってこと？」

アタシが呟くと、おばちゃんは困った顔で笑いながら、

「分からんのやけどそうちゃう？」

と言った。

アタシがドタドタと猫塚のおばちゃんの部屋に駆けつけたからか、いつの間にかジジイとオタクもこの部屋の前に集まってきていた。

「おはようございます。ようやく起きたんやね」

ジジイがコーヒー臭い口で挨拶してくる。その後ろにオタクが黙って突っ立っていた。

「君のこと見てようやく確信できましたわ……時間自体は、戻ってるみたいやけど……」

ジジイは視線をアタシの包帯に向けながら続ける。

「やっぱり、初めて過ごした12日とはちゃうみたいやね」

押し黙るアタシ以外の三人。

「どういうことやねん」

アタシはジジイのもったいぶった物言いに、きちんと説明するように促す。

「さっきも君以外の三人で軽く話してたんやけど、僕、仕事辞めたことになってたし、みんなも多分同じなんですわ。二度目に過ごした12月11日に起きてしまったことは、もう変わらずじまい。恋川くんも、猫塚さんも今はキチンとは確かめられへんみたいやけど、まぁおそらくそうだ言うててな。それに君もそうやろ？　その怪我。一週間前……いや、最初の12月15日、君が人を殺した言うて、僕たちと自殺を一緒にした時はしてなかった怪我や」

アタシは頷く。

「怪我があるってことは、アタシが裏田と喧嘩した……あ、えっと、つまり二回目の12月11日からの続きってことや。それは確かにそうや。でもなんで今回は、前みたいに11日からじゃなくて、12日に戻ったんや？」

「それが分からんのですわ」

とジジイが残念そうに首を横に振った。

くそ。頭がこんがらがるが、整理すれば、アタシたちが集団自殺した一度目の12月11日から12月15日は綺麗さっぱり無くなってしまい、アタシたちは生き返って『二度目の12月11日から12月15日』を過ごした。過ごしていたはずだった。でもまた時間が戻ってしまい、今度は三度目の12月12日から同じ日々が始まったということなのだろう。

　アタシたちには、またも12月16日が訪れなかったのだ。

「……私だけじゃなく、みんなもそうってことは、死んだから時間が戻ったんじゃないみたいやね」

　と猫塚のおばちゃんがポツリと呟く。

　二度目の12月15日では、アタシは自殺しなかった。おそらくオタク男も、そしてホモのジジイもそうだろう。猫塚のおばちゃんだけが自殺をしていた。

　なのにまた時間が巻き戻った。死んだおばちゃんだけじゃなく、アタシの体までも元通りのボロボロになっている。それにみんなこの現状の自覚がある。

「今からアタシたち、三度目の12月12日から12月15日の四日間を過ごすってことやろ？　でもそれで12月16日になるんか？」

「そんなん誰も知るわけないやろ」

　とオタクがボソッと呟く。

「は？　じゃあどないすればええねん、なんやねんこれ」

　アタシは自分の声が傷に響いたので、思わず顔を歪めた。

「アタシたち、一生この時間の中から出られへんの？」

　すると、猫塚のおばちゃんが、

「あの、どうせ私は自殺するんでどっちでもいいんですけど、みんなはきちんと生きて過ごした方がええと思いますよ。誰もこんなこと信じてくれないですし、普通に生きたらええと思います。12月16日を迎えられた時に、後悔せえへんように」

　だなんて不貞腐《ふてくさ》れたようなことを、背筋をピンと伸ばして本当にアタシたちを気遣うように言い放った。

IIV
【単行本】

消せない傷を優しくいたわる

幽霊たちが成仏できないのは、自分でも気づかない未練があるから!?

黄昏公園におかえり

結婚詐欺を苦に自殺した女性は、幽霊になった今も毎週水曜日に屋上から飛び降り続けている。彼女を騙した詐欺師が捕まったのに、なぜか成仏できない彼女の本当の未練とは――？　訳アリ幽霊たちを"助"霊する、新米除霊師のお話。

著者／藍澤李色
イラスト／雛川まつり
判型　四六判／ソフトカバー

ジャンルを超えたエンタメがココに

IVの新刊情報

発行・ドワンゴ／発売・KADOKAWA

第3回 IIVクリエイターアワード小説部門
≪最優秀賞≫受賞作
過去を変えられる
秘密のアプリ
でもそれは
ただの凶器だった
真っ白い殺人鬼
「ねえ、秘密のアプリって知ってる?」教室の片隅にいると、楽しそうな女子たちの噂話が聞こえてきた。【過去を自由に変えられる】という夢のようなアプリ。けど秘密のアプリは夢なんか与えない。その日から噂は現実となり、僕たちの『普通』は壊れていった。
者／三輪・キャナウェイ
画／清原紘
判型　四六判／ソフトカバー

◆

結局何にも分からない四人で集まっていても八方塞がりで憶測すら挙がらないので、アタシは部屋に戻った。二、三十分ほどネットで「時間　巻き戻り」「タイムループ」等で検索をかけてみたが、当たり前にアニメや漫画のことしか出てこなくて、大きく舌打ちをした。

店に電話をかけて、ボーイと少し話す。裏田は店に電話をよこさずだったようで、アタシはとりあえず安堵したが、それも以前の二度目の12日と変わらないことなので、とりあえず電話を切った。

何度も時間が戻るってことなら、後先考えずに財布の中の裏田の金で豪遊してやってもいいわけだが、でも永遠にこの日々に閉じ込められてしまうのは嫌だ。歳を取りたくないと願ったことはあるが、生活に変化は欲しい。それが無いと生きてるって実感が無いだろう。

同じような毎日を日常と呼んでありがたがったアタシだけど、本当にずっと同じ時間を過ごすのは拷《ごう》問《もん》に近いと感じて焦っていた。希望が無い。いくら何かを培《つちか》って得ても、四日ほどで元通り綺麗さっぱりなくなって、また真新しい痛みの強い傷のある体に戻るだなんてまっぴらだ。ていうか四日じゃ怪我は治らない。もしずっと時間が繰り返すなら一生傷ものの姿のまま生きるってことだろ。

アタシは明日に進みたい。12月16日の、何が起きるか分からない新品の日付を迎えたい。

でもどうしていいか分からないし、とりあえず酒を飲もうと思った。

◆

アタシは昼間っからやってる海鮮居酒屋で、ビールとシソ焼酎を飲んで、それから詩名内荘に戻ってきた。すると隣の大家の平家にちょうど郵便局の人が来ていて、大家の長話に摑まりかけているのが目に飛び込んできた。

「いやっ、あらあらあらぁ〜!?」

ババアがこちらに声をかけてきたので、「っす」と返すと、その隙に郵便局員の兄ちゃんが原付に乗ってさっさと逃げていってしまった。

するとターゲットがアタシに変わったようで、ババアが門を出てこちらに歩いてくる。

「いやぁどないしたん、その怪我」

「ケンカっすね」

とアタシがぶっきらぼうに返すと、

「あらぁ、女の子やのに、綺麗な顔がえらい可哀想やわぁ」

と言ってのけたので、アタシは笑ってしまった。老人の褒め言葉って信用ならない。老人からすれば若いってだけで羨ましくすごく見えるんだろうから、若い奴は全部綺麗で当たり前。歯の浮くような言葉も入れ歯じゃ意味は無い。老人の口から出る言葉は話半分で聞いた方がいいとアタシは風俗で学んだ。

「病院に行ったの？」

「行ったよ。でも入院するほどじゃないし、平気平気」

アタシはそう言いながら、さっき食べたものが発生させた新鮮なゲップをする。たっけぇエビをたらふく食ってやった。元々は裏田の金だからってのと、どうせまた時間が戻ってしまうなら、っていう考えからだ。

「女の子がケンカしたらダメよぉ、あかんで」

「ええねんええねん。人殺しよりマシや」

アタシがゲラゲラ笑うと、ババアは皺くちゃな引きつった表情をしていた。

「せや大家さん、猫やけどないするん？」

「え？」

　ボケたような大声で聞き返すババア。

「猫塚のおばちゃんとこの猫やん」

　とアタシは言った後、

「あ、そっか、違うんか」

　とバツが悪くなって頭をかいた。

「あの人、猫飼ってはるん？」

　と大家が怪訝な顔で言うが、アタシは手を振って否定する。

「ちゃうちゃう。あの人の知り合いが野良猫保護してて、飼える人探してたみたいやから」

「ああ、そういうこと。なんも聞いてないけどぉ、うちももう歳やさかいな、猫より先に死んでまうから飼われへんよ？」

　ババアが申し訳なさそうに断ってきたので、うまく誤魔化《ごまか》すことができたと、アタシはホッとした。

　あの猫を残して猫塚のおばちゃんが死んだことは、もう無かったことになってるんだった。ついさっきのことのようで記憶は地続きだが、アタシたち以外の人間にはまだ起こっていない事柄で、なんならアタシたちの行動次第で、経験することもなく終わってしまうことにもなる。ややこしいが、アタシもちゃんとそれを切り分けて考えないとな。もし12月16日を迎えた時に、記憶がこんがらがったままだと大変なことになりそうだ。

「んじゃ、アタシ部屋戻るわ」

「干し柿《がき》いる？　ようさん貰ったんやけど」

　大家が自分の家を指さす。

「ええよ、いらんいらん、ああ、あと」

アタシはちょっと悪戯心《いたずらごころ》が湧いて、まぁどうせまたこの一連の出来事が記憶から無くなってしまうのならいいか、と思って、

「もしかしたら猫塚のおばちゃん、また家で死ぬかも知らんけど、大家さんには迷惑かけるやろうし先に謝っとくわ」

だなんて、絶対に大家のババアが分からない文脈のことを言っておいた。猫塚のおばちゃんには振り回されてるし、結構話したのに結局おばちゃんは周りの奴に迷惑かけて二度もくたばったからな。アタシなりの報復というか、自殺への横槍《よこやり》だ。

するとババアは、「あー……」と言った後、

「昔、ここに住んでた人らもそないなこと言ってたなぁ。何度も死んで迷惑かけました言うて」

ってのたまったから、アタシは目を見開いてババアの肩を摑んだ。

「どういうことや」

◆

話を聞くに、八年以上前に、リノベーションする前の詩名内荘に四人の男女が住んでいたみたいで、アタシたちみたいに年齢もバラバラだったみたいだけれど、ある時期から急に四人が仲良く話すようになったそうだ。

そして「ここで何度も死んで大家さんには迷惑をかけた」と一人が言って、アパートを出て行った。

それを大家はただ若者が就職もできずに《燻っていたこと》を《死んで》と言い換えた比喩《ひゆ》のような表

現だと思っていたそうだが、きっと違うだろう。

「もうみんなそれぞれ別のところに住んでるみたいやけどぉ、その最初に引っ越した子は、近くでお店出してはったようやけどねぇ」

「どこ？」

アタシは大家のババアが「家に名刺あるはずやわぁ」と言って、平家に戻るのを見守る。もうこの時点ですでに二十分ほど話し込んでいる。こんな長話なんて普段なら絶対に付き合わないけれど、でも今は事情が異なる。

もしかすると、以前の住人が、アタシたちみたいに時間をループするような現象に巻き込まれていたのかもしれない。そして今そいつらの話が過去のこととして聞けるということは、つまりそれを脱出したということだ。

「お待たせぇ。はいこれ、心斎橋《しんさいばし》の方やけど。全然この辺じゃなかったわ」

「ええよ、ありがとう！　ちょい行ってくるわ」

アタシは大家にもらった名刺を持って、タクシーの通る大通りまで駆け出す。名刺を見た感じスナックかキャバクラだ。数年前ならもしかすると店が潰れて無くなっているかもしれないが、アタシは一縷《いちる》の望みにかけて心斎橋に向かった。

◆

心斎橋。大丸《だいまる》の百貨店が見える通りから、長堀《ながほり》の方へと抜けて、そのまま狭い路地へと抜けていく。雑居ビルが並ぶ隘路《あいろ》。ホストクラブやキャバクラが多く存在する宗右衛門町《そうえもんちょう》の方ではなく、どちらかというと落ち着いた雰囲気の老舗《しにせ》の蕎麦屋《そばや》や鍋の店もあるような地域のようだ。

もう夕方に差し掛かった時間帯だったので、飲み屋を探して歩き回る人々や、仕事終わりの臭そうなリーマンがゾロゾロと歩いていた。アタシはタクシーで名刺に書かれた店のあるテナントビルに乗りつける。

するとすぐに見つかった。店名は『ライフイズビューティフル』。ムカつく名前だ。


テナントビルの二階。エレベーターを降りるとすぐにいくつもの扉があった。アタシの目当ての店の前には業務用おしぼりが乱雑に置かれている。店内を覗こうとしたが、真っ白で重厚なドアは固く閉ざされているので、軽く蹴り上げた。

開店は八時ごろだろうか。アタシは名刺に書かれた電話番号に電話をかける。

「はい、生田《いくた》です」

しゃがれた声が聞こえたので、アタシは、

「お店、いつ開くんですか」

とぶっきらぼうに問いかけた。

「？　ご新規さん……というかこの前の面接の子？　ちょっと同伴中やから、後でいい？」

アタシは電話を切られそうになったので、思わず、

「詩名内荘の住人です、話聞かせてください」

と伝えていた。

もしもアタシみたいに時間のループを経験していなかったら、ただの頭おかしい奴に思うだろう。普通なら昔住んでたアパートの、面識の無い住人がいきなり電話をかけてくることなんてありえないのだから。

でもその女は察したのか、

「――ええで。一時間待ち。店、早よ開けたる」

そう言った。


一時間きっかり経つと、ずっと静かな動かずのエレベーターから、本当に女は出てきた。隣にはへべれけのおっさんがいたけれど。

「ごめんねぇ。ずっとここで待ってたん？」

「まぁ……」

アタシは女の店の扉から背中を離し、鍵を開けるのを黙って待つ。

「姉ちゃん、えらい怪我してるやん。どこの店の子？」

おっさんは真っ赤に染まった顔で怪訝な表情を作りつつ、女に聞く。鼻息まで酒臭い。

「さぁなぁ？　今日初めて会うから」

女は素っ気なく言った。


「ん、はい、どうぞ〜、ちょっとオープン前で散らかってるし、暖房効くまで寒いけど、勘弁してなぁ」

アタシは促されるままに薄暗い店内に入った。外と変わらず空気の冷える店内。上下逆にされて片付けられたままの丸椅子スツールに、倒れたビールケース。店内は狭いし、テーブルや椅子もやや剝がれがあって汚い。大きな鏡や、豪華絢爛《けんらん》っぽい偽物のシャンデリアが、かろうじて水商売の店だってオーラを放っている。

「ちょっと空気悪いなぁ、換気扇回すわな、ごめんやで。本当はうちのチーママに鍵渡してるから、オープン準備させてからお客さん入れるんやけど。今回は急やったからな」

女はカウンターテーブルをおしぼりで拭くと、おっさんとアタシを手で招いた。

「ほんであんた、名前は？」

「らい……です」

つい癖で源氏名を名乗ってしまうが、まぁどうせ深い繋がりになるわけでもないし、偽名でいいかと思って訂正しないままにした。

「ここは？　下鳥《しもどり》さんか？」

「下鳥？」

とアタシは尋ねる。

「大家さんやん。詩名内荘の。下鳥さんに聞いたん？」

「はい、まぁ。偶然『あのこと』をちょろって話したら、生田さんのこと思い出してくれたみたいで」

試すようにアタシが切り出すと、

「ああ、死に戻りやろ？　ええで、私が分かる範囲で全部説明するから」

女は目を逸らさず、冗談でもない調子でそう答えた。

アタシはまだ何も解決したわけじゃないけれど、手がかりを得られた——というかやっぱり本当にこの不可思議な現象が現実にあって、そしてそれを乗り越えて生きてる奴がいるという事実に安心して、どっと胸の内に広がってくるものを感じた。

「あれって、どういうことなんですか、なんでなんですか、てかどないすればいいんですか！」

と捲し立てながら、女に詰め寄った。

「とりあえず、飲みながら話すわ。飲んだ方が体もあったまるから」

女はグラスを三つ用意して、それから瓶ビールを取り出した。そして流れるように栓を開けると、おっさんとアタシの前にコースターとグラスを置いて注ぐ。それからようやく自分のものにも注ぐ。

「ほら、とりあえず乾杯」

「かんぱいかも〜！」

何も知らないおっさんが一番大きな声で、陽気に盛り上がるので、アタシは腹が立って小さく舌打ちをした。部外者だし、話の腰を折ったら許さねぇぞおっさん。

「あ、これ一本千円やからね」

女はしっかり伝票をつけ始める。強《したた》かで嫌な女だ。

◆

暖房がゴーっと音を立てる。店の壁にぶら下がるテレビは、しょうもない報道番組を小さな音量で流していた。まだこの店のオープン前で、誰も客は入ってこない。

「私たちが詩名内荘で、あんな不思議な体験したのは、多分あんたたちと同じ自殺者が出た時からやねん。らいちゃん、誰か死んだんやろ？」

アタシは頷く。全員、とはさすがに言わないけれど。

「え？　てか自殺者が出たっていうことは、生田さんは死なんかったん？」

女は首を横に振る。

「あんた賢いな。私は死なんよ、怖いやんそんなん」

「ねー」

とおっさんが相槌《あいづち》を打つ。

「で、私の友人が部屋で死んで……その時は五日前に戻ったんやわ。らいちゃんは？」

「同じです、きっちり五日前に……やと、思う」

でも、もしまた15日が終わった時点で時が戻るとするならば、今回は四日間しか無いわけだけどな。

「今何回目？」

と女はビール片手に聞いてくる。

「え？　えっと、時間が戻ったのは二回、12月12日自体は、三回目……？」

「あんたぁ普段、曜日感覚とか日付の感覚ない仕事してるやろ？　あかんで、これからはきちんと把握しときや」

またしてもアタシは風俗嬢って見抜かれた気がして、一瞬どきりとしたが、女はそれ以上追及してこなかった。

「んで……やっぱり私たちのと同じみたいやね」

女は頷く。なぜか隣のおっさんもワケ知り顔で頷くが、多分こいつは部外者。


「あのアパートで人が死ぬと、まず最初は五日前に戻って、そっから始まる。そして、ループ期間中に関わった人間が一人でも死ぬと、最終日を終える時にまた時間が戻る。ただしそのループの幅は、一回ごとに一日ずつ短くなる——二回目は四日間、三回目は三日間って具合にな。もう戻られへん一日の出来事は、やり直しできない過去として確定して、次の日から時間が始まるってわけや」


「やっぱ、そう、なんすね」

ホモのジジイが言ってた通り、やっぱり12月11日が確定して12日から始まったのは、このループのルールだったようだ。

「え、でも、そしたら、五回？　いや六回ループしたらどうなるんですか？」

今回は四日前に戻っているが、次に死に戻れば三日前にしか戻らず、四回目のループで二日前、五回目のループではもう日を跨ぐほどの期間が無い――12月15日という同じ日をただ繰り返すだけなのか？

じゃあさらにそれ以上の死に戻りが起これば？

12月16日に進めるのか？　それともまた五日前に戻るのか？

あるいは死が確定する？

そもそもアタシは一度死んだ身なんだ。時間がやり直せなくなって元通り死んでしまっても、おかしくない。それこそゲームの残機みたいに、無くなってゲームオーバーみたいな結末もあり得る。

「どうなるんですか、ねぇ」

アタシは不安に駆られて女に問いただす。死に戻り――全くもってその理屈は分からないけれど、この女の言葉なら信用できると思った。女はタバコに火をつけていたので、一吸いしてからようやく喋り始めた。

「分からへんのやわぁ。私らも四回目のループで全員死なずに五日目を終えて、なんとか脱出したからな。もし五回以上――というか六回目に差し掛かったら、どうなるかは見当もつかん。下手したらほんまに死ぬんちゃうかな」

「……」

アタシは生唾を飲んだ。もしかすると、アタシたちはやり直す機会だとかそういうものを神様からもらったのではなく、罰を受けているのかもしれない、なんて思うほど得体のしれない悪寒に襲われた。

「じゃあ、アタシ、なんとかして一階のおばちゃんの自殺止めなあかんわ」

そう言うと、女は眉を顰めて深刻な表情をしながら、

「それだけやあかんと思うで」

と言う。

「なんでですか。誰か一人でも死んだら時間が戻るんですよね？　前回死んだのはおばちゃん一人だけ

やったんです。それ止めたらええんちゃうんですか？」

「ちゃうねん。らいちゃん、私らの時もそうやったんやけどな、これはな、自分たちだけじゃなくて、その五日間で関わってた人みんな死んだらあかんねん。最初の五日間を思い出して？　誰か身近な人死んでへんか？」

「は？　え、確かにアタシの客が……死んだっていうか、色々トラブルに巻き込まれて、殺……死にました」

それに猫塚のおばちゃんは猫を殺したし、オタクの男はレイプした女が自殺するかもとか言っていた。もしかすると死んでいるかもしれない。ホモのジジイは知らないけれど、アタシらの周りではこの五日間で確かに色々死んでいる。

「その人ら死ぬんも止めたらな、このループは抜け出されへん。私らが学んだことは、アパートの人間みんなが『ループ前の初めて過ごす五日間』に身近な人の死に立ち会って、それを止められへんかった人間やったことや。アパートの人間が死なんくてもループが止まらんくて、おかしい思って四回目のループでようやく偶然、四人ともその周りの死を止めることが叶ってやな、それでループを抜け出せたワケなんやけど。もしルールも分からず、一人でも自暴自棄になって、現実から逃げてたら……それこそほんまに死ぬか、もっとひどい仕打ちやけど、ループから抜け出せず永遠を彷徨ってたかもしれへん。まぁ老《ふ》けへんってのは魅力的やけど、一生同じ毎日とかつまらんやろ？」

「……」

女は笑いながら、タバコの煙を深く吸い込む。

「らいちゃんはツイてるで、私ら以上にな。こうやって先人がおって、意味も分からん現象のルールが分かったんやから。せやろ？　あとは四人で協力して、周りの死をこの五日間だけでも食い止めてやり。そしたらループは終わるわ。簡単やろ」

「そんな、なんでそういうこと初めからどっかにメモとか伝言残しといてくれへんかったんですか」

アタシは思わず、女に食ってかかる。

「イヤやわ、堪忍《かんにん》してよ。まさかこんなこと、何度も起こるとは誰も思わんやないの。私らも前の住人からこんな話聞いたことないし、次に住んだ人にも同じようなこと起こるとか考えたこともなかったわ。それに、そんなもん書き残しても信じへんかったやろ？　自分がループに入るまでは」

「そう、ですけど……」

アタシは浮いた腰を渋々席に戻して、深く腰掛ける。

「私もな、あんたが今本当にループしてるか分からんし、こっちはもう普通に過ごしとるからな、別にどうでもええんやけど……でも、同じような経験してる子には、やっぱ成功してほしいし、このチャンスを物にして欲しいんよ」

女はグラスをクイっと傾けて、軽快にビールを飲み干す。

「きっと私らと同じように、あんたもろくなことしてない五日間やったやろうし、周りの人も綺麗な死に方しとらんのやと思うわ。そんなん抱えてこれから真っ当に胸張って気分良く生きられへんやろ？　だから必ずループ利用して、努力で帳消しにしてやり。ここまで来れたんやから、あんたならできる」

昔から、そんじょそこらの人間に「女優になりたいの？　まぁ、君ならできるよ、がんばれ」だとか言って夢を応援されても、全く心に響かなかったアタシだけど、この女の言葉はなんだかスッと胸に入ってきた。

自身の成功体験を自慢げにもせず、鼻にもかけない、だからといって人の面倒を見たり、責任を持ってくれるような保護者にはなってくれない。

その感じが無責任で、でもどこか暖かくて、心地の良い距離感のようにも感じたからだ。

母親が、アタシのことを見守ってくれていた時のよう。そう、別の生き物に対する慈しみというか、ベタベタするような愛こそなかったけれど、命だとか未来を素直に案じてくれるような情が垣間見える、そんな女だった。

「ありがとう、ございます。めちゃくちゃ助かりました」

「ええ、ええ。それより同伴切り上げて付き合ってくれた酒井《さかい》さんにもお礼言いなさいよ」

女はチラリと隣のおっさんに視線を向ける。おっさんは酒を飲みながらテレビを眺めていた。

「俺ぇ？　ええよ、ええよ、よう分からん話しとったけど、若い姉ちゃんが隣おってくれてよかったわ。普段オバはんしかこの店おらへんからの！」

ゲラゲラと笑いながら、おっさんは戯《おど》ける。女はおっさんのグラスにビールを注ぐと、「早く飲みな」と半ば無理やり一気飲みさせていた。

「まぁ……こういう人やけど、口は堅いし、大丈夫よ。んじゃほら帰りな。酔っ払いに付き合ってたら朝までかかるで」

「は、はい」

アタシは女に促されて、会計をしようと財布を開ける。

「いいよいいよ〜、俺が払っとくし」

「ほんまですか」

「うん〜」

おっさんは上機嫌なようで、アタシの分まで支払うと名乗り挙げてくれた。アタシが若い女でよかった——と自分を褒めそやすつもりにはなれない。さすがにアタシもそこまでバカで楽観的でもない。これも女の、生田ママの人徳だろう。この女の前では、こんなちゃらんぽらんそうなおっさんもいい格好をしたくなるんだと思う。

なんだかずるいな。アタシは今までこんな風な女の愛され方、したことないのに。

「せや、姉ちゃんが住んでる、ママの住んでたアパートって、梅田のとこやろ？」

「ん？　まぁ梅田あたりになるかな」

とママは返す。

「梅田はむかし大坂《おおさか》夏の陣でもぎょうさん人が死んだみたいやし、堂山町あたりにかけて処刑場があったらしいんや。それで死体をようさん埋めて立てた場所やから梅田って言うんやって。元は埋めるに田んぼで埋田《うめだ》や。怖いやろ？　姉ちゃんも気をつけや。お化けの仕業かもしれへんでぇ」

アタシはおっさんに向かって静かにメンチを切りながら、店を後にした。

◆

その夜、詩名内荘に戻り、猫塚のおばちゃんとホモのジジイを呼び出すと、今日あったことを全て話した。

「死んだら……あかんのですか。死ぬことも、許されないんやね」

おばちゃんは静かに項垂れる。

「ループのルールからすると、この五日の間で死んだらあかん、ってことやとは思うで。その後は……知らん。とにかくもう死なんといて。アタシらまで巻き込まれてるんやから。五日過ぎて、12月16日が来てから……いやもうちょいして落ち着いてから死んで。分かった？」

アタシがそう言うと、素直におばちゃんは頷く。そういうところも含めてなんかムカつくんだよなぁ。

「それ自殺教唆《きょうさ》になるから、あかんのとちゃう？」

と水を差すジジイ。

「は？　やかましいジジイ。お前もやで、自殺もあかんし、他のもん殺してもあかんで。周りの死んだ奴、今回は阻止しろよ」

「イヤァそれが」

ジジイは頭をかいて、納得のいかない表情で、

「誰も死んでないんですよねぇ、僕の周りでは」

とのたまった。


アタシはとにかく疲れたので、ジジイには周りの人間が死んでないか確認すること、このことについて嘘をついてたら許さないことを伝え、猫塚のおばちゃんには自殺も猫殺しも禁止と言い渡した。隣のオタク男は今日も飲み歩いていたようなので、ジジイから全て説明するように指示すると、アタシは部屋に戻って、メイクを落としながら考えた。

裏田は、アタシがストーカー行為をしたことで嫁にバレて殺された。いや、ハメ撮りしていることはバレていたが、外に発覚する恐れを抱いて前もって殺してしまったのだ。殺さずとも隠蔽《いんぺい》したりすることもできたのに、人間の合理的でない部分が勝ったのだろう。馬鹿だと思う。むしろ話がややこしくなるのに、あの女は裏田を殺した。

だけど前回のループ後、裏田とアタシが喧嘩しただけの世界線で、裏田は死ぬようなことがあるだろうか。

アタシはもうあの男に関わるつもりは毛頭無いし、今更ストーカーする動機もない。ハメ撮りも撮られていないのだから、アタシはこれ以上深追いする必要はないのだ。

本来ならアタシを殴った男なんて、医療費以上の金をブン捕るつもりで地の果てまで追いかけるところだが、あいつの嫁の異常さを知っているからそんなのはもういい。

だけど、12月11日という過去はもう確定していて、死んでも引き返せない時間になっている。それが

気がかりだった。裏田の嫁は、裏田の顔中についたあの傷を見てどう思うだろう。

裏田もまさか正直に怪我の理由を語るとは思わないが、ハメ撮りのことを隠し通せないような間抜けな奴だ。きっと嫁も察する。こいつとうとうトラブりやがった、って。

そうか、そしたら殺すだろう、あの女のことだから。トラブルの気配を感じたら早々に何もかも終わらせてしまう。裏田の命を奪って、発覚を闇に消し去るのだ。

ただそれで全て解決だとはアタシも思わないし、きっと裏田の嫁も思っていない。加害者が死んでもハメ撮りされた女が告発すれば、裏田は死後も俎上に載るだろう。死体なんていくらでも蹴ることができる。

だからきっと、裏田の嫁の、夫を殺害する動機は、証拠隠滅だとかそんな綺麗なものばかりじゃなくて、本当のところ嫉妬や愛憎の、ややこしくもシンプルな怒りってやつなんだろう。それは説得も制止も無駄な、人一人の等身大な自分勝手だ。アタシにはきっと止められない。

アタシはため息をつきながら、ガンガンに暖房をつけて、痛み止めを飲みながら静かに横になる。

仕方ない。明日は裏田の職場に殴り込みをかけて、裏田にせめて12月16日まで逃げるように促そう。

◆

12月13日

「だからぁ、裏田出せってコラ」

アタシはＭＮＢ放送のエントランスで、名刺も貰ってない裏田を呼び出そうと警備員と受付嬢に詰め寄っていた。

「ですから、アポイントメントの理由が……」

「は？　インポなんちゃらとか壊れた人形みたいに繰り返しよってしばくぞ。せやから国際部の裏田に繋げたら分かるって。向こうもアタシみたいに怪我してるから」

ザワザワと周りの人間が集まり始める。ここの社員だけじゃなく、いろんな人間が行き交う時間帯に来たのは失敗だったかもしれない。

「ええわ。アホカス。見下しよって。もうええわ」

捨て台詞を吐いて、アタシは裏田のマンションにカチコムことにした。


アタシはタクシーに乗り込んで、中之島から阿倍野区方面に向かった。もうそろそろ会社も終わって、サラリーマンが帰る時間帯だ。また前みたいに居酒屋で食っちゃらする暇はない。前回の12月13日――あれは一度目の13日だった。あの時は裏田はこの時間に家に戻っていた。アタシはそれをタクシーで追いかけて、自宅を突き止めたのだからよく覚えている。

だから今日――いや今回ももうすぐ奴は帰ってくる。マンションに入ってしまう前に接触して、嫁から数日間は逃げろと話せばいい。理由は正直に言っても、ある程度盛ってもいい。それできちんと裏田が殺人鬼の嫁から逃げ切れれば、アタシの周りは死を免れて、このループを終わらせることができるだろう。ただ、まだ他の住人三人にもきちんとループを終わらせるための手筈《てはず》を整えさせる必要があるけれど。

アタシは裏田を少し離れたところで張ろうと、マンションの前の通りにあるベンチに腰掛けて、自販機でホットミルクティーを買った。気分は探偵だった。一度死んでるせいか、そこまで緊張もしない。むしろ面倒ながらも気分は悪くなかった。至る所にある傷が痛むので、少しイライラするだけだ。そんなのはいつも通りだった。

しかし、その時、だった。

ちょうど目の前を、裏田の嫁が通り過ぎた。

買い物帰りだろうか、レジ袋を持って、こちらに見向きもせずにマンションの方へと向かう裏田の嫁の横顔。

正直体が強張った。向こうはまだアタシのことを認知していない。知らない女のはずだ。だけどアタシは咄嗟に目を逸らした。ミルクティーのボトルが手から滑り落ちて、坂道を少し転げる。それを慌てて拾い上げた。無様にも動揺するアタシを一瞥《いちべつ》もしないで、嫁はマンションの敷地に吸い込まれていった。

出鼻を挫かれてしまった。少し意気消沈する。

もうアタシの姿は確認されたかもしれない。家の周りをうろちょろする女がいたと認識されているかも。警戒し過ぎか？　いやあの女ならどこまでも目敏く、鋭く見抜く。今からアタシが裏田に接触して嫁から逃げるように促しても、逃亡の準備をする裏田に気づいて、以前と同じように犯罪の表面化を嫌って殺害してもおかしくない。あの女は一触即発の殺意を持っているのだから。少しでも怪しい動きを見せればアウトだ。


それから三十分ほど経ってから、ようやく裏田がマンション前に歩いて現れた。アタシは冷め切ったペットボトルを片手に確信した。前回と違って、アタシが電話で脅すことがなかったので、裏田はタクシーで帰ってこなかったのだ。なので時間にずれがあった。

いやきっと、それだけじゃない。なんとなく漠然とした予想だけれど、未来は全て変わりつつあるのだ。少しずつ起きた出来事の歯車がズレて、アタシも予測できない、まだ見ぬ『経験したはずの日』が目の前に展開されるような、嫌な予感がした。

今日は裏田と接触するのはやめておこう。なんとなくだけど、予想していたことと違う状況下で動くのは得策ではない気がするし、何より裏田の嫁——殺人鬼の登場によって、やる気を削《そ》がれてしまった。どうせ奴が死ぬのは14日——待てよ、アタシは以前ほどあの夫婦に関与していないし、何より嫁に接触していないので、もしかすると14日に揉め事が起きて裏田が殺されることもないかもしれない。

裏田がどう説明したかは分からないが、あの顔の傷を疑わしく思っているのは間違いないだろう。だけど今すぐ逃げろと説得する方が殺害が起きるか否《いな》かの均衡を破ってしまい、かえってあの殺人事件をまた招くんじゃ？　これ以上はもう考えても仕方がない。それにまだループ上限には余裕もある。次回に対策を取ることも充分にできる。

とりあえず、明日も裏田が生きてたら、きちんと一人になる機会に再度訪れよう。

仮に明日、裏田が初めに過ごした日々と同じように殺されても、また今日からやり直せる。だから大丈夫だ。

◆

12月14日

アタシはいてもたってもいられなくなって、久しぶりに早起きして、出勤前の裏田にカチコミをすることにした。今日もタクシーに乗って裏田のマンション前に向かう。

出社する人々や、学校に行くガキたちの中に、幸か不幸か混じるように裏田は歩いていた。アタシは尾《つ》けるのをやめて逃げ道を断つように、裏田の前に立ち塞がった。

「ら、らいちゃん、何をしてるの」

「ちょい顔貸して」

「いやいや、まずいよ」

慌てふためく裏田。包帯を巻いた大人の男女が向かい合っているので、周りの人々もタダごとじゃないと察してか、避《よ》けて通り過ぎては緊張した面持ちでこちらを何度も振り向いていた。

「仕事は休みや、それどころじゃないで」

「いや困るよ、ほんと、お金渡すから、とりあえず帰ってよ」

「お金よりやばいことやねん」

「な、なに？」

裏田は身を隠すように、道ばたの自動販売機に擦り寄ってマフラーに顔を埋める。

「お前、このままやと殺されるで」

アタシが小さな声で伝えると、笑ってんのかバカにしてんのか分からない嫌な半笑いで、

「ああ、なにヤクザとか、報復とか、そういう類《たぐい》の脅し？　それなら警察行くけど」

「ちゃう、アタシにじゃない」

「じゃあ誰？」

本当に分からないみたいな素っ頓狂な顔でトボケる裏田に少々殺意が湧く。お前他の人間にも恨まれるようなことたくさんやってきただろって言いたいのを抑えて、

「お前の嫁や」

と単刀直入に言った。

「僕のぉ？　何言ってんの、あんなおばさんが？　見たことある？」

「あるよ、話したよ。ほんであの女は全部知ってるねん、お前のハメ撮りコレクションも、全部や」

「ちょ、ちょっと、声が大きいよ、ご近所さんいたらまずいから」

にやにやとしながら、どうでもいいことを気にする裏田に辟易して、アタシは裏田の革靴を踏み付けてやった。少し顔を歪めながら裏田もさすがに黙ってアタシの方を見た。

「聞けって、マジや。アタシはお前のこと大嫌いやけど、死んで欲しいとは思わん……だから助けられるなら助けたい」

「ああ、そう……それはいいんだけど、そんな大袈裟に騒ぐこと？　多分うちの妻は、カメラとかマイクロSDとかわざわざ見ないと思うけど。典型的な昔ながらの大阪のおばさんだよ？」

「やかましい、お前あの女がオバハンやからって舐めたらあかんで。807号室上がらせてもらった時に、ほら、家の中に青い酒瓶があるやろ？　あれで殺すって言ってたわ」

確証もなく、説得力に乏しいことしか裏田の嫁については知らない。裏田も何が何だか分からないみたいで、ただアタシの話を半信半疑で聞いている。

「えっと、あとは赤い車……あかん、車の名前までは分からん、けど、とにかくそれに乗せてお前の死体も処理できるって話してた。ツテがあるって」

「そんなの、ただのおばさんに」

「マジやねん、信じて」

アタシは記憶をほじくり返して、とにかく部外者には分かりえない、当事者ならではの情報を裏田に聞かせる。そうすれば信憑性《しんぴょうせい》が増して信じてもらえると思ったからだ。

「うーん、でも何年も妻とは連れ合ってきたけど、そんなそぶり見せなかったけどなぁ」

「女の嘘と演技、まじでナメんなって。お前の嫁はほんまヤバい奴やねん」

「女の嘘と演技ねぇ」

裏田は嫌みったらしく繰り返す。むしろアタシのことを疑っているのだ。

もうすでにアタシの姿を見た時の狼狽は消えて、いつも通りの自信満々で、そして小賢しい顔つきに戻っている。アタシの話があまりに突飛で信じられないようだ。こんな奴のために必死こいてると思うとアタシだって殺してやりたくなる。もう一度死ねばいいのに。そしてアタシの言うこと聞けばよかったって後悔すればいい。

アタシは馬鹿らしくなりつつも冷静さを取り戻し、考えた。できるだけループ回数に余裕のあるうちに、アタシは自分のこの四日間の確定成功パターンを見極めておきたい。

あのバカそうな三人の住人は、本当に成功できるか分からないから。

誰かが失敗してしまう可能性は大いにある。

そしてアタシだって失敗できない。

「アタシのこと信じられへんのは分かるけど、自分のこと信じすぎやろ。アタシなんかに家まで尾行されるような詰めの甘い男がお前やで。今までいろんな女陥れたんかもしれんけど、女舐めへん方がいい。しっかり恨み買ってるねん、きちんと身近な女はお前の悪事見とるねん」

「そんなのまだ君がそう話してるだけで、こちらとしては信じるに値しないし、自分の目で確かめないと納得できないね」

「何を悠長なこと言ってんねん。てかどこ行くねん」

裏田は顔のガーゼを短い爪でかきながら「会社だよ」と不貞腐れた態度で言い放った。

「行かんでええねん、はよ家帰って確かめてこいや」

「帰らない。大人はね、仕事しなきゃならないの」

まるでアタシのことをガキみたいに払いのけて、裏田は駅方面へ歩き始める。

「嘘が仕事なんでしょ？　演技で食うのを目指してるんでしょう？　じゃあもっとちゃんとした嘘を言いなよ、らいちゃん」

アタシは吐き捨てられた裏田の言葉に、たまらず、

「アタシは、……嘘も下手やし、演技もできん、だから信じろや……」

と言った。

裏田は振り返って、スマホを取り出すと、

「……一応、電話番号、渡しとくから、何かあったら連絡するよ。だから会社や家には来ないで。分かった？」

とアタシに番号だけ伝えて、そのまま去っていった。

アタシの真剣さが伝わったのか、あるいは今までの手口から分かる通り、相手の連絡先を押さえることでコントロール下に置くという裏田のいつもの手法なのか、どちらかは分からなかったが、タイムリミットはもう、差し迫っている。

今回はアタシには無理だ、と悟った。

◆

12月15日

昼間に裏田に電話した。

「……」

電話には出たが、裏田の返事は無かった。一定のリズムで揺れる自動車の車内のような音が響くだけだった。

「……死んだんやな、裏田は」

アタシがそう言うと、電話の先で震える声がした。

「誰や？」

アタシは詩名内荘の庭で、できるだけスピーカー部分に耳を押し付けて、風の音が入らないように注意して電話の音を聴いた。

「……泣いてるんか？　自分で旦那、殺しといて」

アタシがそう伝えると、裏田の嫁は、無言で電話を切った。

◆恋川　求　2ループ目

12月13日

日隠さんと朝から少し話した。

昨日は前回の12日以降と同じように、あてもなくフラフラと中津のあたりで飲み歩いていたので、やや頭がガンガンと痛むが、日隠さんが温かいチャイという飲み物を用意してくれたのでだいぶ助かった。

隣に住む女から聞いた話らしいが、日隠さん曰《いわ》く、この世界のループは、俺たちが関わった人間、及び俺たち自身が死ぬことによって時間を際限なく繰り返すらしい。

いや、限度は存在するのかもしれない。なぜなら一回のループ毎《ごと》に、時間が戻る日数が少なくなっていくらしい。今回は12月12日から始まったのだ。次にループが始まれば13日からスタートとなる。

ただ六回目には戻る過去すら無くなってしまう。その場合、俺たちは一体どうなってしまうのだろう。

しかしそれを深く考えることはやめた。

決まってしまった過去は変えられない。それは当たり前の事実なのに、一度過去を変えるチャンスを手にした俺たちにとって、この事実は一般の人よりも、そしていつもよりも重くのしかかる。

前回（二度目）の12月11日——俺は本当に時間が戻っているかどうかを確かめたくて、朝から堂山町に向かった。当たり前だがどこの店もシャッターを閉めたきり、静かな街と化していた。まるで狐《きつね》につままれたような気分に陥った。この街の全てが夢だったかのようだった。

本当はカズキも存在しない。そんな気もした。カズキの姿を確かめるのも怖くなっていた。

だけど意を決して会おうと決めたのだった。

11日の夜。辺りのネオンが点き始め、あの店がオープンしたようだった。すぐに中に入ると、やはり見慣れた景色が広がっていて、俺は自分の感覚や記憶が正しかったと安堵できた。ここでようやくループがある事実を受け止めることができた。

「いらっしゃ〜い、お兄さん、どうぞ」

まるで初対面のような顔で、店員は俺を案内する。

「アキラ、って名前やったやんな？」

俺がそう言うと、存外驚いたような素振りを見せずに、店員は、

「え？　やだ、俺、前にお会いしたことあるぅ？　やだどこ？　この店？　それとも発展場？」

と慣れた様子でトークを繰り広げる。

「カズキは？」

俺が質問を投げかけると、店員はややびっくりして、

「ちょっとぉ？　俺のこと眼中無いのぉ？　ウケる。でなんのカズキ？　グローブさんとこの店子のカズキ？　それとも霧島《きりしま》ビルの店のカズキママのこと？」

「そんなん知らへん。俺は、あの、トランスジェンダーのカズキと会いたくて」

「あーそっちのカズキ。お客さんの方のカズキね。いつも遅い時間に来るけど、なに、お友達？　来たらラインしよか？」

と取り付けることができたので、俺は店員にラインを教えて、それから時間を潰しがてら外で夕飯を済ますことにした。

ここまでは良かったんだ。

「カズキ、ごめん、俺、ごめん」

「え？　ちょ誰？」

「ええ？　やだ、知り合いじゃないの？」

店員から連絡があって、俺は店にすぐに飛び込んだ。そしてグループで飲んでいるカズキの元に駆け寄り、なりふり構わず頭を下げた。店員はやってしまったという顔で狼狽えて、カズキの連れは酔っ払いながら「誰だれ元カレ？　ちょっと飲みましょ〜！」と耳がつんざく程の声で俺に絡んでくる。

「カズキ、話せる？　向こうで」

「いいけど、マジで誰？」

俺はカズキと一緒にカウンターの端、店のライトも届かないような薄暗い場所の席に座った。

「なになに？　なんで俺の名前知ってんの？　あんまり見ぃひん顔やけど」

俺はすぐに頭の中の想いを言語化できる自信がなくて、黙ったまま俯いた。とにかくカズキが生きていたことに、そして俺に対してなんの怒りや恨みも無しに向き合ってくれていることに、正直ホッとした。カズキが死ぬところを見たわけではない、死んだかどうかも分からない。でももしカズキの友人が言うようにカズキが死のうと思ってるなら、俺がカズキを家に招いて嫌な思いをさせてしまったことで、その死を後押ししてしまったと思う。その場合、俺が原因で、カズキは死ぬ。

俺は、自分のせいで誰かが死んでしまったら、きっと我慢ならないと思う。小市民な俺にも、良心の呵責はある。少なくとも人を死なせた人生では、今まで通りダラダラと生きることはできない。だから昨日は自分で自分を殺せた。自殺は何もかもから逃げられる行為だから存外できてしまった。

そして幸いなことに、今はもうカズキは俺の罪を知らずに、生きて、目の前にいる。俺の犯した罪も、この世界には存在しないことになっている。自殺するよりも万々歳の展開だった。そう、これで全て元通り。本当によかった。

　だからカズキの顔さえ見られれば、それでよかった、そのはずなのに。

「……カズキ、信じられへんと思うけど」

「え？　なになに、ほんま怖いんやけど、はよ言って？」

　俺は緊張状態で、酒も飲んでいないのに胸が詰まって気分が良くなかったが、振り絞るように伝えた。

「俺、カズキとセックスした」

「は？」

　いや、俺はカズキの友達が言っていたことを思い出す。

「違う、セックスじゃなくて、レイプした」

「いやいやちょい待って、覚えないし！　え？　まじ？　どこで？　発展場とか俺、ほら、行かれへんから行けへんし、マジで身に覚えないで？　最近そんな泥酔したり、記憶失うほど酔ってないし！　マジでいつよ」

　カズキは笑いながら俺の言葉を否定したが、恐怖を感じてだろうか、目の奥が震えているような、そんな表情をしていた。

「時間的には三日前なんやけど、でも信じてもらわれへんと思う」

「三日前は飲みに来てないし、彼氏の家におったから違うと思う」

　それはそうだ。俺がカズキと初めて出会ったのは、以前の12月11日――今日なのだから。

「待って、君ゲイやろ？　俺の体のこと知ってる？　マジで人違いやと思うで」

「俺はゲイじゃない。それに、カズキはトランスジェンダーやろ、知ってる」

「お、おう、誰かに聞いたん？　え、てかゲイじゃないん？　なんでここにいるん？」

「俺は」

俺はカズキの目を見て、しっかり逸らさずに言った。

「俺はカズキに死んでほしくなくて、来た」

「何それ、どこから？　ターミネーターなん？」

カズキは噴き出した。そうだ、前もこんなふうに笑ってくれていた。

「俺はもうカズキに嫌なことはしない。俺とヤルことが死ぬほど嫌だったとは思わなかったけど、でもカズキのことがようやく分かった、と思う。だからカズキ、死なんといて。彼氏の家も出て行かんくていいやん」

俺の言葉にカズキはまたもや目を背ける。

「なんかえらいいろんなこと知ってるなぁ、俺のこと。誰かが話しちゃったんかなぁ」

まだ誤解されている。俺は焦って弁明を続ける。

「違う。俺は全部、カズキから聞いた。体のことも、コールセンターで働いてることも、和歌山の実家のことも、美術が好きなこと、家を出ようとしてること、全部カズキ、お前から聞いた！」

俺は自分とカズキの信頼関係を信じてほしくて、声を荒らげて伝えたのだが、

「そんなん、仲良い子にはみんな話してる。んじゃそろそろテーブル戻るわ」

となんだか悲しいような表情で言って、カズキは奥のテーブルに戻っていった。目を向ければ、仲間の人間がこちらをじっと見ていた。

俺が過ごしたカズキとの三日間は、たかが顔見知りの三日間だったのだ。

そんなことを俺はどうして分からないんだ。

俺はそもそもカズキと仲良くなれていたようで、なれていなかった。違ったんだ。ただ友達っていうものに慣れていないだけだった。だから俺だけが特別感を勝手に抱いて舞い上がって。

カズキにとっては溢れるほどの日常の中の、その他大勢にしか過ぎない存在。それが俺だったんだ。

それだけの話だ。なのに俺は、カズキにわざわざ自身の罪を明かして、自分だけ気持ち良くなって、カズキとの特別な時間を取り戻そうとしている。カズキのことをまだ友達だと思っているから。

でもカズキは、今のカズキも、前のカズキも、きっと俺のことをそんな風に見てくれてはいなかった。俺だけだったんだ。

俺は、人の体ばっか見て、相手のことを全く見てない獣みたいだ。カズキにとって、今も前も俺は、ずっと別の生き物だったのかもしれない。


俺はそれから四日間、自暴自棄になって飲み過ごして、つまり二度目の五日間を無為に過ごした。もうカズキと会うことは無いと思った。それが正解だと考えて、自分の不甲斐なさを酒で紛らわせるだけだった。何度も吐いて戻した。


そして今回、三回目の12月13日である今日だ。

昨日は前回と地続きのように、カズキに会わずにただ外で酒を飲んで過ごしていた。しかし今はもうそんなことをしている場合じゃないと思う。ループからの脱出には他人の死も関わっているらしいから。

もし今回も——たとえ俺が罪を犯さず、カズキをレイプしていなくとも、あいつが死ぬようなことを考えているのなら、それを止めてやりたい。前々回のカズキが自殺したとしたなら俺のせいだろうから。今度こそその罪滅ぼしをという思いも強い。


このまま次の三ループ目に入れば、俺の次のスタート地点は今日の12月13日から。

現時点では、カズキに不審者だと思われたまま時間を一日無駄にした人生だ。次にループが始まれば今と同じくらい八方塞がりに近い状況から始まる。ますます仲良くなる時間の猶予が削られていく。仮にカズキがなんらかの理由から自殺を考えているのなら、早めに仲良くなって本当の理由を聞いてやりたい。じゃないと残された期間が一日しか無いくらいに追い詰められれば、あいつの死の理由も、このループの終わりも一生見えなくなってしまう。

俺は意を決した。

◆

久しぶりに堂山町に出た気がした。今回はカズキを探した。中津で飲んで酔っ払った勢いで、前回のループ中に何度かこの街を訪れた記憶がある。アキラに教えてもらった店に飲みにも行ったが、それは前回の時間軸でのこと。今の俺は《堂山町に訪れたのが二度目の俺》のはずだ。

お金はお母さんに頼めば最大で四万円まで融通してもらえることが、前回の放浪した五日間の時に分かったので、俺は財布に全財産を入れてバーの扉を開けた。

「おらんで、カズキは」

夜も更けて、二十一時ごろだったと思う。いつもの店でそう教えてくれたのは、見た目だけ男で、声が女の奴。前に俺の顔を叱責しながらヒステリックに叩いてきた、トランスジェンダーのカズキの仲間だった。

「なに？　お前さぁ、一昨日もカズキに話しかけてたやん、誰なん？」

「俺は、カズキの友達で」

そう説明するも、そいつは鼻で笑って一蹴した。

「カズキは知らんって言ってたけど？　あの子、お前のせいで堂山に出てないねんで。マジで迷惑」

「……カズキがそう言ったん？」

「は？」

見下ろした俺を、こいつは見上げてきた。

そして、そのちんちくりんの髭を生やしたケッタイな女は、言った。

「言わんな分からんもんちゃうやろ、察しろや人の気持ち」

◆

もう俺はどうでも良くなった。

カズキももうどうでもいい。

そもそも俺がレイプしなければ、カズキは死ななかったんじゃないだろうか。あいつは元から病んで悩んでいたようだけど、たかが彼氏と別れたくらいで死ぬような人間じゃなかったと思う。だってあいつの友達曰く、カズキに自殺するかもしれないって兆候が前々からあったとはいえ、俺が決定打を与えるまでピンピンと元気にして酒を飲んでたじゃないか。

そうだ、カズキは俺と出会わなければ、ずっと幸せで、不安定になることもなかった。そんな当たり前のことをどうして気づかなかったんだろう。

だったら俺は、もう会わない。それだけでいい。救うとかそんな必要なかった。まだ俺はカズキのことを諦めきれなくて、救うだとかそれらしい理由をつけて大義名分のもと会いたがってただけに過ぎない。自分本位で、またしても自分のことしか、見えてない。

確定してしまった12月11日のこと——俺が詰め寄ってカズキの個人情報や体と心のことを知っていると迫ったあの日のことは取り消せないけれど、でもあのくらいで死ぬことはない。きっと変な奴に絡まれたって、周りの人間と一緒に俺のことを馬鹿にして、そして日常に戻っていくのだ。

俺はもう、彼女には会わない。これで正解じゃないか。

◆

12月15日

どうしてもいてもたってもいられなくなって、俺はいつもの店に来ていた。この店には二度と来ないと決意したのは一昨日で、我慢できたのは昨日のたった一日だけだった。店に入って、アキラという店員に声をかける。

「カズキは？」

すると、目を見開いた後、小さく周りに聞こえないような声で何かを囁《ささや》いたが、他の客の騒ぎ声で全く耳に届かず、俺は「なんて？」と大きな声で問い返した。でも表情を見れば分かる。この男が悲しみだとか気まずさだとか、そういうものに打ちひしがれているようで、どこか心ここに在らずなことは。

「死んだわ、自殺したわ、昨日」


——本当に死んだ。死んでしまった。

カズキの友達の言葉は嘘じゃなかった。むしろカズキのあの元気な態度が、俺の見てきたものが嘘だったのか。

カズキは、俺と出会う前から、本当に自分で死ぬつもりだったんだ。

俺は、俺の存在をまたも過大評価していた。なおさら俺なんて、あいつの生死に関係なかったと分かってしまって、ますます自分が矮小で、些末な存在だったと思い知った。

そして極め付けは、俺はカズキの自殺の原因が俺じゃなかったことに、少しホッとしたことだった。俺はあいつのこと、セックスしたいとは思っても大事だと思っていなかったのだ。そんな自分に、嫌悪感が湧き起こり、まだ一滴も飲んでいないのに眩暈がして倒れそうになった。まだ何か言っている店員に背を向け、そのまま店を出る。朝まで淀川沿いを歩くことにした。

冬の深夜の淀川だ。十三のあたりから吹き込んでくる風は凄《すさ》まじかった。その寒風が、自分をクソ野郎と罵ってくれているようで、以前のトランスジェンダーの奴のパンチを思い出すことができた。

そして気がつけば、夜の帳《とばり》だとは思えないくらいに目の前が真っ暗になって、いつの間にか意識が消えた。

◆猫塚　懐　2ループ目

私はもう、二度も死んだのです。

一度目は集団自殺で煉炭を使いました。

二度目は単独の自殺で、以前に猫を轢死《れきし》せてしまったように車を使いました。

自殺って、苦しい思いは一瞬のようで実は長いんですよね。死の間際までずっと鈍く苦しく、そして気持ち悪いような、得体もしれない死の影が全身を駆け巡ります。何よりどんな死に方でもかなり頭が痛くなります。それは気分のいいものではありませんが、でもきっと生きていても、もっと長い時間、気持ちが悪く、そして私の場合は人を気分悪くさせてしまうのでしょうから、これでいいと思いました。

私には耐えられるものです。生きることよりもよっぽど、死の苦痛の方が救われます。

しかし、現在進行形で発生している時間のループ現象を解決するためにも、私には生きて欲しいと言われました。二階に住む、名前も知らない女の子にです。中身こそゴンタクレのように、まるで女性とは思えない気性の荒さで面と向かえばたじろいでしまいますが、でも私から見ればあの肌の感じも、そしてゴミ捨て場で見かける彼女の生理ナプキンの入ったゴミ袋も、全てが健康で、女性的なものだと私に訴えかけてきます。

羨ましいだとか、そういった羨望の感情は一切湧いてこないのです。ただ不思議なほど、虚しくなってしまうのです。彼女を見ていると、やはり自分は女性ではないのだと思わされます。

私がかつて流してきた少量の経血は、私の何を出しているのでしょうか。

生殖の機能も果たせないのに、血だけは吐き出されるのです。

死に際、ヘッドライトに当たって体から血が流れる時にも同じようなことを考えました。

私みたいな人間にも血が流れているだなんて、もったいないなぁ、と。

◆

初めてのループを経験した12月11日は、いつものように出勤して、子末さんと話してから早朝勤務を終えました。

前回とまるっきり同じことを話す子末さんに向かって「前に聞いたかもしれないねぇ」と言うと、子末さんは「ごめんなぁ、いっつも喋りすぎやんね」と言って、それからしょんぼりとした様子で口をつぐんでしまいました。明るい髪色や眉のない姿こそ強面《こわもて》で誤解を招きがちですが、その顔立ちにまだ子どもの幼さが残る好青年です。そんな彼が私なんかに気遣う様子を見せるので、私は逃げ出したいほど心苦しく居た堪《たま》れなくなりました。彼はいい子です。なのに私が彼の善意を無下にするようなことを言ってしまったようです。

私としてはデジャブのように感じると伝えたかったのですが、言葉足らず、いや配慮が足らないのだと思います。私の一語一句が、一挙手一投足が、人の神経を逆撫でする自覚があります。私が、愛想も役目もないおばさんだから。

それから猫にエサをあげて、出産できるようにタオルケットを駐車場の壁に立てかけた簀《すのこ》の裏に置いておきました。二度も同じ場所で産むのを見ています。どこで産んで何が必要か私が分かっているのなら、せめてこれくらいはしないと、ダメですよね。どうせ死ぬのですから一番新品《さらぴん》のタオルをあげました。それから後日、子猫を保護した後、前に私が猫を死なせた時のように、私も車に飛び込んだのです。三度目にもなる12月12日は、私は交通事故で死んだ後でしたが、すぐにまたも自分だけは死ぬものだとばかり考えていました。

そのせいで結局いつも通りに仕事を済ませると、後は特別何かをしようという気にはなりませんでした。

夕方に猫にエサをやり、家でのんびりとしていただけでいたずらに時間を過ごしていたのですが、真夜中に二階の女の子からこの現象にまつわる話を聞いてしまったので、私は唐突に投げ渡された責任感から眠れなくなってしまいました。

話を全て鵜呑《うの》みにするのなら、ただ猫も私も死ぬことなく過ごし、きちんと12月16日を迎えることができたら、それから死ねばいい、ということです。

それだけのことと私自身も納得しています。とにかく他の住人の方々と同じようにループの脱却を目指すことにしました。

しかし、いずれまた私が死ぬことによってループというスイッチを押してしまった場合、住人の方々の落胆や糾弾は計り知れないものだと思います。なぜなら私以外、二度目以降は誰も死んでいないようですから。結局この人たちは生きる希望や縋るものがあって、取り返せるんでしょうね。あるいは一度は行った自殺によって、死に対して恐れ慄きを感じたのか。それを責め立てるつもりはありませんが。

つまり、もし私が死んでループが再開することがあれば、あの三人とまた死後も生き返って顔を合わせなければならないわけです。彼らにとって私は、せっかくの機会や成功をおじゃんにする夾雑物《きょうざつぶつ》です。

逃げるために、終えるために死ぬというに、死ねずにまたも人生は再開してしまう。そして厚顔無恥にもなりきれず、ダメな自分を曝《さら》け出して死んだことについての釈明や謝罪をしなきゃならないって、一番酷ですよね。死という救いや解放の手段すら奪われてしまったわけですから。半殺しのような、生き埋めのような、そういった苦痛と絶望感を覚えます。大袈裟でしょうか。

私は生殖機能を奪われた、役立たずの女です。なのに死ぬことすら奪われれば、どうすれば誰からも責められない世界に逃げられるのでしょうか。


そんなことを考えていると、今日も夕方が空一面に広がってしまいました。

今日は12月13日。この日を過ごすのは三回目になります。

昼間は姉たちに猫を飼ってくれないか、という電話をかけました。今までに取ったことのない初めて起こすアクションにより、何かが変わってしまいそうな不安に襲われましたが、反面、いつもと変わらない世界が私を待っているような安心感もありました。どうせ変わらないという絶望感でもあります。

一度目の12月13日は、急遽夕方のシフトを引き受けたおかげで慣れない仕事にくたびれてしまい、夜に初めて猫の赤ん坊に対面して、恥ずかしながら慌てふためいてどうすればいいか分からなくなってしまったほどでした。

だけどもう平気です。私はこのほとんど変わらない12月13日を、二度経験してきましたから。

でもなんだか不思議です。以前も猫は死なせたくないと感じ、こっそり家に引き入れてから自殺したというのに、今回の方が必死で、真剣に取り組まないとならないなと感じます。それって結局、猫たちの命がかかってるからじゃなくて、あの住人さん方三人に迷惑をかけて、失望されたくないからなんでしょうね。


夕勤の仕事が終わり、夜勤のシフトで出勤してきた子末さんがバックルームに入ってきました。

せっかくですので、このループ現象を抜け出した後——私がこの世を去るとして、その後猫たちを飼ってくれる人がいた方が後ろ髪引かれることなく死ねるかと思い、子猫のことを頼めるか聞くことにしました。


「猫の面倒？　前言ってた野良猫？」

簡単に猫の話と、子どもが生まれる寸前であることを話すと、子末さんは前と同じように口をつぐみ、それから私に「飼えない」と謝ってきました。

「でも子末さんしか、おれへんのよ」

私は初めて食い下がって子末さんに頼み込みます。私には子末さんしか話を聞いてくれる人はいませんでした。

「うーん、せやなぁ。友達もみんなペット欲しいとは言ってないしなぁ」

「そうよねぇ……ごめんなさい、無茶なお願いやったわ」

と、子末さんと同じくらい頭を下げて私は謝罪しました。

「……猫塚さんさー、お姉さん二人おるんちゃうかったっけ？　ずっと前にもちょろっと話してたやんなぁ？」

夕勤と夜勤の交代前後、お客様もまばらな時間帯になったので、レジ点検の業務をこなしながら、子末さんはそう切り出しました。

「そやったっけねぇ。よく覚えてるねぇ」

「まー俺も、そういう個人的な話するのも猫塚さんだけやもん。猫塚さんも俺には結構なんでも話してくれてない？　あ、もしかしてこれ自惚《うぬぼ》れやったりした？」

子末さんは手際よく小銭を数えると、私の元へ近づいてきました。

「お姉さん二人には猫のこと頼まんかったん?」

私は彼のまっすぐな目が、見れませんでした。怒ってはいないと思いますが、でもその指摘は鋭く正論です。

「……頼まれへんかったわぁ」

「そうか~。まー家族って言うても、色々あるわな」

「……そやね」

慰めてくれる子末さんと並んで、私は退勤するためにバックヤードに入りました。

それから私は正直に話しました。姉二人に打診するために電話をかけた時のことをです。

長姉には電話に出てもらった時点で「お金の融通などはできない。子どもの学費がある」と一方的に電話を切られてしまいました。お金のことで無心してきたと早とちりして、私の相談を聞く前に切り上げたのです。

二番目の姉も、私の声を久しぶりに聞くなりすぐに会話の主導権を握って、自分の家庭がいかに困窮していて先が見えない生活をしているか、子どもの私立受験の費用のために株式投資を始めたことなどを聞かされ、電話をかけたはずの私が延々と聞き手に回りました。この家庭に猫は頼めないと、電話越しにずっと吠《ほ》えている犬の鳴き声を聞いて理解しましたが、何十分も電話を切らせてもらえず苦労しました。

私の話を聞いて、子末さんは少し考え込んでいました。それからオフィスチェアに座ってくるりと回った後、

「じゃあさー、猫塚さん、里親が一番やと思うで」

と言いました。

「え？」

「だってさぁ、身近な人に頼れんくて、他にもバイトとか知り合いに聞いても無理で、それでも行く宛の無い子を猫塚さんがどうしても保護したいって言うんやったら、そういう動物保護施設とか団体に預けるしかなくない？」

「でも」

「そんな都合よく周りに子猫とか飼える人なんておらんもんよ。それよりもきちんと面倒みて、世話もしてくれて、飼い主まで探してくれる保護団体に預けるべきやと思うで」

　淡々と話す子末さん。いつも温かく人情のある方だと信じていますが、躊躇いもなくその選択肢を代替に出すことに、私は驚いてしまいました。

「子末さん。あのね、保護猫の団体に預けたらね、去勢や避妊されてまうの。それに新しい飼い主がいい人かも分からん。親猫とも離れ離れになってしまうこともある。そんなん可哀想でしょう？」

「じゃあ野良のままがいいんじゃない？　身も心も自然のまま生かしてやったらいいんとちゃう」

　なんだかいつもより子末さんが苛立ったような、語気が荒く強いような気がして、私は強張ってしまいました。

　野で生かすことも、正解かもしれません、でも私は一度は猫たちの命を奪いましたが、親猫はともかく、あの子猫たちはおそらく平均的な子猫より貧弱で、保護しなければほうっておいても死ぬようなか弱い命であったと思います。猫がたくさんの子猫を一度に産むのも、厳しい野生の環境を一匹でも多く生き抜くために、代わりや予備として一気に多数の子孫を残す、と言われていますよね。

　人間でもそうですよね。姉二人が子どもを産める女でしたから、私のような存在がいてもよかったのです。姉二人がいなければ、両親も孫の顔が見れないと私を糾弾して、決して許さなかったでしょう。時代が時代だったのかもしれませんが、現代では希薄となった愛国精神に基づく子孫繁栄の精神の持ち主が、私の両親であったと思います。きっと子末さん世代の若い子には理解されないでしょうけど。

私は国家の繁栄という点において、生産のできない存在です。

ああ、これは私が強く感じたことではなく、もしかすると私の母が言っていたことかもしれません。

もう自分を責め立てる感情の出どころも、この歳になるとよく分からなくなってきました。


「とにかく、野良でそのままにするのは嫌なの。死んでしまうと思うんやわ」

私がおろおろすることも忘れて彼に伝えると、

「嫌だったら、もう理想論とか捨てて、できることでやったらええやん。なんで保護団体とかは躊躇うん？」

子末さんは真面目な顔で言った後、自分でも落ち着きを取り戻したのか、ようやくいつもの柔和な笑顔に戻りました。

私はそれで、これなら怒られることなく自分の本心を伝えられる、そう思いました。

「せっかく子どもが作れる体やのに、その機能を奪うのよ……保護猫とか、そういう譲渡する会って、当たり前のように避妊と去勢手術を行うの。猫は毎年発情期が来て繁殖する生き物で、たくさんの赤ん坊を産むから、そうしないと飼えないからなんやって。それに外で生きてる猫たちのことも捕まえて避妊手術受けさせて、それをまた野に返すことも、保護猫の活動の一環としてやってるみたいやねん」

「ふぅん……人間にとって都合のいい、合理的な選択やね」

それは賛同でしょうか、それとも冷静な批判としての皮肉でしょうか。

「私は、そんなこと猫にしてやりたくない。自分が不妊症やから……ごめんなさいね、こんな話」

子末さんは小さく「いいよ」と返してくれました。

「子末さんは男の子やから分からんかもやけど、女やとね、子ども産めないと、自分がどうしようもなくダメで、役割のない人間やと責めてしまうんよね。みんながやってきたこと、自分だけできないって、ほんまに申し訳なくなるの。可愛いな思ってる甥っ子も、おぞましい思えるの。私は子どもを見ると、それを育ててる親御さんに怒られてるような気がして、子ども自体が可愛く思われへん。子どもが嫌い。きっと自分の血の繋がった子どもができたなら、また気持ちは変わるんやと思うんやけど、でもなられへん。母になられへん、女やのに、もう子どもがおってもおかしくないおばさんやのに、気持ちも、体も、母になられへんのです。そんな女がね、猫の生殖機能も奪うって、罰当たりやし、八つ当たりみたいで惨めで、残酷やと思いませんか？」

諦観していた感情でしたが、口に出して話すと、自分がいまだに抱えている根幹の部分がはっきりと諦めきれないものとして浮かび上がってきました。

つまり私は、子どもが好きだから欲したわけではなくて、あの親が認めるまともな人間になりたいから欲したわけです。

私は、もう怒られたくないんですよね。

子どもが欲しいとか、人の役に立ちたいってのも、周りの人に怒られないようにそう思ってきただけで、私自身、本当は他人のこととか、猫のこととかどうだっていいのです。ただ誰かに許されたくて、自分を責めて反省を示し、慎ましさを表し、そして善行を積もうと考えている。

浅ましい生き物なんですよね。

「あのさー、俺はさ、猫塚さんの気持ち分からんでもないけど、俺なりに考えて、避妊も去勢も結構仕方ない派やし、保護猫の活動もええと思うんよね」

子末さんは、涙を目に溜める私から目を逸らして、監視カメラのモニターを眺めながらそう呟きました。

「産んでも育てられへんことって、猫でもあるんやろうけど、人間でもあるわけやん。捨てられたり、虐待されたり、ネグレクト的な放置されるような子もおるし。誰からも望まれてないのに生まれたり、はなから不幸を背負って生まれてくる子なんて、たっくさんおる。だから俺はそんな不幸な子が出んのやったら、もう避妊も去勢も人間にもしてやれって思うやけどさぁ、……うーん、ちょっと過激か？ごめんなー？」

「ううん」

私は子末さんの言葉の続きを待ちます。

「反出生主義、とかって言うらしいねん、俺もまー高校留年して中退したくらいアホやから、よう分かってないんやけど。赤ちゃんを産み増やして、不幸な社会に生きてもらうくらいなら、産まん方がええっていう主義やね。これ、俺、ちょっと分かるーって思ってまうねんなぁ」

「……私も、分かるかも」

「え？　猫塚さん、子ども欲しい派の人ちゃうの？」

「いや、多分……ちゃうかもやわぁ」

私は笑って返答しましたが、でもそう言えた自分に少し驚きました。

ええ、もう、子どもを産んで母親という生き物になり、親から責められないようになりたいと望んだだけ、と認めつつあります。

「俺さ、施設出身やからさ、周りももうほんとすんげー奴らばっかかで」

「施設？」

「児童養護施設。店長から聞いてないん？」

「いえ、初めて知りました」

すると子末さんは噴き出して笑います。

「マジか、あの人ほんま口堅いなぁ。昔バイトしてたファミレスではベラベラ喋られて大変やったんやけどな」

「そうなんやね」

「……んでさ、話戻るけど、施設にはさぁ、親に車で待ってろ言われてそのまま捨てられた奴、殴られすぎて眼球潰れかけた奴、一度も学校行かしてもらってなかった奴、親の仕事を無理矢理手伝わされてた奴……いろんな子がおってな、もうそんなんとつるんでたからさぁ、きちんと育てられへんのやったら産むなやって、親とか大人を恨んでたわ、ガチで」

「……」

私ももし母になっていたら、子どもにそう思われるようなダメな親になっていたかもしれませんね。

「でもさー、どうしようもないやん？　きちんと産み育てられませんって言いながら産む奴なんておらん。仮におっても産んでもうたらしゃあないし育てることもあるやん。どの子が虐待されて、どの子がきちんと育てられるんか、神様でもないいんやし分からん。だからまぁ人が人を産むこと自体は、もう合理的な理由とか、選民的な？　ちょー上からの思想で止めたりできるようなもんでもないなぁって思うし、なんし生まれてもうたらもうしゃーないやん。生きるしかないいんやと思うねん」

「そうですね」

「だから猫でも、人間でも、保護施設とか、里親で血の繋がりとかがないとか、そんなんでもきちんとした支援と保護ができるなら、子どもにとってはどんなもんでもありがたいと思うねん。俺も、今一緒に住んでる施設で出会った先輩もな、楽しく生きてるでー。死なんくて良かったと思ってるし、マジで今もこれからも施設の人には頭上がらんもんな」

子末さんは目を逸らしつつも、真っ赤にした顔で歯を見せて笑います。

「猫のさ、避妊とか去勢手術受けさすのも、人間の都合やエゴやろうし、確かに不幸な子猫を減らす効果もあるんやろけど、でもキチンとエゴとして忘れんように受け止めて、とにかくその猫自身の命を生かしてやることを優先してやった方が、ええんとちゃうかな。まー手術で臓器取ってもうたらもう戻されへんけどさ。でも死ぬよりええと思うねん。これもエゴで、残酷なことやけど、俺はそう思う」

「……でも、その通りやと思うよ、本当に猫のこと思うんやったら、四の五の言わずにそうすべきやった。私は、自分のことに投影して考えてたから……」

「まー、しゃーないやん、猫塚さんも一人の人間なんやから」

「……」

「もっと自分のこと優先してええと思うで」

「え？」

私は聞き返しました。

「自分一人満足させるので、大抵の人って一杯一杯やと思うで。子ども育ててる親も、人になんかしてやれる人間も、結局はそれってある程度は自分が満足するからやと思うねん。なんでも人のためとか、自己犠牲とかでできへんやろ」

子末さんはあっけらかんと言います。

「親になられへんから、自分は、自分のことばっかで生きてて、ダメやなぁ思ってました」

すると子末さんは、伸びをしてバックヤードから店の様子を一度窺った後、こちらに顔を戻して、

「いいやん。それでもいいって絶対」

――んじゃ、仕事戻るわ、ありがとうな猫塚さん、と言って、子末さんはレジの方へと向かって行きました。

お礼を言いたいのはこちらの方なのに。そう考えていると、涙が出るほど鼻の奥が熱くなりました。

◆

12月14日

翌日、近くの保護猫団体に問い合わせてみたところ、キャパシティが足らず、今すぐには子猫の保護はできないと言われてしまいました。当たり前ですが、そういった団体であってもいつでもどんな状態の猫でも受け入れられるわけではないんですよね。管理や世話をするのも人間なので。

「猫塚さんのご自宅では猫を飼えない、ということで、一週間ほどでもいいのでどなたか一時的に保護ができる方はいませんか？」

そう言われても姉二人の家庭には頼むこともできず、私には寄る辺もないのです。

「猫塚さんはご実家ですか？」

その問いかけに対して、私は違うと説明すると、実家に一度相談することはできないかと言われました。私としては打診する価値もないと思います。どうせ電話には母しか出ません。あの母です。ことごとく私に失望させられたと宣《のたま》う母です。

ですが、どうせ近く死ぬ身ですので、吹っ切れた私は実家に電話しました。

「懐、どないしたの」

電話に出た母は、まるでもう怒っているようでした。私の苦手意識や精神状態の問題なんでしょうけれど。

「ちょっと相談があって」

「なにぃな？　年末年始に帰ってこないとかあきまへんで。あんたは寡《やもめ》なんやから、実家のことくらい手伝わな」

まだ何も言っていないのに、もう怒られてしまいました。

「猫、預かって欲しいやけどね」

私が言うと、

「猫ぉ？」

と呆れた様子で、母は言いました。

「あんた何ぃな、子どもできんからって猫飼って、面倒見きれんから捨てるんか？」

そう言って捲し立てられ、私は弁明する間も無く、母の説教の時間が始まったと理解しました。

今更説明しても、もう母の中での筋書きは決まってしまったので手遅れです。

子育てすらできないダメな娘が代替品として猫を飼って、やはりダメな人間なので辛抱できずに、責任を放棄しようと威厳のある母親に泣き付いてきた——そういう物語です。私が事情を伝えても、もう言い訳としか受け取られないでしょう。

「そないなことやからね、任《あたる》さんに愛想尽かされて、逃げられるのよ。あんたがみっともないことして、それで人様に迷惑かけたこと、今までに何度あった？　不妊治療も何度も逃げ出して、そないなことやからバチ当たってそないな歳で一人になってしもたんやで、本当なら子ども何人もおらなおかしいやないの。あんたいつまで自分のこと子どもやと思ってるの、なぁ、情けのうて仕方あらへんわ」

任——元旦那の名前です。離婚したことをまだ昨日のことかのように言うのでしょうか。

不妊治療は逃げ出していません。病院で指導された通りにして子作りに励みました。でも、検査を何度も受け、卵管だけでなく卵子そのものが異常で、数も少なく妊娠に適さないと言われたので断念したのです。

母に連れられて、子宝祈願の神社巡りをしたこともあります。しかしそれは夫と子どもを作らないと決めてからも続いたので、心が居た堪れなくなって、私は「もうやめたい」と伝えました。その時の母の尋常じゃない怒りようを、いまだに思い出します。父は「女同士のことだから」と救いの手を差し伸べず、母の言うことに全面的に賛同していたので、私に助け舟を出してくれたのは、長姉でした。それからその騒動が旦那の耳に入って、以来、旦那は私の母もろとも、猫塚家を少し忌避する素振りを見せるようになった気がします。

「お母さん、ごめんなさい、どうにかするから」

「あきまへん、あんたのどうにかするはどうにもならん。逃げるだけや、物事を隠すだけや。絶対にあきまへんで。明日、そっちの家に行かせてもらいます。逃げずに待ってなさい。場合によっては実家に戻らせるわ。ほな明日行くから」

母は電話を切りました。

きっともう取り付く島もない筋書きを頭に書き殴っていることでしょう。

私はただ、猫を迎え入れてもらいたかった。

いや、いいことをしている姿を見せたかっただけだから、こうなったのかもしれません。

思い返せば、私はいつも母に怒られてきました。どんなことをしても怒られてきました。何かを成したつもりで喜んでいると、調子に乗らせまいと叱責されました。私は幼い頃から何度もそのように突き放され、叩きのめされてきたのに、まだ学んでいなかったようです。尻尾を振って母に向かっていく私は、本当に馬鹿げています。怖いはずの母に認められたがっている自分が、どこかにいるのです。

ああ、二階の女の子に、恋川くん、日隠さん。

本当に申し訳ないです。

死んでも、また生き返ってしまうのなら、意味がないとは分かっているのですが、逃げたいです。

またループさせてしまい申し訳ないですが。

この未来には、私はもう耐えられそうにないのです。

◆日隠團織　2ループ目

12月13日

昨日をほとんど近所から出ることなく、いつもと変わりない一日にしてしまったことは悔やまれるが、晩に受けたループの説明により、少し先行きが分かったことに自分は安堵していた。この時間が永遠に続くわけではなく、条件を満たせばまた時は進む。自分はもう老いて死ぬだけの命だが、それでも永遠の不変よりは価値のあるものだと感じる。

しかしループの定義に確証を得たことはいいのだが、どうしても自分には納得できないことがあった。それは他の人間の命も失ってはならないということだ。あいにく二階の子たちは関わった人間を殺す、あるいは死なせてしまったようなので、それを止めるために奔走しているようだが、自分はどうにも人を殺《あや》めるようなことをしたとは思えない。

直くんに対して働いてしまった悪事により、カワリを傷つけたことには間違いないだろう。だがカワリは自殺をするような人間でもない。

猫塚さんは猫を殺さずに保護することを目的に動いていたが、自分にはそのような生命に関わるようなことは、一度目の12月11日から12月15日の間にも起きていないし、二度目の日々ではほとんど誰とも関わることなく五日間を過ごしたので、そのようなことが起きたのかも分からない。

この短い日々に関わった人間といえば、カワリに直くん、退職願を出しに行った際に話したスーパーの店長、リナリアの元アルバイト大上くんくらいで、その人たちが死んでしまうような危険なことに巻き込まれる気配もなかっただろう。さらに皆いたって健康だったと思う。

もしもそれが通り魔的なものや、あるいは事故や病気などが原因で命を奪われてしまうとあれば、自分にできることなどほぼ無い。

……いや、あるとするならば、抑止に向けてまた自分で行動を起こせばいい。

自ら関われ、ということだろうか。

せっかくもう自分ができることのなさや自分の不甲斐なさから立ち直りつつあると感じていたのに、またもや一度目の日々のような、カワリとの苦しい対話を経ないとならないのか。何より自分には、根底の感情が同情だと分かりきった上での直くんの善意が、辛くてたまらないのだ。

しかし、自分が逃げることを選んだせいで人が死んでしまうのには耐えられない。

それ故、まず、意を決してリナリアに足を運んだ。

◆

「あれ、どうも」

リナリアに着くと、社員の女の子が自分の顔を見て綻んだ表情になり、席に案内してくれた。

「オーナー、今日、カワリさん夕方まで来ないですけど、どうされたんですか、珍しい」

「ふっ、元オーナーやで」

「あっ、そっか。ていうか、もっといらっしゃってくださいよ。近くに住まわれてるんでしょう？」

それから社員は「マサラチャイですよね」と笑顔でキッチンに戻っていく。

それから一時間ほどのんびりとリナリアで過ごした。時には自分が店に立っていた頃からの常連さんが店にいらっしゃったので挨拶をしたり、久しぶりに世間話をしたりもした。その時間がすごく充実していたので、くだらない意地を張るのもほとほと疲れて、もう12月16日を迎えることができたら、リナリアでアルバイトとしてでもいいから店に立とうか、と冗談のような計画を考え始めていた。

しかしカワリはカワリだ。時間が戻っても、彼女が気づいていたことと、そのことを自分が知ってしまった事実は変わらない。カワリは自分がゲイだと遠い昔から気づいていたようだが、それでもずっと黙って自分についてきてくれた。今だってそうだ、帰る場所を作って待ってくれている。

以前はそれが惨めで悲しく、辛いものだと思ったが、しかしこれ以上に恵まれたことはないのかもしれない、と思い始めていた。確かに自分が直くんに抱いた恋心は儚《はかな》く散ったし、自分がカワリとよりを戻せば、直くんとの秘密のような関係性も無くなって、特別な間柄になれるかもなんて一縷の望みもあり得なくなる。

しかしきっとリナリアに戻れば、直くんはずっと通い詰めて自分と話をしてくれるだろう。

恋心を伝えて関係が途絶えてしまうよりも、仲のいい友人としてでも余生を少しでも彼といられる方が幸福な気もする。

自分は以前ほどの絶望感や自殺願望を持たなくなっていた。と言うのも自分は生き返った時に、どうやら全てが元通りになったことにまずホッとした側の人間で、そして孤独な日常に戻った辺りで、もうその孤独と付き合っていられるほど意固地にもなれなくなっていたのだ。

自分の恋や後悔が些末なものだとは思わない。しかし命を絶つ意味は無かった。自分の感情に生まれて初めて向き合って、その反動で冷静さを欠いて突拍子もない選択をしてしまったのだと、今では自省できる。直くんのパンツを盗んだことも、自殺を図ったことも、全てまるで初恋に破れた生娘や乙女のようなものだった。今はもう世界一悲劇に浸ったゲイセクシャルにはなれない。

確かに自分は、ゲイとしては齢《よわい》一歳に満たない赤ちゃんだ。ゲイバーに行ったことも、男性とセックスしたこともない、無垢《むく》の自分が自分の中に眠っている。

だがノンケとして、既婚者として、リナリアのマスターとして生きて培ってきた自分を、今まで見失っていたと感じるようになった。自分はそれら全てを含めて日隠團織なのだ。今さら恋の一つで、全てがなかったことになるわけではない。

カワリも言っていた。人との縁はなかったことになるわけではない、だから離婚をしても終わりじゃない、と。

死んで、そして生き返り、変わりない日常であり非日常でもある不思議な何日かを過ごした。

そんな時間が教えてくれたことは、全ての苦しみは自分の蒔いた種だったということの反省と自覚だった。

「いらっしゃいませ」

「一人で」

その時、ふと耳に入ってきた声で、テーブルに落としていた視線を上げる。

「——直くん！」

「え？　あ、えーと……ここの、マスター？」

そこには直くんが、大きなカバンを持って立っていた。

「むかしここにいはったのは知ってるけど、僕、名前、言いましたっけ？」

しまった、とは思ったが、自分はもう直くんを前にして、涙が出そうなほど感極まってしまって、声を出せなかった。直くんはそんな自分に対して、一瞬たじろいでみせたが、すぐに優しい表情に戻って、

「マスターの席の隣、いいですか？」

と言ってくれた。

◆

「つまり、今回のマスターは、誰かが死んだらまた12月12日に戻ってしまう、と」

「いや、次は12月13日ですわ」

話していたことは、詩名内荘での怪奇現象、ループについてだった。

さすがに自分がゲイで、犯罪を働いて直くんに迷惑をかけたことや、この想いについては話さなかったが、老後の孤独感で自殺を企図し、そしてこの現象に巻き込まれてしまったという体で、簡潔に洗いざらい話した。その際に直くんと仲良くなったこと、そしカワリに頼まれて直くんが自分に接触してくれたことを悲しくなるが知っていると伝えた。

「……そっか、本当に、ごめんなさい」

「いや、同情してくれるほどの価値があった人間だと、嬉しく思うよ。ありがとう」

そう伝えると、直くんはにっこり微笑んで、照れ臭そうに二杯目のチャイに口をつけた。

「でも、とにかく俺は信じますよ、マスター」

「良かった……もし、ボケ老人だとか家まで知ってるストーカーや思われたらどないしよか思ったけど、信じてもらえてよかった」

すると、直くんはバツの悪そうな顔をして、愛想笑いのような乾いた笑い方をした。

「正直、いきなり名前呼ばれた時は、なんかストーカーか思いましたよ」

「そ、そうなんや……？」

自分は少し胸が締め付けられるような思いがしたので、いい気持ちではなかった。

「でも、住所とかはともかく、俺の仕事のことや、じいちゃんのことは、相当信用してないと話せないことやと思います。カワリさんにも話してなかったことやから。だから俺、この話も、マスターのことも信用します」

「ありがとう」

「その、でもまだマスターが、今の俺にとってはどんな人か分からんから、マスターが前に俺と過ごしたような信頼関係は築けてないですけど。でも仲良くなれそうです」

「うん、そうだよね、ごめんね」

自分にとっては地続きの日々でも、直くんにとっては経験もしたことのない仮定の日々だ。すっかり舞い上がっていたが、彼がいい子じゃなければ認知症の入ったストーカーとして警察に摘《つま》み出されていたかもしれないと、今更だが焦りを覚えた。

「はぁ、ほんと良かった、信じてもらえて」

「でもまだ油断禁物ですよ。だって関わった人が死んじゃうかもしれないんでしょ」

「ああ、そうだった」

直くんと話せた喜びでうっかり忘れていたが、そもそも誰が死ぬかを突き止めないと。

「今からカワリと大上くん……あ、大上くんはリナリアに元いた子やねんけど、その人らには当たるつもり。直くんはどう？　最近は何か命の危機を感じてるとか、そういうの無い？」

直くんは「いやぁ、まぁ……」と少し渋った後、

「ストーカー、されてるというか、そういうのは心当たりありますけど」

と言った。

「そうだったの？　ああ、だからストーカーか思って怖かったって言ってたんやね」

「まぁ、そうですね。前の俺は何かマスターに言ってませんでしたか？」

記憶を掘り返してみるも、思い当たらない。自分は首を横に振った。

「あーじゃあ、きっとマスターに店に戻ってもらうことを優先して、言わんかったんやと思います。でもやっぱり、家にはおらずマスターに遊んでもらってたみたいですね、その時の俺は」

「？」

自分が首を傾げると、

「このリナリアに来るのも、家では仕事がしたくなくて、それでここに逃げ込んで居付くようになったんです。家にいると、一階やから窓から覗かれるし、外に出るたびに毎回二階から監視してくるし……」

「二階から監視って、もしかして」

自分にはその人間に心当たりがあった。自分が直くんのベランダからパンツを盗んだ際に、すぐに駆けつけてきて通報した男性——。

「会ったことあるんですか？　そうです、あの二階の男が、俺のストーカーです。男同士のことなんで、恥ずかしいから人に相談できなかったんですけど、多分、向こうは、ホモっぽいんです」

◆

「まぁもしかしたら、ただの嫌がらせかもしれません。けどずっと付き纏ったり、物を渡してきたり、ご飯とかお酒誘ってきて……なんかストーカーされてる女の人もこんな気持ちなんやろうなぁって思いました。怖いし、気持ち悪いんです。俺の思い過ごしとか自意識過剰って笑われるかもしれないですけど」

「いや、信じるよ、信じる」

と自分は答えた。

まさかのお仲間——つまりゲイの男性が、直くんを狙っていただなんて。いや確かに直くんは可愛い顔をしている。男にだってモテるだろう。

ただ今はそんなことで盛り上がってる暇は無い。

ループの法則に則《のっと》ると、もしかすると初めての12月14日から12月15日の間、自分が意気消沈してカワリと話し合い、そして自殺を決行していた間に、直くんはストーカーに殺されていたことになる。

自分はそんなこととは露知らずに、独り悲劇に浸って命を絶っていたのか。なんて自分勝手で間抜けな視野の狭い人間だっただろうと責め立ててやりたくなる。そんなことよりもっと重要で、あってはならないことが起きていたのに。自分は自己嫌悪に苛《さいな》まれながら深く恥じ入った。

殺人は自殺とはわけが違う。理不尽で許せない。ましてや直くんのような善良で、未来ある命が奪われていいわけがない。

「でも、別になんかされてるわけじゃないし、そんな殺されるほど過激って感じでもないですけどね」

リナリアを出ると、二人で直くんの自宅方面へと向かっていた。直くんは「大丈夫。それよりマスターにまで危害が及んでほしくない」と繰り返していたが、殺されるかもしれないのにこちらの心配なんてする必要は無いと、彼の制止を振り切って直談判《じかだんぱん》を申し出た。

「何かが原因でいきなり牙を剝いたのかもしれんでしょ。とにかくこういうのは大の大人が出てガツンと言ったらなアカン」

「いや俺も大人ですよ」

そう言う直くんはどこか嬉しそうだったので、自分は張り切った。


直くんのアパートに着くと、確かに二階の方でシャッとカーテンが閉まったのが見えた。今もずっと帰ってくるのを待っていたのかもしれない、と思うと悪寒がした。

「多分、監視カメラかなんかベランダにつけてるくさいんですよね。ほら、手すりの隙間のとこにやたら荷物置いてるし……」

「じゃあそれで直くんが出入りするの確認したり、ゴミとか確認したりしてるわけやね」

意を決してオートロックのインターホンを鳴らし、二階のストーカー男の返事を待った。

「……はい」

「あ、二階の人やね。どういうことでインターホン鳴らしたか分かります？」

自分が切り出した途端に、男は沈黙した。しかしまだインターホンが繋がったままなので、向こうはモニター越しにこちらを観察しているのだろう。自分は身を挺《てい》して、直くんを背中に隠した。

「……どなたですか」

まずはそう返してきたので、

「真下の一階の住人の、父です」

そう伝えた。直くんは目でこちらに「じいちゃんの方が合ってるのでは？」と訴えかけているような気がしたが、それは自分なりのせめてもの見栄だった。

「なんか用ですか？」

「イヤァちょっと、やめて欲しいなってことが続いてるんで、そのことでお話ししに来たんですわ。ちょっとええやろか」

「よくないです」

「……いやよくないのはこちらです。これ以上続くようなら弁護士と警察に相談しますよ」

自分がそこまで言い渡すと、インターホンのホワイトノイズだけが響いた。無言を貫くつもりだろうか。

「マスター、もうええですよ、これ以上はちょっと怖いです」

自分の耳元に直くんが触れるか触れないかぐらいまで近づいて、こっそり耳打ちする。吐息や声の近さに耳がゾクッとして、少し興奮してしまった。

「ま、まぁとりあえず今日は、うちに泊まったらいいから」

自分はそんな風に誘いをかけてしまうが、直くんはこちらの邪《よこしま》な（もちろん手は出さないが、厚意よりも好意に近い）他意などには気づかず、純粋に頷いてくれた。何だかこのストーカーと同じような自分に嫌悪感もあるが、しかしこちらには彼を傷つけたり裏切ったりするつもりはない。今度こそは自分勝手な思いからじゃない、本当に彼を思っての行為だ。

ホワイトノイズが途切れたので、おそらく通話を切ったのだろう。自分たちも一旦ここを後にしようとした、その時だった。

「あっ」

直くんが思わず声をあげたというように、小さく叫ぶと、エントランスの方を指さす。そしてそこには前にも見たあの男——二階の住人が立っていた。

仏頂面で何を考えているのか分からない。

「あ、あんた」

と自分が声をかけようとすると、

「……こんな、ヨボヨボの、おじいちゃんなんかに、」

と呟いて、そのまま急に駆け出し、車の通っていない車道を全速力で走り抜けて行った。

「こら！　待て！」

しかし自分の足は思ったようには動かず、20メートルほど駆けると、一気に骨盤のあたりにまで鈍痛がきて走れなくなってしまった。情けないが歳には勝てない。顔が一気に熱くなって立っているのも辛いほどであった。

「マスター！　俺が追います！　若いんで任せてください！」

直くんがそう言って、自分の前を行こうとしたので、焦って声を張り上げた。

「あかんて！　相手は君のこと狙ってるんやで！　っはぁ、君が行ってどないするの！」

「でもなんも危ないもの持ってませんでしたし、梅田とか中津の駅の方行きましたよ！　あっちは人もおるんで大丈夫です！　今逃がした方が後々怖いですもん！」

「それでも、はぁ、アカン！」

「マスターは警察呼んどいてください。もうここまで来たら一気にカタつけな、安心してループ終わらせられへんでしょ」

こちらのことより、自身のことを案じればいいのに、彼はいい子だな、と呑気《のんき》に感動してしまった。

直くんは全速力でもう遠くなった男を追いかけていってしまった。不安と興奮で心臓が早鐘を打つ。怖くて仕方がない。彼が、得体の知れない男に命を奪われてしまうかもしれない。なのに老体じゃ何も助けにならないことが、もどかしくてたまらない。

震える手でスマホを取り出し、警察に電話し、とりあえずアパートの方へと来てもらうことにした。どっちの方面に男が逃げてしまったのか分からないが、おそらく直くんも男を確保し次第、通報するだろうと信じ、肩で息をしながら独りアパートの前に座り込んだ。


そして警察よりも先に来たのは、直くんだった。

「マスター、あの、中津の高架橋まで逃げたと思ったら、あの人、電車に、電車に飛び込んで、死んでまいよった」

「え？」

直くんの汗と絶望に塗れた顔。彼は狼狽えた様子で目を泳がせながら、落ち着きなく息を切らしていた。

直くんが生きていてよかった。しかし男は死んだ。

そういえば、自分のループ前に関わった人間に、一人入れることを忘れていた。

一度目の12月13日、自分がパンツ泥棒の犯行に及んだ時に、捕まえてきたあの男の存在だ。

つまり、この死により、ループの条件を満たしてしまったのかもしれない。

◆同ループ12月15日 演田売子

三度目の12月15日。

アタシの話に半信半疑だった裏田の死を、アタシは電話越しに確認した。あの着信に出たのは、死体処理をしている途中の裏田の嫁だろう。知らない電話番号に思わず出てしまったのかもしれない。

どうやら話を聞くに、ホモのジジイも、隣のオタク男も死人が出てしまったらしい。結局みんなループ脱出の条件を満たせなかったようだ。しかし元住人の生田ママの推測や経験に誤りがあるのかもしれない。住人さえ生き残ればループを脱却することができるのかもしれない。

そんな根拠のない希望を抱いて、アタシは猫塚のおばちゃんの部屋の戸を叩いた。

「あれ？　おらんの？　いつも夜はおんのに」

するとホモのジジイが自分の部屋から出てきて、アタシの方へとしょぼくれた顔で近づいてきた。

「まだいませんか？　昨日の夜からいないみたいやね」

「そうなん？　野良猫のとこかな、それか保護してくれる人でも探し回ってんやろか」

「あの人のことだから、見つかるまで声かけしてそうですね」

とジジイは心配そうに呟く。

「せやな。でもどうせ時間戻るから、もう今日のことなんて意味ないねんけどな」

アタシはそう言いながら、ふと玄関の方を見た。

おばちゃんの靴は、置きっぱなしにされてあった。

嫌な予感がしたので、アタシはジジイの方を振り返る。ジジイは察しが悪いのか、キョトンとした顔で、焦るアタシを眺めていた。

「ちょい来て！　玄関のとこの管理人室！」

二人で駆け寄って、部屋の扉を開ける。目貼りしてあったテープが邪魔で、ジジイと一緒になって戸を押した。

いつだ、昨日か？　肉体の様子や、ほとんど部屋に残っていない煙の量を見るに、さっきのことじゃない。

ただ確実なのは、その肉体――猫塚のおばちゃんはもう、息を引き取ってるってことだった。

第八章

変化

12	/11	/12	/13	/14	/15
original	✕	✕	✕	✕	💀
1st Loop	✕	✕	✕	✕	💀
2nd Loop	✕	✕	✕	✕	💀
3rd Loop	✕	✕	→		

◆演田　売子　3ループ目

12月13日

――空虚な12月15日を過ごし、途端に襲われた眠気に勝てず、アタシは横になった。目を覚ますと、早朝の自分の部屋と、鈍い体の痛み。

戻ってきたのだ。案の定、四度目の12月13日だ。


「どういうことやねん、ババアおいコラババア！」

寝起きのボサボサの髪で、自分ですら分かるほど乾いて臭う口臭を引っ提げて、速攻で猫塚のおばちゃんの部屋の戸を叩き、殴り込んだ。前回の15日の絶望感ややるせない怒りの矛先がその扉の先にいると信じて。


部屋から出てきたおばちゃんは、申し訳なさそうな顔をしていて、何度も深々と頭を下げて、うわごとを宣うばかりで埒《らち》があかなかった。

「ごめんなさい、ほんとごめんなさい」

「ごめんで済んだら解決するんか？　このことが、なぁコラ」

アタシがおばちゃんの髪を摑むと、騒ぎを聞きつけたホモのジジイが現れて制止してきた。

「あかんて、やめてあげて」

「やかましいねんジジイコラ、ホモのくせに口出しすんな」

「どうせ僕らも失敗して死人出してしまったんやから、前のループは失敗やったんです」

アタシは手を引っ込めたものの、食い下がる。

「せやけど、アタシらの失敗と、猫塚のおばちゃんの失敗はちゃうやろ。このババアは自分で、もう一回死によったんや、死んでも意味無いのに諦めよったんや。そんなんループの日にちを無駄に減らすだけやろ？　はなから諦めて足引っ張っとんねん」

アタシが理路整然と糾弾すると、ジジイも口をつぐんだ。

「なぁ、黙ってへんでなんか言わんかい。おばちゃん」

アタシが振ると、おばちゃんは所在なさげに空を見ながら、呟いた。

「ごめんなさい、耐えられへんかったんやわ……」

「は？　なにが」

「母が、私の家に来るって、言ってて、それに耐えられなくて、それで死にました」

「ハァ？」

アタシはもはや怒号に近い声で返す。

「なんやねん、気に入らんことが起きたからやり直そうと思ったんか？　あ？　ループはアタシらにも関係あるねん。アタシらの人生もかかってるんやぞ」

「ごめんなさい！　分かってる、分かってるの。でもダメ……私もうダメ……無理です、本当に無理やったんです。母だけは、会うことができんかった。死んででも逃げたかった！」

猫塚のおばちゃんが嗚咽混じりに話すので、さすがのアタシも心が居た堪れなくなった。

「……なんやねん、いつもならもっと、人のためとか、自分はどうせとか、うっすらと他人のせいにして自分は悪くないみたいな感じ醸《かも》し出すババアやのに、なんか……正直に謝ったり、話したりできるんやな」

アタシは思ったことを、つい口走った。なんというか、そう声をかけてやりたくなるくらい、初めて余裕のないおばちゃんを見たから。人の本当の心の弱い部分が曝け出されているような気がしたから。さすがにそれを責め立てるのも非情だと感じた。

すると押し黙るアタシたちを見て、ジジイが、

「……まだ、ループには余裕があります。それに、お互い自分のことを精一杯やりましょうよ。もちろん現象自体は全員に関わってることなので、無関係ではないですが、まずは自分のために」

と助け舟を出すように、切り上げる調子でそう話す。

「……まぁ、せやな。とにかくそうしよ」

アタシは踵を返して、自分の部屋の方に戻ろうとした。

「お名前……、お名前聞いてなかったわ」

すると猫塚のおばちゃんが突拍子もなく投げかけてくる。アタシの方をしっかりと見つめていた。

「濱田、売子」

「濱田さん」

「売子でいいよ、猫塚のおばちゃん」

アタシはおばちゃんの泣きそうなままの顔を眺める。

アタシは舌打ちして、目を逸らした。

「おばちゃん、せっかくのチャンスなんやからさ、アタシら生き抜いてさ、この五日間っていう、短い、手の届く範囲くらいは……いい人生でやり直して頑張ろうや」

アタシは自分にも言い聞かせるように、自分でも驚くくらい誠実に伝えた。

「……そうやね。……うん、もう、大丈夫です」

おばちゃんは小さく頷く。

「はっ、しまった！　また戻ったってことは、直くんに、また一から説明しないとアカンのか！」

空気を読まないジジイは、慌てふためいて「じゃ、また今日の夜に会いましょう」と言い残して自分の部屋に戻った。本当に抜けたジジイだ。

廊下に立ち尽くす猫塚のおばちゃんだけを残して、アタシも自分の部屋へと戻る。

そして決意を改めた。

◆

二時間後。


「おい、裏田」

アタシは通学や通勤の人が行き交う朝の阿倍野区、裏田のマンション前に来ていた。

何度も訪れて、何度も合わせた顔だが、この時間線での裏田は、一昨日にホテルで殴り合いの喧嘩をした風俗嬢との再会に過ぎない。

「ら、らいちゃん」

狼狽える裏田を目にしながら、アタシは颯爽《さっそう》と横を通り過ぎてマンションの方へと向かった。

「待って、待ってどこに行くの！」

「お前の部屋や。８０７号室」

「な、なんで？　え、ていうかどうして知ってるの」

「お前の嫁と話しに行く。ついて来んかい」

アタシは前回、確信した。裏田の嫁はもうすでに怪我をした裏田の姿を見て、失敗に勘付き、殺害の算段をつけている。死体を埋めるツテがあると言っていたが、その準備に時間がかかるのか、13日の段階ではまだ裏田は殺されずに済んでる。

そしてそのことを、この男は一切察することもなく、危機感もなくのうのうと過ごしている。だから前回では、アタシの必死の説得に耳も貸さず、頭のおかしい風俗嬢の戯言として一蹴して死ぬハメになった。

馬鹿だ。本当に馬鹿だ。こいつはアタシの訴えを信じないし、逃げることもしない。自分はうまくやってると思い込んでる。いや、裏田の嫁の黙殺がそんな自信を助長させてしまったのだ。もうこうなれば一生治らない宿痾《しゅくあ》みたいなもんだ。うまいことやってこれたっていう成功体験が、裏田を聞く耳持たないように育て上げてしまった。

だから今回は違う。こいつに有無を言わさぬ流れで巻き込まれてもらう。

「らぁ、ら、らいちゃんってば！」

「はよ来いや！」

近くを歩く小学生のガキが、面白そうに怪我まみれのアタシたちが早歩きで歩道を行くのを眺めている。遠慮もなく見てくるガキに向かって、アタシはメンチを切った。

今回アタシは、裏田を逃がすのではなく、癪だが助ける方向で切り抜けようと考えた。

もちろん逃がす方が簡単で、確実だけど、それが裏田の性格上、叶わないと前回に分かったので、殺害計画そのものをおじゃんにしてしまうルートを選ぶことにしたのだ。

そのためには裏田の嫁に直接訴えかける必要がある。

あの女に、裏田を殺すのはやめてくれ、と訴えるのだ。

アタシだって裏田を心底憎んではいるが、この際それは置いておく。いや隠すんだ。演技と嘘によって。アタシが女優として裏田の嫁を騙して、その殺意と覚悟を潰してみせる。

けど、あの女と一対一で対面するのはさすがに腰が引けてしまう。なんせ《人を殺せる人間》だって、アタシは知ってるからな。

というわけで第三者――と言ってもガッツリ当事者なのだが、腐っても男である裏田を抑止力として側《そば》に置いて話せば、女が一人で説得するよりかはなんとかなるかもしれないと考えたのだ。


「なんで、らいちゃんが、家知ってるの。何をしに行くの」

「だからお前の嫁に話すんじゃ」

「何を！　何を話すの、ねぇ、分かった、もっとお金あげるから、ね？　嫁には勘弁してよぉ」

と上擦った声で懇願する裏田。

「キッショい声出すなや。情けない。お金なんていらんねん、ええか？　前も話した思うけど、お前の嫁はハメ撮りコレクションに勘づいとる。ほんでそれが表沙汰になりそうやなって感じたら、お前を始末してどっか高飛びするつもりやねん」

裏田はアタシの横に並びながら、鼻息を荒らげて早歩きする。

「そんなこと、うちの嫁が、あんなおばさんができるわけない」

「アタシのことが信じられへんのやったらな、自分の目で確かめたらええやんけ。今からアタシはそのことについて、嫁と直接話してケリつけるねん――裏田を殺すのはやめろってな」

「え？　……ど、どういうこと」

「お前を助けるねん」

アタシがそう伝えると、周りのサラリーマンの目をチラリと気にしながら、裏田はアタシの肩をしっかりと摑んだ。

「らいちゃん、本当に勘弁してよ。僕を本当に助けると思うならさぁ、帰ってよ、お金渡すから、ね？」

「ハァ？　ボケナスコラ。ええから黙ってついてこい。もうな、ええかげんお前は逃げるな、色々ともう限界やねん。後戻りできると思うなよ」

アタシがそう伝えながら、到着したエントランスで顎をしゃくってオートロックを開けるように促す。

裏田は諦めたような顔で、真っ青になりながら鍵を差し込んだ。


エレベーターで八階まで上がり、西成と飛田新地の街を見下ろす。

一旦落ち着こう。アタシは外廊下で立ち止まって、冷たい風に当たりながら裏田に話しかけた。

「……こうやって、いっつもお前は、汚い街やアタシら底辺を見下してたんかもしれんけどな。でもお前だって汚い人間やぞ。ハメ撮り撮って、弱み握って、しかもそのことを握りつぶしてきた。悪や。アタシは、いい加減それを引きずり下ろしに来たんや」

「……」

裏田は静かにアタシの話を聞いていた。

「嫁、おるんやろ？　家に」

「え？　うん」

「んじゃよう聞け。お前のハメ撮りのことはもう誤魔化されへん。嫁も知ってるし、確認してる。だからそれは認めて謝ってしまえ。けどな、背景や、事実の背景は演技で誤魔化していける。それにアタシもおる」

「は、背景？」

「せや。お前はただの加害者やない、ハメ撮りした人間から感謝されてる善人や、ってアタシが弁明して太鼓持ちする。ハメ撮りの事実を、脅迫じゃなくて同意済みの浮気扱いにまでレベルを引き下げるんや。癪やけど……アタシや、アタシみたいな売れない女優志望の方から持ちかけてきたってことにしてな」

「そ、そんなこと無茶だよ、無理だぁ」

焦りを隠せない裏田が、アタシの計画を聞いて声色を変える。真剣に困惑しているようだった。

「まぁ無理があるかもしれん。お前の嫁は、お前のハメ撮りが脅迫で、犯罪行為やと分かってるみたいやけどな、でもやるしかないねん」

「え？　いや、脅迫ってそんな、レイプみたいなことはしてない！　同意は一応得てる！」

裏田がここにきて言い訳がましく訂正するので、アタシは鼻で笑った。

「やかましいねん、そんなもんお前から同意せざるを得ん状況に追い込んだか、不公平な条件持ち出したかしたんやろ。だから二つ返事で快諾したように見えるだけや。でも本当はちゃうぞ、分かっとるやろ、お前も。ハメ撮りなんか喜ぶ女なんておるわけないやん。喜ぶのはセックスしてることが自慢や名誉になる男だけや。女はカラダが男の道具になって内心は死んどんねん。今更しゃらくさいこと言うなボケナス」

裏田はまだ納得のいかないような顔をしていたが、アタシの眼光に負けて目を逸らした。

「だからな、お前の嫁はそれが発覚して犯罪者としてお前が捕まって晒し上げされるのを恐れとる。あの嫁自身も加害者の家族として世間の目に晒されるくらいなら、お前殺して行方眩《くら》まして、一生お天道《てんとう》様の下歩かん生活でもええくらいの覚悟しとるみたいや」

「そ、そんな、あいつが……」

いまだに信じられない様子の裏田。

「……アタシもそれは頭おかしい考え方やと思う。けど世の中にはそういう譲れんもん守るためなら、それ以外を全部捨てて無敵の人間になれる奴がおるねん。お前の嫁はそれや」

「……」

「お前の嫁は、頭おかしいねん」

アタシはダメ押しで突きつける。

すると裏田は、小さく微笑んだ。

「……いや、でもなんとなく、納得できてきたよ。僕の妻は、そういうところ、あったかもしれない」

「……は？」

裏田はどこか悟ったような、哀憫に満ちた目で、廊下の塀から街を見下ろした。

「……妻も、福祉に関わる仕事してるからなぁ。決して悪行を許容できる人間では、なかった」

「あの女が？」

「そう、妻ね、元々は市役所の福祉課にいたんだよ。今だってそういうＮＰＯにいてはる。僕も元々は社会部の人間で、地域密着して貧困問題を取り上げる番組を制作してたし、そういう夫婦だった」

「……あっそ」

「この街に来たのも、この西成の街が好きで、肌で関わりたかった。それくらい仕事熱心だったんだけど」

「は？　上から見下してただけやろ」

アタシの指摘に、裏田は頷く。

「そうなんかもしれない。いつからか、自分は力がある側だと錯覚してたのかもしれない。だから、……は、ハメ撮りだとか、そういう条件を突きつけて相手を支配したり、権威を振りかざして、人を弄《もてあそ》ぶような気持ちを持っていたのかも……いや、そうだった。本当ならただ手を差し伸べればいいだけだったのに……権力に、溺れてた」

裏田はアタシの方に、静かに視線を戻す。

「らいちゃんにも、本当に、一昨日は撮影を持ちかける目論見《もくろみ》はあったけど、その後は芸能関係の人をキチンと紹介するつもりだったんだ」

「……う、嘘つけや」

アタシは思わず狼狽する。だって一回目の12月11日でも、アタシに本当の連絡先も渡さずに帰ったじゃねぇか。

裏田はいつだって逃げられるように安全圏から出てこなかった。こいつは裏切って約束を反故にする――そう確信して、だからアタシは強硬手段に出たというのに。もしアタシがハメ撮りを撮影した後も、喚《わめ》かずに順従になっていればこんなことも起こらなかったとでもいうのだろうか。

言い訳がましい。何を言ってやがる。

「ふざけんなボケナス」

アタシは裏田に感情をぶつける。

だけど裏田は観念したように――そうだ、猫塚のおばちゃんみたいな、心の弱い部分を見せるように、おかしなことに誠実にすら見える態度で話し続けた。

「風俗の世界で腐心してたんでしょ？　僕はね、君にｗｅｂの仕事に強い人を紹介しようと勝手に考えてた。信じてもらえないだろうけど、以前から、芸能界目指してる子たちに、業界に携われる仕事を紹介してたんだ。うちの局と繋がりがある事務所を通して、何度も、何度も」

そんなような話は確かに、一度目の裏田との会話で聞いた記憶がある。芸能界にツテがあるって。

「なんで、そんなこと」

「……そうすれば、燻ってる人たちに、自己肯定感を持ってもらえるから」

裏田はアタシから目をもう一度街の方へと移すと、じっと灰色の街を見つめていた。

「ハァ？」

「……この街に住む人だって、そうなんだ。本当は居場所が欲しいし、役目や役割が欲しい。ホームレスだって仕事や日課を求めてる。それが無いから自暴自棄になって、取り返しのつかないことをしたり、夢や希望を捨てて死んでしまったりする。薬や酒に溺れる人もそう。でも仕方ないんだよ、親や家族が、学校や教師が、職場や福祉が、そういう人を生み出したんだ。見放して、突き放して、何も持ってない人間だと思わせてしまったから。だから失うものがなく、人から躊躇《ちゅうちょ》なく奪える無敵の人を生み出してしまうわけだよ」

「……」

「一度でも、自分にだって居場所がある、堂々と立っていていいところがあるって感じてもらえたら、それが夢や希望になって、その人の生きる力になる──そう思って、社会部では地域住民に密着して、福祉との橋渡しを行った。風俗にいる貧困に喘いでいる女性に、夢を持って欲しいと思ってた。それが、正しくないことや、人に言えないことだったとしても、自分にできることだと信じてた」

裏田は項垂れながら、

「本当に、自分の弱さに、情けなくなる。風俗の何も知らない若い子を支配するなんて。俺はコントロールできる側だって、まるで王様になったみたいに錯覚して、全能感に浸っていた。自分が、全部、弱者を自由にしていいんだと……僕は今まで、ここで何を学んできたんだろうね。らいちゃん、歴史は繰り返すって言うけれど、昔の人と同じ過《あやま》ちを自分が犯すまで分からないなんて、本当に呆れるよね」

「……知らんがな」

アタシは、初めて本当の裏田と話しているような感覚に陥って、自分がこいつに対する憎悪を以前のように持てているか、不安になった。

「……それでね、らいちゃん。妻は、当時から福祉に対する姿勢は一貫していた。今だってそうだと思う」

「姿勢ってなんやねん」

裏田の嫁の思想は今回の作戦においては重要なことだと直感して先を促した。

「つまり、福祉は……こんな言葉、使うのも不謹慎で差別的だけど、低所得者や低学歴、非行少年やいわゆる社会的に恵まれない環境にいることの多い人たちに対して、犯罪に走るのを踏みとどまってもらうためのセーフティネット。言い換えれば、善良な市民を守るための、治安の水際対策だということになる」

「……あぁ、そうかもやな」

昔、母親が言っていたこともある。夜の街が福祉として受け皿になっている、と。

確かにアタシの周りでも知能や経歴がボーダーでグレーな、いやもはや真っ黒な人間もたくさんいた。きっとあの子たちも、福祉の救いの手に巡り会えたなら破滅の道に進まなかっただろう。

「だけど、妻は、福祉の手に負えないものは、その闇の世界で終わらせるべきだという考えの持ち主だから、身内が犯罪にまで手を染めたなら、……表沙汰にならない限りは見て見ぬ振りもできるし、最終的には隠蔽だって厭わないと思う」

「……じゃあそれが、お前を殺すほどの、動機ってことか？」

「そ、そうだと思うよ」

「……そんな、理由やろか」

「妻は、役所勤めの頃に色々あって、人の悪意にひどく疲れて、呆れてたから……内心、悪い人間にもダメな人間にも共通して諦めを持ってたと思う。それが自分の夫までそうだったとしたなら、気が気じゃなくてもおかしくない。その、現に僕の悪行を黙って見逃してたわけだし、誰かにバレてしまう前に僕のこと、殺してしまうのも、有り得ると思う」

それでもアタシは思い悩んだ。本当にそんな動機だっただろうか。

だってあの女は、アタシの前で裏田を殺した時に、そんな白黒ついた俯瞰的な裁判官みたいな心境で喋れてはいなかったと思う。むしろ自ら汚れ仕事の片棒を担ぐような、むしろ人間らしい血の通った感情があった。

すぐに傷つくほどちっぽけで弱いけれども、誰にも譲れないほど強い、そんな感情を持っていたはずだった。

アタシは納得できなかったものの、とにかく言い聞かせるように、

「なら、まぁ、ハメ撮りが摘発のされへん同意の下で撮ったもんやとアタシが嫁に言う。お前は趣味やったと説明すればええ」

と言った。

しかし裏田は今更ながらに困ったように、

「でも……それだと、他の子たちのビデオは？」

「あ？」

「らいちゃん、君が言ったんでしょ。本当に同意した女の子なんて存在しないって。あの……僕もそれは認める。彼女たちは、被害者だと思う。今も連絡取り合ってる子たちがいるけれど、流出やリベンジポルノのリスクに怯えてるかもしれない。……そ、それを、僕たちで無かったことにしちゃっていいの？妻も、君一人だけの釈明じゃ、僕に言わされてるだけと受け取るよ、多分」

図星で、かつその通りだ。アタシは今から、完全にアタシ本位で動く。だから他の被害者のことは勘定に入れていなかった。

だけど、アタシはそれを一旦頭の中から追い出した。

「……それは、嫁に、お前を殺すほどではないって理解させて、無事に一件落着してから自分でどうにかせぇ。ハメ撮りもカメラも捨てて、それを被害者の子たちに伝えろや……とにかく今はお前の嫁や。行くぞ」


得心のいかない表情で、廊下をゆくアタシの後ろを裏田がついてくる。アタシまで嫌な動悸がする。

今からアタシは、もしかすると、よくない嘘をつき、軽薄な演技をすることになるんじゃないか。考え抜いた作戦も、ヤケクソの特攻に思えてきた。裏田が予想以上に大人な落ち着きを払っているからかもしれない。

アタシは、あの覚悟の決まった嫁を、騙せる気がしなくなってきている。そもそもここに至ったのも熟考の末に思いついたものではなかった。理不尽で脅威に感じていた嫁と、聞く耳の持たない裏田への当てつけでもあった。こんな方法で裏田の嫁を騙せたとしても、きっと大団円はない――綻びがどこかにできて、結局また裏田は殺される、そんな予感もしていた。だけどそれを見て見ぬふりして、意固地になって来たのだ。ループを終わらせることができたなら、どうだっていい。そういう心持ちだった。

だけど今はもう、不安が胸を占めている。正直見下していた猫塚のおばちゃんや、裏田の方が、アタシなんかよりよっぽど人の心を打つ言葉が吐けると思う。小賢しいのはアタシの方だ。

どうしてだ。アタシの言葉や立ち居振る舞いは、どうしてこの二人と違うのか。

違いがあるとしたら、それは――アタシが誰よりも、アタシのことしか考えていない、ってことだろうか。

裏田は８０７号室の前までたどり着くと、鍵を差し込み扉を開けた。

「……ただいま」

「んー？　どしたん？　忘れ物かいな？　……え？」

裏田の嫁は、裏田の背中に隠れるように立っているアタシに目をやると、前にも見た顔をしてみせた。アタシは身を強張らせる。

——とうとうこの時が来たか、と腹を決めた目だ。


「いきなりすみません、今日は奥さんに話があって来ました」

アタシは玄関に身を乗り出し、裏田の前に立つ。不本意ながら裏田を庇っているような格好だ。背後から裏田の緊張と焦燥が伝わってくる。

対照的に、アタシの尻込みを見透かしたように、思いの外落ち着いて佇む裏田の嫁。

だめだ、気圧されるな、もうここまで来たらやるしかない。

「あの、旦那さんに、暴力を振るってしまい、申し訳ございませんでした」

アタシは頭を下げた。すると裏田の嫁は「あぁ」と小さく呟き、

「何があったん?」

と問い質す。

探られている。アタシは頭を下げたまま生唾を飲んで、肝を据えた。

「実は、酔っ払って、むしゃくしゃしてて、お世話になってる裏田さんに当たってしまいました」

「あぁ、そうなん」

裏田へと目配せする嫁。裏田は頷く。

「……今までも、裏田さんには、芸能界のお仕事でお世話になってましたし、それにアタシ、個人的な好意も持ってたんですが、奥様の存在をつい最近知って……その、逆恨みで手が出てしまったんです。ほんますみませんでした」

「好きやったん?　うちの旦那のこと?」

「はい。それにうちのメンバーも……あっ、アタシ、地下アイドルしてるんですけど」

アタシは以前、地下アイドルをしている女がいるデリヘルに勤めていた。身近な人間の設定を拝借すると、目の当たりにしてきただけに嘘がより真実味を増す。アタシは地下アイドルになりきったつもりで臨むことにした。

「アタシたち、裏田さんのこと本当に慕ってて、中にはその、不貞行為というか……その」

「ハメ撮りちゃうの？」

「え?!」

いきなりハメ撮りというワードを出した嫁に、驚いた様子で裏田は声をあげる。

だから言っただろうが、嫁はもうとっくに気づいてるぞと。まだ半信半疑だったのか。

「やっぱり、そういうことをしてるメンバーもいたんですね……ごめんなさい。アタシたち、慰謝料でもなんでも払います！」

アタシはまたも深々と頭を下げる。今回はアタシのハメ撮りが撮られていない時間線だからな。不貞行為も未遂の無罪。正直そういう設定にしとかないと、裏田の嫁の矛先がアタシにまで向いてしまうことが一番恐ろしかった。

それにこうしてアタシが、ハメ撮りを撮らせた女たちを代表して（不倫関係だけど）犯罪的でない誠実な関係であったと弁明すれば信憑性も増す。裏田は決して犯罪行為ではなく、ただの不貞行為を行っただけのうつけだと証明していくのだ。慰謝料でも夫婦喧嘩でも、果てには離婚であってもいいから、殺すほどの人間ではないと、アタシはこの女に納得してもらう必要がある。

アタシは、嫁には気づかれないように目をチラリと裏田に向ける。

――言ってなかったけど、慰謝料払うことになったら、自分で金用意してアタシに渡せよ。アタシはびた一文も払わねぇからな。

「裏田さんは、奥様のこと本当に大事にされてて、メンバーとも、アタシとも交際はできないってこちらからの告白は全部断ってらしたんです。……ハメ撮りも、きっと、……思い出作りで、メンバーたちから提案したんだと思います」

「い、いやちょっと、待って」

裏田はアタシの苦し紛れの弁明に、慌ててちょっと待ったを出す。そんな裏田をアタシは背中で跳ね除けて、嫁と向き合い続けた。

「どうか、裏田さんを許してあげてください。アタシたちが悪かったんです」

「……」

裏田の嫁は、なんとも言えない顔でこちらを黙って見つめている。

憤怒《ふんぬ》、疑問、嫉妬、蔑《さげす》み、本当になんの感情も持ち合わせていない。アタシに対してどんな言葉を思い浮かべているのか、想像できない。胸中の窺えない顔をしていた。

アタシは自分がとんでもないことをしてしまったんじゃないだろうか、と肝の冷える思いがした。

すると、

「まぁ、ええよ。わざわざご足労ありがとうなぁ」

なんて笑顔を顔面に貼り付けて、

「でも、男の浮気は甲斐性って言うやん。私も自分みたいなおばちゃんより、若くて可愛い女の子たちにうつつ抜かす男の気持ち分かるもん。ええ、ええよもう」

空元気には見えない素振りで、裏田の嫁はそう景気良く笑う。

「けいちゃん、その、このこと、詳しくは僕から話すけど、その、本当、ごめんなさい」

余計なことを話すなよ、と釘《くぎ》を刺すように裏田に視線を送りたくなるが、裏田は泣きそうな顔で嫁を見てあたふたと慌てふためいていたので、アタシはなんだか可哀想に思えてきた。

「ええよ。それよりあんた、仕事行きや」

「いや、もう今日は、休もうかと」

「あかんで、行きや」

すごむ裏田の嫁に観念して、裏田はアタシに念押しのような視線を送ると、背中を向けた。アタシもそれについて行こうとしたが、

「あんた、地下アイドルの子、とか言ってたな」

と声をかけられてしまった。

「ほら、あんたはよ行きや、この子はちょっと話してから帰すから」

思わず立ち止まる裏田に、嫁は声をかける。裏田の心配そうな顔。だけど無情にも玄関の扉は閉まって、裏田はこの場を離れてしまった。

「アイドルにしては、まぁ、そこそこ歳いってるんちゃう？　二十三、四くらいちゃうの」

「……はい」

アタシは帰るタイミングを失って、玄関に立ち尽くしたまま、裏田の嫁の視線をひしひしと感じていた。なんとなく察しがついてるんだろう。この女を騙すなんて、百年早かった。

「で、本当はなんなん？」

「風俗嬢です」

アタシは隠し立てもせず、率直に話した。終わった、という観念した気持ちと、ほっとしたような気持ちが同時に湧いた。

「せやろな、だって」

「服装や、立ち居振る舞いが……水商売の子よりも、風俗の子寄り、だから」

アタシは間髪入れずに嫁の言葉を引き取った。裏田の嫁は乾いた笑いで「せやせや」と言って、

「よく分かってるやん。よう言われるんか？　ほな直さなあかんで」

あんたに言われたことだよ、とは言えずにアタシはこの女を改めて睨んだ。

「裏田さん、どうするんですか」

アタシが質問すると、嫁は真っ直ぐとこちらを見返してくる。

人は見た目じゃ分からないって言うけれど、今ならもうよく分かる。この女は裏田のことが絡んだ時に目の色が変わる。執着というか愛着というのか、裏田を話題に出す時は目が据わっている。大阪のただのカタギのおばはんとは違う。ヤクザの目だ。そんな風になるのならば、離婚でもしてやればいいのに。どうして殺すまで行っちゃうんだ、と、やはり理解できない気持ちの方が勝ってくるのを感じた。

「きちんと、大人としての対応をするわ」

含みのある言い回しだ。やはり、

「殺意は消えてない、ってことですよね」

アタシは切り込む。

「……せやなぁ。えらい察しいいけど、なんなん？　自分」

裏田の嫁は、アタシに向かって一歩近づいてくる。

「あんた、どこまでや？　何を知ってるん？」

女の、唇のシワに、口紅が入り込んでいる様まで見える。年季と哀愁、貫禄が唇に表れている。

「あの人はなんも察してなかったからな、今朝だっていつも通りやった。まさか私になんか計画してること隠せるほど、あの人に演技力も胆力もあるとは思われへん。風俗嬢雇って、和解に向けて入れ知恵したり、裏手引きしたりもできひんはずや」

よく旦那のこと理解してるな、と改めて思う。

「あんたは自分でここに来たんやろ？　ハメ撮りの被害者か？　いや、ちゃうな、被害者やったら、旦那に会わずに私にチクったらしまいや。なんで、あんたは、自分の意思でここに来て、旦那の肩を持つん？　何が目的や？」

「アタシは……ただ」

「ただ、なんや？」

だめだ、女の詰問と、察しの良さに、頭が真っ白になる。

「ころ、殺すほどじゃ、ないやろ、思って」


すると、一瞬考え込んだような間があって、それから裏田の嫁は、

「……？　あんた、中西《なかにし》さんとこの女か？」

と言った。

「え？」

「昨日、私相談したからな。近々、旦那殺すかもしらんって。そこからしか漏れへんはずやねん」

「いや、ちゃいます。や、ヤクザですか？　そんなんアタシ関係ない」

「ヤクザって分かっとるやん」

「いやだって死体処理するなら、ヤクザしかおらんやん！」

アタシはたじろいで、思わず玄関のドアに手を伸ばす。

「ちょい待ち！　あんたに免じて、旦那は殺さん。分かった、殺さんから」

裏田の嫁がまた一歩こちらににじり寄ってきたので、アタシは扉を開けて逃げる準備をした。

「大丈夫や、あんたにも危害は加えへん。その代わりやな、連絡先は残していきや。まだ色々と、あんたから聞きたいことあるからな」

「……え？」

存外あっさりと、殺害計画を翻《ひるがえ》してしまったな、と呆気に取られた。

そして言われるがままに連絡先を渡すと、裏田の嫁は一度ワン切りしてアタシのスマホに繋がるかどうか確認してから、解放してくれた。アタシは無事に、裏田の家を脱出することができた。逃げるようにマンションを出て、タクシーを拾う。

これで、いいのか？

これで全て、終わるんだろうか……。

アタシの中に、疑念が渦巻いたまま、タクシーに揺られて、家へと帰った。

◆恋川　求　3ループ目
12月13日

俺は夜まで待ちきれないで、何度も堂山町と東梅田《ひがしうめだ》のあたりをウロウロと彷徨った。

そうすればカズキに会えるような気がしたからだ。

結局、前回、カズキは死んでしまった。俺がレイプをしようがしまいが、あいつは思い悩んで、死に片足突っ込んでこの五日間を過ごしていたのだ……なのに俺と関わった。関わってしまったから、一度目の日々では俺が自殺の後押しをするような、最低な目に遭わせてしまった。

どうして俺に話しかけてきたのかは分からない。気まぐれか、生きるために何か新しいことをしたかったのか、それともまた別の理由があったのかもしれない。だけど二度目の12月11日では、カズキは俺に対して全く興味を示さなかった。カズキのことを知っていると俺が事細かにあいつの身の上話をしても、仲のいい人間にはみんな同じことを教えてると、取りつく島もなく突き放された。もはや気味悪がられていた。俺から話しかけてしまったことがいけなかったのかもしれない。

いや、そもそも知っている、と自分から無闇矢鱈《やたら》にひけらかして近づこうとしたからだ。

俺は勘違いしていた。仲良くなるとは、よく知る、ということだと思っていた。

相手の好みや思想、過去や経歴を知っていることが、昵懇の間柄の証明だと思っていた。

学校でも塾でも、誰々がどうしただの、誰々はこういう人だの、そういう噂話やゴシップに近いことを共通の話題に出して盛り上がる人間をたくさん見てきた。グループができると、内輪のネタやノリでしか盛り上がらない。するとますます余所者はそのグループに入りづらくなる。

自分たちだけが知っていることを共有し合うことが、仲間であることをより強固にするんだと、俺は感じていた。それが馬鹿馬鹿しくて、しょうもないことだとも思っていた。だからどんな場所でも孤立していたし、友達もいなかった。

俺は、人を知ろうとしなかったんだ。

なのに初めてした自分からのアプローチは、君をよく知っていると相手に伝えることだった。卑しい人間たちの繋がり合いと見下してきた行為を、俺自身が行っていた。俺自身がそれを嫌っていたのは、自分もしたいのにできなかったから。ただの駄々だったのかもしれないと思うと、情けなくて自分を消してやりたくなった。

その結果、カズキが警戒することになった。ましてや俺は、カズキのことを知っているようで何も知らない。ゲイの世界になんでいるのかも、なんでそこまで死んでしまうほど悩んでいるのかも、あいつの体のことも正直よく分かっていない。女として扱っていいのか、男として扱っていいのかも分からない。

そして、あの日、どうして俺なんかに近づいてきたのかも、俺には全く見当もつかない。

会いたい、カズキに会って話したい。聞きたいだけなんだ、どうして？　と理由を問いただしたいだけなんだ。


俺はもう、一方的に自分を押し付けたりしない。あいつの話を聞いてやりたい。生きているうちに、知りたい。

この長いようで短い時の中で、俺はずっと考えていた。あいつのことも、自分のことも、ずっと考えていた。

どうして俺はこうも、あいつに固執して、苛立ったり、仲良くなりたがったり、救ってやりたいと感じるのか。

　それは俺があいつを女性として見ているからだ。

　俺は基本的に女性が怖い。女が接客してくれる店よりも、男が接客してくれる店の方が気楽だと感じた。飲み屋も男の店員がいる店やバーを選んで入った。それは俺がゲイだからではなく、女の前で格好をつけてしまうからだ。

　女に気に入られたい。女性の前では、そういう欲しか湧いてこない。きっと俺は男を一人の人間として見ているのに対して、女は性欲の対象でしか見れていないんだと思う。だから緊張する。お父さんのように暴力的なまでの男臭さを持つわけではない、中途半端で格好のつかない男である俺を見て、女は陰で悪口を言ってるんじゃないかって疑心暗鬼になってしまう。

　レイプは、俺の中の恐怖の発現だった。人との繋がり方が分からず、どうすれば人と対等になれるかも知らない。なのに、それを知ることもしない。怖くて、失敗したくなくて、人と関わって傷つきたくなくて、だからはなから努力することを放棄して、実力行使に出た。女に対して、自分ができる最大の自己主張が、レイプだった。一方的な自分の欲の押し付けによって、有無を言わさず自分を受け入れさせようとする、暴力だったんだ。


　人と向き合えないことはずっと知っていた、分かっていた。だけど今までずっと、自分が悪くないと思い込むために、見て見ぬ振りをしてきた。

　女と話せないから、はなから対等になることを放棄して、征服する方向で物事を考える。俺と同じような男は、きっとこの世の中にたくさんいる。そうだ、お父さんだってそうだ。良妻賢母で、主人に文句を言わない嫁。お父さんはそんなお母さんに甘えて、自分たちに決まり切った男と女の役割を当てはめていた。

俺は、そんな考えで、何より女であることに苦しむカズキに向き合ってはならないと思った。女の体を使ってセックスしたくないと言っていたことを思い出す。カズキは、女として扱われることが嫌だったんだろう。あいつの中身が男だからってのもあるけど、人間扱いされないことが嫌だったんだ。そもそも、カズキだけじゃない――きっと女なら誰だって、女だからと無下に扱われるだなんてことはされたくないはずだ。女という存在が、男の下っていう考えで近づいてくる男がいる限り、女はセックスに対して警戒するだろう。そして誰だって、男が褒めそやす女――都合の良い性欲の捌《は》け口になんか、なりたくないはずだ。

俺だって、お父さんみたいな男が嫌いなのに、そうなろうとしていたのかもしれない。


こう思い至ったのも、俺は前回のループで、カズキがまた死んでしまうとうすうす思っていたにも拘わらず、助けられなかったからだ。カズキの友人であるトランスジェンダーに叱責されたことで、拗《す》ねてしまい、カズキを見殺しにしてしまった。俺はカズキに対して何かできたはずなのに、怒られたり拒否されたことでいじけてしまった。

前回のループで抱いた「どうせあいつは死なない」という見立ては確信じゃなかった。あいつはもしかすると死んでしまうかもしれない、とも本当は思っていた。だけど俺は、なんで俺が必死こいて、頭を下げて助けなきゃならないのかと、思ってしまった。どれだけ時が遡《さかのぼ》り、面識すらない時点になったとしても、俺の中では知り合ってしまったことは消えず、もうあいつは他人じゃないのにって感じていたのに、自分のプライドを優先して放置してしまった。

結局、相手の命よりも、自分を尊重してしまったのだ。俺は、自分がそういうことができる人間だと分かってしまった。

自分の頬を強く二度叩く。

もう決して俺は、過ちを繰り返さない——この時間ループが終わっても。

◆

夜になって、俺はいつものバーを訪れた。

「おらんで、カズキは」

そこにいたのは、前回同様、カズキの友人のトランスジェンダーの人だった。

「なぁ、俺、まずカズキに謝りたい」

「何が？　お前のことなんか知らんって言ってたけど」

「……多分、忘れただけやと思う。でも、俺は……きちんと謝って、あいつに、生きてもらえるように、何に悩んでるかを今度はちゃんと聞いてあげたい」

すると、そいつは俺の方を黙って見上げながら、

「何したんや？　お前、ちょい隣座って話せや」

と椅子を引いて、促してくれた。

「ありがとう」

「とりあえずビールでいい？　自分、名前は？」

「求」

「求やな。俺はレイタロウ」

レイタロウは、俺に自己紹介するとカウンターの方に視線を移した。

「ダイちゃん～、ビール、会計は別な。この求って奴につけといて」

代わりに注文をしてくれたようで、すぐにビールが運ばれてきた。どうやらこいつは俺と乾杯するつもりはないみたいなので、静かに一人でグラスに口をつけた。

「なぁ、求。まじでお前何をしたんや？」

「カズキから聞いてない？」

「いや聞いてない。お前のことは他人やし知らんってことしか。ていうか俺だってお前は見ん顔やもん」

少しホッとしてしまった。

「俺は……その、ノンケってやつで、カズキのこと……初めて会った時に、女扱いして、それで悲しませたし、傷つけてしまったから、それを謝りたい」

「ん？　カズキのことは知ってるんやな」

「……うん。でもまだよく分かってない。正直今まで考えたことない世界で、何にも分かってない。カズキがどうしてゲイバーにいるのかも、本当に男……なのかも」

俺は神妙な顔で聞く隣のレイタロウに頭を下げた。こいつには以前、殴られたから。きっと今だって怒っているだろう。

「何謝ってんの？　しゃーないやん」

「え？」

俺は頭を上げた。そこには苦笑するレイタロウの顔があった。

「分からんことはしゃーない。どうせお前、最近こっちの店に来始めたんやろ？　それでどっかの店で酔っ払ってるカズキにでも会って、カズキに女って聞いたりして泣かせただけなんちゃうの？　そんなとこやと思ってたわ」

「しゃーないって……、俺は、もっと怒られるかと」

「はぁー？　ノンケやったらな、ややこしいＬＧＢＴのことなんて勘違いしてもしゃーない」

「そう、なんか」

「おう。差別されへんように、っていう前提があるけど、みんな自分の事情や自分たちの世界のこと隠してきたからな。だから世間がＬＧＢＴなんてオカマおなべぐらいの知識で止まってても責められへんわ。この街出てる人間ならな、ある程度そんなもん承知済みやで」

　俺はほっとして、胸を撫で下ろす。

「この店だってノンケ歓迎やからな、トランスジェンダーとか堅苦しく言わずに、うちらはおなべや言うてるもん。ゲイがオカマって名乗るようなもん。本当は良い意味ではないんやけど、それくらい気兼ねなく言い合いたいし、遠慮してほしくないってこと」

「そう、なんやな……」

「まぁ、もちろんいつまでもそんな認識でおられたらしんどいけどな。この店とか街に通うつもりなら、最低限ある程度のことは知ってて欲しいけど」

　レイタロウは自分のグラスに口をつけて、一呼吸置きながら続けた。

「なんも学者みたいになれとは言うてないで？　段々と理解していってくれたら嬉しいってだけやし、はなから全部把握しとけとか、まず無理やろ。個人でも事情ちゃうもん」

「そうなんか？」

「おう。手術受けてない奴もいるし、見た目だけ変えて戸籍は変えてない子もおるで。そんなん、おなべ同士でも教え合っとかな分からんし、別に全部伝える必要ないな思ったら、言わんもん。事情あって手術受けられん子もおるしな」

　お酒が入ってるのか、饒舌《じょうぜつ》に語るレイタロウ。説明を聞いて俺は安心した。責められなかったことではない、自分がカズキに対して何を誤ってしまったのかよく分かったからだ。

俺はカズキをトランスジェンダー扱いできずに傷つけたのではない。人として、傷つけたんだ。属性で縛られてがんじがらめに考えるんじゃなく、俺はただ、カズキを、人として尊重しなければならなかった。改めてそう身を引き締める。

「カズキもけっこーメンヘラでさ、泣き上戸やから……多分、酔ってる時のことも覚えてないやろうし、ちょっと軽口言うだけで泣きよるから、お前もそこまで気負う必要ないで。それでも謝るんやったら一杯奢ったったら？　今から会うし」

「え？　でも、あいつ、会いたくないって思ってるんじゃ」

「は？　自意識過剰やなぁ、お前。なんもそこまで話題にしとらんわ」

そうか、じゃあ以前の今日は、俺と会わせないように、レイタロウは嘘をついてカズキを匿《かくま》ったのか。

「会いたい。カズキに会いたい」

俺はもう一度、レイタロウに頭を下げた。

◆

「おまたせ〜、あ、この前の」

三十分ほど経った頃、カズキが店に来た。俺とレイタロウを見て、目を丸くして驚いていた。

「え、なに？　レイタロウと友達やった感じ？」

「いやさっき初めて話したばっか。コイツまぁまぁ謎でおもろいで。あんまゲイバーにいない感じ。まぁノンケらしいからな」

レイタロウはガサツに俺を紹介すると、俺の隣の席に座るようカズキに促した。

「あんた、カズキに奢ったりや」

「分かった」

「いやいいよ！　そんなん悪いし」

　とカズキは慌てふためく。

「いやでも、俺、前にお酒もらったから、そのお返ししたいし」

「え？　まじで覚えてないんやけど、いつ？」

「店じゃなくて、カズキの家の酒。でっかい業務用の焼酎とウイスキーもらった。あ、いや、あげるってカズキに言われたから」

　するとカズキは、真剣な表情で俺の方を見ながら、

「あげてない、と思う。え？　てか俺さ、家にそんなんあるの、誰にも言ってないんやけど、なんで知ってるん？　え、君、俺の彼氏の友達とかやったりする……？」

　カズキは恐る恐る俺に質問する。だけどどこかで合点がいったのだろう。信じられないという顔をしている。

　その合点を確信に変えてやるために、俺は言った。

「俺、何度も時間をループしてて、カズキと会うのは本当に初めてじゃない。カズキのことも、全部カズキの口から聞いた。本当やねん」

「なに？　酔っ払ってるんか？　だはは」

　レイタロウは酒を飲みながら横槍を入れてくる。しかしカズキは釣られて笑うこともせず、

「んー、いや、……うん、信じてもいいよ」

「えっ」

「うん、だってマジで、そう言われてもおかしくないもん。嘘ついてないって、分かる」

　そう言ってくれた。

「……よかった。カズキのこといくら知ってるって言っても信じてもらわれへんかったから、どうしようって思ってた。本当に、よかった」

俺は目頭が熱くなるのを感じた。

「なんかあんたら二人で盛り上がりそうやし、俺、黙っとくわ」

とレイタロウはそっぽを向きながらスマホをいじり始めた。気を遣ってくれたのだと思う。

「……そりゃ他の人に言うてることとかをさ、知ってる言われても、まぁ誰かから聞いたんかなぁ程度にしか思わんけど、でも本当に誰にも教えてないどうでもいいことまで知ってるみたいやし……それに、そんなん嘘ついてもメリットないやろ？　仲良くしたいなら知らんフリして近づいた方がいいし……君、えっと」

「俺は、求」

「うん……じゃあ」

とカズキは遠慮がちに口を開くので、

「求ちゃん、やろ？」

俺がそう口を挟むと、カズキはニヤリと笑った。

「うん、……やっぱマジやな。俺のこと、本当になんでも知ってるやん。そう呼ぼうと思っててん。じゃあ求ちゃん、ちょい聞いてええ？　一昨日に言ってたことって、マジ？」

「一昨日……？」

「俺にとっての一昨日なんやけど、12月11日に言ってたこと。俺と……セックスしたん？」

暗い店内。盛り上がる音楽と、騒ぎ声。それが一瞬止んだような感覚に陥った。

俺は意を決して、

「違う。前に言ったと思うけど、俺は無理やりカズキに手を出した。カズキの体のこと聞いたのに、なんも分からずに……それにカズキも嫌がってた、泣いてた」

「そっかぁ……まぁそうよなぁ、俺、ありえへんもん。ノンケとヤルとかありえへんし、そもそも今はそれどころじゃないし」

カズキは少し俺に対して警戒しているように見えた。当たり前ではある。まだカズキにとって俺は未知の存在だ。俺がループしてることも、その方が矛盾なく受け止められるってだけで、きっと半信半疑だろう。

「本当に、ごめん。俺、ずっと、カズキに謝りたくて」

「え？」

「無理やり、したことを」

カズキは目を逸らして、笑顔を崩さずに答える。

「そんなん今の俺に言われても知らんよ〜。だってそれは未来の俺やろ？　ていうか存在しない世界の俺やん。別に犯してない罪で、謝る必要なくない？」

カズキは優しくそう言ってくれたが、でもカズキにとって気分のいいものでも、納得できるものでもないだろう。自分に一度は手を出したと申し出る男がいるのは気味が悪いはずだ。それでもなお——話を聞いてくれたのだから。

「罪は、俺が忘れない。絶対にカズキに報いるように、動く」

「いや、本当そんな、ええて」

「カズキを、死なせたくない」

俺の言葉で、カズキの顔色が変わった。表情はそのままで、心ここに在らずな目をしてグラスを見ている。

「それも……言ってたよな、死なせないって。なぁ、求ちゃん、正直に言って。俺、やっぱり死んだん？」

俺は黙って頷いた。

「そっかぁ。いや、マジで俺死ぬんや。自殺やろ？」

「うん。アキラからはそう聞いてる」

俺が伝えると、カズキは項垂れて、

「そっかそっか……」とだけ呟いた。

「なに、カズキ、やっぱりってなんなん？　ごめんな、話割って入るけど、あんたまだ彼氏とのことで病んでるん？」

レイタロウが、俺の体を押しのけて会話に入ってきた。

「んー……ふふっ、病んでるかも。てかもう家を出る予定」

「マジか、え、でも実家帰られへんやろ？　どこに住むん？」

カズキは短く唸った後、言った。

「実は、なんかもう……ホームレス的な……」

「ホームレス？　でも前は、自分の荷物をどっかに移してる最中って話してたけど」

と俺が問いかけると、

「そんなこと言ってたん？　俺？　あー多分、それは、心配かけんように言ってただけやと思う。お酒も、彼氏は酒飲まんし、置いておかれへんから求ちゃんに渡したんやと思うわ」

と観念したように話した。確かにそんなことを言っていた記憶がある。

「……でも死ぬほどかなぁ。自分のことでも、突拍子もなくて、なんか信じられへんわ」

そう不思議そうに、まるで他人事のように話すので、俺は自分の経験を伝えたいと思った。

「俺は……信じてもらえるか分からんけど、一度自殺してる。というか自殺したから時間のループが始まってしまってん。カズキに手を出して嫌がらせて、それでカズキが死ぬほど苦しんで、レイタロウとアキラに、怒られたんや」

「俺がぁ？」

とレイタロウが吹き出す。

「うん、ほんまにボコボコにされた」

「あー、レイタロウ、手ェ出るからね。マジやわ」

とカズキが頷く。

「レイタロウに責任取れって言われて、俺は自殺するって言った。でもレイタロウはそれでなんの責任が取れるねんってキレて、アキラも二度とこの街に来るなって俺に言ってた」

「うわぁ、俺、それ絶対言うわぁ。そういうさ、かまってちゃんの『はいはい自分が悪いんでしょ』ってムーブめっちゃ嫌いやもん。しかもアキラのも言いそうやな。あいつ本気でキレた時は、街出禁させることあるって聞いたことある」

レイタロウもあながち俺の話が嘘とは言い切れないと判断したのか、それとも思い当たる節があったのか、横槍も入れずに深く納得してくれた。

「それでも俺は自殺した。もう考えることもできなくて、追い詰められてしまって……自分で蒔いた種だし、俺は加害者なんだけど、死ぬしかないと思った。多分、15日までにカズキもそう思い至ってしまうと思う」

「……15日、か」

「なんかあるの？」

心当たりがあるように、呟くカズキに、俺は問いかける。

「明日、14日にさ。彼氏に別れ話切り出して、それで家出するつもりやってんけど」

「うわ、じゃあマジで、求が言ってる通りやんけ。そんなこと今まで俺ら聞いたことないもん！」

ガタッと椅子を引いて、前のめりになるレイタロウを、俺は宥めてカズキに続きを促す。

「……なぁ、求ちゃん、俺、そこでなんか起こるんかな」

「やと思う……」

神妙な顔で俯くカズキに、俺は忌憚《きたん》なくそう伝えた。

店内は相変わらず騒がしいが、俺たちの間にはえも言われぬ不気味な静けさがあった。人の死を改めて意識すると、ぞくりと凍え上がるような思いがする。

それで俺は、あることを思いついて、この小さな静寂を破った。

「カズキ、俺、提案があるんやけど……」

◆猫塚 懐 3ループ目

私はまた愚かなことをしてしまったと、深く後悔しています。

自殺をしたのは三度目です。ですが、今までの自殺のような、人生全てに諦めを持って臨んだ自死とは違い、それこそ突発的な、心の底から叫び散らかして逃げ惑った末の死です。

今までは、私が死んだ方が誰もが幸せになれると、身を引くような思いで死を選びましたが、それもきっと二階に住む売子ちゃんの指摘した通り、他人のせいにした自暴自棄です。可哀想な私を演出して、相手に罪悪感を持って欲しい……そう願ってのことでした。

私は、人に対して感情をむき出しにして怒ったりはしませんが、それはきっと心優しい故のことではないのです。その実、しっかりと相手を恨み、自分を尊重してもらうために、卑屈なふりをして相手に罪悪感を与えたりします。私なりの攻撃でもあり、自己防衛でもありました。半生を顧みても、思い当たる節はたくさんありました。

それは自己愛の一種であったと省察できます。子末さんが「自分を優先して、自分を満足させて生きろ」と言ってくれましたが、すでに私はそれができていたんです。

私は、かなり傲慢です。きっと誰よりも、全てを諦めたふりをしているだけです。泥に自ら足を突っ込んで、誰かに背中を押されて落とされたみたいな顔で黙って周りを見ながら、泥にはまる自分にもイライラしてました。当たり前ですよね、泥の中にいて心地いい人間なんて、存在しないのですから。

でもどうでしょう、以前より、ダメな自分を、少し許せそうな気がするんですね。

それはきっと、本当の自分優先ということができるようになった証左でしょう。

子どもが欲しくない――そう正直に吐いてから、私はもっと自分のことがよく分かるようになりました。抑えつけてきた自分が、手に取るように分かります。

私は自分勝手で、子どもも持てない子どもだとか、そんなことを言うつもりもありません。

ただ、子どもが欲しくないだけの、大人でした。

◆

12月13日

その日、何度も繰り返し入った夕方の勤務を終えると、子末さんと少し顔を合わせる機会がようやく訪れたので、私は自分から声をかけました。

「子末さん」

「？　どーしました？」

彼に声をかけた後、ふと思い出しました。子末さんと前回話したことや、彼の身の上話は、今はもう知らないはずの消えた過去なんですよね。

「？　猫塚さん、どないしたん？」

「ううん、ただ、猫のことで」

と伝えた。

「あ、前に話してた野良猫？」

「そう」

私の話ぶりからおおよそ何か猫に関する頼み事かと予想する子末さんの、気を使った様子に、

「飼うことにしたの」

安心させるように、私はそう言いました。

「えー、いいやん。そりゃよかった。でも猫塚さん、ペット禁止のとこに住んでるんやろ？　大丈夫なん？」

「よう覚えてくれてたねぇ、そうなんよ、でも私……」

本当にこのことは、さっき思いついたことです。

「大家さんに、直談判しようと思って」

「そうなん？　大丈夫なん」

「うん、前にうちのアパートでも、犬飼ってた人おったみたいやからね」

ただリノベーションしたことと、若い子でペットが苦手という人が多いことから、大家さんは詩名内荘をペット禁止にしてしまったと、ずっと前に聞いたことがあります。私は大家さんの、くだらなくも正直で、なんだって話すところが好きで、よく立ち話に付き合っていたから覚えているんです。

ですが、子末さんが言ってくれたように、猫のことを一番に考えるのならとにかく屋根のある家に保護してあげること。失われる恐れの高い命のことを最優先するのが、当たり前で、正解だったのでしょう。そうすれば、わざわざ母や家族に連絡することも、職場で同僚に頼み込むことも、そして命を奪うことも、私が死ぬこともありませんでした。

私が、私自身の話を一番ややこしく難しく、拗らせてしまっていたのです。

「いいやん、猫、いいねぇ。一緒に暮らし始めたら写真か何か見せてな」

「分かりました」

「猫塚さんの家族、どんな子か楽しみにしてるわ」

子末さんはそう言いながら、業務開始時間なのでカウンターの方へと歩いて行きます。

家族。彼はそう言いました。

きっと、私が受け入れる、という決意を示したことで、その言葉を使ったのだと思います。

◆

その夜、勤務を終えて、家に一度立ち寄ってから、いつもエサをやる場所に向かうと、以前までと同じように今回も子猫が生まれ、駐車場の置き去りにされた廃材と簀の辺りで小さな声で鳴いていました。私は前回同様、ホームセンターで買ってきていたペット用の持ち運びカゴに子猫を入れ込みます。小さな体で、カピカピの毛皮。腹に手を回すと骨に当たって硬く、そして何よりあまりもの体重の軽さに、何度抱えても驚いてしまいます。四匹のそれぞれ毛色の違う子猫をカゴに入れ込むと、少し先で唸る母猫の三毛に目をやりました。

その眼光は、鋭く、敵意と怒気を孕《はら》んだ、野生と母性の光る目です。

私が近づくと、その子は唸りながら素早く前足で攻撃してくるので、初めて見た時は本当にショックで、悲しい気持ちになりました。一度懐いた猫に敵だと認定されるなんて、自分の存在価値が状況によってはたやすく覆されてしまうような、そんな虚しさを覚えますから。でもそんなこと、私だってそうです。やっていたことです。自分を否定されたと感じたなら、攻撃してもいい——そうして一度はこの子たちを殺めてしまったのだから。

野良猫は基本的に、猫以外とは戦いません。身の危険を感じると逃げるか、身を潜めるかを、その場ですぐに判断できる知恵を持っています。それでもあの日、私に向かって威嚇を止めなかったのは、この子が母猫となり、子猫にとって脅威に思える存在が近づいてきたからでしょう。その魂や肉体全てが子どものためのものになったのです。それが、母になるってことなのかもしれません。人と同じですね。すぐにでも命の灯火《ともしび》が尽きてしまいそうな、か弱い赤ちゃんという存在を抱えたのなら、きっと私だって持つ感情だったんでしょう。

そういえば調べるうちに、一度人の匂いがついた子猫を、母猫は拒絶するようになると、ネットにありました。殺してしまうことすらあるそうです。生存本能が働くのでしょうか。しかしそれも、つくづく人と同じだな、と思います。

私の親だって、よく見知った旧知の仲の家にしか、私を嫁がせませんでした。姉二人の結婚の時も、夫の家柄についてあれこれ詮索してうるさかったと次姉からよく愚痴られました。親が認めた者しか、テリトリーに入れない。子は、親にとっての所有物でもあり、体の一部でもあるのでしょうね。だから外の家に染まることも、母は特に嫌がっていたと思います。この母猫も、私のことを死ぬまで手離さない私の母のようにも感じるのです。

私は母猫に、手を伸ばしました。

「シャー！」

「いたぁ！」

私の右手に、爪が食い込みます。ぷつりと裂けた皮膚から、流れる血。

それを見て、負けるか、と思いました。

◆日隠　團織　３ループ目

12月13日

猫塚さんに詰め寄る演田さんを宥め、部屋に戻り、自分一人分のホットコーヒーを淹れながら、冷えた部屋にそっと息を吐く。ずっとこの三日間、また時間が遡るまで嫌な予感が頭を占めていた。

前回は直くんのストーカーが電車に轢かれて亡くなったが、もしかすると前々回も、その前もそうだったのかもしれない。自分とほぼ関わりの無かった――むしろ自分を警察に突き出したあの一回しか面識のない、関係性の希薄な男が、日隠團織のこの五日間を左右する死の張本人だったとするのなら、自分はどうすればいいのだろう。カワリもリナリアの関係者も、死んでしまうようなことは二度の繰り返しでついぞ見ることはなかった。そこは安心していいだろう。

しかし想像したくはないが、逆上したストーカーに直くんが殺されてしまうような展開になる可能性もまだ拭えない。

不謹慎で、考えるのも嫌にはなるが、死ぬのが直くんであればまだ、自分が匿い、守り抜くこともできる。彼をカワリの家の空いた自分の部屋に一時的に住まわせて、警察に厳しく対処してくれるよう要請すれば、穏便に事が済むかもしれない。彼が新居を見つけ引っ越しするまで世話する覚悟もできている。だが、死ぬのがあの見ず知らずの男であれば、自分はどうすればいいか見当もつかない。正直あんな奴の死なぞ自分には無関係だ、という冷徹な思いばかりが浮かんでくる。

しかし本当にあの男が死ぬ運命にあるのだろうか。一度目の12月13日では、奴は生きていた。どうして前回は死んでしまったのだろうか。

◆

「――とにかく俺は、信じますよ、マスター」

リナリアにて。直くんはまたしても自分の話を全て信じ、呑み込んでくれた。

「じいちゃんの話も、ストーカーの話も、相当信用してないと言えないですもん。カワリさんにも言ってなかったです。ただ、その、俺のマスターへの思いとか、そういうのに関しては本当に……ごめんなさい」

自分を気遣ってくれたことについて、同情に起因したものだったと彼が答えたことも、全て洗いざらい話した。前回の悲しそうな反応を見るに、そこまで話す必要もなかったかもしれないが、それを知っていると伝えた方が、これからより一層お互いが正直に話し合えると感じたのだ。

チャイの二杯目が冷める頃には今までのことを――自分の思いと彼にしてしまったこと以外の全てを伝え終えた。

「……直くんが謝ることやない、とにかく、僕はそのストーカー問題を解決してやりたいんやけど」

「そんな、ダメですって。マスターにまで危険が及びますよ」

「いや、大丈夫大丈夫。それに危険なのは直くんの方や。何があるか分からんのですから」

直くんは心配そうに、不安に駆られた表情でこちらを真っ直ぐ見てくるが、自分はそんな直くんに向かって、

「ちょっと、直くんはここで待っててくれるか？」

そう伝えて席を立った。

「え？　いやでも、マスター！」

悲痛な声が自分の背中に届く。その制止を振り切って、ひとり、店を出た。

◆

直くんの住むアパートに着き、辺りを見回す。直くんは結局、ついてきてしまったが、相手を刺激してしまっては元も子もないので、遠くの建物の陰で待機してもらうことにした。できるだけ遠く、目で見えても声は届かない、そんな位置にいてもらった。

オートロックのエントランスで、二階の男の部屋の番号を押す。前回と同じ時間帯なので、在宅しているはずだ。

「……はい」

出た。

「すみません、ここの一階に住む者の友人なんですが」

「……何か」

「少しお話しできませんか」

「……」

マイクの先で、しばし静寂が訪れる。

「何でですか」

「……理由を聞きたくて」

「は？」

精一杯絞り出したような、男の怒りの声だった。

「聞いてください。ストーカー行為は分かっとります。君が死ぬほど思い悩んどるのも、分かってる」

「は？　もう切りますよ」

「な、何でなんかだけ教えてくれ……どうして、彼なんや、どうしてそんな方法でしかできないんや」

「……は？　ちょ、ほんと、警察……呼びますよ」

おそらくそれが最後通牒《さいごつうちょう》だ、と感じ、自分は咄嗟に、

「僕も同じなんや」

と言った。一拍置いて、

「……何がですか」

と恐る恐る返ってきたので、意を決して伝えた。

「ゲイ――セクシャル……ってことが」

すると、向こうのインターホンの通話は、とうとう切れてしまい、自分は項垂れるようにその開かないエントランスの扉に寄りかかった。ますます状況を悪くしてしまったかと後悔して、息切れする胸を無理やり張って何とか立っていると、

「おじいちゃん、誰よ」

と、声がした。オートロックの扉の先から、部屋着の男が現れたのだ。

「なに？　俺のこと、堂山かどっかで見たことあるの？」

「……い、いや、あの街には一度も……」

ついそう小さな嘘をついてしまった。確かにあの街の店には入ったこともないので、厳密にはゲイタウンとしての側面を知りやしない。しかしあの街がゲイタウンであることを理解している時点で、自分はゲイだと自白しているようなものでもあるのに。

そんな中途半端な対応をしてしまった自分に対して、探り探りな態度で男は腕を組んで近づいてきた。

「え、何、じゃあ一階のあの子も……ってこと？」

「え？」

「あの子も、こっちなの？」

そう男はイライラした様子で言う。

「こっちとは？」

「だからぁ、ゲイなの？　あの子も」

「いや！　直くんはゲイじゃない、全然ゲイなんかじゃなくて」

「……あーそー」

残念そうに男は言う。瞳孔《どうこう》が開いていて、細身で頭の大きいアンバランスな風体なのに、少し畏怖《いふ》を覚える顔をしていた。ストーカーである印象が強いせいでもあるだろうか。好みの顔ではない、とも思った。

「……で、何？　あの子が、俺のこと嫌がって、ゲイのおじいちゃんに頼んで何か言いに来たわけやろ？　そもそもあなた、あの子とどういう関係なのよ」

「え、あの子は、ただの常連様です、あっ、喫茶店の」

「ふぅん……何それ。まー信じるけど。あの子絶対ノンケだろうし」

「……じゃあなぜ？」

「……」

「どうして、ノンケの子にそんな怖い思いさせるんですか。ゲイなら、ゲイバー行ってゲイの人と出会えばいいじゃないですか」

自分は思わず、疑問と苛立ち――いや恐怖やわけの分からない感情からか、語気を強めて投げかける。

「そんなん、惚れてしまったもんは仕方ないやん！　あなたもゲイなら、ねぇ、分かるでしょ。ゲイなならゲイと恋愛、だなんてそんな……そんな簡単なものじゃないじゃない。……ノンケでも、タイプの男なら、そんなん勝手に好きになるやん……」

「う……」

彼の言ってることはまさしくその通りで、自分のことは棚上げして発言したが、自分だってノンケである直くんに惚れてしまったゲイで、同じ穴の狢《むじな》だ。なんならば犯罪行為に手を染めたところまで同じなので、自分は途端に居た堪れなくなってしまった。何を偉そうに意見しているのだ、と胸が潰れそうになる。

「それに俺、ブスだもん、堂山でもモテないし、お金ないからウリセン買うこともできないし、ゲイの……友達もいないし……」

「ウリセン？」

「ゲイの風俗やけど、何、そんなことも知らないの？　おじいちゃん。あなた遅咲き？」

そう冷たく言い捨て、彼は少しエントランスから離れて道路側に出た。確かにこんな話を同じアパートの住人に聞かれたら、たまったもんではないだろう。お互いに場所を移して話すことにした。幸い通行人も、直くんも遠くにしか見えない。前に佇む男に気取られぬように辺りを見回してから、ガードレールの前で向かい合った。

「じゃあ、君は……全然、出会いも恋愛もなかったんだ？」

と質問を投げかける。

「そう。何？　悩み相談にでも乗りに来たの？　何よ、もうあの子に声かけたりすんなって言いに来たんでしょ？」

「え、いや、その……」

「もういいよ、どうせ俺なんて……もう、死にたい」

彼のヤケクソのような態度に、老婆心のようなものが湧いてきた。彼は孤独だ。孤独で、さらに拒絶され、そして理解もされない。まるで、自殺する前の自分だ。死ぬほどのことではない、と今の自分は思い直すことができたが、一度死んだ身なので、窮地に立った時の狭隘な思考回路は痛いほど共感できる。ゲイであるが故の恋愛は、確かに息苦しく、生きづらいものだとは思う。自分だってそれについては絶対に認めるし、賛同する。

だけど生きづらいからといって他人を攻撃したり、騙したり、脅《おびや》かしたり迷惑をかけることはあってはならない。自分がそれをどれだけ悔やんで、己を恥じ入って自戒したか。『ゲイである、苦しい』の穴埋めとして『なので人より我儘《わがまま》であっていい』など、許されるわけではないのだ。

たまたま時が遡ったから直くんに対してやってしまった犯罪行為自体は無くなった——そういう良運に遭遇してやり直す機会を賜ったことも確かだが、それでもまだカワリにきちんと謝って向かい合えていないのだから。だから自分もまだ、贖罪《しょくざい》を始める前にしか立っていない。彼と、同じなのだ。

「あの……よかったら」

「何？」

「……まず、キチンとストーカー行為をやめて、直くんに謝って……それから、それからよかったら僕に、ゲイバーを教えてくれないですか？」

「はぁ？」

心底驚いた表情で彼は目を見開く。

「何それ、おちょくってるのん？」

「いや本気です。自分はこの歳になるまでずっと妻と子どもと住んでて……ゲイ活動もしたことありませんでしたし、堂山町も……行きたくても行けなくて」

「ふぅん。ああ、そうですかって感じ」

彼は冷たく言い放ち、それから少し考えるようにしてから、

「まー……でもさ、既婚ゲイの人って遊んでる奴が多いんだけど、ちゃんと我慢して家庭守ってきたのなら、偉いやん」

と言った。

「そ、そうですか？　ありがとうございます……」

「は、お礼なんて……」

彼は笑いながら目を伏せる。

「なんかもう、ほんと、ごめんやけど、気乗りせんわ。俺、ストーカーするような奴やし、既婚者とか、ちゃんとしてる人とつるめるほど……キチンとしたゲイじゃないもん」

「キチンとしたゲイ？」

「ブスやし、相方もいないし、飲み屋に友達もいない。お金もないし、フリーターだし、若くないし、もう……全然いけてないゲイだから……俺と飲み屋に行っても、恥ずかしいだけやで」

彼は自嘲気味に自己評価を羅列する。

「そんなことありませんよ。それに、それくらい……。僕かて若い頃はお金もなく……」

「そんなことじゃないの！」

彼は叫ぶように否定した。

「ゲイの世界では……若くてキレイじゃないと売れないし、歳とってからお金もなくて、体もイケてなかったら無価値なの。生きてる意味ないの。俺には……価値ないの！」

「……そうなんですか？」

「そうよ。それがゲイの世界では、常識」

「そんな……」

自分は絶句してしまった。自分の知らないゲイの世界で、そこまでの生きづらさがあるとは思っていなかった。世の中で生きづらさを感じて集まったゲイの世界で、そこでまた排除があるとするのなら、人とはなんて愚かで身勝手なんだ……とも思いたくなる。

「分かる？　ゲイ同士でも仲良しこよしじゃないのよ。それを知った風な口で……ゲイの世界に夢なんて無いのよ」

「……すみません」

居場所があっても、そこは無限ではないのだ。有限で、せせこましくて、苦しいのだ。居場所を取り合い、あぶれて孤独になる人間も、いるのだ。

「そう思うと……僕は恵まれてきました」

「え、何よ」

今、彼に自分の半生を話すことは決して得策ではなく、むしろ逆撫でしてしまう可能性の方が高い、とも思ったのだが、かける言葉も見つからず、ただ思ったことを正直に言おう――そう観念した。

「仕事も続かず、恋人もいなくて、若い頃はずっと一人でした」

「ああそう、俺と一緒って言いたいわけ？　でも既婚者でしょ？　あなた」

「ええ。けど三十路までは独り身でしたよ。ゲイとしての自覚は無かったのですが、女性を愛せず、結婚も考えることができなくて……男としての尊厳もズタボロでした。今よりずっと、結婚してこそ一人前という考えが強い時代でしたので、僕は……半人前の男やったんですね」

「まー……それは、時代よね」

「ええ。せやけど、人として尊敬できる女性に出会って、結婚もして、なんとか子どももうけましたわ。女性とセックスするのも、騙し騙しでやったけど、妻には二人、産んでもらいました」

「……それって、ゲイなの？　俺なら絶対に無理だけど」

彼は眉を顰めて言う。

「不思議ですけど、できたんです。女性に性欲は覚えないけど、でも彼女との子どもは欲しかった。家庭を築きたかったんですよ。だから行為中も自分の体を見たり、想像でなんとか勃たせて、最後までやったんです。その……妻に愛がないわけではないんですが、肉体への欲だけは、やはりゲイセクシャルで、どうにもならず……妊娠だとか出産だとか、命のリスクまである行為を彼女に負わせて、……こんなこと人として、どうかと思いますが」

「……そうね、奥さんかわいそう。ゲイって隠されたまま、だなんて」

「でも、彼女は気づいているんですよ」

「え？」

彼は食いついたように、

「ゲイに？」

と小声で問いただしてきた。

「そうです。それでもお互いに家庭を守って、今は別居してますが僕に帰ってきて欲しいと言ってくれてる……愛してくれているんです。僕も、だから彼女を人として愛してる」

「ふーん……何。じゃあ既婚ゲイって、家族として女と愛し合って付き合えるゲイなのね。俺には考えられない」

「そうですよね」

「じゃあ、こんなに恵まれてて、自分は俺なんかとは違うぞ、って言いたいの？」

「ちゃいます」

自分は彼の悲痛な受け取り方に突っ込んだ。

「それでも自分は、何もないって思ってたんです。ゲイだから家族もまやかしで、男性と一度も性行為したことがない……誰にもゲイって言えてない、ゲイバーにも行ったことがない、だから自分は今までの人生全部が無価値で、意味がなくて、無駄で……そういう風に思い詰めてたんです。けど」

「……」

「無価値じゃないんですよ。僕らは、ゲイやけど、それだけじゃないでしょう？」

「……そんなん、当たり前でしょ」

彼は目を逸らしてボヤくようにそう言った。

「でしょう？　だから」

「でも俺、ノンケの友達もいない」

「なりましょうよ、僕と」

最初は彼の死を止めるためだけに話したことだったが、話すにつれて彼の境遇に感情移入してしまった。彼は自分と同じだ。自分にとってカワリが救いになったように、彼にとってのカワリは、自分がなってあげればいい――そんな気持ちまで湧いてきた。

「……ねぇ、そんなことより、勝手に盛り上がってるけど、俺まず……下の子に謝らなきゃ」

「え、ああ、そうですね」

直くんの方に顔を向ける。するとようやく話が済んだかと察した直くんが、駆け寄ってくるのが見えた。

「何、あの子、来てたの……？」

「ええ、まぁ、ついて来てくれたんです」

「そんな」と彼は狼狽える。

すぐに直くんは自分の隣にまで来て、怪訝な顔で男を見つめた。

「マスター、終わったんですか？」

「ええ、まぁ彼も自分の行為を反省してくれて、二度としないと言ってます」

自分が視線で促すと、

「申し訳ございませんでした……」

と彼は深々と頭を下げた。

「な、何が目的やったんですか。ずっと、俺、怖かったんですけど」

「な、仲良くなりたくて」

「なんで？　じゃあ何でそんな犯罪的なことするんですか」

「えっと……」

ヒートアップする直くん。本当に怯えていたようで、溜まりに溜まったものが噴き出すように、涙目で震えていた。

「ホモですよね、じゃないと、あんな執拗《しつよう》に、いやらしい目で男が男のこと見るはずないもん」

「……はい、ゲイで、仲良くなりたいなと思って……ただ、方法は間違えたと、思います。ごめんなさい……」

意気消沈した態度で、男は頭を下げ続ける。しかし直くんは怒りや悔しさなどが抑えられないのか、強く地面を蹴ると、

「ちょっとまだ許せないです。どれだけ俺が、怖い思いしてたか……」

と呟いたきり、感情のぶつけどころを失ったのか、目を伏せてしまった。

「直くん。僕は彼と色々話して、彼のストーカー行為や近づき方がダメやったと言ったんやわ。それで彼も反省してる。もうこんなことがないように、僕が彼とこれからも話し合って、キチンと止められるように見守りたいと思うんやけど」

「……そんなん、マスターがすることじゃないですよ。警察に言えばいい」

直くんが厳しい目で男を睨む。

「……俺、警察行きますよ。接近禁止命令でも出してもらった方が、彼にも安心してもらえるやろうし……」

彼がそう言うと、しばしの静寂が訪れた。居た堪れなくなったのか、やがて彼はこちらに背中を向け、

「警察に行ってきます」

と言い残して歩き出した。

「被害届……出してないんで、警察行っても無駄ですよ」

直くんがもっともなことを言い、さらに寄る辺もなくなった男は、右往左往とした顔でこちらを見た。

「この件については、また後で話しましょう。もうとりあえず、部屋に帰ってもらっていいですか？」

直くんのその言葉を聞いて、男はすごすごとアパートの中へと戻って行った。


「だ、大丈夫かな」

この顚末で、彼は死んでしまわないだろうか。直くんに正面切って拒絶されてしまったが、悲観していないだろうか。そんな風にも思ってしまって、心配だったが、

「……もう、これで解決してくれたら、ほんと助かります」

隣で震えている直くんを見ると、自分の考えが浅薄だったと思い知った。こんなにも怖がっていたのだ。傷ついていたのだ。同じゲイであるが故につい二階の男に肩入れしていたが、だからといって男の加害行為を肯定してしまっては、元も子もない。擁護するがあまりに、直くんのような被害者を傷つけてしまってはならないのだ。

「……ごめんね、直くん」

「？　何でマスターが謝るんですか。むしろこちらこそ、巻き込んでしまってすみません。あっ、俺、荷物、リナリアに置きっぱなんで取りに行ってもいいですか？」

「うん。取りに戻ろうか」

　自分は直くんと共に店に向かう。しかしどこか心が居た堪れなくて、仕方がない。二階の男——ゲイである彼を救いたいが、しかし彼が犯罪行為をしたのは事実だ。警察に接近禁止命令を出してもらった方が、直くんは楽になれる。彼のために被害届を出さないよう直くんに思い直してもらいたいだなんて、直くんにはとても言えない。

　それに、自分はこのまま直くんを騙し続けて、隣にいてもいいのだろうか。

　彼の寄る辺——リナリアに、ゲイと隠して戻ってもいいのだろうか。

　話せば事がややこしくなる。そうと分かりつつも、とうとう自分は、

「直くん、僕も、その、ゲイセクシャルなんやわ」

と、口にしてしまった。

「何言ってるんですか。カワリさんと結婚してるじゃないですか、マスターは」

　冗談だと思ったのか、そう思いたいのか、直くんは乾いた笑いでこちらを見ないまま、そう言った。

「でも、ゲイやわ。カワリのこと愛してるけど、好きになってしまうのは男性で」

「もうやめてくださいよ、マスター、別に俺、ホモ……その、ゲイの人が気持ち悪いとは思ってません し、ただ二階の男のストーカー行為がキモいって思ってただけですから。だからそんな、変にゲイ庇う ために嘘とか、つかんくていいですよ」

　直くんは早口に捲し立てたが、しかし押し黙っている自分を見て、

「……本当なんですか」

　そう恐る恐る聞いてきた。

「じゃあ何ですか、あの二階の男を庇うんですか」

　先ほど男に向けられた怒りや悲しみが、こちらにまで飛び火してくるような、直くんの失望した目が視界に映る。

「ちゃう、あの子がやったことは犯罪や。それはきちんと裁かれるべきやし、直くんの被害を軽く扱うつもりはない。ただ、言っておきたくて……このままじゃ、直くんを騙してるようで、今のうちに言っておかな、リナリアに戻った時に、これからは自分らしく生きる僕を見て、直くんは裏切られたって思うやろから……」

「僕のことはいいですよ、別に、マスターがゲイだろうと、ゲイじゃなかろうと、どうだっていいです。僕なんかより、騙してるのは奥さんのカワリさんでしょ！」

そう言って、自分を置き去りにするように、直くんは走り出した。自分も精一杯追うが、若者の健脚には到底敵わない。離される一方で、とうとう自分だけ信号に引っかかり取り残されてしまった。視界が狭窄《きょうさく》していくほど、息が切れた。心臓が早鐘を打ち体と脳を苦しめる。直くんはもうリナリアに着いてしまっているのが、遠くに見える。声を出して引き止めようにも、息を吸うので精一杯で、とうとうしっかりと立っていることも叶わなくなってきた。手すりが欲しい、と思い腕を伸ばしながらその場によろめく。しかし何も近場には縋り付くものが見当たらなかった。

このままでは彼に誤解と恐怖を与えたままだ。

自分はもどかしく思い、とうとう足を横断歩道へと踏み出してしまった。

――その時、視界の端に赤い物体が飛び込んできた。目をやると、郵便配達のバイクと、配達員の中年男性の驚いた顔が間近にあった。

バイクの前輪が足を直撃する。次の瞬間、バイクの倒れる大きな音とともに、横断歩道の白線が引かれた路上に体が投げ出されていた。

◆演田　売子　3ループ目

12月14日

嫌な予感がして、結局出勤せずに、居酒屋で昼間から酎ハイを飲みつつ、頭空っぽで楽しめる映画をスマホで見て時間を過ごしていた。それでも時間が経つのは遅く、胸中は穏やかじゃない。

まだ聞きたいことがある、と裏田の嫁は言っていた。それは多分、どうやって裏田の殺害計画に感づいたか、ということだろう。アタシは嫁にとって、殺害の計画をどこからか嗅ぎつけて、阻止しに来た人間。それも動機が曖昧で、何者かの差し金と思われてもおかしくない。

「……でも、こんなん説明もできんしな」

アタシはポツリと呟いて、空になったグラスの氷をカラカラと遊ばせる。

するとスマホに着信が来た。知らない番号……だけど、誰からかはよく分かっている。

「……もしもし」

「昨日の子やな？　ちょっとええ？　マンションの前で待ってるから。タク代出したるし、早よおいで」

あの女の、あっけらかんとした声が響く。そして有無を言わさぬまま電話は切れてしまった。

アタシは焦る気持ちを抑えて、とりあえず家に帰り、酒を飲むために念のため持ち歩いていた保険証などを、自宅のカラーボックスにしまい込んだ。そして覚悟を決めるように、ひとつ息を吸い込む。

今日は様子見だ。失敗してもいい。まだループには余裕があるのだから。

すると、一階の廊下に出た辺りで、猫の声が聞こえた気がしたので、アタシは猫塚のおばちゃんの部屋のドアを叩いた。

「おばちゃん、おる？」

「はいはい？」

部屋から出てきたのは、手の甲が伝染病のように紫色に腫れた、傷だらけのおばちゃんだった。

「何それ、どないしたん？」

「イヤァ、親猫をね、捕まえようとしたらこうなったわ。うふふ」

「……笑い事ちゃうやろ」

アタシは呆れ返ったが、しかし室内を覗くと、猫の騒がしさと獣臭さに驚いて、何だかこの様子だとおばちゃんは死なななそうだな、と安心した。

「飼うん？」

「うん。とりあえず、明日、大家さんに直談判してみるわぁ。それで駄目なら、引っ越しも考えなきゃアカンかもやわぁ」

「そっかぁ、それはしゃーないけど、まぁアタシたちはもう……他人じゃないし、猫飼ってようが気にせんから。住人一同賛成してるって言っといてや。そしたらあのババア押すだけやん？」

猫塚のおばちゃんはしっかり頷いて、「ありがとう」と微笑んだ。

「それで、今からどこか行くのん？」

「え。うん、まぁ……ちょっと、殺人犯と話し合いっていうか」

「えぇぇ？」

おばちゃんは大きく目を見開き、不安そうな顔でこちらを見つめてくる。

「あ、でもまだ多分、人は殺してなくて……様子見してる段階やとは思う」

「そんなん、行っちゃダメよ」

「でも、アタシが行かな、そいつの旦那が殺されてまうかもしらんし……とにかく、おばちゃん、アタシがもし、今日、帰って来んかったら……死んだと思って動いて」

「そんな」

アタシは物騒なことを言いながらも、あっけらかんと笑ってやった。

「大丈夫、死んでもまたループできるし。はは……まぁ、死なんよ。大丈夫。みんなで16日、迎えよな」

それだけ伝えると、アタシは詩名内荘を出た。

◆

——何度この場所を訪れただろうか。もう忌まわしき思い出しかなく、本当なら二度と見たくない場所だ。アタシにとっては超曰く付きの事故物件だから。

マンションのエントランスにタクシーをつけてもらい、料金を支払う。そして視界からタクシーが消えると、見計らっていたように、

「こっちや、こっち」

見たくない顔と赤い車があった。身が強張るが促されるまま、声のする方へ——裏田の嫁が運転席に座る車に乗り込む。

「ごめんやで、来てもらって」

「いや、全然……」

「ちょっと近くの喫茶店か、汚いとこでもいいなら新世界《しんせかい》でお茶かお酒出すとこ入ってもええけど」

そう言いながら女はハンドルを握って、マンション前の道路から坂を下り始める。

「んじゃ、お茶なら、少しだけなら付き合えます」

「そうなん？　今から出勤とか？」

「え？」

「レディー学園のらいちゃんやろ？」

またもアタシのことを全て調べ上げているのか。アタシは手が汗ばむのを感じた。

「また、殺したんですか。裏田さんのこと」

「また？　おかしいこと言うなぁ。殺しとらへんよ。ただ昨日ちょっと問い詰めて聞いただけや」

嫁はそこまで怒る様子もなく答える。意図が読めない。

「何なんですか、何を話すことがあるんですか、アタシと」

たまらずそう問いかけると、

「いやなぁ、旦那殺そうと相談してた相手に聞いたらな、あんたのこと一切知らんって言うんやわ。まぁあの人たち、そういうところで嘘ついたりはせんし、筋は通すからな」

「……」

やっぱりヤクザと繋がりがあるんだ、と確信した。

「そないしたら、やっぱどうも気になってなぁ。どうやって私が、うちの旦那殺そうとしてること知ったかが、分からんのやわぁ」

「それは……」

「何でや？」

あくまでこちらを見ないで、運転に集中したまま、世間話のように裏田の嫁はアタシに詰問してくる。

それがますます恐ろしい。計画も、車も、何かに向かって進行しているような、それに巻き込まれているような恐怖感が、じわじわとアタシの下腹部を痛くする。

「ちょ、降ろしてもらって、いいですか」

「あかん」

「どこ行くんですか！」

「しらん」

「しらんわけないでしょ！」

アタシが叫ぶと、ようやく女はこちらを見た。

女の真剣な目。据わった瞳孔。脅しじゃなく、本当にやる覚悟をした、あの目だ。

「地獄や」

「ヒィーーーー！　ヒッ！」

アタシはたまらずシートベルトを外そうとしたが、指に力が入らず、いくらやってもバックルを外せない。震えながらベルトをさするばかりで、その摩擦の熱が手のひらを焦がした。

「アホ女。何でか話したら許したる。話してみんかい」

新世界の通天閣《つうてんかく》が見える道路に入ってきた。周りには小さなビルや蔦《つた》の生えた一軒家が並んでいる。人通りは無い。

「助けてぇーー！」

「話せ！」

女はアタシの腹を強く裏拳で殴ってきた。

「ウゥ！　グェ」

「話せば痛くせん」

「……う、うう、でも。でも！　信じてくれへんやん！」

アタシはもうとにかく怖かった。一言、殺さないって言って、アタシを車から降ろしてくれるだけでいい。それだけしてくれたら、アタシはとにかく息が吸える。この震えも止まる。ガチガチと前歯が唇に当たった。シートベルトのバックルに挟まった爪から血が出ていた。

「アタシは！　アタシは時間をループしてる！　それで、お前が旦那を殺すのを二回、二回見た！　それを止めな、このループが終わらんくて、それで！　それで、とにかく！　殺さんといて！　アタシだけは！　アタシだけは殺さんといて！」

「……何やこの子、クスリでもやってんのかいな」

そう言いながら、ようやくアタシから鋭い眼光を逸らし、嫁は車を止めた。目の前には、建設会社らしき建物と、やや開きかけのシャッター。

「んじゃ、とにかく、今日の夜に、旦那と一緒に、固めてあげるからな」

「ぎゃーーーー!!」

自分でも滑稽な声を出したと思う。ただシートベルトを外して、扉を開けて駆け出せばいいのに、アタシは何もできずにただ座席に座って、自分の運命を待つばかりの無力な生き物に成り果てていた。

シャッターが開いて、その先にトラックや、一人の作業服を着たおっさんが立っているのが見えた。味方かどうかなんて考えれば分かるのに、助けてと手を伸ばした。その瞬間、脇腹に痛みが走った。腕が麻痺して、だらりと垂れる。息が詰まり、車内の窓に、血飛沫が飛んだ。それを見て血の気が引いたと思ったら、また衝撃が腹部を襲う。苦しさと鋭い痛みで、声が出ない。この血は、アタシのものか。

そう理解した時、つい出た声は、

「お母さん、助けて」

だった。

第九章

対決

12	/11	/12	/13	/14	/15
original	✕	✕	✕	✕	☠
1st Loop	✕	✕	✕	✕	☠
2nd Loop	✕	✕	✕	✕	☠
3rd Loop	✕	✕	✕	☠	
4th Loop	✕	✕	✕	→	

◆演田　売子　４ループ目

12月14日

「うわああああああ!!」

私は飛び起き、冷や汗をかく自身の体を触る。とにかく触って抱き抱える。布団が腕に絡み付く。目の前の景色は自分の部屋、アタシは生きてる、怪我は裏田に殴られたところだけ。血も、腹の穴も無い。生きてる、死んでいない。

「あああああああ!!」

アタシは布団から抜け出し、泣きながらテーブルを蹴り上げた。

「クソォォォ!」

叫んで、叫び倒す。そして足の先に痛みを感じ、そのことに喜びの涙を流して、部屋の埃が舞い散る天井を見た。

死ぬ、殺される。このままじゃ、アタシは殺されるか、追われるかを選んで一生このループで人生を終えてしまう。

「どうしよう、どうしよう、クッソォ」

すると部屋の戸が叩かれた。アタシは驚いて、反射的に布団を盾にした。

「誰やねん!」

「売子ちゃん、私たちやけどぉ」

「……猫塚のおばちゃん」

アタシは泣きじゃくりながら、戸を開けた。そこには猫塚のおばちゃんと、隣のオタク、恋川がいた。

「売子ちゃん、どないしたの？」

「う……うう」

過呼吸気味で、動悸が止まらず返事ができない。

「前回のループで、14日が終わっても、帰って来なかったから……心配してたの。大丈夫？」

アタシは大きく息を吸って、何とか、

「……大丈夫じゃない……殺された、アタシ、包丁で刺されて死んだ！　殺人犯に、殺された……」

と伝えた。

「マジかよ……」

恋川がそう呟いて、崩れ落ちるアタシの腕を摑んで支えてくれた。

「そいつに会いに行って殺されたんやろ？　じゃあもう会いに行くなや」

もっともだ。だけど言わなくても分かるだろ。二人とも嫌な予感を抱いた目で、アタシの顔を見ている。

「……でも、アタシがそいつと話して、うまいこと丸めな、そいつは今日にでも自分の旦那を殺しよる……そないしたら、アタシはループ失敗やねん。永遠に、殺されるか、逃げ惑うかの人生になってまう……」

「そんなん……今すぐ警察に突き出せばええやん」

「アホか、何でやねん。あいつはまだ人を殺してない。アタシも旦那も殺してないねん。通報しても意味ないやろ。アタシを殺してからじゃないと、旦那を確実に秘密裏に殺されへんからな……絶対に、アタシを殺すねん！」

「落ち着けって」

「落ち着いていられるかい！　ころ、ころ、殺されてんやぞこちとらアホボケナス！」

アタシは嘔吐《おうと》しそうになり、咳き込みながら戸にもたれかかる。

「相手は、私くらいのおばちゃんなんでしょう？　ほな、ここに呼んでお話ししましょうよ。日隠さん以外はここにおるから」

猫塚のおばちゃんはそう提案する。

「あのホモ……日隠のジジイはどこ行ってん」

「あの人、交通事故で……」

「しん、死んだんか？」

「いや、足首骨折したみたい。でも、もう前回でようやく周りの人が死なずに15日を終えれたみたいやから、今回もそうすると思うよ」

猫塚のおばちゃんはアタシを安心させるように話す。あのジジイ、本当にどこか抜けていて、肝心なとこでダメな奴だ。あんな奴でもいてくれたら人手になっただろうに。

「私も前回は猫みんな助けたし、死なせずに済んだわ。それにちゃんと私も生きて、15日をちゃんと過ごしてた。売子ちゃんいなかったから、もしかしてと思って大家さんには直談判行かんかったんやけど……ちゃんと生き残って、二人で一緒に話に行ってくれへん？　ね？」

「おばちゃん……」

アタシはおばちゃんに向かって感謝を伝えたかった、でもそれより謝らなきゃって気持ちが強かった。あんなに偉そうに、人生やり直せるとか豪語して、おばちゃんを弱虫だと決めつけたのに、アタシは前回の死で腰が引けて、絶望しきっている。おばちゃんは三度も死んだというのに。

「俺の方も安心してええで。思ってた展開と違ったけど、でも大事な友達を死なせずに済んだから」

「あぁ？　そんなん……別に心配してへんわ、アホ。お前も、レイプせんだけで済んだ話やろ？」

アタシは座り込みながら強気に返す。

「ちゃうねんなぁ。色々あったわ、演田」

「なんで呼び捨てやねん、お前、歳下やろ。おい恋川」

「そうなん？　同い年くらいか思ってたわ」

そう言いながら、恋川はアタシの手を引く。アタシは手を借りて立ち上がってやった。

「それだけお前が、落ち着きのない歳上ってことやで」

一言多い恋川の腹部に軽く拳を突く。

「……ゲホ、で……、何時なん？　その女と会うのは」

「昼過ぎ……電話が来て、会いに来いって言われる。場所は天王寺の、その夫婦の住んでるマンション」

「じゃあそこで演田は、殺されるんか？」

配慮のない、直球な質問に、アタシはつい現場を思い出して身震いする。

「いや……車の中、でも、どっかの建設会社かなんかに入っていった時やった。アタシのこと、旦那殺したら一緒に固めるとか言ってた……多分、コンクリかなんかや。あの女、ヤクザかなんかと繋がりあるんやと思うねん。だから殺した後は……建設現場に、死体を埋めたりするんかも。そんくらいガンギマリや」

「そんな……ヤクザなんて、フィクションやろ」

「おるねんて！　ここは大阪やぞ！」

アタシは恋川を叱り飛ばす。だけど否定して、嘘だと言いたくなる気持ちも分かる。だって相手がヤクザなら敵いっこない。一般人で小市民のアタシらには、刃向かう力が無い。それにアタシはこのままだと、この二人も巻き込んでしまうかもしれないと思った。話の通じない強大なヤクザ相手であったなら、回避して生き抜くことも絶望的。それに無事に15日まで逃げ切ったとしても、アタシはどうなる？

一生ヤクザに追われる身か？　それともそこまでおばちゃんに権力も気力もなく、どこかで諦めて、殺害計画もアタシへの詮索もやめてもらえるだろうか。だけどそうなっても、あの女なら一人でアタシを探し回るかもしれない。アタシは大阪にいられなくなる。あの女が住むこの大阪で生きていても、気が気じゃない。

するとと、猫塚のおばちゃんは考えるように手を顎に当てて、

「建設会社……フロント企業のある、ヤクザもんってこと？」

と、まるで子どもに家を聞くみたいに、気の抜けるような普段通りのトーンで言った。

「え？　さ、さぁ、でも会社はあったで」

「なるほどやなぁ……」

「それがなんなん？」

「じゃあ、売子ちゃん。私に任せてぇな。とにかくお昼過ぎに、その人にはここに来てもらうようにしましょ」

「いや、おばちゃんアカンて、無理やて、そんなんしたらみんな巻き込まれてまう」

すると猫塚のおばちゃんはにっこりと笑って、

「ええやん。そのくらい、自分勝手に、人を頼って生きましょうよ」

と、まるで別人みたいに言った。

「私たちは社会的信用の低い人間で、消えてしまっても怖くない、何もない人間です。だからこそ、こういう時は頼りましょう。後ろ盾のある人に、頼って、迷惑かけて、支えてもらうの、ね？　ほなね私、ちょっと電話もするし、お茶請けとか買ってくるわね。またお昼は一緒に食べましょ」

「え、いや、でも……」

アタシの制止を聞かずに、猫塚のおばちゃんは一階へと戻っていった。

「あのさぁ……濵田」

「……呼び捨てやめろや」

二階の廊下で、恋川と二人きりになり、アタシは静かな空間で、生意気に呼び捨てしてくる恋川に注意する。

「今日、お昼から友達をここに呼んでるんやけど……人手多い方が犯罪の抑止力になると思うし、二階から観戦させといていいよな？」

「お前さぁ、アタシのことおもろいレスラーかなんかと思ってるんか？　か弱い女やぞオイコラ」

アタシは強めに、恋川のケツを蹴り上げた。

◆

昼になると、猫塚のおばちゃんがお弁当を買ってきてくれて、アタシたちはそれを恋川の部屋で食べることにした。

「きったねぇ部屋。漫画が中古くさいんやけど」

「じゃあ読むなよ」

悪態をついたアタシに、ぶっきらぼうに返す恋川。

「ごめんねぇ、うちのコンビニのお弁当なんやけど……」

猫塚のおばちゃんがお弁当を広げる。どれも温めてから少し経った、ヘニャヘニャのお弁当で、透明なプラスチックの蓋に水滴がついている。

「いや、全然いいよ。いただきます」

そう恋川が言う。

その隣に、女……のような、男……のような中途半端な若いのが一人、座って気まずそうにしていた。

多分これが以前に言っていた、トランスジェンダーの友人で、恋川が襲った子なんだろう。確かに見れば見るほど女っちゃ女だ。普通の男には無い、か細さがある。

「すみません、なんかいきなり初対面で、こんな時に来ちゃって……」

「いいよ、カズキ、それよりカズキは唐揚げ弁当？　シャケ弁？」

そう聞かれながらカズキと言われた女はシャケ弁を取る。

「恋川、お前、その友達にアタシのこと話してるんか？　今からヤクザ来るって」

「え？　うん、話してるけど」

恋川はあっけらかんと言う。

「カズキとやらさぁ、あんた大丈夫なん？　その……ヤクザに、もしかしたら巻き添えくらってさ、あんたまで死ぬかもしらんで？」

「は、はい」

「……一応この世界って、ループしてるけど……今日死んだら、もう次のループでは死亡が確定して一日が始まるねん。でもそんなん言われても信じられへんやろ？　逃げるなら今やで？」

アタシが念押しするように伝えると、カズキは二度ほど頷いて、

「大丈夫です！　その、ループのことは求ちゃんから聞いて信用してるんで。だから、死んでも平気です！」

と元気よく返事した。アタシは呆れ返った。バカの友達はバカなのか。

「それよりも求ちゃんの家に一度は来てみたかったんで、今日は来れてよかった」

「前もそんな感じでテンション上がってたで」

「そうなん？　とにかく今回の俺は初めてだよ。全然ここでも住めるで？」

二人は見た目こそ男女だが、まるで旧知の仲の友人同士のように、気の置けない心地で話している。

「んー？　お二人、同棲しはるの？」

と猫塚のおばちゃんが屈託のない笑顔で問いかける。

「いや、同棲とか、そういう仲じゃないですよ！　俺、彼氏もいますし」

「あ？　彼氏？　ってことはカズキ、あんたゲイなの？」

アタシが問いかけると、カズキはまたも元気よく笑顔で「はい！」と答えた。

「フゥン。あんな、ここの一階にな、ホモのジジイが住んでるからな。生きて帰れたら今度紹介したるわ。めちゃくちゃうまいチャイ作れる喫茶店経営のジジイや」

「えー楽しみ、絶対生きて会いましょーよ！」

アタシはカズキと見つめ合って、ケラケラと笑った。

すると恋川はアタシたちを見て、面白くなさそうな目をしながら飯を呑み込み、口を開いた。

「そんなんええねん。とにかく、俺はカズキにこの部屋か、俺の実家の……俺の住んでた部屋か、どっちかに住んでもらおうと思ってる。もしカズキがこっちに住むなら、俺は一旦実家に帰るし……とにかく、前の時間線でも話したんやけど、カズキに帰る場所を作ってやりたい。実家に帰れないからって、彼氏と別れた途端にホームレスになんてなる必要ないし、アパートを出たくないからって彼氏と無理に一緒にいて欲しくもない。まだ体が女のカズキは気まずいからって、ゲイの世界の人たちには居候《いそうろう》とかは頼ったり相談したりできんかったみたいやけど、俺は……そんなことでカズキに死んで欲しくないねん」

恋川はそうつらつらと恥ずかしげもなくのたまう。カズキは隣で笑顔でそれを聞いていて、

「ありがとうな、求ちゃんに、会えてよかったわ」

と感謝していた。もうそんな姿を見てるだけで、自殺なんてしなさそうには見える。

「……ま、確かに居場所がないと人間て突拍子もないことするからな。一人で悶々と考えてても、誰も止める人おらん中で考えつくことなんて、所詮バカな絵空事や」

アタシはみんなに囲まれて落ち着きつつあるのか、愚痴混じりにそんなまとめ方をしてみせる。と、ふと思い当たることがあった。

裏田の嫁も、そんな風に一人で裏田の悪事を抱え込んで、ずっと一人で解決策を探していたんだろうか。その末に《バレそうになったなら殺してしまおう》という結論に行き着き、孤独の中でそれを実行できる算段とツテを構築していったのかもしれない。

同情や、哀憫こそ感じないものの、恨みの感情や、怒りといった熱さは、なんだか持つのも疲れてきてしまった。アタシはあの女の理不尽な行いを、自分が死にそうだから止めるってだけじゃなく、そんなくだらないもん捨てて、もっと違う生き方をしろやって呆れて諭してやりたくなった。だってそうだろ、殺して解決できるなんて、そんなバカな話あるわけがない。裏田の嫁、お前は生き続けるんだから。

法で裁かれようが裁かれまいが、罪は消えないんだよ。

アタシらは、そうだった。罪を犯し、首を突っ込み、そして罰を自分たちで選び取った。自殺した。みんなで。

だけど神かなんか知らねぇけど、それを許すことはなく、また同じ時間で、罪と向き合うことを強いられた。なんなら前みたいにただ死ぬだけで逃げて終わりなんかじゃない、一人一人、試練や自分と向き合うことから逃げられない苦境に身を落とされてしまった。アタシらが人生丸ごとずっと逃げてきた、ちゃんと生きるってことからだ。でもアタシらは向かい合ったんだ。

裏田の嫁、あいつだけが、自分で罪を消して無かったことにしようとしてる。

アタシは気づいたんだ、あの女が、アタシと同じで、ただ巻き込まれてしまっただけの被害者だって。アタシだって恵まれない生まれや、母親の殺害に巻き込まれた被害者だった。あの女も旦那の犯罪行為に気づいただけの、ただの配偶者だった。お互いにただそれらの側にいただけだ。

でも、だからといって、アタシが今までしてきた数々の他人を傷つける行為が許されるわけじゃない。

アタシだって裏田の悪事に首を突っ込んで、かき混ぜてしまって、ここまで事を大きくしてしまった
――そういう側面だって、あるだろう。アタシはいつだって自分で自分を生きづらくさせてきた。

だから、裏田の嫁には、言いたい。

お前はアタシと一緒だ、そして、逃げるな、と。

自分で罪を無かったことにできるほど、アタシたち人間は、強くも偉くもない。

◆

昼過ぎになると、猫塚のおばちゃんは知人を迎えに行ってくると言って、中津の方へと出かけて行ってしまった。おばちゃんは逃げたりはしないだろうが、その知人とやらが不安だ。警察や、弁護士、あるいは逆にヤクザを呼んだりしたんだろうか。考えてもキリがないので、信用してただ待つことにした。

アタシはカズキと恋川を置いて、詩名内荘の前で静かに佇む。空気と風が冷える中で、腹の底だけは興奮して温かく感じた。

そして時間が来たのか、着信が入った。あの女からだ。

「もしもし」

「昨日の子やな？　ちょっとええ？　マンションの前で待ってるから。タク代出したるし、早よおいで」

「あんたが……来んかい」

「？　なに言ってるんや」

「アタシの家で話してや、その、包丁とか置いて、きちんとちゃんと話し合って、逃げるなよ、殺しに

逃げんなや」

するといったん電話の先で、沈黙が流れた。

「……あんたの家に、行けばええんやな？」

女はそう冷たく、呆れたように言い放つ。

「うん。中津の詩名内荘ってとこ。近所に公園があって、淀川沿いや。Googleマップで調べたら出る」

「……二十分ほどで着く。待っときや」

そう言い残して電話は切れた。

◆

三十分ほどで、詩名内荘の前に一台の車が止まった。あの赤い裏田の嫁の車だ。しかし出てきたのは、裏田の嫁と、見知らぬ大男だった。普通のサラリーマンみたいなスーツ姿。歳は三十代後半くらいだろうか。表情だって強面じゃない。だけど確実に感じる、カタギではないオーラ。武器こそ持ってはいないが、その肉体が人殺しのできる武器なので、包丁なんかよりタチが悪い。

まだ、猫塚のおばちゃんは戻ってきていない。玄関には、アタシと、恋川と、カズキ。頼りないガキばっかだ。

「あんたが来い言うから来たんやで。誰や？　その子ら」

「友達。でも事情知ってるし、おってもええやろ？」

アタシがそう伝えると、嫁は隣のヤクザに目配せする。ヤクザは遠くの道路を一度チラリと見た。仲間でも呼んでいるのかと思ったが、そうではなく、ただ通行人を確認しているだけなのかもしれない。

とにかくその所作に、ただ穏便に話し合いに来たわけじゃないぞという意図だけは酌み取れた。

「あんなぁ、子どもと話しに来たわけじゃないんやけどねぇ。ちょっとあんたと話しに来ただけやで？　それをまぁ……こんなにまで膨らませて。あんたが悪いんやで、巻き込んだんやから。そこの男と女は、ちょっと事務所で……ね？　うちの人間が話だけさせてもらうわ」

裏田の嫁は、ヤクザに顎で指示する。連行——拉致だ。きっと恋川とカズキを事務所に連れていき、痛めつけるか何かして、口封じするに違いない。アタシはそれだけはさせてたまるかと、身を乗り出してヤクザに一発蹴りでも入れてやろうかと思った。そしてヤクザの男の腹にアタシが蹴りを入れようとした、その時に、

「いや、こいつ男なんで」

と恋川が、口を先に出した。

「はい？」

と裏田の嫁が呆気に取られて聞き返す。

「いや、俺とこいつのこと、男と女って言ったでしょ。でもこいつ男なんやけど」

そう言ってカズキのことを指さす。

「そんなくだらんこと話しとらんねん、クソガキ！」

ヤクザの男が、巨体を振り回すように手を伸ばして恋川の髪を摑む。恋川は小さく苦鳴を漏らして、痛そうに顔を歪ませながら、

「くだらんことちゃうんねん、アホ」

と淡々と言った。その根性にアタシまで驚いていると、ヤクザが軽く張り手を繰り出し、恋川は鼻から血を出しながら、「ヴェっ」と小さく呻《うめ》いた。その間もしっかり髪を摑まれているので逃げようがない。

カズキとアタシはヤクザの腕に飛びかかった。が、しかしまるで丸太。男の腕の力は、アタシたちには対抗できなかった。

「おい離せガキ」

「離さんわボケ」

怒鳴るヤクザに、恋川はしがみつく。こっちは任せろと言わんばかりの迫真の表情でこちらを見るが、どう見ても恋川が劣勢なのは明らかだった。

「もうええ、とにかく全員車乗り。狭いけど後ろ三人乗れるわ。はよ乗らんかい」

わちゃわちゃと争って取っ組み合うアタシたちを見かねて、裏田の嫁はそう命じる。しかしあいつの車に乗ってしまえば、もう終わりだ。全員殺される。アタシがとりあえず恋川とカズキの二人は本当は事情も知らないし見逃せと嘘を言おうかと思ったその矢先、視界の先に、猫塚のおばちゃんが見えた。隣には初老の男も立っている。誰かを連れてきてくれたのだ。アタシはハッと目を見開いてしまったが、すぐに平静を装った。

「う、裏田……、あの車って」

アタシは裏田の嫁を真っ直ぐ見つめて質問する。

「なんや」

「な、何人乗れんの、かなって……」

アタシは他愛無い質問を投げかける。

「そんなん、見たら大体分かるやろ。……まさかこんな、お友達まで連れてるとは思ってへんかったから、定員は超過するやろけど、乗らすしかない。狭いのは我慢しぃや」

裏田の嫁は心底呆れたように、そして冷たい態度でそう告げる。

「いや、もっと増えると思うから」

「え？」

アタシがそう言った時には、もう裏田たちの背後に、猫塚のおばちゃんとピシッとしたスーツ姿のおっさんの二人が近づいてきていた。

「あの、その子のことで」

猫塚のおばちゃんが連れてきた男が、恋川の髪を鷲摑《わしづか》みにする男の肩に手を置く。それから低く聞き取りづらい声で何かを話して、恋川を解放させた。

「では懐さん、ちょっと話してきます」

「はい、お願いします」

猫塚のおばちゃんに一声かけると、男はヤクザを連れて、裏田の嫁の車の向こうまで歩いて行った。

「ちょ、なんやあんたら、なんやねん、関係ないもん出てこやんといて」

裏田の嫁は、大きな声で威嚇するように叫ぶ。

「関係あります。この子の友達です」

猫塚のおばちゃんはアタシの隣に立ってくれた。

「大丈夫なん？　あの人にヤクザ任せて」

アタシは猫塚のおばちゃんに、小声で確認する。

「ええ、まぁ、あの人こういうのに強いし、それに……相手はヤクザやあらへんよ」

「え？」

アタシは驚いたが、猫塚のおばちゃんは目の前の女をじっと見つめている。詳しいことは後で聞いた方がよさそうだ。

裏田の嫁は、さすがに萎縮したのか、こちらに詰め寄る様子もなく、戸惑っていた。

「なんなん……あんた、こんなにもぎょうさん、他人に話したんか？　人が殺されるかもって？　そんなん誰が信じんねん」

「でも、信じてくれた。だってアタシの言うことが嘘じゃないって、みんな知ってるから」

「なんやねん……なんやねん、ほんま」

苛立った様子の裏田の嫁を見て、アタシはようやく相手の動きを封じて、こちらのペースで話せると感じた。

「そっちこそ、なんやねん。なぁ、裏田さんやァ……こんなに人おったら、もう無理やて。もうさ諦めてさ、アタシのことも、旦那のことも殺すのやめーや」

「……」

しかし依然裏田の嫁は、顔を真っ赤にして、このままでは引き下がれない、といった切羽詰まった顔をしている。まずいかも、とアタシの脳に緊張が走った。このままでは突拍子もない行動に出る可能性もある。

そうだ、あの目をしていた。追い詰められた動物のような、命の危機を感じて躊躇いもなく特攻してくる覚悟のような——あの目だった。

「なぁ、待って、なんで、そうやってさ……殺して、ぜんぶしまいにするん」

アタシは咄嗟に、問いかけた。

「は？」

「裏田のことも、殺してしまいなん？　でも、そんなんで、ほんまに罪って消えるん？　誰にもバレへんくなったら終わりなん？」

「……闇に葬るってことも、あるねん、世の中には」

そう裏田の嫁は、力なく呟く。

確かにそうだよ、アタシの知らない世界で、きっとそうやって大人は世界を回している。それをこの女は見てきたんだろう。

だけど、少なくとも、アタシのこの長い五日間では、そしてアタシの人生では、そうじゃなかった。

因果応報はある。人生は地続きだから、隠蔽や嘘で取り繕っても、必ずどこかでツケを払って身を滅ぼすんだ。

「あんたには、分からんやろ」

そう裏田の嫁は、ダメ押しのように持論を押し付ける。

アタシは、この分からず屋に、自分の見てきたものを、自分の言葉で語って反論したい。そう感じた。

「……でもま、お前の旦那はな、アタシが……ハメ撮りしたことも全部嘘ついて同意の上でやったたってことにして嫁に納得してもらえ、って唆《そそのか》してやった時にな、それじゃ撮られた子たちに対してダメや言うてた。被害者までなかったことにしちゃダメやって言うてたんやで」

「……言うかい、旦那が」

鼻で笑われてしまう。まだ足りないのだ、真実味が。

「言うてた、ほんまや」

「嘘つけぇ！」

ととびきり大きな声で、裏田の嫁は叫ぶ。

もっと必要だ。この女が見て見ぬ振りをしてきた、人間の誠実さを。

「旦那のことは、お前がいっちゃん分かるやろ。お前は嫁なんやから……。愛してたんやろ？　だから浮気も、犯罪も許されへんし、自分で罪犯してでも隠してやろうって思ったんやろ？」

裏田の嫁は、こちらを睨みつける。

「アタシ、知ってんねんぞ。お前、裏田のこと殺した時、電話でな、泣いててんで……信じてもらわれへんやろけど、泣いてでも殺すんや。そんくらい、旦那のこと愛してる人やって、アタシは知ってる！」

「……なに言うてるか、分からん……分からんわ、アホ」

アタシは裏田の嫁に近づいて、その震える肩を摑んだ。筋肉も少なく、贅肉《ぜいにく》だけ加齢でついた、ただの中年女の肩だ。自分の旦那の死体一つも運べない、女の腕をしていたんだ。ずっと。

「裏田の罪、償わせるとこまで一緒に背負ってやってくれや。愛してるなら、一緒に生きてや」

「……」

裏田の嫁は静かに首を垂れて、泣いているのか肩を震わせて、ジッと地面を見ていた。


「こっちは終わりました」

すると、猫塚のおばちゃんが呼んだ男は話をつけたのか、一人で戻ってきた。

「あの人にも帰ってもらいました。やっぱり雇われただけの半グレの方で、ヤクザでも建設会社関係者でもないみたいです」

しゃがれた声でそう話す。その背後にはもうあの大男の姿はなかった。

「この状況見て、帰りはりましたよ」

「……そうか」

と、観念したように、小さな声で、裏田の嫁は頷く。

「たぶん……聞いてた感じでも、ヤクザもんには、この人声かけとらん。今はあそこにカタギの死体処理するような、支部も事務所もなんもあれへんし……こないまでめくれとったらヤクザが関わることない」

男は、粛々と真相を解き明かしていく。

「脅すために嘘ついとったんやと、思いますよ」

と、男はトドメを刺す。

「……ツテがあったのは確かや。でもカタギや、……安心し」

裏田の嫁は、アタシの方だけを見て、そう告げる。

「ヤクザもんなんて……繋がりないし、あっても助けなんて求めへん。そんなん、絶対に私自身、許されへん……でも、あんたが嗅ぎ回ってたから、そういう繋がりチラつかせてたんや、嘘やったんや」

「アタシを脅すためかよ……じゃあ死体処理はどうするつもりやったん」

「そんなん簡単や、知り合いの山と、ツテからペット用の火葬車が貸してもらえる。それ使って骨にして、ほんでから建設業者の人に頼んで、生コンに骨ぶち込んでやろうと思ってたんや。あんたも、旦那も、それでしまいや。でも……ぜんぶ一人でやって、背負うつもりやったんやけど、さすがに死体遺棄の片棒やからな。誰か漏らすと思ってた。……あんた、中西さんとこの建設会社の人間と繋がりあるんちゃうの？」

裏田の嫁は、そうアタシに質問するが、アタシは首を横に振った。

「……嘘ではなさそうやな」

アタシを見て、そう呟く。

「あーあ、じゃあもう、終いや、ぜんぶ終い……もう、私は、あんたも旦那も殺さん。旦那と話して、ちょっとどつき回して、それから警察でも弁護士でもなんでも行ったる。あの男が逃げようとしても、地獄の底まで追いかけ回して、罪を償わせたる」

「う、うん。その調子やで」

アタシはその気迫に、たじろぎながら応援した。

「あんたは？　ハメ撮り撮ったんか？　うちの旦那と」

いきなり話が打って変わって、アタシがまるで責められるような、そんな風向きになった。アタシは焦って、

「撮ってないです！」

と手を振りながら、後ずさった。

「正直に言うてみぃ。撮ったんやろ」

「撮った言うたら殺すでしょ！」

とアタシは指摘する。

すると、

「いいや、撮ったなら、きちんと旦那と謝って、それも被害届出してもらおう思ったんや」

裏田の嫁は、まっすぐアタシを見つめて、そう口にした。

「正直に言うてもらっていい。うちの旦那は、あんたを傷つけへんかったか？」

「……大丈夫です。アタシは、撮られてないです。喧嘩して、ボコボコにしてやりました」

アタシがそう伝えると、思わずアタシも、裏田の嫁も噴き出した。

笑ってしまった。あまりにも、おかしくて。

さっきまで殺し合おうとしてた仲なのに、一つの綻びを繕い直せば、こんなふうに笑い合えることもあるだなんて、不思議で、夢のようで。

「ありがとうな」

裏田の嫁はそう言って、それからアタシに連絡先を渡すと、「また遊びにおいで」と言い残して、車に乗って去っていった。


「いいんか？　帰しても。ほんまに大丈夫なん」

「大丈夫やろ。あの女、そこまで嘘に逃げるほど弱くもないし、嘘を貫き通せるほど強くもない。それに……ってお前、鼻血スッゲェぞ」

アタシを心配する恋川だったが、むしろ恋川の方が心配なレベルで鼻から血を流していた。アタシは笑っちゃダメだが、思わず笑ってしまう。

「恋川、ごめんな、ありがとう。お前もクソザコやのに、アタシのために体張ってくれて。男らしかったで」

「別に……お前が女やから俺が体張ったんちゃうし。もう、友達みたいなもんやからってだけやし」

恋川はぶっきらぼうにそう言った。

今まで縁もゆかりもなかった隣人たちの、血や汗を流す姿が、本当に夢のようで。

どんな喜劇やドラマよりも、楽しかった。

◆猫塚　懐

「今日は、本当に、ありがとう」

「いいえ、どうも」

私は中津駅までの道のりを――自分でも夢のようですが、元旦那の彼と話しながら帰りました。

「こんな風に頼ってごめんなさい。でも、私の身近なところで頼れる人も、ましてや建設関係の相手にきちんと話せる人も、あなたしか浮かばへんかったんですわ」

「ええんですよ。むしろ嬉しかったです」

彼は、昼下がりの真っ青な空を見ながら、ふと小さく漏らしました。カラスの足跡が深く入った彼の目尻を見つめます。いつの間にか深くなっていたようで、すっかりおじいさんですね、と言いたくなるのを堪えます。

「ずっと、懐さんに、心の底から頼って欲しかったです」

不意に、彼はそう言いました。私は驚いて目を見開きます。

「そんな、私、ずっと迷惑かけてましたやん」

「迷惑だなんて、思ったこと、無かったんです」

「……そんなこと、言うてくれへんかった」

私がそう呟くと、彼は頭を下げて、

「お互い、……言葉不足やったね」

だなんて哀愁を込めて言ったので、私は泣きそうになってしまいました。

「……私たち、ただ、言葉不足やったんや」

中津の交差点。阪急電車が橋をけたたましく揺らします。

「……そういえば、懐さん、最近はどうしてる？　もし忙しくなかったら、どこかでお茶しながらでも」

「私は……」

彼をまっすぐ見つめて、一瞬思い悩みましたが、踏ん切りをつけました。

「子猫たちの、里親になったんです。生まれたばかりで、留守番させとくのも怖いんで、帰りますわ」

すると彼は、驚いたように眉を上げて、それから、あの離婚を切り出した時のような、優しい目つき、穏やかな声色で、

「それは……よかった。本当に、よかった」

と喜んでくれた。

「懐さん……僕はね、後出しジャンケンで悪いんだけど、君さえ良ければ、子どもだって里子でよかった。君とならなんだってよかった。でも……君のものすごい思い詰めようと、通院の負担に、猫塚の家のこともあって、言い出せなかった。君が身も心も困憊《こんぱい》してるのを……見てるだけやったね」

「……そんなこと」

ぜんぶ私が悪いことです、と言いたくなるのを堪えます。

「離婚してしまったこと……すごく、悲しい選択だったと思ってる」

「……はい」

私たちは、とうとう歩道の真ん中で、車の音にかき消されながらも、小さく泣き出してしまいました。

「でもね、あなたにはもう新しい家族がいるから。子どももいる……私にも、新しい家族がいるから
……」

「懐さん」

涙が止まりません。言葉にするだけで、涙が止まりません。たくさん考えてきたことです。元旦那には新しい幸せがもうあると、たくさん考えてきたことだったんですが、深くは考えず、軽く考えるようにして、心に嘘をついてきたことなのです。

私は今、ようやくそれに向き合って、心の底から彼を見つめ直せた気がします。

「お互い、それぞれの居場所で、新しい幸せを」

そう伝えて、私は、詩名内荘の方へと、一人歩いてゆきました。

◆恋川　求

ヤクザまがいの奴らとの騒動を終わらせると、俺はカズキと一緒に自分の部屋に戻った。

「そうや、また電話せんな」

「電話？」

カズキは俺に問いかけながら、ティッシュで太めの詰め物を作る。

「もう鼻血止まったからええよ」

「分かった。って、電話って、求ちゃんのご家族に？」

「うん」

そう言いながら、俺はお母さんに電話をかけた。もう結末は知ってる。ちょっと今回はイレギュラーがあったが、でも俺がすることは変わらない。

「もしもし？　お母さん？　そう、ちょっと相談があって、いや、お金のことじゃないよ。友達のことで。俺のアパートに住んでもらおうと思ってて、同棲じゃなくて、ちょっとの間だけ貸し出す感じで。その間、俺家に帰っていい？　お父さんが家賃のこととか、他人に又貸しするのは駄目だって言うと思うから、だからその場合は俺の友達を家の俺の部屋に預けるぞって伝えといて。嫌やろ？　それは」

急なことで慌てふためき、お母さんがパニックになっているのが電話越しでも分かった。そして「こっちの家には無理よ」とまず言ったのを聞いて、少し笑えてきた。

「そっか。まぁお母さんとお父さん、夜なるとやかましいもんな」

俺の電話の会話を聞きながら、カズキは顔を背け、声を殺して笑っていた。

お母さんは前回同様、たじろいでいるだけ。夜になったらお父さんと相談して、それからまたかけ直す、と言って電話を切った。

「いやぁ、マジで最高、遅めの反抗期やん。てか昨日言ってた通り、マジで求ちゃんの家って変やねんな」

「うん、変やと思う」

「で、夜になったら大丈夫そうなん？　またかけ直してくるんやろ」

「うん、でも俺、お父さんにも言い返す予定。文句言わせんためにも、俺がこの部屋の家賃、バイトで稼いで払うわ」

元より覚悟していた。本当に自分を押し通すなら、自分で責任を取らねばならない。そうじゃないと駄々か、暴力か、勝手としか人に受け取ってもらえないのだ。

「じゃあさ……求ちゃん。俺も払うから、だからここに一ヶ月かそんくらい住まわせてや」

「え？」

カズキがいきなりそう頼んできたので、俺は呆気に取られる。

「男二人暮らしなら、親御さんも文句言わんやろ」

カズキは笑って、俺にピースサインを向ける。

「んじゃ、宅飲みってやつ、絶対にやろうな」

俺も笑って、ピースサインを返した。

◆日隠 團織

「イタタ……」

搬送された済生会中津《さいせいかいなかつ》病院にて、病室から猫塚さんにメールを送った。足首の骨折をしてしまいましたが、無事です、と。

「あの子らにも連絡はしたけど、でもこんなもん、来週には退院できるでしょ」

駆け付けてきてくれたカワリが、息子たちに連絡して、入院手続きなども全て済ませてくれた。

「せや、團織。退院したら、一旦家に帰っておいで。うちはリナリアに出てるから、付きっきりとは言えんけど、直くんが面倒見てくれるとも言ってたし……」

「そ、そうなんや」

「……なんやいつの間にか、あんた直くんと知り合ってたんやなぁ。自分のせいで怪我させたって、めちゃくちゃ心配しとったよ、あの子」

「そんな、そんなことないのに……。あの子、今どこにいてるのん？」

「さぁ。さっきあんたが治療室から戻ってくる前に一旦家の方に戻るって言ってたけど」

「そっか……」

するとタイミングよく、個室の戸が開いた。現れたのは直くんと、その二階に住むストーカー男だった。

「あれ、二人とも、どないしたの」

と自分が聞くと、

「連れてきたんですよ。マスターが怪我したのは、俺のせいですし、それにこの男のせいでもあるじゃないですか。だから、介助要員として連れてきました」

直くんは元気よく言い放って、男の肩を叩く。

「あの……何なりと言ってもらえたら」

状況が分かっていないのか、自分のギプスまみれの足を見ながら男はおろおろとしている。

「二人とも、話し合ったの？」

自分は直くんと男に向かって問いかける。

「ええ、まぁ。被害届を出さん代わりに、マスターのために働くってことを守ってもらうようにしました。それでいいだろ、ストーカーするくらい暇なんやからよ」

すごむ直くんに、たじろぐ二階の男。でもどこか嬉しそうで、自分はなんだか複雑な気分になった。

「直くん、うちの旦那、あんたのせいじゃない言ってるし、そこまですることもないのよ。直くんは色々とうちらのためにしてくれるけど、お客さんなんやから」

「あっ……そう、ですよね」

カワリは窘《たしな》めるように直くんを諭すが、それを聞いて直くんは寂しそうにした。

「まぁ……僕にとっては、孫みたいなもんですやけどねぇ」

自分がそう口を開くと、直くんだけがこれに大きく反応して、

「あざすっ！」

と言った。


「それで直くん、お願いがあるんやけど……」

「なんですか？」

まるで直くんは、この怪我の原因——自分がカミングアウトして、直くんを怖がらせてしまったこと

を忘れたかのように、純粋な表情でそう問い返す。きっとそんなことが流れ去ってしまうくらい、怪我をさせたという自責の念があるのだろう。不注意で怪我をしたのは自分なのに。

「僕が怪我を治して、家に戻ったら、カワリとのウェディング写真を、君に撮って欲しいんやけども」

「え」

と同時に声を出して驚いたのは、カワリと直くんだった。

「僕がゲイだと知っても、ずっと連れ添ってくれた、愛する妻と、もう一度やり直したい」

「ちょ、ちょマスター！　そんな、こんな時に言って大丈夫なんすか」

直くんがおろおろとしてるが、言い放った言葉はもう回収できない。

自分は震える手を、カワリの手の甲に重ねて、その目を静かに見た。

「やっと、ちゃんと、見てくれた」

そう言ってカワリは小さく、ほんとに小さく「喜んで」と言い、自分に微笑んでくれた。

第十章

エピローグ

12	/11	/12	/13	/14	/15	/16
original	×	×	×	×	💀	
1st Loop	×	×	×	×	💀	
2nd Loop	×	×	×	×	💀	
3rd Loop	×	×	×	×		
4th Loop	×	×	×	×	×	×

「久しぶりやん、猫塚のおばちゃん」

久しぶりに訪れた詩名内荘は、相変わらずボロくて笑える造りをしていた。一階の庭に生えた細い木に、濃い緑の葉が茂り、どこからか蟬《せみ》が鳴いている。

「売子ちゃん、元気そうでよかった」


アタシは猫塚のおばちゃんに出迎えてもらい、まずはおばちゃんの部屋にお邪魔することにした。

「お邪魔しまーす。おっ、涼し～」

「どうぞ。売子ちゃん、麦茶でいい？」

「いいよ、お構いなく。どうせこの後一緒に日隠のジジイの店に行くやろ？　そこでキンキンに冷えたチャイ飲もうや」

アタシはそう言いながら、短い廊下を抜けて勝手に部屋に入り込む。

すると、

「ウォッ、もうこんな大きくなったんか！」

もう子猫とは言えないくらい、大きな猫たちが居て、それぞれが自由に床に転がって涼をとっていた。

「そやねん、子猫の成長って早いでしょう？　もう八ヶ月やからねぇ」

「は～、え～、可愛いかも。アタシもペットオッケーのとこに引っ越せばよかったかなぁ」

すっかり野生の気などなく、油断しきっている猫の腹を撫でてやった。

「今、心斎橋だっけ？」

とおばちゃんが問いかけてくる。

「職場はな。前も話したやん、ここの元住人がやってる心斎橋のガールズバー」

「ループを教えてくれた人？」

「そう。その人がママやってる。めっちゃ厳しいけど、結構おもろいし続ける予定。せやからアパートはそっからチャリでも行ける大国町とこらへんやで。今度来る？　治安悪いけど、立ち飲み屋とか並ぶ通りあっておもろい街やで」

まさか猫塚のおばちゃんが来ることはないだろう、と、そう悪戯心にタカをくって聞いてみると、猫塚のおばちゃんは意外と二つ返事で「行ってみたい」と言いのけた。

半グレの男を追い返すくらいの元旦那と結婚してたわけだし、人の良さそうな顔しといて実はこの女もなかなか強かなのかなと、生唾を飲んだ。

「……あれ、てか親猫はどないしたん？」

子猫の姿しか見当たらなかったので、部屋を見回しながら問いかける。

「親猫は大家さんの家におるよ。と言っても通い猫やけど」

「通い猫？」

「うん。やっぱり長年外で暮らしてきて、それに出産経験もあるから人の家には慣れんくてね。大家さんがエサやりするからって言って、ずっと面倒見てくれてるのよ」

「そうなんや」

アタシもまぁ周りに馴染めない人間だったから、ちょっと気持ちが分かる、気もする。

無理に押し込めるよりも、そうやって自由にさせてもらえるなら、あの猫も本望かな、と思った。

「大家のババア、なんだかんだいって優しいな。アタシらが一緒に猫飼わせてくれって直談判した時も、すぐに快諾してくれたやん」

おばちゃんは大家さんに頭が上がらない様子で、「そうねぇ」と呟く。

「私ももう歳やから感じるんやけど、きっと、あのくらいのご高齢になってくると、人に何かを与えたくなるんやと思うの。だから私のお願いも聞いてくれたんちゃうかなぁ」

「ふーん」

アタシは手持ち無沙汰からもう一度眠っている猫の腹を撫でる。

「そう思うと悪いことしたなぁ。アタシも風俗辞めて水商売するために引っ越ししたし、恋川もカズキとルームシェアするために京橋《きょうばし》の方に引っ越してもたやん？　あぁ、あと日隠のジジイも嫁と仲直りしたんか家に帰ってもうたしな。今ここ住んでるの、猫塚のおばちゃんと猫だけやろ？　大家、経営大丈夫やろか。なぁ？」

アタシはケラケラと笑いながら、大家と、この詩名内荘の現状を案じた。

「そうね。一気に人が減っちゃったけど。でも大丈夫、今度私の働いてるコンビニの夜勤の子が一人、ここに引っ越してくるの」

「そうなんや。そりゃええやん。知り合いがおった方が、色々ええもんな」

アタシは今までまったくそうは思っていなかったけど、でもここを去って分かった。あれだけ濃い五日間を、共に生き抜いた住人がいたのは、結構貴重なことだったんだなって。

「よし、ちょっと涼めたし、店の方まで歩こうや。今日は恋川とカズキも一緒に来てるねんて」

「そうなんですね。じゃあ行きましょか」

アタシたちは立ち上がって、猫たちにお別れしてから部屋を出た。ムワッと熱気が立ち込めるアパートの廊下の、軋む木目を踏みつけながら、閉ざされた管理人室の扉を見て、少し郷愁に浸った。

「そういやね、売子ちゃん、あの人たちは？」

燦々と降り注ぐ太陽の光を浴びながら、猫塚のおばちゃんがそう問いかけてきた。

「……あぁ、あの夫婦？　今示談の真っ最中やで。被害者の要望で、ほとんどが事勿れで済んだか、あっても民事までらしいけど、とにかく罪を償うために頭下げてってるみたいや。アタシも殴られたり殺されたりしてるし、金もらっとけばよかったわ」

「そうなんですね、よかった」

「……これで本当にいいかは分からんけどね」

アタシたちは日傘を差して、熱いアスファルトの上を歩いた。遠くで阪急電車が高架を渡る音が響く。

「売子ちゃんは、これからどうするの？」

「ん？　アタシ？」

アタシは横並びで歩いてる猫塚のおばちゃんから、一歩前に出て、語った。

「とりあえず、水商売で修業やな。それで将来、天王寺あたりで、きったない奴らでも、誰であっても、気軽に飲める自分の店持ってな、そこでちゃんと立派なママになるねん」

「すごいやないの」

振り返ると、真っ直ぐとこちらを見つめる猫塚のおばちゃんの、泣きそうな目に、なんだか照れ臭さを感じてしまった。

「こんなん、アタシみたいなバカな奴がふわっと夢語ってるだけやん。そんな、すごないよ」

すると、おばちゃんは、

「すごいよ。私も嬉しくなったもん。売子ちゃんが夢を持てて、本当によかった」

だなんてあんまりにも喜んでくれるから。

アタシまで嬉しくて、まるでこんな気持ちまで夢のように感じた。

他人に対してのそれぞれ蔑視や軽視がそこはかとなく滲ませている。

ここに読者が自身の持つ偏り——自覚の有無は問わない——に重ね合わせ、「自分って他人から見ればこんなにちっぽけなのか」と、ある種の冷静な冷笑、あるいは焦りを感じてもらえたら、それはあたいにとって目指していた「自己投影ができる作品」の完成だと思う。

自己投影によって反省を重ね、自分ごとのように他人を慮るだとか、社会問題に取り組むだとか、そういう高尚なことを言っているのではなく、ただ単純に、エンターテインメントとされている小説が、本当は実際に人が生きる社会や人間——つまり自分たちの生き方が土台になっていることで、何かが昇華されていること。そしてそれを知らずとも、自己完結で反芻して自身の中でも消化されるものがあること。

そういうちっぽけな個人的な感動を、誰かに与えられたら嬉しいなと思って、この作品を書きました。

でも作者が作品外で言うことなんて、反則みたいなものなので無視してもいいです。

この作品を制作するにあたり、何度もお酒に溺れ、締切を守れなかったあたいについてきてくれた担当の上野さん、編集部の方々。またいつもデザイン関連でお世話になっているイラストレーターの赤さんと、bookwallさん。たくさんの皆様のおかげで、こうして読者の方々の元に届けられる作品が生まれました。本当にありがとうございます。

さて、来年もまた何か書けたらいいなと思って、
あたいは今日もお酒を飲んでのんびり過ごします。では。

2021年10月

著者プロフィール

もちぎ

作家。平成初期に生まれたゲイ。元ゲイ風俗とゲイバーの従業員。2018年より開始したTwitterで瞬く間に人気を集める。現在は作家活動と並行して2度目の学生生活を謳歌しつつ、3匹の愛猫と暮らす。

イラストレータープロフィール

赤<aka>

イラストレーター・グラフィックデザイナー。1994年生まれ。北海道出身。2018年に多摩美術大学グラフィックデザイン学科を卒業し、書籍・広告を中心にイラストレーションを提供している。2017年に『第17回グラフィック1_WALL』にて審査員奨励（白根ゆたんぽ氏・選）を受賞。展覧会にも多数開催・出展している。

あとがき

昨今、共感という考えが、無条件に尊いものだとされている気がした。

確かに共感は、多様性が広がる社会において、自分と立場の異なる人たちへの想像力にもなる。想像力は他者と自身をつなぐ架け橋だ。

でも共感って、ただの同情で、一方通行だったりもする。

他人に、自分だけが理解できる属性や境遇、心情だけを抜き取って「わかる」と安直に言ってしまうことは、むしろその相手に「自分の何がわかるんだ」と反感を買って、分断を生みかねない。

あたいもゲイだから、「大変だよね、わかる」とゲイ以外に言われると、一体何が自分と重なって見えたのか不思議に思うこともあるし、別に自分自身は大変だと思って生きていないので、「そんな距離感を取らなくてもいいよ」と言ってやりたくなる。

また、自分自身も他人に対して「わかる」とあまり言わないようにしてる。その代わり「自分にはわからん」はよく伝えてる。

共感は、結局自分勝手な行いに過ぎないのに、それがまるで相手にも良いことであるかのように喧伝されていて、共感された側に「救い」を強制しているように感じる。

その時点で、共感は他者の持つ不遇や属性に、「誰かに共感されたから、このことはもうおしまい」だという結論をもたらし、考えることをやめさせる。

だからあたいは、共感を生む物語を書きたくないと思った。

それよりももっと、読者が自己完結するものにしたいと思った。

そしてそれは、「自己投影」ができる作品——誰もが避けられない社会によってできた個人の、その吐露だと考えたのだ。

『夢的の人々』では、少しダメで小賢しい程度の人たちが登場している。彼らは道徳性の高い人にとっては愚かで反面教師的なものに、自己肯定感の低い人にとっては同じ境遇に立つ近しい人に見えるかもしれない。

それぞれ別の時代で別の地域を生きてきた人たちだけど、奇妙なことにそれぞれが共通して社会を構築する偏見や差別心を内心に孕んでいる。

たくさんの例を入れ込んだが、一つ挙げるとすれば例えば四種類のミソジニー（女性蔑視）——演田は「女の武器」、恋川は「女体への執着」、猫塚は「女性の貢献」、日隠は「家父長制における女性の存在」これらの呪いを受け取って、自分自身が新たに呪いを発生する装置にもなっている。また彼らは性別、年齢、教育、社会、

夢的《むてき》の人々《ひとびと》

著　　者｜もちぎ

2021年10月25日　初版発行

発 行 者｜鈴木一智

発　　行｜株式会社ドワンゴ
〒104-0061
東京都中央区銀座4-12-15 歌舞伎座タワー
IIV編集部：iiv_info@dwango.co.jp
IIV公式サイト：https://twofive-iiv.jp/
ご質問等につきましては、IIVのメールアドレス
またはIIV公式サイト内「お問い合わせ」よりご連絡ください。
※内容によっては、お答えできない場合があります。
※サポートは日本国内のみとさせていただきます。
※Japanese text only

発　　売｜株式会社KADOKAWA
〒102-8177
東京都千代田区富士見2-13-3
https://www.kadokawa.co.jp/
書籍のご購入につきましては、KADOKAWA購入窓口
0570-002-008（ナビダイヤル）にご連絡ください。

印刷・製本｜株式会社暁印刷

ISBN978-4-04-893092-5　C0093
Printed in Japan